W0065867

EUROPAVERLAG

Das Verschwinden der Adèle Bedeau

von Raymond Brunet

Übersetzt und mit einem Nachwort versehen
von
Graeme Macrae Burnet

EUROPAVERLAG

Die englischsprachige Originalausgabe ist 2014 unter dem Titel
The Disappearance of Adèle Bedeau bei Contraband, einem Imprint von Saraband,
Glasgow, Schottland, erschienen.

AUS DEM ENGLISCHEN VON CLAUDIA FELDMANN

© 2014 by Graeme Macrae Burnet
© der deutschsprachigen Ausgabe 2017
Europa Verlag GmbH & Co. KG, München
Umschlaggestaltung und Motiv: Hauptmann & Kompanie Werbeagentur, Zürich,
unter Verwendung eines Fotos von © Anja Weber-Decker/Getty Images
Übersetzung: Claudia Feldmann
Layout und Satz: BuchHaus Robert Gigler, München
Druck und Bindung: Pustet, Regensburg
ISBN 978-3-95890-125-4
Alle Rechte vorbehalten.

www.europa-verlag.com

INHALT

1

Es war ein Abend wie jeder andere im Restaurant de la Cloche.

Hinter dem Tresen hatte sich Pasteur, der Besitzer, einen Pastis eingeschenkt – das Zeichen, dass die Küche nun geschlossen war und alle weiteren Tätigkeiten von seiner Frau Marie und der Kellnerin Adèle übernommen wurden. Es war neun Uhr.

Manfred Baumann stand an seinem Stammplatz an der Bar. Lemerre, Petit und Cloutier saßen um den Tisch bei der Tür, die Tageszeitung als unordentlicher Haufen zwischen ihnen. Außerdem befanden sich eine Karaffe Rotwein, drei Gläser, zwei Päckchen Zigaretten, ein Aschenbecher und Lemerres Lesebrille auf dem Tisch. Bis zum Ende des Abends würden sie zusammen drei Karaffen leeren. Pasteur schlug seine Zeitung auf dem Tresen auf und beugte sich, auf die Ellbogen gestützt, darüber. Auf seinem Kopf bildete sich eine kahle Stelle, die er zu verbergen suchte, indem er die Haare nach hinten kämmte. Marie war damit beschäftigt, das Besteck einzusortieren.

Adèle brachte den beiden letzten Speisegästen einen Kaffee und wischte die Wachsdecken der anderen Tische ab. Die Krümel ließ sie dabei auf den Boden fallen, da sie später fegen würde. Manfred beobachtete sie. Er stand nicht direkt an der Bar, sondern an der Schwingtür, durch die das Essen von der Küche hereingebracht wurde. Er musste ständig ausweichen, damit die Bedienung an ihm vorbeikam, aber niemand bat ihn je, sich anderswo hinzustellen. Von seinem Platz aus konnte er das ganze Restaurant überblicken, und Fremde hielten ihn oft für den Besitzer.

Adèle trug einen kurzen schwarzen Rock und eine weiße Bluse. Um die Taille hatte sie eine kleine Schürze mit einer Tasche gebunden, in der sie ihren Notizblock aufbewahrte, um die Bestellungen aufzunehmen, und den Lappen, mit dem sie die Tische abwischte. Sie war dunkelhaarig und stämmig, mit ausladendem Hintern und großen, schweren Brüsten. Sie hatte üppige Lippen, olivfarbene Haut und braune Augen, deren Blick sie meist auf den Boden gerichtet hielt. Ihre Gesichtszüge waren zu schwer, um sie als hübsch zu bezeichnen, aber sie besaß eine erdige Anziehungskraft, die zweifellos durch die triste Umgebung um sie herum verstärkt wurde.

Als sie sich über die unbesetzten Tische beugte, drehte Manfred sich zum Tresen und beobachtete im Spiegel, der über der Bar hing, wie ihr Rock an den Oberschenkeln hinaufrutschte. Sie trug hautfarbene Nylons, darüber weiße Söckchen und schwarze Pumps. Die drei Männer am Tisch neben der Tür beobachteten sie ebenfalls, und Manfred nahm an, dass sie ähnliche Gedanken hegten wie er.

Adèle war neunzehn Jahre alt und arbeitete seit fünf oder sechs Monaten im Restaurant de la Cloche. Sie lächelte nie und sprach nur das Nötigste mit den Gästen, dennoch war Manfred sicher, dass sie deren Aufmerksamkeit genoss. Sie ließ stets die obersten Knöpfe ihrer Bluse offen, sodass man oft die Spitze ihres BHs sehen konnte. Wenn sie nicht angestarrt werden wollte, warum zog sie sich dann so aufreizend an?

Trotzdem wandte Manfred den Blick ab, als sie sich zur Bar umdrehte.

Pasteur war in einen Artikel im Mittelteil des *L'Alsace* vertieft. Es gab eine Krise im Libanon.

»Diese verfluchten Araber«, sagte Manfred.

Pasteur stieß nur ein kurzes Schnauben aus. Er hielt nichts von politischen Debatten an der Bar. Seine Aufgaben beschränkten sich darauf, Getränke auszuschenken und die Rechnungen einzutippen. Am Tisch zu bedienen, betrachtete er als unter seiner Würde. Diese Tätigkeiten sowie den Austausch von Freundlichkeiten überließ er Marie und Adèle oder den Aushilfen, die gelegentlich einsprangen. Manfred interessierte sich gar nicht sonderlich für die Lage im Nahen Osten; er hatte die Bemerkung nur gemacht, weil er annahm, dass sie Pasteur ebenfalls auf der Zunge gelegen hatte oder zumindest seine Zustimmung finden würde. Pasteurs Mundfaulheit kam Manfred durchaus gelegen. Die seltenen Male, wenn er etwas von sich gab, ging es meist daneben, und so war er froh, dass er sich nicht verpflichtet fühlen musste, ein Gespräch zu führen.

Am Tisch neben der Tür ließ sich Lemerre, ein Herrenfriseur, dessen Salon nicht weit vom Restaurant entfernt war, gerade über die Melkzyklen von Milchkühen aus. Er erklärte wortreich, dass der Ertrag ganz einfach gesteigert werden könne, indem man die Tiere in kürzeren Abständen melke. Cloutier, der auf einem Bauernhof aufgewachsen war, versuchte einzuwenden, dass ein solcher Gewinn unterm Strich mit dem früheren Tod der Kühe bezahlt werde, doch Lemerre schüttelte energisch den Kopf und schnitt seinem Gefährten mit einer Handbewegung das Wort ab.

»Ein weitverbreiteter Irrtum«, sagte er und fuhr mit seinem Vortrag fort. Cloutier starrte auf den Tisch und drehte sein Glas zwischen den Fingern. Lemerre war ein korpulenter Mann von Anfang fünfzig. Er trug einen bordeauxroten Pullover mit V-Ausschnitt und darunter ein schwarzes Polohemd. Die Hose hing unter seinem dicken Bauch, gehalten von einem schmalen Ledergürtel. Seine tiefschwarzen Haare, die, wie Manfred vermutete, gefärbt waren, hatte er nach hinten gekämmt, sodass die ausgeprägten Geheimratsecken zu sehen waren. Petit und Cloutier waren beide verheiratet, aber sie erwähnten ihre Frauen nur selten, und wenn, dann stets auf abwertende Art und Weise. Lemerre hatte nie geheiratet. »Ich halte nichts davon, Tiere im Haus zu halten«, lautete sein üblicher Kommentar dazu.

Von außen betrachtet, war das Restaurant de la Cloche in Saint-Louis wenig ansprechend. Der blassgelbe Anstrich war fleckig und an mehreren Stellen abgeplatzt. Das Schild über dem Fenster hatte nichts Verlockendes, aber die zentrale Lage machte Werbung überflüssig. Das Restaurant lag an einer Ecke des Platzes, auf dem der Wochenmarkt der Stadt abgehalten wurde. Neben dem Eingang hing eine Tafel, auf der das Tagesmenü geschrieben stand, und darüber befand sich ein kleiner Balkon mit einem kunstvoll geschmiedeten Eisengitter. Der Balkon gehörte zu der Wohnung von Pasteur und seiner Frau. Innen war das Restaurant überraschend geräumig, aber schlicht eingerichtet. Zwei breite Säulen unterteilten den Raum und trennten den Speisebereich rechts der Tür formlos von den Tischen am Fenster, wo die Einheimischen sich tagsüber auf ein schnelles Glas Wein oder Bier niederließen oder den Abend damit zubrachten, etwas zu trinken und sich über den Inhalt der Tageszeitung auszutauschen. Der Speisebereich umfasste etwa fünfzehn wackelige Tische, die mit bunten Wachsdecken, Besteck und Wassergläsern eingedeckt waren. An der Wand hinter dem Tresen hing, halb verdeckt von einem Glasregal mit Likörflaschen, ein großer Spiegel mit einer Werbung für elsässisches Bier, deren Art-déco-Schrift an einigen Stellen so abgeblättert war, dass man sie kaum noch lesen konnte. Dieser Spiegel sorgte dafür, dass der Raum größer wirkte, als er tatsächlich war. Außerdem gab er dem Restaurant einen Hauch verblichener Grandeur. Marie murrte oft, er sehe schäbig aus, doch Pasteur beharrte darauf, dass er dem Ganzen Charme verlieh. »Wir sind schließlich kein Pariser Bistro«, lautete seine Standarderwiderung auf jeden Verschönerungsvorschlag. Rechts neben dem Tresen waren die Türen zu den Toiletten, flankiert von zwei massigen dunklen Anrichten, in denen Geschirr, Gläser und Besteck aufbewahrt wurden. Die Anrichten standen bereits seit ewigen Zeiten dort; auf jeden Fall hatten sie, schon lange bevor Pasteur das Restaurant übernommen hatte, zur Einrichtung gehört.

Manfred Baumann war sechsunddreißig Jahre alt. An diesem Abend trug er, wie an jedem anderen Abend auch, einen schwarzen Anzug, ein weißes Hemd und eine Krawatte, die er am Hals etwas gelockert hatte. Sein dunkles Haar war ordentlich geschnitten und zum Seitenscheitel gekämmt. Er war ein gut aussehender Mann, aber seine Augen huschten nervös umher, als versuche er, jeden Blickkontakt zu vermeiden. Infolgedessen fühlten sich die Leute in seiner Gesellschaft oft unwohl, was wiederum seine Unsicherheit verstärkte. Einmal im Monat, am Mittwochnachmittag, wenn die Bank geschlossen hatte, ging Manfred zu Lemerre, um sich die Haare schneiden zu lassen. Jedes Mal fragte Lemerre, wie er es haben wolle, und jedes Mal antwortete Manfred: »Wie immer.« Während er Manfred die Haare schnitt, plauderte Lemerre über das Wetter oder unverfängliche Nachrichten aus der Zeitung, und wenn Manfred ging, verabschiedete er sich stets mit den Worten: »Bis Donnerstag.«

Doch keine drei Stunden später saß Lemerre mit Petit und Cloutier an seinem Tisch im Restaurant de la Cloche, und Manfred stand an seinem Stammplatz am Tresen. Sie begrüßten einander aber nur mit einem knappen Nicken, als wären sie Fremde, deren Blicke sich zufällig kreuzten. Donnerstags jedoch war Manfred eingeladen, mit den drei anderen Männern Bridge zu spielen. Manfred mochte Kartenspiele nicht besonders, und die Atmosphäre war immer angespannt. Er hatte den Eindruck, dass seine Anwesenheit am Tisch den anderen unangenehm war, doch wenn er die Einladung ablehnte, würde er sie damit vor den Kopf stoßen. Die Tradition hatte drei Jahre zuvor begonnen, nach dem Tod von Le Fèvre. Am Donnerstag nach der Beerdigung fehlte den dreien der vierte Mann, und so hatten sie Manfred gefragt, ob er mitspielen wolle. Ihm war klar, dass er lediglich die Lücke füllte, die durch den Tod ihres Freundes entstanden war, und Lemerres Abschiedsgruß »Bis Donnerstag« machte deutlich, dass die Einladung sich nicht auf die übrigen Abende bezog.

Manfred bestellte sein letztes Glas Wein für den Abend. Hinter dem Tresen stand eine Flasche für ihn, und Pasteur schenkte den Rest in ein frisches Glas und stellte es ihm hin. Manfred trank immer die ganze Flasche, aber er bestellte glasweise. Dieses Arrangement bedeutete, dass er für seinen Wein doppelt so viel bezahlte, als wenn er einfach eine Flasche bestellte, aber aus Gewohnheit tat er es nie. Einmal hatte er ausgerechnet, wie viel er im Lauf eines Jahres sparen würde, wenn er seine Vorgehensweise änderte. Es war eine beträchtliche Summe gewesen, aber er war dennoch bei seiner Gewohnheit geblieben. Er sagte sich, dass es ordinär wäre, allein mit einer Flasche Wein an der Bar zu stehen. Das sähe so aus, als käme er mit der Absicht, sich zu betrinken, obgleich das die anderen Stammgäste des Restaurants gewiss nicht kümmern würde. Andererseits hatte Manfred das Gefühl, dass diese Gewohnheit möglicherweise dazu beitrug, Lemerre und seine Freunde gegen ihn einzunehmen, als würde er sich dadurch, dass er glasweise bestellte, über die drei Männer erheben, die sich Karaffen bringen ließen. Es vermittelte den Eindruck, als hielte er sich für etwas Besseres. Was er auch tat.

Pasteur kommentierte Manfreds Trinkgewohnheiten nie. Warum sollte er auch? Ihm war es egal, wenn Manfred doppelt so viel für seinen Wein bezahlen wollte.

Als die Zeiger der Uhr auf zehn vorrückten, wurden Adèles

Bewegungen auf einmal munterer. Sie lief beinahe schwungvoll um die Tische herum und scherzte sogar mit den Männern neben der Tür. Lemerre machte eine Bemerkung, die offenbar zweideutig war, denn Adèle erhob mit gespielter Strenge den Zeigefinger, dann drehte sie sich um und ging mit schwingenden Hüften zurück zur Bar. Manfred hatte sie noch nie zuvor so kokett erlebt, dennoch senkte sie den Blick, als er zur Seite trat, damit sie durch die Schwingtür gehen konnte. Sie verschwand in der Küche und kam ein paar Minuten später wieder heraus. Sie trug noch denselben Rock wie zuvor, jetzt aber mit schwarzen Nylons und hochhackigen Schuhen, und die weiße Bluse hatte sie gegen ein enges schwarzes Top und eine Jeansjacke getauscht. Außerdem war sie mit Wimperntusche und Lippenstift geschminkt. Sie verabschiedete sich von Pasteur. Er sah hinauf zur Uhr und nickte ihr mürrisch zu. Adèle schien nicht zu bemerken, was ihre Verwandlung bei den verbliebenen Gästen auslöste, und verließ das Restaurant, ohne nach rechts oder links zu schauen.

Manfred trank seinen letzten Schluck Wein und legte das Geld auf den Zinnteller mit der Rechnung, die Pasteur ihm kurz zuvor hingestellt hatte. Er sorgte stets dafür, dass er den Betrag passend dabeihatte. Wenn er mit einem größeren Schein bezahlen würde, müsste er warten, während Pasteur in seiner Börse nach dem Wechselgeld kramte, und ihm dann demonstrativ ein Trinkgeld geben.

Manfred zog seinen Mantel an, der am Garderobenständer neben der Toilettentür gehangen hatte, und ging, wobei er Lemerre und seinen Kumpanen kurz zunickte. Es war Anfang September, und eine erste herbstliche Kühle hing in der Luft. Die Straßen von Saint-Louis lagen verlassen da. Als er in die Rue de Mulhouse einbog, erblickte er Adèle etwa hundert Meter vor ihm. Sie ging langsam, und Manfred merkte, dass sich der Abstand zwischen ihnen verringerte. Er konnte ihre Absätze auf dem Pflaster klackern hören. Er verlangsamte seinen Schritt – schließlich konnte er ja nicht ohne irgendeinen Gruß an ihr vorbeigehen, und daraus würde sich womöglich ein Gespräch ergeben, bei dem er sich zweifellos unbeholfen anstellen würde. Vielleicht würde Adèle denken, dass er ihr gefolgt war. Oder vielleicht war ihr kokettes Verhalten im Restaurant in Wirklichkeit auf ihn gemünzt gewesen, und sie war absichtlich in diese Richtung gegangen, um eine Begegnung zu provozieren.

Doch ganz egal, wie langsam er ging, der Abstand zwischen ihnen verringerte sich weiter. Je näher er kam, desto langsamer schien Adèle zu werden. Schließlich blieb sie stehen, stützte sich mit der Hand an einem Laternenpfahl ab und zog den Knöchelriemen ihres Schuhs zurecht. Manfred war nur noch etwa zwanzig Meter hinter ihr. Er bückte sich und tat so, als müsse er seinen Schnürsenkel neu binden. Dabei hielt er den Kopf über sein Knie gesenkt und hoffte, dass Adèle ihn nicht erkennen würde. Er hörte, wie das Klackern ihrer Absätze leiser wurde. Als er aufblickte, war sie nicht mehr zu sehen. Entweder war sie abgebogen oder in einem der Häuser verschwunden.

Er ging in seinem normalen Tempo weiter. Als er auf den kleinen Park vor der protestantischen Kirche zuging, sah er Adèle an der halbhohen Mauer stehen, die den Park vom Gehweg trennte. Sie rauchte eine Zigarette und schien auf jemanden zu warten. Als Manfred sie erblickte, war es für eine Flucht zu spät. Er erwog, die Straßenseite zu wechseln, weil dann ein kurzes Winken als Gruß genügen würde, doch Adèle hatte ihn bereits bemerkt und sah ihm entgegen. Er war nicht betrunken, aber unter ihrem forschenden Blick fühlte er sich plötzlich unsicher auf den Beinen. Ihm kam der Gedanke, dass sie womöglich auf ihn wartete, tat dies jedoch sofort als unsinnig ab.

»Guten Abend, Adèle«, sagte er, als er nur noch wenige Meter entfernt war. Dann blieb er stehen, nicht, weil er es wollte, sondern weil es unhöflich gewesen wäre, einfach an ihr vorbeizugehen, als wäre sie nur eine einfache Kellnerin und es nicht wert, ein paar Worte an sie zu richten.

»Guten Abend, Manfred«, erwiderte sie.

Bis zu dem Moment hatte er nicht einmal gewusst, dass sie seinen Vornamen kannte. Und dass sie ihn benutzte, suggerierte eine gewisse Vertrautheit zwischen ihnen. Im Restaurant hatte sie ihn stets nur mit Monsieur Baumann angesprochen. Hatte ihre Stimme nicht sogar ein wenig kokett geklungen?

»Es ist kühl«, sagte Manfred, da ihm nichts anderes einfiel.

»Ja«, stimmte Adèle zu. Mit ihrer freien Hand zog sie ihre Jacke über der Brust zusammen, entweder als Bestätigung seiner Bemerkung oder um ihr Dekolleté zu verbergen.

Beide schwiegen. »Nachts ist es immer kühler, wenn der Himmel klar ist«, fuhr Manfred fort. »Die Wolken sind wie eine Isolierung. Sie halten die Wärme fest, wie eine Bettdecke.«

Adèle sah ihn einen Moment an, dann nickte sie langsam. Sie blies einen Rauchring in die Luft. Manfred bereute, dass er das mit dem Bett gesagt hatte. Er spürte, wie ihm die Röte in die Wangen stieg.

»Warten Sie auf jemanden?«, fragte er, als klar wurde, dass sie nichts weiter sagen würde. Es ging ihn nichts an, was sie tat, aber ihm fiel wiederum nichts anderes ein. Und was, wenn sie erwiderte, dass sie nicht auf jemanden wartete? Was sollte er dann tun? Sie in seine Wohnung einladen oder in eine der Bars in der Stadt, die lange aufhatten und die er nicht kannte?

Bevor sie antworten konnte, kam zu Manfreds Erleichterung ein junger Mann mit einem Roller angefahren und hielt neben ihnen. Er nickte Manfred kurz zu. Manfred erwiderte den Gruß und verabschiedete sich von Adèle.

»Gute Nacht, Monsieur«, erwiderte sie.

Im Weitergehen warf Manfred verstohlen einen Blick über die Schulter und sah, wie Adèle sich auf den Roller schwang. Er stellte sich vor, wie der junge Mann sie fragte, wer er war. *Ein Typ aus dem Restaurant*, würde sie wahrscheinlich sagen.

Manfred wohnte zehn Minuten Fußweg entfernt, im obersten Stock eines Mietshauses aus den 1960er-Jahren, das ein wenig zurückgesetzt an der Rue de Mulhouse lag. Seine Wohnung bestand aus einer kleinen Küche, einem Schlafzimmer, einem Wohnzimmer, das er kaum benutzte, und einem Duschbad. Von der Küche aus blickte man auf einen kleinen Park, der von weiteren ähnlichen Mietshäusern umgeben war. Es gab Bänke für die Anwohner und einen Kinderspielplatz. An der Küche war ein schmaler Balkon, aber Manfred saß nur selten dort draußen, weil er fürchtete, die anderen Bewohner könnten denken, er hege ein ungesundes Interesse an dem Spielplatz. Die Leute dachten oft schlecht von alleinstehenden Männern in den Dreißigern, vor allem wenn sie zurückgezogen lebten. Manfreds Wohnung war stets sorgfältig aufgeräumt und geputzt.

Zu Hause angekommen, schenkte Manfred sich noch einen Absacker aus der Flasche in der Küche ein und kippte ihn hinunter. Er schenkte sich noch einmal nach und nahm das Glas mit ins Schlafzimmer. Er griff nach dem Buch auf dem Nachttisch, schlug es jedoch nicht auf.

Die Begegnung mit Adèle hatte ihn aufgewühlt, ja sogar erregt. Es war nicht nur die Tatsache, dass sie ihn mit seinem Vornamen angesprochen hatte, sondern vor allem, dass sie nach der Ankunft des jungen Mannes wieder zu »Monsieur« gewechselt hatte, als sei ihr daran gelegen gewesen, den Eindruck zu erwecken, dass zwischen ihnen nichts war. Manfred hatte nie angenommen, dass irgendetwas zwischen ihnen war, aber sie hätte sich leicht von ihm verabschieden können, ohne ihn auf die eine oder die andere Weise anzusprechen. Sie hatte es bewusst getan, um den intimen Augenblick, den sie mit ihm erlebt hatte, vor ihrem Freund zu verbergen.

Manfred rief sich das Bild ins Gedächtnis, wie Adèle vor ihm her gestöckelt war und den Knöchelriemen ihres Schuhs zurechtgerückt hatte. Er masturbierte heftiger als sonst und schlief ein, ohne seinen Erguss wegzuwischen.

2

Saint-Louis ist eine Stadt mit etwa zwanzigtausend Einwohnern, die am äußersten Rand des Elsass liegt, nur durch den Rhein von Deutschland und der Schweiz getrennt. Es ist kein besonders ansprechender Ort, und abgesehen von ein paar pittoresken Fachwerkhäusern, wie sie für die Gegend typisch sind, gibt es kaum etwas, das Besucher anlockt. Wie die meisten Grenzstädte ist Saint-Louis ein Durchgangsort. Die Leute passieren ihn auf dem Weg anderswohin, und er hat so wenig Interessantes zu bieten, dass sich seine Bewohner in ihr Schicksal gefügt zu haben scheinen. Die aufgeweckteren jungen Leute von Saint-Louis verlassen die Stadt, um zu studieren, und die meisten von ihnen kehren nie zurück.

Das Stadtzentrum, soweit Saint-Louis überhaupt ein solches vorzuweisen hat, besteht aus einer Ansammlung von unattraktiven Nachkriegsgebäuden, hier und da unterbrochen von ein paar älteren Häusern, die dem Zahn der Zeit und der Stadtplanung widerstanden haben. Die Schilder über den Geschäften sind verblichen und die Schaufensterdekorationen wenig einladend, als hätten die Besitzer es aufgegeben, Passanten zum Einkaufen verlocken zu wollen. Das Wort, das den Durchreisenden am häufigsten zu der Stadt einfällt, wenn sie sie überhaupt wahrnehmen, ist nichtssagend. Saint-Louis ist nichtssagend. Dennoch hat die Stadt seit dreihundert Jahren eine Bevölkerung. Die Menschen dort sind ein wenig ungebildeter als die Mehrheit ihrer Landsleute, nicht ganz so wohlhabend und politisch stärker rechts orientiert, aber dennoch benötigen sie von Zeit zu Zeit ein Paar neue Schuhe oder neue Kleidung, sie brauchen jemanden, der ihnen die Haare schneidet, sich um ihre Zähne kümmert und ihre Krankheiten heilt. Sie müssen Geld abheben oder leihen. Sie brauchen Orte, an denen sie essen, trinken, tratschen oder schlicht und einfach den Zeitpunkt des Nachhausegehens hinausschieben können. Die Straßen müssen gesäubert, die Abfälle fortgeschafft werden, und es muss für Recht und Ordnung gesorgt werden. Um ihre Häuser instand zu halten, brauchen sie die Fertigkeiten von Klempnern, Elektrikern, Schreinern und Malern. Ihre Kinder müssen unterrichtet, die Alten gepflegt und die Toten begraben werden.

Kurzum, die Menschen in Saint-Louis sind genau wie die Menschen anderswo, ob in ebenso tristen oder in wesentlich reizvolleren Städten. Und wie die Einwohner anderer Orte verspüren auch die Menschen von Saint-Louis einen gewissen chauvinistischen Stolz auf ihre Stadt, obwohl ihnen deren Mittelmäßigkeit durchaus bewusst ist. Manche träumen davon, ihr zu entkommen, oder bedauern, dass sie sie nicht längst verlassen haben, als sich ihnen die Gelegenheit dazu bot. Die meisten jedoch leben einfach ihr Leben, ohne sich groß Gedanken um ihre Umgebung zu machen.

Manfred Baumann wurde auf der Schweizer Seite der Grenze geboren, als Sohn eines Schweizer Vaters und einer französischen Mutter. Gottwald Baumann, ein Brauereiarbeiter aus Basel, war ein kleiner, außergewöhnlich dunkler Mann mit einem Funkeln in den Augen. Manfreds Mutter, Anaïs Paliard, war eine lebenslustige junge Frau, die etwas kränklich veranlagt war und aus einer wohlhabenden Anwaltsfamilie aus Saint-Louis stammte. Die ersten sechs Jahre seines Lebens verbrachte Manfred in Basel. Obwohl er sich kaum an diese Zeit erinnern konnte, war Schwyzerdütsch noch immer die Sprache, in der er sich am meisten zu Hause fühlte. Er hatte sie zwar seit seiner Kindheit kaum noch gesprochen, doch wenn er sie hörte, versetzte ihn der Klang sofort in diese verschwommenen frühen Jahre zurück. Aus dieser Zeit hatte Manfred nur zwei Erinnerungen an seinen Vater. Die erste war der abstoßende Geruch, den er nach einem Abend in der Kneipe verströmte, kombiniert mit dem Kratzen des unrasierten Kinns, wenn er sich über seinen Sohn beugte, um ihm einen Gutenachtkuss zu geben.

Die zweite war Manfreds liebste Erinnerung an seinen Vater. Aus Gründen, die er nicht mehr wusste (vielleicht war es sein Geburtstag gewesen), hatte Gottwald Manfred in die Brauerei mitgenommen, in der er arbeitete. Manfred konnte noch immer den berauschenden Duft der Hefe riechen und das Donnern der leeren Fässer hören, die über das Kopfsteinpflaster gerollt wurden. Die anderen Brauereiarbeiter waren, zumindest in Manfreds Erinnerung, genauso klein, kräftig und dunkel gewesen wie sein Vater, und sie hatten sich alle breitbeinig und mit schwingenden Armen fortbewegt. Als Gottwald Manfred über den Hof führte, bemerkten die Männer ihren Kumpel und riefen: »*Grüezi Gottli!*«

»Weißt du, was das bedeutet?«, fragte Gottwald. »*Kleiner Gott. Nicht übel, was? Kleiner Gott.*« Manfred hielt die Hand seines Vaters fest und freute sich auf den Tag, an dem auch er in der Brauerei arbeiten würde.

Als Manfred sechs Jahre alt war, stand das Restaurant de la Cloche zum Verkauf, und Anaïs' Vater kaufte es für seine Tochter und ihren Mann. Die zentrale Lage des Restaurants lockte vor allem die Ladenbesitzer und Büroangestellten im Umkreis an, und obwohl sie auch abends warme Küche anboten, machten sie den größten Teil des Umsatzes tagsüber. M. Paliard hatte wohl angenommen, dass er seinem Schwiegersohn damit ein sicheres Einkommen verschaffen würde, doch er hatte nicht mit den Brauereiarbeitermanieren seines Schwiegersohns und dessen lückenhaften Kenntnissen der französischen Sprache gerechnet. Gottwalds ruppiges Benehmen verschreckte alsbald die Stammkundschaft. Ihm fehlte die Freundlichkeit und Autorität eines erfolgreichen *patron*. Je schlechter das Restaurant lief, desto mehr Zeit verbrachte Gottwald auf der falschen Seite der Bar, wo er sich lauthals über die spießigen Franzosen ausließ, die nun anderswo speisten.

Nach seinem Tod wurde das Restaurant verkauft, aber Manfred und seine Mutter blieben in der Wohnung darüber, bis Anaïs' Gesundheitszustand die beiden zwang, in das Haus ihrer Eltern am Nordrand der Stadt zurückzukehren. Manfred vermisste das Leben über dem Restaurant, die Düfte aus der Küche und die Stimmen der Leute, die über die Neuigkeiten des Tages diskutierten, während er und seine Mutter zu Abend aßen. Die Bar war der Treffpunkt der ganzen Stadt. Im Haus der Familie Paliard war Manfred hingegen von allem abgeschnitten. Für seine Großeltern war er weniger ein Quell des Stolzes als vielmehr die stete Erinnerung an den Fehltritt ihrer Tochter. Zudem hatte Manfred die linkische Art seines Vaters und die schwache Gesundheit seiner Mutter geerbt, wodurch es ihm schwerfiel, sich mit anderen Jungen anzufreunden. Als sie über dem Restaurant gewohnt hatten, hatten die älteren Männer ihn fröhlich begrüßt, wenn er aus der Schule kam, als wäre er einer von ihnen. Am Wochenende hatte er kleine Botengänge für die Stammgäste erledigt und sich so ein paar Centimes verdient. Abends hatte er oft am Fenster über dem Restaurant gesessen, den Gesprächen unter ihm gelauscht und im Stillen kluge Bemerkungen dazu gemacht. Im Haus der Paliards gab es keine Stimmen, denen man hätte lauschen können. Manfred saß in seinem Zimmer und hörte nur das langsame Ticken der Standuhr draußen auf dem Treppenabsatz.

Während seiner gesamten Schulzeit war Manfred nur »der Schweizer« gewesen, und der verhasste Spitzname klebte immer noch an ihm. Lemerre benutzte ihn jedes Mal, wenn er Manfred zum donnerstäglichen Kartenspiel einlud. »Spielst du mit, Schweizer?«, rief er quer durch den Raum. Manfred wünschte, seine Mutter hätte wieder ihren Mädchennamen angenommen, doch trotz der Mängel ihres Ehemanns bewahrte sie dessen Andenken voller Ergebenheit. Nachdem Mutter und Sohn gezwungen gewesen waren, das Restaurant de la Cloche zu verlassen, rief sie ihren Sohn oft an ihr Krankenbett. Manfred mochte den Geruch im Zimmer seiner Mutter nicht. Es war wie im Krankenhaus. Auf der Kommode standen lauter braune Glasfläschchen mit Tabletten. Zum Ende hin kam der Arzt fast täglich, um nach ihr zu sehen, ein Privileg, wie es nur Familien von Rang und Namen wie den Paliards zustand. Wenn Manfred das Zimmer betrat, lächelte seine Mutter erschöpft und streckte den Arm nach ihm aus. Oft war sie zu schwach, um sich aufzurichten. Manfred setzte sich auf die Bettkante und hielt ihre Hand.

Auf Anaïs' Nachttisch stand ein Foto von Gottwald. Es zeigte ihn neben einem Auto in einer Haltebucht am Rand einer gewundenen Straße, irgendwo hoch oben in den Schweizer Bergen. Das Auto war ein Mercedes, den Anaïs' Vater ihnen für die Hochzeitsreise geliehen hatte. Gottwald stand in Hemdsärmeln da, die Hände in die Hüften gestemmt, die Brust herausgestreckt und das dichte schwarze Haar mit Brillantine nach hinten gekämmt, wie es damals Mode war. Der Inbegriff der Männlichkeit.

Anaïs erzählte Manfred immer wieder gerne die Geschichte, wie sie und sein Vater sich kennengelernt hatten. Gottwald war anlässlich des französischen Nationalfeiertags über die Grenze gekommen, und auf dem Platz vor dem Restaurant de la Cloche fand ein Fest statt. Es war ein ungewöhnlich heißer Tag, selbst für Mitte Juli. Anaïs war siebzehn. Sie war mit einer Freundin an den Buden entlanggeschlendert, um zu sehen, was es dort gab. Sie hatten zwei oder drei Gläser Cidre getrunken, der ihnen sofort in den Kopf gestiegen war. Da entdeckte Elisabeth, Anaïs' Freundin, Gottwald, der an einer Bude stand, ein Glas Bier trank und unverhohlen die Mädchen um ihn herum musterte. Elisabeth wollte unbedingt zu ihm hinübergehen und mit ihm sprechen. Anaïs zögerte, sie hatte keine Erfahrung mit Männern, aber Elisabeth war schon auf dem Weg zu ihm. Anaïs stand schüchtern neben ihrer Freundin, während diese sie beide vorstellte. Gottwald küsste ihnen die Hand und sagte: »*Enchanté, Mesdemoiselles*«, mit einem so starken Akzent, dass sie anfingen zu kichern. Kurz darauf schlenderten sie zu dritt durch die Menge, und Elisabeth erzählte ihm alles über sich. Sie war ein ausgesprochen hübsches, selbstbewusstes Mädchen, und Anaïs vermutete, dass sie kein unbeschriebenes Blatt war, was Männer anging. Anaïs musterte Gottwald eingehend. Er war nicht auf klassische Weise gut aussehend – dafür war er zu klein –, aber in seinem Verhalten und seinen funkelnden dunklen Augen lag etwas, das sie faszinierte. Es war offensichtlich, dass Gottwald nicht einmal die Hälfte von dem verstand, was Elisabeth sagte, aber er sah sie so gebannt an, dass Anaïs sich bei dem Wunsch ertappte, ihre Freundin möge mit dem Geplapper aufhören, damit Gottwald seinen Blick auch einmal auf sie richten könne.

Bei einer Bude blieben sie stehen, und Gottwald spendierte ihnen noch einen Cidre. Dann entschuldigte sich Elisabeth, sie müsse kurz verschwinden. Sobald sie gegangen war, sah Gottwald Anaïs direkt in die Augen und sagte: »Ich bin froh, dass sie weg ist. Sie redet zu viel. Aber dich würde ich gerne wiedersehen.«

Anaïs spürte ein Flattern in der Kehle. Der Gedanke, dass dieser dunkeläugige Fremde sie ihrer schönen, charmanten Freundin vorzog, war berauschend. Bevor sie wusste, wie ihr geschah, hatte sie eingewilligt, sich am nächsten Tag mit Gottwald zu treffen. Beide erwähnten nichts davon, als Elisabeth zurückkam.

Am nächsten Tag gingen Gottwald und Anaïs im Wald spazieren. Im Schatten der Bäume war es angenehm kühl. Sie sprachen nicht viel. Anaïs wusste nicht, worüber sie sich mit einem Mann unterhalten sollte, doch noch bevor der Nachmittag zu Ende war, küsste Gottwald sie. Sie stand mit dem Rücken an einen Baum gelehnt und war überwältigt von der Kraft und dem betörenden Geruch des Mannes. Vor Leidenschaft wäre sie beinahe ohnmächtig geworden, erzählte sie Manfred. Die Beziehung wurde im Verborgenen fortgeführt – Gottwald war nicht die Sorte Mann, die Anaïs ihrem Vater vorstellen konnte –, bis es nicht länger möglich war, sie geheim zu halten. Da fragte Gottwald sie, ob sie ihn heiraten wollte.

Anaïs starb schließlich, als Manfred fünfzehn war. Sie hatte das Haus zwei Jahre lang nicht mehr verlassen und war so dünn und durchscheinend geworden wie eine alte Frau. Kurz nach der Beerdigung kam sein Großvater eines Abends zu ihm, um mit ihm zu sprechen. Ab einem gewissen Alter, sagte er, müsse ein Mann seinen eigenen Weg in der Welt gehen. Zwei Jahre später, nachdem Manfred sein *baccalauréat* nicht bestanden hatte, bestellte sein Großvater ihn in sein Arbeitszimmer, einen Raum im ersten Stock des Hauses, den Manfred normalerweise nicht betreten durfte. Die Regale an den Wänden waren von oben bis unten mit juristischen Fachbüchern gefüllt, und in der Mitte stand ein großer antiker Schreibtisch. Es gab auch einen Kamin, aber M. Paliard hielt nichts von unnötigem Heizen. Selbst mitten im Winter weigerte er sich als Vorbild für die anderen Mitglieder des Haushalts, ein Feuer anzuzünden, und saß mit Hut und Schal bekleidet über seinen Papieren, eingehüllt in einer Wolke aus Atemnebel und Pfeifenrauch. Manfred wurde nur ins Arbeitszimmer bestellt, wenn Dinge von großer Wichtigkeit zu besprechen waren.

Nachdem er eingetreten war, stand Manfred gute fünf Minuten im Raum, während sein Großvater das Dokument, das er in den Händen hielt, zu Ende las. Doch das kümmerte Manfred nicht. Ihm war es egal, wie sein Großvater ihn behandelte. Schließlich nahm M. Paliard seine Lesebrille ab und bedeutete Manfred mit einer Handbewegung, sich zu setzen. Er hatte ein langes, kantiges Gesicht mit schmalen blassblauen Augen unter der mächtigen Stirn. Er war fast vollständig kahl und hatte einen drahtigen grauen Bart. Manfred hatte Mühe, sich an eine Gelegenheit zu erinnern, bei der sein Großvater gelächelt hatte.

»Ich habe mit Monsieur Jeantet gesprochen, einem guten Bekannten von mir«, begann er ohne Einleitung. »Jeantet ist Filialleiter der Société Générale an der Rue de Mulhouse. Er hat sich bereit erklärt, dich einzustellen, was unter den gegebenen Umständen sehr großzügig von ihm ist. Du fängst kommenden Montag an und bekommst nach zwei Wochen deinen ersten Lohn. Ich schlage vor, du siehst dich sofort nach einer Wohnung um. Das Geld für die erste Miete und die Kaution leihe ich dir.«

Am Ende dieser kleinen Ansprache tat M. Paliard etwas, was er noch nie getan hatte. Er stand auf, ging zu einer Karaffe mit Sherry, die auf einem Silbertablett auf der Fensterbank stand, und füllte zwei kleine Gläser. Manfred hatte die Karaffe noch nie dort stehen sehen und fragte sich, ob sein Großvater sie extra zu diesem Anlass hatte heraufbringen lassen. Nicht nur, dass er noch nie eingeladen worden war, etwas mit seinem Großvater zu trinken, er hatte auch noch nie gesehen, dass dieser sich selbst etwas einschenkte. Normalerweise war dafür das Hausmädchen zuständig. Diesmal jedoch übernahm M. Paliard das Einschenken selbst, und er reichte Manfred sogar sein Glas, bevor er wieder Platz nahm. Die beiden Männer (denn diese Geste war eindeutig dazu bestimmt, Manfreds Aufnahme in den Kreis der Erwachsenen zu würdigen) tranken schweigend ihren Sherry. Zehn Minuten später erhob sich M. Paliard ein wenig unbeholfen und gab damit zu verstehen, dass die Audienz beendet war.

Am nächsten Tag fuhr Manfreds Großmutter mit ihm nach Mülhausen, um ihm einen Anzug schneidern zu lassen. Während der Schneider mit dem Maßband um ihn herumturnte, bestand Mme Paliard zu Manfreds Verlegenheit darauf, dass der Anzug auf Zuwachs geschnitten werden sollte. Dennoch genoss Manfred diese neue Erfahrung. Einen Anzug zu tragen verlieh ihm etwas Würdevolles. Der junge Mann, der ihm aus dem Spiegel des Schneiders entgegensah, hatte nichts mehr mit dem linkischen Schuljungen gemein, den er so verachtete. Anschließend aßen sie in einem schicken Bistro zu Mittag. Während des Essens plauderte Mme Paliard munter darüber, was für eine großartige Chance diese neue Stelle war. Manfred wusste, dass sie in Wirklichkeit enttäuscht von ihm war, aber er widersprach ihr nicht. Gemeinsam tranken sie eine Flasche Wein – etwas, das sie niemals getan hätten, wenn Manfreds Großvater dabei gewesen wäre –, und nach dem Dessert brach Mme Paliard in Tränen aus und sagte zu Manfred, er könne jederzeit zum Essen nach Hause kommen, und sein Zimmer stehe immer für ihn bereit. Manfred hatte seine Großmutter gern, und sie tat ihm leid, weil sie nun mit seinem Großvater alleine war. Er dankte ihr und versprach, regelmäßig zu Besuch zu kommen.

Als Manfred am Montagmorgen in der Bank ankam, führte M. Jeantet ihn sofort in sein Büro. Er war ein rundlicher Mann mit rotem Gesicht und Backenbart, der einen altmodischen Fischgrätanzug und darunter eine mottenzerfressene grüne Strickjacke trug. M. Jeantet bemühte sich stets um joviale Freundlichkeit. Er begrüßte seine Kunden mit kräftigem Handschlag und reichlich Schulterklopfen und behandelte sie wie lange vermisste Freunde. Er tätschelte sämtlichen weiblichen Angestellten den Po und machte gerne anzügliche Bemerkungen zu ihrem Aussehen oder ihrer Wochenendgestaltung. Dies tat er ohne jede Unterscheidung nach Alter oder Schönheit, zweifellos um niemanden durch Auslassung zu beleidigen. Anfangs wunderte sich Manfred, wie gutmütig seine neuen Kolleginnen dieses Verhalten hinnahmen, doch er merkte bald, dass sie hinter seinem Rücken eine Menge wenig schmeichelhafter Spitznamen für ihren Chef hatten. Es fiel ihm schwer zu glauben, dass sein Großvater diesen Mann als »guten Bekannten« betrachtete.

Jeantet führte Manfred am Arm in sein Büro und zu zwei Ledersesseln, wobei er wortreich betonte, wie sehr er sich freue, einen so aufgeweckten jungen Mann an Bord zu haben.

»Setz dich, mein Junge, setz dich«, drängte er. »Einen schicken Anzug hast du da an. Sitzt ein wenig locker, wenn ich das anmerken darf, aber ihr jungen Leute tragt das ja heutzutage so. Ich bin eher altmodisch, das findet zumindest meine Frau. Aber ich sage immer, Qualität kommt nie aus der Mode. Was, mein Junge? Ha ha.«

»Ganz recht«, sagte Manfred.

»Na, darauf müssen wir anstoßen, findest du nicht?« Und obwohl es noch nicht einmal neun Uhr war, griff der Filialleiter nach einer Karaffe, die auf dem Beistelltisch zwischen ihnen stand. Er schenkte zwei Gläser großzügig ein und brachte einen Trinkspruch auf ein langes und fruchtbares Miteinander aus. Manfred nippte an seinem Glas und hatte den Eindruck, in eine archaische Gesellschaft von Sherrytrinkern aufgenommen worden zu sein.

»Es ist wichtig, Beziehungen zu festigen«, fuhr Jeantet fort. »Das wirst du noch lernen. Ich habe dir viel beizubringen – bei der Leitung einer Bank geht es nämlich nicht etwa um Geld, oh nein. Es geht um Menschen.« Er legte eine Kunstpause ein und sah Manfred eindringlich an.

Dann schien plötzlich ein Schatten über Jeantets Gesicht zu ziehen; er stellte sein Glas ab, lehnte sich in seinem Sessel zurück und faltete die Hände über seinem Bauch. Auch Manfred stellte sein Glas hin.

»Nun«, sagte er in deutlich ernsterem Tonfall. »Dein Großvater – ein feiner Mann –, hat mir erzählt, dass du dein *baccalauréat* nicht bestanden hast. Das ist nicht besonders ruhmreich, und normalerweise würde ich niemanden einstellen, bei dem ich mir nicht sicher bin, dass er ordentlich was im Kopf hat.« Er tippte sich an die Schläfe. »Doch dein Großvater hat mir versichert, dass du ein aufgeweckter junger Mann bist, und ich bin bereit, ihm das zu glauben. Ich hoffe, du wirst dich des Vertrauens, das ich dir entgegenbringe, würdig erweisen.«

Er nickte bedächtig, dann nahm er wie zum Zeichen, dass der ernste Teil vorbei war, wieder sein Glas.

»Akademische Qualifikationen sind ja schön und gut, aber was im Leben zählt, sind harte Arbeit und ein gutes Gespür für menschliches Verhalten. Ich zum Beispiel bin ein passionierter Beobachter des menschlichen Wesens. Ich will nicht drum herumreden: Mit mir hast du einen Glückstreffer gelandet. Schau zu und lerne, und du wirst es weit bringen.«

Er beugte sich über den Tisch und bedeutete Manfred, dasselbe zu tun, dann flüsterte er deutlich hörbar: »Unter uns gesagt, ich habe vor, in ein paar Jahren in den Ruhestand zu gehen. Diese grässlichen alten Schachteln da draußen«, er deutete mit dem Daumen zur Tür, »haben nicht für fünf Francs Verstand. Ihre Arbeit könnte auch ein Affe erledigen. Das Einzige, was sie interessiert, ist der Tratsch und der Gehaltsscheck, den sie am Monatsende kriegen. Aber ein pfiffiger junger Bursche in einem guten Anzug, so wie du, der kann in ein paar Jahren auf meinem Stuhl sitzen, wenn er es geschickt anstellt. Na, was hältst du davon, mein Junge?«

Manfred widerstand der Versuchung zu erwidern, dass er sich lieber in den Rhein stürzen würde, als auch nur eine Minute länger als nötig in der Saint-Louiser Filiale der Société Générale zu arbeiten.

»Ich bin sehr dankbar für diese Gelegenheit«, sagte er.

Noch am gleichen Tag erkundigte sich Manfred nach der Wohnung über dem Restaurant de la Cloche, aber dort wohnte der neue Besitzer mit seiner Frau. Daraufhin nahm er übergangsweise die Wohnung an der Rue de Mulhouse.

3

Donnerstag war Markttag. Um halb eins war das Restaurant de la Cloche bis auf den letzten Platz besetzt. Manfred kannte die meisten der Gäste und grüßte diejenigen, deren Blicke er kreuzte, mit einem Nicken oder einem angedeuteten »Guten Tag«. Mehr Austausch fand zwischen ihm und den anderen Stammgästen nicht statt. Unter denen, die jeden Tag hier zu Mittag aßen, herrschte wie unter Zugpendlern eine stillschweigende Übereinkunft über die Grenzen der Kommunikation. Manfred nahm seinen Platz an dem Ecktisch ein, den Marie für ihn reserviert hatte. Das Mittagsmenü wechselte von Tag zu Tag, wiederholte sich aber von Woche zu Woche. Es gab stets zwei Vorspeisen, zwei Hauptspeisen und eine Spezialität des Tages, dazu eine Nachspeise und Kaffee. In den nahezu zwanzig Jahren, die er nun hierherkam, hatte sich die Auswahl nie geändert. Donnerstags war die Spezialität des Tages *pot-au-feu*. Etwa einmal im Monat fragte Manfred Pasteur im Scherz, ob er die Karte nicht einmal ändern wolle. »Sehen Sie hier irgendwo einen Kummerkasten?«, entgegnete der Besitzer darauf stets.

Adèle kam zu Manfreds Tisch, um die Bestellung aufzunehmen. Bei ihrem Anblick überkam ihn eine unerklärliche Erregung.

»Hallo, Adèle.« Er versuchte, Blickkontakt mit ihr aufzunehmen, hoffte auf eine Bestätigung dessen, was am vergangenen Abend zwischen ihnen geschehen war.

»Monsieur«, erwiderte Adèle ausdruckslos. Ohne von ihrem Notizblock aufzusehen, ratterte sie seine übliche Donnerstagsbestellung herunter (Zwiebelsuppe, *pot-au-feu, crème brûlée*), bevor er Gelegenheit hatte, noch irgendetwas zu sagen. Manfred erwog kurz, seine Bestellung plötzlich zu ändern, nur um ihre Aufmerksamkeit zu wecken, doch als sie sich mit unverhohlen gelangweilter Miene abwandte, war er froh, dass er es nicht getan hatte. Das hätte nur dazu geführt, dass Pasteur zu ihm an den Tisch gekommen wäre, um zu fragen, was diesen Sinneswandel ausgelöst habe. Manfred stellte sich vor, wie er brüllte: »Ich hatte einfach mal Lust auf etwas anderes!«, seinen Tisch umstieß und aus dem Restaurant stürmte, wobei er die Weingläser der anderen Gäste an die Wand schleuderte.

Er schlug den Wirtschaftsteil des *L'Alsace* auf und starrte blicklos auf die Aktienkurse. Adèle brachte ihm seine Suppe. Noch immer ließ sie sich nichts von der Vertrautheit des vorigen Abends anmerken. Vielleicht sollte er sie, wenn sie mit dem Hauptgang zurückkam, beiläufig fragen, ob sie einen schönen Abend gehabt hatte. Was könnte daran falsch sein? Schließlich hatte er die beiden zusammen gesehen. War es da nicht nur natürlich, sie darauf anzusprechen? Manfred hatte das Glas Wein, das im Menü inbegriffen war, bereits geleert. Die Suppe war wässrig und zu schwach gewürzt.

Unablässig kamen und gingen Gäste. Wenn viel los war, lief das Restaurant de la Cloche wie eine gut geölte Maschine. Marie blieb oft bei einem der Stammgäste stehen, um ein paar Worte zu wechseln, aber ihr Blick hielt unablässig Ausschau nach leer gegessenen Tellern und Gästen, die zahlen wollten. Auf ein kleines Zeichen hin wurde die Rechnung von Pasteur hinter dem Tresen zusammengestellt und ausgehändigt. Tische wurden abgeräumt und mit militärischer Effizienz neu eingedeckt. Aus der Küche drang unablässiges Geschepper, und man hörte die Rufe der Bestellungen, die fertig waren. Gäste unterhielten sich lautstark mit vollem Mund, da sie wussten, dass sie sich nicht allzu viel Zeit mit dem Essen lassen sollten. Die meisten verzichteten auf den Kaffee zum Abschluss. Und wenn sie doch einen wollten, wurde er zusammen mit der Nachspeise gebracht. Adèle bediente die anderen Gäste mit derselben mürrischen Art, die sie auch Manfred gegenüber an den Tag legte. Sie bewegte sich langsam und schwerfällig wie eine Kuh auf dem Weg zum Melken, aber auf ihre Weise war sie ebenso tüchtig wie die herumwirbelnde Marie.

Im Vorbeigehen sammelte Adèle seinen Suppenteller ein, während sie das Geschirr eines anderen Tisches auf dem Arm balancierte. Jetzt war kaum der richtige Moment, um mit ihr zu plaudern. Doch bevor sie verschwinden konnte, sagte Manfred:»Entschuldigen Sie, Adèle, aber wenn es nicht allzu viel Mühe macht, würde ich meine Bestellung gerne ändern. Ich nehme lieber das *choucroute garnie.*«

Das würde ihre Aufmerksamkeit wecken! Adèle drehte sich um und sagte:»Natürlich, Monsieur.« Ihre Miene blieb ausdruckslos. Manfred bewunderte ihre Nonchalance, während sie auf die Küche zusteuerte.

»Und, Adèle«, fügte er ein wenig lauter hinzu, damit sie ihn über den Lärm hinweg hörte,»noch ein Glas Wein.«

Das musste er ihr lassen, sie ließ sich nichts anmerken. Noch während er zusah, wie sie sich durch die Schwingtür in die Küche schob, stellte er sich vor, welch ein Aufruhr ausbrechen würde, wenn sie verkündete, dass Manfred Baumann seine Bestellung geändert hatte. Und er wollte ein zweites Glas Wein! Er lehnte sich in seinem Stuhl zurück und musterte die anderen Gäste. Doch sie merkten nichts von den dramatischen Ereignissen, die sich gerade abspielten.

Manfred wartete darauf, dass der Besitzer an seinen Tisch kam, um sich zu erkundigen, ob ihm der *pot-au-feu* nicht mehr schmecke. Doch Pasteur blieb hinter seinem Tresen und schenkte Wein in Karaffen, als wäre nichts weiter vorgefallen. Er sah nicht einmal in Manfreds Richtung.

Adèle kam mit seinem *choucroute.* »*Bon appétit*«, sagte sie. Das Eisbein war fett und zu lange gegart, das *choucroute* zu sauer. Er vermisste das Schmorfleisch, auf das Marie so stolz war. Zumal *pot-au-feu* sein Lieblingsessen der ganzen Woche war, aber darum ging es nicht. Er aß seinen Teller leer. Schließlich würde es sehr töricht wirken, wenn er seine Bestellung änderte und das Gewählte dann nicht entsprechend genoss. Er leerte sein zweites Glas Wein und lehnte sich mit einem Gefühl tiefer Befriedigung zurück.

In der Bank merkte Manfred die Wirkung des zusätzlichen Weins. Er ertappte sich dabei, wie er an seinem Schreibtisch einnickte, und bat seine Sekretärin, ihm einen Kaffee zu bringen. Er hatte einen Termin mit einem Bauern namens Distain, bei dem es darum ging, die Rückzahlungsfrist für einen Kredit zu verlängern. Manfred hörte eine Viertelstunde lang mit halbem Ohr zu, während der graubärtige Bauer über den Preisdruck der Supermärkte, die Ungerechtigkeit der Marktregulierung und den Niedergang der französischen Lebensart schwadronierte. Ein Blick auf seine Akte verriet Manfred, dass der Bauernhof bereits seit zehn Jahren Verlust machte. Er gewährte Distain eine dreijährige Aussetzung der Raten, das Maximum dessen, was möglich war. Distain konnte es gar nicht fassen. Einen schrecklichen Moment lang fürchtete Manfred, der Mann würde vor lauter Dankbarkeit anfangen zu weinen. Als er ihn aus seinem Büro geleitete, musste Manfred buchstäblich seine Hand aus Distains Griff befreien.

Manfred graute es jede Woche vor dem Donnerstagabend. Er kam zur üblichen Zeit in das Restaurant de la Cloche und nahm seinen Platz am Tresen ein. Er bestellte sein erstes Glas Wein und trank es rasch aus. Lemerre und Cloutier saßen an ihrem Tisch.

Petit verspätete sich. Im Spiegel hinter der Bar sah Manfred, wie Lemerre die Karten herausholte und sie geistesabwesend mischte. Petit kam herein, zog seine Jacke aus und hängte sie über die Lehne seines Stuhls. Lemerre und Cloutier hatten die erste Karaffe des Abends bereits zu zwei Dritteln geleert. Die drei Männer unterhielten sich ein paar Minuten leise, dann rief Lemerre (es war immer Lemerre) zur Bar hinüber:»Schweizer, machst du uns den vierten Mann?«

Manfred wartete stets, bis er auf diese Weise aufgefordert wurde. Es gab keinen Grund, weshalb er sich nicht direkt bei seiner Ankunft zu den Männern an den Tisch setzen sollte, aber er tat es nie. Stattdessen setzte er jedes Mal, wenn Lemerre ihn herbeirief, eine überraschte Miene auf, als hätte er ganz vergessen, dass es der Abend des Kartenspiels war – auch wenn ihm die Absurdität dieser Scharade durchaus bewusst war.

Gehorsam nahm Manfred sein Glas und setzte sich an den Tisch. Die drei Freunde saßen stets auf denselben Plätzen, sodass Manfred den Stuhl des Toten, wie er ihn im Geiste nannte, nehmen musste. Es gab keine Diskussion darüber, wer mit wem spielte, denn jede Veränderung hätte einen Platzwechsel erfordert. So spielte Manfred mit Cloutier und Lemerre mit Petit. Cloutier war ein katastrophaler Spieler, unfähig, Manfreds Gebote zu interpretieren, und ängstlich in seinem Spiel. Lemerre und Petit wiederum arbeiteten mit einem System kaum verhohlener Mauschelei: Sie kratzten sich an der Nase, husteten oder klopften auf den Tisch. Ihr Code war so primitiv, dass Manfred ihn mit Leichtigkeit durchschaute. Sie hätten ebenso gut ihre Karten offen auf den Tisch legen können. Und obwohl Cloutier wie ein Idiot spielte, gewannen sie jedes Mal. Einmal hatte Lemerre Manfred sogar vorgeworfen, er würde schummeln. Meistens jedoch schüttelten Lemerre und Petit nur den Kopf über das Glück ihrer Gegner.

Adèle brachte eine neue Karaffe Wein und ein Glas für Manfred.

Als sie sich über den Tisch beugte, blickte Manfred verstohlen in ihren Ausschnitt und dachte an den jungen Mann, den er am Abend zuvor gesehen hatte.

Donnerstags wurden vier Karaffen getrunken. Manfred achtete darauf, dass sein Weinkonsum mit dem der anderen Schritt hielt, damit er nicht beschuldigt werden konnte, mehr zu trinken, als ihm zustand, oder hinterherzuhinken. Am Ende des Abends steckte Lemerre Manfreds Anteil an den Weinkosten ein. Die drei Männer beglichen ihre Rechnung einmal in der Woche. Manfred hätte problemlos eine ähnliche Regelung mit Pasteur treffen und damit dem peinlichen Trinkgeldritual ein für alle Mal ein Ende setzen können. Doch er hatte nie darum gebeten, anschreiben zu lassen, und nach so vielen Jahren würde es merkwürdig wirken. »Warum«, würde Pasteur sicher fragen, »haben Sie bisher nie danach gefragt?« Es würde Manfred schwerfallen, diese Frage zu beantworten. Er konnte schlecht behaupten, es sei ihm nie in den Sinn gekommen, denn er dachte jeden Tag darüber nach.

Lemerre schrieb die Punktetabelle auf die Rückseite eines Briefumschlags. Seit dem Tod von Le Fèvre war Lemerre *de facto* zum Anführer der Gruppe geworden. Er roch nach einer Mischung aus Haarpflegeprodukten und Schweiß. Auf seinem schwabbeligen Gesicht lag ein permanenter Ausdruck von Verachtung, und er schimpfte oft lautstark auf die Immigranten, die Juden (die er für nahezu alle Probleme der Welt verantwortlich machte) und – sein liebstes Hassthema – die Homosexuellen. »Ihr habt's richtig gemacht, Schweizer«, sagte er wiederholt zu Manfred. »Habt die Türken und die Juden gar nicht erst reingelassen.« Er brachte seine Tiraden in leicht gekünsteltem Tonfall vor, begleitet von übertriebenen Handbewegungen, als glaube er, seinen Schülern Perlen der Weisheit zu offerieren. Die Wirkung war zugleich komisch und bedrohlich. Ein paarmal hatte Manfred sich auf eine Diskussion mit Lemerre eingelassen, was jedoch nur dazu geführt hatte, dass er als kommunistische Schwuchtel beschimpft worden war. Jetzt überließ er es Pasteur, einzuschreiten, wenn Lemerre bei seinen Hetzereien jedes Maß verlor.

Die Karten wurden abgehoben und ausgeteilt. Lemerre und Petit begannen mit einem ausgeklügelten Duett aus Gehüstel und Geklopfe, dem Manfred entnahm, dass sie beide kaum Pik hatten. Er selbst hatte eine Länge in Pik und schloss daraus, dass Cloutier zumindest einige Bilder von dieser Farbe haben musste. Er ignorierte die Eröffnung seines Partners von zwei Cœur und sprang direkt auf sechs Pik.

»Das nenne ich sportlich«, sagte Lemerre.

Manfred zuckte die Achseln. Er machte alle dreizehn Stiche mit Leichtigkeit.

»Aber ganz oben einzusteigen, hast du dich dann doch nicht getraut. was?«, zog Lemerre ihn auf. »Wer nicht wagt, der nicht gewinnt.«

Das Spiel ging auf die gleiche Weise weiter. Manfred verlor sogar ein paarmal absichtlich und gab Lemerre damit Gelegenheit, mit seinen Fähigkeiten anzugeben.

Bei den wenigen Malen, als Cloutier Alleinspieler war, sah Manfred zu, wie Adèle ihren Aufgaben nachging. Sie wirkte weniger mürrisch als sonst, scherzte sogar mit ein paar Gästen. Ihre Haltung war aufrechter, als wäre ihr ein Sack Kohlen von den Schultern genommen worden. Offensichtlich war sie in den jungen Mann mit dem Roller verliebt, dachte Manfred. Er freute sich nicht für sie, sondern verspürte eine gewisse Abscheu gegenüber dem jungen Mann, ja, gegenüber allen jungen Männern, denen es gelang, einem Mädchen mit einem Roller und ein paar vulgären Komplimenten den Kopf zu verdrehen. Adèle kam mit der letzten Karaffe des Abends an ihren Tisch.

Ohne nachzudenken, platzte Manfred heraus: »Sie sehen heute Abend hübsch aus, Adèle.«

Seine drei Mitspieler erstarrten. Petits Hand, die gerade eine Karte ablegen wollte, schwebte in der Luft. Die drei wechselten vielsagende Blicke; Petit und Cloutier warteten auf ein Zeichen von Lemerre. Er brach in derbes Gelächter aus, umgehend gefolgt von seinen beiden Gefährten. Manfred lief dunkelrot an und starrte auf den Tisch.

»Pass bloß auf, Mädchen«, gackerte Lemerre. »Unser Schweizer hier ist ein Frauenheld.«

Adèle ließ sich davon nicht aus der Fassung bringen. Sie schickte ein dünnes Lächeln in Manfreds Richtung und ging mit der leeren Karaffe zurück zum Tresen.

Am Ende des Abends verabschiedete sich Manfred von den anderen Spielern und verließ das Restaurant. Zu seiner Erleichterung war Adèle noch dabei zu fegen, als das Spiel endete und die letzte Karaffe geleert war. Er war ziemlich sicher, dass sie sich wieder bei dem kleinen Park neben der protestantischen Kirche mit dem jungen Mann treffen würde. Und tatsächlich wartete er dort, an den Sitz seines Rollers gelehnt, und rauchte eine Zigarette.

Diesmal konnte Manfred ihn besser sehen. Er war höchstens achtzehn oder neunzehn, hatte dünne, blonde Haare und ein Milchgesicht, als müsse er sich noch nicht rasieren. Während Manfred auf ihn zuging, fragte er sich, ob der Junge sich wohl von der Begegnung am vorigen Abend an ihn erinnerte. Falls dem so war, ließ er sich auf jeden Fall nichts anmerken. Er nahm weder Blickkontakt auf, noch wandte er sich ab. Er hatte blaue Augen und schmale Lippen. Manfred verspürte eine seltsame Erleichterung, weil der junge Mann nicht so aussah, als würde er reihenweise Mädchen aufreißen und wieder fallen lassen.

Als Manfred an ihm vorbeiging, zog der junge Mann an seiner Zigarette. Er hielt sie unbeholfen zwischen Daumen und Zeigefinger. Noch war das Rauchen Pose. Manfred vermutete, dass er sich im Bett ungeschickt anstellte, falls er überhaupt schon so weit gekommen war. Es gefiel ihm, dass Adèle sich nicht mit einem weltgewandten Romeo einließ. Er ging an dem kleinen Park vorbei zu seiner Wohnung. Dann blieb er stehen und drehte sich um. Als er später darüber nachdachte, konnte er nicht sagen, was ihn dazu veranlasst hatte. Er hatte nicht darüber nachgedacht, und er konnte sich auch nicht entsinnen, es bewusst getan zu haben. Er hatte einfach einem plötzlichen Impuls nachgegeben.

Am Ende des kleinen Parks war ein Mietshaus, das ein Stück von der Straße zurückgesetzt lag. Manfred lief geduckt zum Eingang des Hauses und versteckte sich hinter dem Gebüsch. Der junge Mann sah in die Richtung, aus der Adèle kommen würde. Es bestand keine Gefahr, dass er Manfred bemerkte, und selbst wenn er sich umdrehte, würde er Manfred in seinem Versteck nicht sehen. Der junge Mann trat seine Zigarette aus und schaute auf die Uhr. Einige Minuten vergingen. Manfred begann sich zu fragen, was er hier tat, aber nachdem er schon so lange gewartet hatte, wäre es töricht, jetzt zu gehen. Außerdem würde er sich dabei womöglich durch ein Geräusch verraten.

Adèle tauchte auf, sie ging langsam den Gehsteig entlang. Der junge Mann winkte ihr zu, und sie erwiderte seinen Gruß, beschleunigte ihren Schritt jedoch nicht. Manfred fragte sich, warum die beiden sich nicht vor dem Restaurant trafen. Sie mussten einen Grund haben, weshalb sie nicht zusammen gesehen werden wollten. Vielleicht waren ihre Eltern nicht mit der Verbindung einverstanden. Obwohl Manfred sich nicht vorstellen konnte, dass Adèle bei ihren Eltern wohnte. Wenn man ihn gefragt hätte, hätte er angenommen, dass sie entweder Waise oder von zu Hause weggelaufen war. Etwas in ihrer Selbstgenügsamkeit ließ darauf schließen, dass sie allein auf der Welt war.

Die beiden begrüßten einander mit einem noch leidenschaftlicheren Kuss als am Abend zuvor. Sie blieben eine ganze Weile eng umschlungen stehen. Der junge Mann legte seine rechte Hand auf

Adèles Hintern. Sie umfasste seinen Nacken und presste ihr Becken an ihn. Manfred spürte, wie Erregung in ihm aufstieg. Als sie sich voneinander lösten, bot der junge Mann Adèle eine Zigarette an, die sie auch nahm. Dann stiegen sie auf den Roller, und Adèle schlang ihre Arme um die Taille des jungen Mannes. Sie wendeten in einer großen Kurve und fuhren davon. Und das war alles. Dafür hatte Manfred sich hinter dem Gebüsch versteckt und gewartet. Eilig ging er davon, plötzlich voller Sorge, dass jemand ihn bei seiner Spioniererei beobachtet haben könnte. Aber es war spät, und die Straßen von Saint-Louis lagen verlassen da.

4

Am Freitag wich Manfred nicht von seiner üblichen Menüwahl ab: *andouillette* mit Senfsauce und Kartoffelpüree. Adèle war nicht zur Arbeit erschienen. Manfred verspürte einen Stich der Enttäuschung. Ihm wurde bewusst, dass er sich darauf gefreut hatte, sie zu sehen. Pasteur war übler Laune, da Adèles Fehlen ihn zwang, an den Tischen zu bedienen. Er nahm mürrisch die Bestellungen auf und klopfte mit seinem Stift auf den Notizblock, wenn er warten musste, bis die Gäste sich entschieden hatten. Manfred fragte ihn nicht, wo Adèle war. Er bat auch nicht darum, seine leere Wasserkaraffe nachfüllen zu lassen. Pasteurs Gereiztheit belastete die Atmosphäre im Restaurant. Auch sonst zogen die Leute ihr Mittagessen nicht in die Länge, aber an diesem Tag aßen sie schneller als üblich. Und während man normalerweise die Stimme erheben musste, um sich über das Geschirrgeklapper und das angeregte Geplauder hinweg zu verständigen, herrschte jetzt gedrückte Stimmung. Manfred aß seine Birnentarte und zahlte eilig. Ihm blieb noch eine Viertelstunde, bis er wieder in der Bank sein musste. Doch da ihm nichts einfiel, womit er die Zeit totschlagen konnte, ging er direkt dorthin zurück. Niemand sagte etwas zu seiner früheren Rückkehr.

Am Abend fehlte Adèle immer noch. Im Restaurant war wenig los, und Pasteur saß an seinem Stammplatz hinter dem Tresen. Seine schlechte Laune schien sich gelegt zu haben. Als Manfred sein zweites Glas trank, fragte er ihn, wo Adèle sei. Er bemühte sich, beiläufig zu klingen.

Pasteur zuckte die Achseln. »Sie ist zum Mittagessen nicht aufgetaucht, und heute Abend auch nicht.«

»Ist sie krank?«

»Keine Ahnung«, erwiderte Pasteur.

Manfred ignorierte seinen schroffen Tonfall.

»Hat sie denn nicht angerufen?«

Pasteur blickte gereizt von seiner Zeitung auf. Er hatte zu dem Thema alles gesagt, was er zu sagen hatte. Als Marie aus der Küche kam, überlegte Manfred, ob er sie fragen sollte, ließ es dann jedoch bleiben. Die Leute könnten sich über sein plötzliches Interesse an der Kellnerin wundern. Wenn Pasteur sich keine Sorgen machte, warum sollte er es tun? Warum interessierte er sich überhaupt für sie? In den Monaten, die Adèle nun schon im Restaurant arbeitete, hatte er ihr kaum Beachtung geschenkt, von seinen lüsternen Fantasien einmal abgesehen. Er hatte sich nie gefragt, wo sie wohnte, was sie in ihrer Freizeit tat oder was ihr im Kopf herumging.

Später, als Marie die letzte Karaffe des Abends an Lemerres Tisch gebracht hatte, blieb sie hinter dem Tresen stehen, um die Oberflächen abzuwischen. Das war eigentlich Pasteurs Aufgabe, aber er fand offenbar, dass er für diesen Tag genug gearbeitet hatte.

»Viel zu tun heute, Marie?«, fragte Manfred.

»Ja, viel zu tun, Monsieur Baumann«, erwiderte sie und verschwand in der Küche. Manfred zog sein letztes Glas Wein ein wenig länger hin als sonst. Ein paar Minuten später kam Marie wieder heraus, aber sie blieb nicht am Tresen, sondern deckte die Tische für den nächsten Tag ein. Danach ging sie hinauf in die Wohnung. Manfred zahlte und verließ das Restaurant.

Am nächsten Nachmittag gegen drei, als Manfred an seinem Küchentisch saß und einen Krimi las, klopfte es an der Tür. Er schreckte zusammen. Er bekam nie Besuch, und selbst wenn, müsste derjenige erst an der Haustür klingeln, um ins Gebäude zu gelangen. Eine Weile saß er stocksteif da. Wahrscheinlich war es irgendein Meinungsforscher oder religiöser Bekehrer, den einer von den Nachbarn hereingelassen hatte. Manfred hielt den Atem an und wartete auf das Geräusch sich entfernender Schritte. Doch es klopfte erneut. Es war ein hartnäckiges, ungeduldiges Klopfen – eines, das so klang, als wüsste die Person auf der anderen Seite, dass er da war. Manfred schob leise den Stuhl zurück und schlich durch den Flur. Er lauschte kurz und schaute dann durch den Spion.

Ein Mann mit kurzem grauem Haar und schmalen grauen Augen blickte direkt auf die Tür. Manfred erkannte ihn. Er war von der Polizei. Als Manfred die Tür öffnete, hielt der Mann seinen Ausweis hoch, den er offenbar schon in der Hand gehabt hatte. »Kommissar Gorski von der Polizei Saint-Louis.«

»Ja«, sagte Manfred.

Gorski war ein kräftiger Mann von durchschnittlicher Größe, etwa Mitte, Ende vierzig. Er trug einen anthrazitgrauen Anzug, ein dunkelblaues Hemd und eine Krawatte in einem ähnlichen Farbton. Über seinem linken Arm hing ein leichter Mantel. Seinem Gesichtsausdruck war nicht zu entnehmen, ob er Manfred wiedererkannte. Manfred streckte die Hand aus, ließ sie dann jedoch wieder sinken. Gab man einem Polizisten die Hand?

»Kann ich kurz mit Ihnen sprechen, Monsieur Baumann?«

Es gab keinen Grund, sich Sorgen zu machen, weil der Kommissar seinen Namen kannte. Schließlich stand er auf dem kleinen silbernen Schild an der Tür.

»Natürlich.«

Dann herrschte Schweigen. Manfred wartete darauf, dass der Kommissar etwas sagte, doch schließlich begriff er, dass dieser seinerseits darauf wartete, hereingebeten zu werden. Er wich zur Seite. Gorski dankte ihm und trat in den schmalen Flur. Gorski musste sich an Manfred vorbeischieben, bevor dieser sich wiederum an ihm vorbeischob, um ihn in die Küche zu führen. Ein paar Jahre lang hatte Manfred eine Putzfrau beschäftigt, aber es war ihm immer gegen den Strich gegangen, dass jemand anderes in seiner Wohnung herumschnüffelte. Er fühlte sich dabei unwohl, und außerdem war kaum etwas für sie zu tun, da er sehr ordnungsliebend war. Er wusch sofort ab, nachdem er gegessen hatte, und räumte stets alles an seinen Platz zurück. Die alte Frau hatte seine bereits makellosen Zimmer gesaugt und seine Sachen gewaschen und gebügelt, eine Aufgabe, die Manfred nicht mochte. Aber die Vorstellung, dass sie sein Bett abzog und seine Unterwäsche wusch und zusammenfaltete, war ihm peinlich. Er war erleichtert gewesen, als sie starb (er hätte es nicht fertiggebracht, ihr zu kündigen), und in den vier Jahren, die seither vergangen waren, hatten nur wenige Leute seine Wohnung betreten. Jetzt erledigte Manfred seine Wäsche sonntagnachmittags in der Waschküche im Keller des Hauses. Es machte ihm keinen Spaß, aber immerhin füllte es einen Teil des Wochenendes, mit dem er sonst nicht viel anzufangen wusste.

Die beiden Männer standen einander in der Küche gegenüber. Manfred hatte das Gefühl, dass der Kommissar ihn musterte. Wenn ein Funke des Erkennens in seinen grauen Augen lag, würde er es wahrscheinlich der Tatsache zuschreiben, dass man sich in einer Stadt wie Saint-Louis öfter über den Weg lief. Tatsächlich ging Manfred auf seinem Weg zum und vom Restaurant de la Cloche jeden Tag an der Polizeiwache vorbei, obwohl er meist auf der anderen Straßenseite blieb. Es wäre geradezu seltsam, wenn der Kommissar ihn noch nie gesehen hätte.

Manfred kam sich vor wie in einer Filmszene. Als Nächstes würde der Polizist sagen: *Sie haben noch gar nicht gefragt, worum es geht,* und er würde sofort unter Verdacht stehen. Doch Manfred hatte seine Gelegenheit verpasst. Ganz gleich, was er jetzt sagte, es würde gestelzt und unnatürlich klingen. Natürlich ahnte er, weshalb Gorski hier war. In gewisser Weise hatte er ihn sogar erwartet. Er hätte höflich fragen sollen: *Wie kann ich Ihnen helfen?* Oder direkt sagen, dass er annahm, der Besuch des Kommissars hänge mit der verschwundenen Kellnerin zusammen. Doch Gorski schien sein Unbehagen nicht zu bemerken. Vermutlich war er daran gewöhnt, dass die Leute sich gegenüber der Polizei gehemmt verhielten. Genau genommen machte man sich wahrscheinlich sogar verdächtig, wenn man entspannt blieb, weil es die Vermutung nahelegte, dass man den Umgang mit dem Gesetz gewohnt war.

Gorski klopfte auf die Lehne des Stuhls, auf dem Manfred zuvor gesessen hatte.

»Gestatten Sie?«, fragte er und setzte sich, ohne die Antwort abzuwarten.

Manfred fragte den Kommissar, ob er einen Kaffee wolle. Gorski lehnte ab, und Manfred setzte sich ihm gegenüber an den Tisch. Er hätte sich gerne mit der Tätigkeit des Kaffeekochens beschäftigt. Gorski hatte nichts unternommen, um die Atmosphäre zu entspannen. Er griff nach dem Buch, in dem Manfred gelesen hatte, und musterte es. Manfred lächelte entschuldigend. Er überlegte, ob er dem Kommissar sagen sollte, dass er sonst durchaus gehobenere Lektüre las, ließ es dann aber lieber bleiben. Vielleicht las der Kommissar nur Krimis oder überhaupt nicht und würde ihn für eingebildet halten. Und was war schon dagegen einzuwenden, sich den Samstagnachmittag mit einem Unterhaltungsroman zu vertreiben?

Gorski legte das Buch sorgsam zurück auf den Tisch.

»Es wird sicher nicht lange dauern«, sagte er, schien es aber jedoch nicht eilig zu haben.

Manfred verschränkte die Finger und legte die Hände vor sich auf den Tisch, um nicht fahrig zu wirken. Er hatte das Gefühl, dass er keinen guten Eindruck machte.

Plötzlich schob Gorski den Stuhl zurück und stand auf. Manfred fürchtete sofort, er würde verhört werden, aber er konnte ja schlecht ebenfalls aufspringen, um sich mit dem Kommissar auf Augenhöhe zu bringen.

»Ich untersuche das Verschwinden von Adèle Bedeau«, sagte Gorski.

»Verschwinden?«, fragte Manfred. Er war sehr zufrieden mit der Art, wie er dies sagte – als wäre er wirklich überrascht. Und es war gut gewesen, dass er Adèle vorher nicht erwähnt hatte. Die Tatsache, dass ein junges Mädchen nicht zur Arbeit erschienen war und ihren Arbeitgeber nicht über den Grund dafür informiert hatte, bedeutete ja schließlich noch nicht, dass ihr etwas zugestoßen war.

Gorski zuckte die Achseln. »Vielleicht ist Verschwinden ein zu starkes Wort. Vor zwei Tagen war sie noch da, und jetzt ist sie es nicht mehr. Niemand weiß, wo sie ist. Also sieht es so aus, als wäre sie verschwunden.«

Manfred nickte.

»Ich nehme an, Sie kennen Mademoiselle Bedeau?«

»Ja«, antwortete Manfred. Es wäre dumm, das zu leugnen. »Sie arbeitet als Kellnerin in dem Restaurant, wo ich immer zu Mittag esse.«

»Und weiter geht Ihre Beziehung nicht?«

»Ich weiß nicht, ob wir überhaupt je eine Beziehung hatten. Bis eben kannte ich noch nicht einmal ihren Nachnamen.«

Er entspannte sich ein wenig. Gorski machte nicht den Eindruck, als wolle er ihn unter Druck setzen. Der Kommissar setzte sich wieder.

»Sie ist Kellnerin, und Sie sind ein Gast. Sonst nichts?«

»Nein.«

»Sie haben sie nie außerhalb des Restaurants gesehen?«

»Sie meinen, auf private Weise?«

»Auf irgendeine Weise.«

Manfred schüttelte langsam den Kopf, als würde er eingehend darüber nachdenken.

Gorski zeigte keine Anzeichen, dass er ihm nicht glaubte. »Mademoiselle Bedeau wurde zuletzt gesehen, als sie am Donnerstagabend das Restaurant verließ. Sie haben sie seither nicht mehr gesehen?«

Es war der Donnerstagabend gewesen, als er Adèle und den jungen Mann am kleinen Park beobachtet hatte. Manfred hatte keine Lust, in eine polizeiliche Ermittlung hineingezogen zu werden, aber vielleicht war das, was er gesehen hatte, wichtig. Was, wenn der junge Mann mit dem Roller verdächtig war, was Adèles Verschwinden anging? Was, wenn er der Einzige war, der die beiden zusammen gesehen hatte? Aber er hatte eben noch behauptet, er hätte Adèle noch nie außerhalb des Restaurants gesehen. Es wäre nicht ratsam, sich zu widersprechen.

»Nein«, sagte er. »Habe ich nicht.«

Gorski nickte kurz, als hätte er genau diese Antwort erwartet. Wusste er bereits, dass Manfred Adèle an dem fraglichen Abend gesehen hatte?

Der Kommissar stand abrupt auf. »Ich will Sie nicht länger aufhalten, Monsieur. Danke, dass Sie mir Ihre Zeit geschenkt haben.« Er gab Manfred seine Karte und sagte ihm, er solle sich melden, falls ihm noch etwas einfalle.

Nachdem er Gorski mit demselben unbeholfenen Geschiebe im Flur zur Tür begleitet hatte, setzte Manfred sich wieder an seinen Platz in der Küche. Es war dumm gewesen zu lügen. Der Kommissar hatte ihn aus der Fassung gebracht. Er hätte ihm ganz einfach schildern können, was er am Donnerstagabend gesehen hatte, hätte den jungen Mann beschreiben können und die Richtung, in die die beiden davongefahren waren. Er hätte ja nicht erwähnen müssen, dass er sich hinter den Büschen versteckt hatte. Jetzt hatte er die polizeilichen Ermittlungen behindert. Und was noch schlimmer war: Wenn herauskam, dass er gelogen hatte, würde man ihn bestimmt verdächtigen.

Später saß Manfred, die Stirn an die Scheibe gelehnt, im Zug nach Straßburg. Es war nicht mehr zu ändern. Sofern er nicht die Nummer auf Gorskis Karte anrief und so tat, als hätte er sich plötzlich erinnert, dass er doch etwas gesehen hatte, konnte er nichts mehr tun, um die Sache zurechtzurücken. Und käme er noch einmal in diese Situation, würde er nicht wieder genauso handeln? Was hätte er davon gehabt, wenn er seine Beobachtungen geschildert hätte? Es wären sicher noch viel mehr Fragen gekommen. Er wäre in die Ermittlungen hineingezogen worden, und Manfred wollte in nichts hineingezogen werden. Und wo endete denn die Wahrheit? Hätte er seine alberne Schwärmerei für Adèle zugeben sollen, die auf nichts weiter beruhte als darauf, dass das Mädchen ihrer beider Vertrautheit vor ihrem Freund verborgen hatte? Hätte er Gorski erzählen sollen, dass er Adèle heimlich bei ihrer Arbeit im Restaurant beobachtete und wie ein Schuljunge darauf hoffte, einen Blick auf ihren BH zu erhaschen?

Bevor er zum Chez Simone ging, steuerte Manfred auf eine große Brasserie in der Nähe des Bahnhofs zu. Der Kellner erkannte ihn und grüßte ihn mit einer Kopfbewegung. Manfred bestellte ein Pilzomelette mit *frites* und eine halbe Flasche Wein, wie er es immer tat. Nicht weit von ihm saßen ein paar Studenten an einem Tisch am Fenster, drei Jungen und zwei Mädchen, mit modisch um den Hals geschlungenen Schals. Manfred holte sein Buch heraus und schlug es auf, las jedoch nicht darin, sondern beobachtete die Studenten mit dem sachlichen Interesse eines Anthropologen. Sie nahmen ihn überhaupt nicht wahr. Er saß nicht nahe genug, um zu hören, worüber sie sprachen, doch es war offensichtlich, dass die Jungen darum wetteiferten, ihre weiblichen Gefährtinnen mit klugen oder witzigen Bemerkungen zu beeindrucken. Nach einer Weile kam noch ein drittes Mädchen dazu, und es folgte eine auf-

wendige Choreografie des Händeschüttelns und Küsschengebens.
Die neu Hinzugekommene war außergewöhnlich hübsch, und die
Jungen richteten ihre Aufmerksamkeit nun schamlos auf sie, während die anderen beiden Mädchen miteinander ein Gespräch anfingen. Manfred kam sich vor, als wäre er Zeuge eines unbarmherzigen evolutionären Rituals.

Er zahlte. Als er auf dem Weg nach draußen am Tisch der Studenten vorbeikam, verlangsamte er seinen Schritt und sog den Duft
der neu Hinzugekommen ein. Keiner der Studenten sah ihn auch
nur an.

Manfred bestellte sich im Chez Simone stets ein paar Drinks,
bevor er zum eigentlichen Anlass seines Besuchs überging. Wenn
der Platz frei war, setzte er sich an einen Ecktisch und beobachtete
die anderen Gäste. Der Raum wurde nur von den Lampen hinter
dem Flaschenregal an der Bar und den Kerzen auf den Tischen beleuchtet. Madame Simone saß auf einem Hocker am Ende der Bar,
vor sich ein Glas Wein und stets eine brennende Zigarette in der
Hand. Der Rauch wand sich träge im diffusen Licht hinter der Bar,
bevor er sich im allgemeinen Dunst auflöste. Sie war etwa fünfzig
Jahre alt und trug ein schwarzes Wickelkleid, das unterhalb ihres
Busens zusammengebunden war. Sie hatte eine markante Nase,
breite rote Lippen und wache, funkelnde Augen, umrahmt von einer dicken Schicht Wimperntusche. Sie begrüßte Manfred stets mit
großer Wärme, nannte ihn Darling und küsste ihn auf beide Wangen. Sie begrüßte alle ihre Gäste auf diese Weise, aber Manfred war
immer wieder gerührt von dieser Geste. Simone schenkte niemals
Getränke aus. Das war Aufgabe des jeweiligen Mädchens, das gerade an der Bar arbeitete. Bei all seinen Besuchen hatte Manfred nie
erlebt, dass Simone einen Schluck von ihrem Wein trank. Er war
nur ein Requisit, um die Illusion zu erschaffen, dass man nicht in
einem öffentlichen Etablissement war, sondern ein geladener Gast,
der zusammen mit der Gastgeberin etwas trank. Ab und zu gesellte

Simone sich zu einer Gruppe von Männern an den Tisch und schenkte ihnen ein paar Minuten ihrer Anwesenheit.

Das Chez Simone befand sich im Untergeschoss eines Hauses in einer schmalen Seitenstraße der Rue des Lentilles. Draußen hing kein Schild. Es war kein Puff, oder zumindest nahm Manfred es nicht als solches wahr. Es war vollkommen in Ordnung, hereinzukommen, ein Glas Wein zu trinken (Simone servierte kein Bier) und wieder zu gehen. Die Mädchen kamen nicht von sich aus auf die Gäste zu, um sich einen Drink spendieren zu lassen, aber wenn man es wünschte, ließ sich das leicht mit einem Blick oder Wort zu Simone einrichten. Als er so weit war, sah Manfred zu Simone hinüber, und sie bedeutete ihm mit einem kurzen Nicken, dass alles bereit war.

Hinter der Tür rechts neben der Bar befanden sich drei Zimmer. Sie waren wie richtige Schlafzimmer eingerichtet, samt Bücherregal und Frisierkommode, die mit weiblichen Utensilien dekoriert war. Als Manfred sich zum hinteren Bereich begab, ließ Simone ihn wissen, welches Zimmer er nehmen sollte. Das Mädchen war neu, oder zumindest hatte Manfred es noch nie gesehen. Sie war zierlich und blond, etwa achtzehn oder neunzehn Jahre alt. Als sie hereinkam, stand Manfred wie immer an der rückwärtigen Wand. Er begrüßte sie mit einem zurückhaltenden Lächeln.

»Guten Abend, Monsieur«, sagte das Mädchen. Sie hatte einen osteuropäischen Akzent. Manfred vermutete, dass sie aus Ungarn stammte. Er hatte einmal gelesen, dass die ungarischen Mädchen die hübschesten in ganz Europa seien. Aber er fragte sie nicht nach ihrem Namen oder woher sie kam. Obwohl Manfred schon seit vielen Jahren Stammgast im Chez Simone war, fand er das Ganze nach wie vor peinlich. Selbst gegenüber den Mädchen, zu denen er regelmäßig ging, verlor er seine Befangenheit nie. Er fragte sich, ob sie sich hinter seinem Rücken über ihn lustig machten oder gegenüber Madame Simone Ausreden erfanden, um ihn nicht bedienen zu müssen. Das Mädchen stand bei der Tür und wusste offenbar nicht, was es tun sollte.

»Hat Madame Simone …?« Manfred wollte sagen: »Sie informiert«, aber er ließ den Satz unvollendet, in der Hoffnung, dass er nicht mehr zu sagen brauchte.

»Ja, Monsieur, ich denke schon«, erwiderte sie. Sie war hübsch, und die Situation schien ihr nicht unangenehm zu sein. Sie ging zum Bett, das in der Mitte des Raums stand, legte sich angezogen auf den Rücken und spreizte die Beine.

»Lassen Sie die Beine zusammen«, sagte Manfred. Es kam ein wenig barsch heraus, was er bedauerte, aber er wollte nicht mehr reden als nötig. Es behagte ihm ganz und gar nicht, Anweisungen zu geben.

»Ja, Monsieur.«

»Legen Sie die Arme an die Seite.«

Das Mädchen gehorchte. Manfred versuchte, nicht daran zu denken, dass dies nur eine von etlichen Demütigungen war, die sie im Lauf dieser Nacht würde erdulden müssen. Er legte sich komplett angezogen auf das Mädchen und begann sich an ihrem Körper zu reiben. Er ließ die Hände die ganze Zeit über auf ihren Schultern und starrte ihr in die Augen. Ihr Gesicht verriet keinerlei Gefühl, höchstens Langeweile. Zu Manfreds Erleichterung simulierte sie keine Erregung wie manche der anderen Mädchen. Theatralisches Stöhnen oder Anfeuerungen ruinierten das Ganze für ihn, aber er traute sich nicht, sie zu bitten, das zu unterlassen. Nach ein paar Minuten war es vorbei. Manfred rollte sich von ihr herunter und setzte sich auf die Bettkante, die zur Wand zeigte. Er fischte einen Geldschein aus seiner Brieftasche und gab ihn ihr, ohne sie anzusehen. Das war als Trinkgeld gedacht, denn er hatte Simone bereits für ihren Service bezahlt. Manfred wusste nicht, ob dieses Trinkgeld großzügig war und ob die anderen Kunden überhaupt Trinkgeld gaben. Er wollte nicht geizig wirken, aber auch nicht übertrieben großzügig, so als wolle er die Mädchen für die Unannehmlichkeiten entschädigen. Im Grunde ahnte er, dass es für die Mädchen leicht verdientes Geld war, wie seltsam sein Verhalten auch sein mochte. Dennoch gab er ihnen dieselbe Summe als Trinkgeld, die er Simone für die halbe Stunde zahlte, und die, soweit er wusste, zwischen Simone und dem jeweiligen Mädchen geteilt wurde. Davon wich er nie ab, ganz gleich ob das Mädchen ihn auf irgendeine Weise irritiert hatte oder ob die Begegnung, wie an diesem Abend, nahezu genussvoll gewesen war. Er wollte nicht, dass eine von ihnen dachte, er sei nicht zufrieden mit ihren Diensten. Vor allem wollte er nicht, dass die Mädchen schlecht von ihm dachten.

»Danke«, sagte das Mädchen und steckte den Schein ein.

»Danke Ihnen«, erwiderte Manfred mit einem Blick über die Schulter. Das Mädchen nahm dies als Zeichen, dass die Transaktion beendet war, und verließ das Zimmer. Die ganze Episode hatte kaum länger gedauert als zehn Minuten. Manfred stand auf, öffnete seine Hose und wischte den Erguss mit dem Taschentuch weg, das er zu diesem Zweck eingesteckt hatte. Dann setzte er sich noch ein paar Minuten aufs Bett und atmete langsam und gleichmäßig.

Er kehrte zurück in die Bar. Simone fragte ihn, ob alles zu seiner Zufriedenheit gewesen sei.

»Ja, danke«, erwiderte Manfred, wie er es jede Woche tat.

Er setzte sich wieder an seinen Ecktisch und bestellte noch ein letztes Glas Wein. Dies waren Manfreds schönste Augenblicke der Woche. Nun, da der Akt vorüber war, fühlte er sich ziemlich entspannt. Das blonde Mädchen kam aus dem hinteren Bereich. Als sie Manfred in der Ecke erblickte, lächelte sie ihm zu, als wäre das, was zwischen ihnen abgelaufen war, vollkommen normal. Manfred mochte sie. Sie war nett gewesen. Eine halbe Stunde später ging er, um den letzten Zug zurück nach Saint-Louis zu nehmen.

5

Manfred hatte zugesehen, wie sich sein Großvater volle zehn Minuten lang damit abgemüht hatte, seine Pfeife zu stopfen. Die Hände des alten Mannes zitterten in letzter Zeit stark, aber Manfred wusste, dass jedes Hilfsangebot ruppig zurückgewiesen werden würde. Sie saßen auf der Terrasse, die zum Garten hinausging, und warteten darauf, dass sie zum sonntäglichen Mittagessen hineingerufen wurden. Nach einigen weiteren Minuten gelang es Bertrand Paliard schließlich, die Pfeife anzuzünden. Ein Ausdruck der Befriedigung breitete sich auf seinem Gesicht aus, als er den ersten Zug nahm – gefolgt von einem heftigen Hustenanfall. Die Krankenschwester, die neben der Terrassentür bereitgestanden hatte, kam herbei. Eine Sauerstoffmaske lag griffbereit da, doch sie wartete nur ab, während er nach Luft rang. Sie missbilligte seine Raucherei. Der Tabak verströmte einen warmen, nussigen Duft, der Manfred stets an seine unglücklichen Jugendjahre erinnerte.

Nach dem Tod seiner Mutter hatte Manfred sich im Haus der Paliards wie ein Untermieter gefühlt. Schon in jungen Jahren war er in die Höhe geschossen, und er hatte sich mit seiner neuen Größe und der Aufmerksamkeit, die er dadurch auf sich zog, sehr unwohl gefühlt. Deshalb hatte er sich eine krumme Haltung angewöhnt. Sein Großvater nannte ihn Nosferatu, wegen seiner Angewohnheit, immer dicht an den Wänden entlang durch das Haus zu huschen. In der Schule war er ein Einzelgänger, aber die anderen ließen ihn in Ruhe. Er hatte bei der einen oder anderen Gelegenheit bewiesen, dass er sich verteidigen konnte, und so suchten sich die Piesacker trotz seiner linkischen Art lieber wehrlosere Opfer. Außerdem, und das wusste Manfred, errichtete die Tatsache, dass seine Eltern beide tot waren, eine Art Barriere um ihn. Es machte ihn unantastbar, sowohl für die Kinder, die ihn ärgern wollten, als auch für die, die ihn vielleicht gerne zum Freund gehabt hätten.

Er begann sich nach Gesellschaft zu sehnen, nach einem Gefährten, mit dem er über die Vorzüge der Mädchen in der Schule reden oder bis spätabends in seinem Zimmer sitzen, Musik hören und über ihre jeweiligen Lieblingsautoren diskutieren konnte. Dieser Freund würde ihn zu sich einladen, und er würde in einer Ersatzfamilie aufgenommen werden, in der die Mutter leckere Sonntagsbraten kochte und der Vater mit den Jungs am Wochenende zum Wandern oder Angeln fuhr. Es gab in seiner Klasse durchaus Kandidaten für solche Freundschaften. Manfred erkannte die anderen Außenseiter auf hundert Meter – daran, wie sie sich am Rande des Geschehens herumdrückten, an den Büchern, die sie in der Pause aus ihrer Schultasche holten, und an ihrer Fähigkeit, mit dem Hintergrund zu verschmelzen. Doch es gelang ihm nicht, die stillschweigende Übereinkunft zu durchbrechen, die er – zumindest in seiner Vorstellung –, mit seinen Leidensgenossen teilte.

Was die Freundschaft mit einem Mädchen anging, so lag es nicht an einem Mangel fleischlicher Gelüste, dass Manfred jedweden Kontakt mit Angehörigen des weiblichen Geschlechts für undenkbar hielt. Er konnte kaum ein Wort zu einem Mädchen sagen, ohne knallrot zu werden. Deshalb ging er ihnen lieber aus dem Weg. Dennoch beschäftigten sie ihn nahezu unablässig. Er beobachtete sie verstohlen in der Schule, ging auf dem Heimweg unbemerkt ein paar Meter hinter ihnen, lauschte auf ihr Lachen, studierte jedes Detail ihrer Kleidung und bewunderte den sanften Schwung ihrer sonnengebräunten Beine. Er gab sich ausgiebigen sexuellen Fantasien hin, träumte aber auch davon, den Eltern eines Mädchens vorgestellt zu werden. Er würde sich höflich und respektvoll verhalten und als netter junger Mann mit guten Aussichten betrachtet werden. Am allermeisten aber sehnte Manfred sich danach, Hand in Hand mit einem Mädchen durch den Wald zu gehen, das ihn Manni nennen würde, wie seine Mutter es getan hatte.

Während der Sommerferien vor seinem Abschlussjahr war Manfred einsamer als je zuvor. Während der Schulzeit hatte er zumindest das Gefühl, unter Leuten zu sein und einen geregelten Tagesablauf zu haben, der ihn aus dem Bett und aus dem Haus seiner Großeltern holte. Nun aber verbrachte Manfred ganze Tage in seinem Zimmer, lag bei geschlossenen Fensterläden auf dem Bett und starrte an die Decke. Seinen Großeltern schien es ziemlich egal zu sein, wie er seine Zeit verbrachte. Er las wie ein Besessener, verschlang Camus und Sartre und suhlte sich in den Grausamkeiten von de Sade. Je düsterer das Werk, desto mehr genoss er es. Manchmal schrieb er ganze Passagen in ein Notizbuch, riss die Seiten jedoch anschließend heraus und vernichtete, was er geschrieben hatte, frustriert über die Banalität seiner Bemühungen. Wenn seine Großmutter ihm vorschlug, mit ihr einen Ausflug nach Straßburg zu machen, oder ihn bat, etwas im Garten zu tun, willigte Manfred meist ein, verhielt sich dann aber so mürrisch, dass sie bald aufgab und ihn sich selbst überließ. Die Mahlzeiten wurden im Haus der Großeltern gewöhnlich schweigend eingenommen.

Nach und nach hatte sich Manfred mit dem Spitznamen angefreundet, den sein Großvater ihm gegeben hatte. Er hatte sich eingeredet, dass er sich im Dunkeln am wohlsten fühlte. Er war möglichst lautlos durch das alte Haus geschlichen, hatte sich in die kühlen, dunklen Ecken geduckt und es genossen, die Angestellten zu erschrecken. Er hatte sich ausgemalt, wie er sich in die Zimmer von Mädchen schlich, während sie schliefen, und seine Zähne in ihren Hals schlug. Sie würden wie in einem erotischen Fiebertraum aufwachen, genau wie er besessen vom Leben in den Schatten.

Manfreds Großvater starrte blicklos vor sich hin, die blassblauen Augen feucht von dem Hustenanfall. Er sah schrecklich traurig aus. Seine Pfeife war ausgegangen. Der Garten war überwuchert. Als er fünfzehn Jahre zuvor in den Ruhestand gegangen war, hatte er den Gärtner entlassen, weil er fand, er könne sich genauso gut selbst um das Grundstück kümmern, doch seine Gesundheit ließ das schon seit einer Weile nicht mehr zu. Der Efeu hatte seine Tentakeln über die gelbe Backsteinmauer am Ende des Gartens ausgestreckt. Die Holztür, die von dort in den Wald führte, war regelrecht zugewachsen. Der Rahmen faulte vor sich hin, und die hellblaue Farbe war größtenteils abgeblättert, sodass das Holz dem Wetter ausgesetzt war.

Manfred erbot sich, die Pfeife seines Großvaters wieder anzuzünden, und zu seiner Überraschung reichte dieser sie ihm. Ohne den giftigen Blick der Krankenschwester zu beachten, brachte Manfred sie wieder in Gang und gab sie ihm zurück. M. Paliard dankte ihm mit einem knappen Nicken, sprach das Wort jedoch nicht aus. Manfred hatte seinen Großvater seit jeher gehasst, was auf Gegenseitigkeit beruhte. Mittlerweile schien der alte Mann nur noch aus reiner Bosheit am Leben festzuhalten. Selbst seine Pfeife bereitete ihm anscheinend keine Freude mehr. Doch es kam nicht infrage, auf das Ritual des sonntäglichen Mittagessens zu verzichten. Das würde seine Großmutter verletzen.

Das Hausmädchen erschien in der Terrassentür und verkündete zu Manfreds Erleichterung, das Essen sei fertig. Er überließ es der Krankenschwester, seinen Großvater samt dem Sauerstoffgerät ins Esszimmer zu verfrachten. Manfred hatte sich nie daran gewöhnt, dort am Tisch zu sitzen und von einem Hausmädchen bedient zu werden. Seine Großmutter beschwerte sich ständig darüber, wie schwer es war, gutes Personal zu finden. Das derzeitige Hausmädchen stammte aus Spanien. Während der Mahlzeit korrigierte Mme Paliard sie immer wieder in einem übertrieben kindlichen Französisch und beschwerte sich dann bei Manfred über sie, als wäre sie gar nicht da. Manfred hielt den Blick auf seinen Teller gesenkt und nippte ab und zu an seinem Wasserglas. Er sehnte sich nach einem Glas Wein, doch im Haus der Paliards wurde mittags kein Alkohol serviert. Dennoch plauderte Mme Paliard munter drauflos. Manfred vermutete, dass sie heimlich in der Küche trank. Er gab sich Mühe, ein wenig zur Unterhaltung beizutragen, auch wenn er nicht so recht wusste, was er sagen sollte. Kaum dass der Nachtisch abgetragen worden war, verabschiedete er sich.

Später am Nachmittag trug Manfred seinen Beutel mit schmutziger Wäsche in den Keller. Als die Waschmaschine durchgelaufen war, bemerkte er, dass jemand in einem der Trockner eine Bluse liegen gelassen hatte. Er nahm sie heraus und hielt sie hoch. Sie war hellblau und ein wenig durchsichtig. Der Stoff fühlte sich angenehm zwischen seinen Fingern an. Teuer. Er konnte Weichspüler riechen, vielleicht Lavendel, etwas, das wohl eher eine ältere Frau verwenden würde. Manfred verspürte den starken Drang, sein Gesicht in der Bluse zu vergraben und den Duft einzusaugen, ließ es jedoch bleiben, weil er Angst hatte, dass die Besitzerin womöglich hereinkam und ihn dabei erwischte. Stattdessen faltete er die Bluse sorgfältig zusammen und legte sie auf die Maschine.

Er packte seine Sachen von der Waschmaschine in den Trockner und stellte ihn auf die höchste Temperatur. Dann setzte er sich wieder auf den Holzstuhl neben der Tür und schlug sein Buch auf, doch er konnte sich nicht mehr konzentrieren. Vielleicht sollte er hinauf in seine Wohnung gehen und einen Bügel für die Bluse holen. Ihre Besitzerin würde eine solche Geste bestimmt zu schätzen wissen. Doch Manfred ließ seine Sachen nicht gerne unbeobachtet im Keller. Nicht so sehr aus Sorge, dass jemand sie stehlen könnte, aber falls das Programm in der Zwischenzeit durchgelaufen war, könnte ein anderer Hausbewohner auf die Idee kommen, die Maschine zu leeren, und Manfred gefiel die Vorstellung nicht, dass ein Fremder seine Kleidung anfasste. Genau aus diesem Grund machte er seine Wäsche sonntagnachmittags, wenn sonst niemand in der Waschküche war. Die anderen Mieter hatten am Wochenende offenbar Besseres zu tun und erledigten ihre Wäsche zu anderen Zeiten, die traditionellerweise für lästigen Haushaltskram vorgesehen waren. Trotzdem sorgte Manfred stets dafür, dass seine Unterwäsche in präsentablem Zustand war, für den Fall, dass er die Maschine in Gegenwart eines anderen ausräumen musste.

Er entschied sich, doch keinen Bügel zu holen. Schließlich hatte er die Bluse ja nicht einfach achtlos irgendwohin geworfen. Er hatte sie ordentlich zusammengefaltet, und falls ihre Besitzerin kam, um sie zu holen, während er oben war, würde sie nicht wissen, wem sie diese freundliche Geste zu verdanken hatte. Vielleicht würde die Frau sogar das Geschick bewundern, mit dem er die Bluse zusammengelegt hatte. Manfred lauschte hinaus ins Treppenhaus. Niemand kam. Er stand auf, faltete die Bluse noch einmal sorgfältiger und strich sie sanft mit der Hand glatt. Dann setzte er sich wieder und griff nach seinem Buch, demselben Krimi, in dem er gelesen hatte, als Gorski zu ihm gekommen war.

Als der Trockner durchgelaufen war, nahm Manfred seine Sachen aus der Maschine, legte sie zusammen und packte sie in seinen Beutel. In seiner Wohnung war kein Platz, um Kleider zu trocknen, und er mochte den schlampigen Anblick nicht, wenn Sachen über die Heizung gehängt waren. Er überlegte, ob er warten sollte, bis die Frau kam, um ihre Bluse zu holen, aber vielleicht hatte sie noch gar nicht gemerkt, dass sie fehlte. Manfred beschloss, die Bluse mit in seine Wohnung zu nehmen und einen Zettel mit einem entsprechenden Hinweis auf den Trockner zu legen. Dieser Plan gefiel ihm. Er packte seine restlichen Sachen in den Beutel, ohne sie zusammenzulegen, legte die Bluse obenauf, und da er der Frau nicht begegnen wollte, falls sie aus dem Fahrstuhl trat, lief er über die hintere Treppe hinauf zu seiner Wohnung. Dort angekommen, holte er Zettel und Stift und setzte sich an den Küchentisch, um die Nachricht zu verfassen. Sie musste beiläufig klingen. Es gab keinen Grund für ausführliche Erklärungen. Er sollte es eher so klingen lassen, als hätte er die Entscheidung, die Bluse mit zu sich zu nehmen, ganz ohne nachzudenken getroffen, als wäre es das Natürlichste von der Welt. Nach drei oder vier misslungenen Anläufen entschied er sich für die neutralste Formulierung, die ihm einfiel: *Bluse im Trockner gefunden. Bitte bei Appartement 4F klingeln.* Dann unterschrieb er mit *Manfred Baumann.*

Manfred lief über die Hintertreppe zurück in den Keller. Unten brannte Licht, und er hörte, dass jemand in der Waschküche war. Eine Frau beugte sich über den Trockner. Sie trug Jeans, ein ausgeblichenes blaues T-Shirt und Baseballstiefel. Ihre blonden Haare waren zu einem Pferdeschwanz zusammengebunden. Offenbar hatte sie Manfred nicht kommen gehört.

»Entschuldigung«, sagte er leise.

Sie schreckte zusammen und drehte sich um.

»Tut mir leid«, entschuldigte sich Manfred. »Ich wollte Sie nicht erschrecken.«

»Zu spät«, erwiderte die Frau. Sie war schlank und Ende dreißig oder Anfang vierzig. Sie hatte ausgeprägte Wangenknochen und helle Haut. Ihre Augen waren grau und von feinen Fältchen umgeben. Manfred hatte sie noch nie gesehen. Sie wandte sich den Waschmaschinen zu, öffnete die Türen und drehte die Trommeln.

»Suchen Sie Ihre Bluse?«, fragte Manfred.

»Ja, wieso?«, entgegnete sie.

»Die habe ich«, sagte Manfred. »Ich habe sie im Trockner gefunden.« Er gab ihr den Zettel, wie zum Beweis für seine Behauptung. »Ich wollte sie nicht hier unten lassen, damit sie nicht wegkommt. Sie sah teuer aus.«

Die Frau musterte ihn misstrauisch, dann las sie die Nachricht. »Danke«, sagte sie ohne jede Dankbarkeit in der Stimme.

Manfred stand einen Moment unentschlossen da.

»Soll ich sie Ihnen holen?«

Er wollte, dass die Frau sagte, sie würde mit ihm nach oben kommen. Sie hatte etwas Attraktives an sich.

»Das wäre nett«, sagte die Frau. »Danke.« Dann lächelte sie. »Entschuldigen Sie. Das war nett von Ihnen ...« Sie warf einen Blick auf den Zettel und fügte hinzu: »Manfred.«

Manfred schlug das Herz bis zum Hals. »Oder Sie kommen kurz mit rauf?« Er deutete mit dem Daumen zum Treppenhaus.

Die Frau zuckte die Achseln und folgte ihm. Manfred ermahnte sich, irgendetwas zu sagen, ganz gleich wie banal es war. Wenn er nicht bald etwas sagte, würden sie den ganzen Weg bis zu seiner Wohnung in quälendem Schweigen verbringen.

»Wohnen Sie schon lange hier?«, fragte er.

»Was?«, sagte die Frau. Sie ging ein Stück hinter ihm, und ihre Schritte hallten im Treppenhaus.

»Wohnen Sie schon lange hier im Haus?«, wiederholte Manfred. »Ich habe Sie noch nie gesehen.«

Sie kamen zu der Metalltür am Ende der Kellertreppe. Manfred hielt sie auf, und die Frau ging hindurch. Sie drückte auf den Fahr-stuhlknopf, und die Tür glitt sofort auf. Sie stiegen ein, und Man-fred drückte auf den Knopf für den vierten Stock. Der Fahrstuhl war klein, und die Frau stand direkt neben ihm. Sie berührten sich fast. Rumpelnd setzte sich der Fahrstuhl in Bewegung. Die Frau roch nach demselben Duft, den er an der Bluse wahrgenommen hatte. Es war nicht Lavendel, sondern etwas Erdigeres, weniger Blumiges.

»Wie ich schon sagte, ich habe Sie noch nie gesehen«, wiederholte Manfred, den Blick starr auf die Zahlen über der Tür gerichtet.

»Ich bin seit ein paar Monaten hier«, sagte die Frau. »Seit Februar.«

»Ich verstehe«, erwiderte Manfred. Es war eine idiotische Bemerkung. *Ich verstehe.* Was sollte das heißen? Es klang, als würde er sie verhören, als hätte er vor, diese Information zu einem späteren Zeitpunkt gegen sie zu verwenden. Als der Fahrstuhl im vierten Stock ankam, stieg Manfred als Erster aus, damit die Frau sich nicht an ihm vorbeischieben musste. Schweigend gingen sie den Hausflur entlang.

»Da wären wir«, sagte er, als sie bei seiner Tür ankamen.

»4F«, sagte die Frau und streckte ihm den Zettel hin, den sie noch immer in der Hand hielt.

»Möchten Sie mit reinkommen?«

Die Frau trat in den Flur und wartete, während Manfred in die Küche ging, um die Bluse zu holen. Er kam zurück und reichte sie ihr.

»Sie haben sie zusammengefaltet, danke«, sagte die Frau. Sie wirkte überrascht, und das durchaus angenehm.

»Ich hätte sie auch gebügelt, wenn ich die Zeit dazu gehabt hätte«, sagte Manfred.

Die Frau lächelte freundlich, wie sie es vielleicht bei einem Kind getan hätte, das sich wohlverhalten hatte. Sie war wirklich hübsch.

»Danke noch mal«, sagte sie und wandte sich zum Gehen.

Manfred holte hörbar Luft. »Kann ich Ihnen einen Kaffee anbieten?«, fragte er. »Oder eine Tasse Tee?« Er wusste nicht, warum er das mit dem Tee gesagt hatte. Er trank keinen Tee und hatte auch keinen in der Wohnung. Die Frau schürzte die Lippen und sah ihn einen Moment lang an, als versuche sie, ihn einzuschätzen.

»Lieber nicht«, sagte sie. »Vielleicht ein anderes Mal.«

»Natürlich«, erwiderte Manfred. Die Frau trat in den Hausflur. Manfred schloss leise die Tür hinter ihr und atmete langsam aus. Er fand, er hatte seine Sache gut gemacht. Er ging in die Küche und begann, seine Wäsche zu sortieren. Die Frau schien ernsthaft erwogen zu haben, seine Einladung anzunehmen. *Lieber nicht.* Die Antwort ließ darauf schließen, dass sie sie gerne angenommen hätte, aber verhindert war. Vielleicht war sie verheiratet und dachte, dass es sich nicht gehöre, seine Einladung anzunehmen, dass sie etwas Verbotenes tun würden. Oder vielleicht hatte sie auch einfach nur gemeint, dass sie keine Zeit hatte. Auf jeden Fall hatte sie nicht einfach abgelehnt. Sie hatte ganz eindeutig durchblicken lassen, dass es außerhalb ihrer Kontrolle lag und dass sie unter anderen Umständen zugesagt hätte. Und als wäre das noch nicht klar genug, hatte sie dann sogar hinzugefügt: *Vielleicht ein anderes Mal.* Manfred hatte keinerlei Sarkasmus in ihrer Stimme gehört. Natürlich war es schwer vorstellbar, wie sich »ein anderes Mal« ergeben sollte, aber trotzdem hatte ihn der Austausch in Hochstimmung versetzt. Er hätte sie nach ihrem Namen fragen sollen. Und er sollte Tee besorgen.

Er holte das Bügelbrett aus dem Besenschrank, stöpselte das Bügeleisen ein und setzte sich an den Tisch, um zu warten, bis es heiß war.

6

Als Manfred am Montagmorgen in der Bank ankam, sprachen alle
angeregt über das Verschwinden von Adèle Bedeau. Mlle Givskov,
die leitende Kassiererin, äußerte die Ansicht, heutzutage würden
die Mädchen das Unglück ja geradezu heraufbeschwören, so wie
sie herumliefen. Falls das Mädchen tatsächlich in Schwierigkeiten
sei, hätte es sich das vermutlich selbst zuzuschreiben. Mlle Givskov
war, etwa ein Jahr nachdem Manfred in der Filiale angefangen hatte, von M. Jeantet eingestellt worden. Manfred fühlte sich in ihrer
Gegenwart stets unwohl, und er ging ihr nach Möglichkeit aus dem
Weg. Er wünschte den Angestellten einen guten Morgen und eilte
an ihnen vorbei in sein Büro. Ein paar Minuten später brachte Caroline ihm seinen Kaffee. Sie war ein nettes Mädchen, neunzehn
Jahre alt, eher schlicht und ein bisschen langsam, aber von freundlichem Wesen. Manfred mochte sie. Sie schien es nie darauf anzu-
legen, ihn zu beeindrucken, wie einige andere unter den neuen
Angestellten.

»Schreckliche Sache, nicht wahr?«, sagte sie. »Das mit dem
Mädchen.«

»Ich bin sicher, es wird sich alles aufklären«, erwiderte Manfred ein wenig brüsk. Er hatte keine Lust, sich in eine Diskussion über den Vorfall verwickeln zu lassen.

Caroline stellte den Kaffee auf seinen Schreibtisch. Manfred blickte von den Unterlagen auf, die er gerade studierte. Sie sah ein wenig geknickt aus. Er hatte sie nicht vor den Kopf stoßen wollen. Sie war bei solchen Dingen ein wenig sensibel. Einmal war sie in Tränen ausgebrochen, als er sie auf einen kleinen Fehler in einer Abrechnung hingewiesen hatte.

»Sie ist ja erst ein paar Tage weg«, sagte er. »Wahrscheinlich ist sie mit irgendeinem Jungen abgehauen.«

Caroline schien Manfreds Theorie sehr ernst zu nehmen. »In der Zeitung stand aber nichts von einem Freund«, wandte sie ein.

»Die Leute gehen mit so was ja nicht immer hausieren.« Er bereute die Bemerkung sofort. Das klang so, als wäre er ständig damit beschäftigt, etwas zu verbergen, oder als rechne er zumindest bei anderen damit. Da er sich mit seinen Angestellten nie über persönliche Dinge unterhielt und auch nichts von sich erzählte, war Manfred klar, dass sie über sein Privatleben rätselten. Er hatte zufällig mitbekommen, wie ein paar der Mädchen darüber spekulierten, ob er schwul war. Manchmal verstummten plötzlich alle, wenn er aus seinem Büro kam. Beim alljährlichen Weihnachtsessen erfanden sie alle möglichen Ausflüchte, um nicht neben ihm sitzen zu müssen. Bei der Versammlung der regionalen Filialleiter, die alle zwei Jahre stattfand, war es genauso. Sobald der informelle Teil begann, fand Manfred sich am Rand wieder, und es gelang ihm nicht, sich irgendeinem Grüppchen im Saal anzuschließen.

»Kennen Sie sie?«, fragte Caroline.

»Vom Sehen«, antwortete Manfred. »Ich esse in dem Restaurant, in dem sie gearbeitet hat, zu Mittag.« Das war der persönlichste Satz, den er je zu ihr gesagt hatte. Ihm fiel auf, dass er nicht die Vergangenheitsform hätte wählen sollen. Das klang so, als wüsste er, dass sie nicht zu ihrem Arbeitsplatz zurückkehren würde.

»Wie ist sie denn so?«, fragte Caroline, begierig darauf, ein paar Insiderinformationen zu bekommen, die sie an ihre Kolleginnen weitergeben konnte. »Auf dem Foto in der Zeitung sieht sie sehr hübsch aus.«

»Wird hier heute noch gearbeitet, oder kommen die Räder der Bankindustrie zum Stillstand, weil irgendein Mädchen mal nicht zur Arbeit erschienen ist?«

Caroline sah verletzt aus. »Entschuldigung, Monsieur Baumann«, sagte sie und verließ das Büro. Manfred hatte ihr gesagt, dass sie ihn mit seinem Vornamen ansprechen durfte, wenn sie alleine in seinem Büro waren, aber sie tat es nie.

Zum Mittagessen nahm er die Spezialität des Tages, wie jeden Montag. Von jetzt an würde er konsequent an seiner Routine festhalten. Keine Ausreißer mehr wie in der vergangenen Woche – das zweite Glas Wein, die Änderung seiner Bestellung, seine alberne Bemerkung über Adèles Aussehen. Er durfte den Leuten keinen Anlass geben, sich über sein Verhalten zu wundern.

Eine neue Kellnerin bediente an den Tischen beim Fenster. Sie war klein und dünn und hielt ihr kurzes Haar ordentlich mit einer Spange zusammen. Sie lief eilig zwischen den Tischen und der Küche hin und her, und es sah ständig so aus, als würde sie gleich die Teller fallen lassen, die sie trug, oder ein paar Gläser umstoßen. Manfred bemühte sich, sie nicht anzusehen.

Marie kam an seinen Tisch und nahm die Bestellung auf. Sie sah ein wenig müde aus.

»Schreckliche Sache«, sagte sie.

»Ich bin sicher, es wird sich alles aufklären«, erwiderte Manfred.

Marie runzelte die Stirn. »Das scheint dieser Kommissar anders zu sehen. Offenbar hat jemand Adèle an dem Abend, als sie verschwunden ist, zusammen mit einem Mann auf einem Motorrad gesehen.«

Manfred schürzte die Lippen und nickte langsam. Er wusste nicht, was er sagen sollte. »Weiß man, wer dieser Mann war?«, fragte er schließlich.

»Der Kommissar war hier und hat Fragen gestellt«, erwiderte sie. »Er schien es für wichtig zu halten.«

»Das denke ich mir«, sagte Manfred.

Er löffelte schweigend seine Suppe und blätterte geistesabwesend in seiner Zeitung. Er hätte Caroline gegenüber nichts von einem Freund erwähnen sollen. Dadurch wirkte es so, als wüsste er mehr, als er zugab, was natürlich auch der Fall war. Er sollte sich angewöhnen, den Mund zu halten. Die Stimmung im Restaurant war gedämpft. Pasteur kauerte hinter seinem Tresen. Manfred fragte sich, ob Pasteur ihn heimlich beobachtete, ein Auge auf ihn hatte, um zu sehen, ob er sich merkwürdig benahm. Bestimmt hatte Gorski mit allen im Restaurant gesprochen. Die Vorstellung bereitete ihm Unbehagen.

Marie brachte ihm seinen *potée marocaine*. Er hatte seinen Wein bereits ausgetrunken, widerstand jedoch der Versuchung, einen zweiten zu bestellen, und schenkte sich stattdessen ein Glas Wasser aus der Karaffe ein, die auf dem Tisch stand. Der *potée marocaine* bestand aus einem Haufen Couscous, einem *merguez*-Würstchen, einer Hähnchenkeule und einem undefinierbaren Stück Fleisch, und das Ganze wurde serviert mit einem Schälchen scharfer Sauce. Manfred bemerkte, wie Pasteur sich der Tür zuwandte und jemanden mit einem Nicken begrüßte. Er spähte über die Schulter und sah, dass Gorski hereingekommen war.

Der Kommissar ging zur Bar und gab Pasteur über den Tresen hinweg die Hand. Zwischen den beiden schien eine Art stille Übereinkunft zu bestehen. Marie blieb an der Schwingtür stehen, während die beiden Männer sich kurz unterhielten. Dann wandte Gorski sich um, und Manfred nahm an, dass er wieder gehen wollte, doch stattdessen kam er zwischen den anderen Tischen hindurch auf ihn zu. Offensichtlich hatte er gewusst, dass Manfred hier sein würde.

Gorski blieb stehen, die Hände auf die Lehne des zweiten Stuhls gelegt, und begrüßte Manfred mit einem humorlosen Lächeln. »Darf ich mich zu Ihnen setzen?«, fragte er.

Manfred wies mit der offenen Hand auf den freien Stuhl, um zu zeigen, dass er nichts dagegen hatte. Er konnte ja schlecht Nein sagen. Gorski zog seinen Mantel aus und legte ihn über seine Beine, als er sich setzte. Das schien zu Manfreds Erleichterung darauf hinzudeuten, dass er nicht lange bleiben würde oder zumindest nicht vorhatte, hier zu essen. Manfred blickte über Gorskis Schulter zur Bar. Marie war in der Küche verschwunden, und Pasteur polierte demonstrativ ein paar Gläser, obwohl er während der letzten Viertelstunde nur dagestanden und nichts Nennenswertes getan hatte.

»Lassen Sie sich nicht beim Essen stören«, sagte Gorski.

Manfred hatte sein Besteck weggelegt. Er aß nicht gerne in Gesellschaft. Gorski tat nicht so, als wäre er überrascht, Manfred hier anzutreffen, als wäre es eine rein zufällige Begegnung.

»Es gibt da etwas, das mich verwirrt«, begann er. »Und ich hatte die Hoffnung, dass Sie mir vielleicht weiterhelfen können.«

Manfred nickte.

»Es geht um das Verschwinden von Adèle Bedeau.«

»Ja?«

»Offenbar wurde Mademoiselle Bedeau am fraglichen Abend gesehen, wie sie zusammen mit einem jungen Mann auf einem Roller durch die Stadt fuhr.«

Manfred blickte auf seinen Teller.

»Das ist deshalb wichtig, weil sie da zum letzten Mal gesehen wurde. Anscheinend verließ sie das Restaurant, traf sich mit diesem jungen Mann und fuhr mit ihm davon. Sie verstehen sicher, dass wir herausfinden müssen, was sie an dem Abend genau getan hat.«

»Ja«, sagte Manfred. Sein Essen wurde kalt.

»Natürlich ist nichts Ungewöhnliches daran, dass sich ein Mädchen mit einem jungen Mann trifft, aber eine Kleinigkeit irritiert mich dabei. Sie wurde gesehen, wie sie am Restaurant vorbeifuhr, und zwar aus der Richtung der Rue de Mulhouse. Wenn sie sich also mit diesem jungen Mann treffen wollte, warum wartete er dann nicht einfach vor dem Restaurant auf sie? Warum ging sie ein gutes Stück in die entgegengesetzte Richtung, traf sich mit ihm und fuhr dann zurück in die Richtung, aus der sie gekommen war?«

Manfred sagte nichts dazu. Er hatte nicht den Eindruck, dass Gorski ihn zu Spekulationen einlud.

»Wenn man dann noch die Tatsache hinzunimmt, dass dieser junge Mann, der zuletzt mit Mademoiselle Bedeau gesehen wurde, sich bisher nicht gemeldet hat, liegt der Schluss nahe, dass es einen Grund gab, warum die beiden ihre Verbindung geheim gehalten haben.«

»Ich kann Ihnen versichern, Kommissar Gorski, dass ich keinen Roller besitze und nicht einmal weiß, wie man damit fährt«, erwiderte Manfred.

Gorski stieß ein kurzes Schnauben aus, wie zur Antwort auf einen mittelmäßigen Scherz.

»Darauf wollte ich keineswegs hinaus«, sagte er mit einem dünnen Lächeln. »Ich bitte lediglich alle, die zu der Zeit in der Nähe waren, noch einmal darüber nachzudenken, ob Ihnen an dem fraglichen Abend irgendetwas aufgefallen ist.«

»Ich habe nichts gesehen«, sagte Manfred ein wenig zu schnell.

Gorski hob den Zeigefinger, um ihn zum Schweigen zu bringen.

»An dem Abend haben Sie hier im Restaurant mit Messieurs Lemerre, Petit und Cloutier Karten gespielt. Als das Spiel zu Ende war, sind Sie gegangen. Das war etwa um halb elf, soweit ich weiß.«

Manfred zuckte die Achseln. »Das weiß ich nicht mehr genau.«

Gorski ging nicht auf seine Bemerkung ein. »Sind Sie direkt nach Hause gegangen?«

»Ja«, sagte Manfred. Er ahnte, worauf das hinauslaufen würde. »Und Sie sind die Rue de Mulhouse entlanggegangen und an dem kleinen Park bei der protestantischen Kirche vorbei?«

»Ja.«

»Nun, dann können Sie sich sicher denken, was ich Sie fragen will: Adèle hat das Restaurant nur wenige Minuten nach Ihnen verlassen, und sie muss in dieselbe Richtung gegangen sein, um sich mit diesem jungen Mann zu treffen. Denken Sie noch einmal genau nach. Könnte es sein, dass Sie doch jemanden gesehen haben, zum Beispiel einen jungen Mann, der möglicherweise auf jemanden wartete?«

Manfred ließ sich Zeit. Schon als er Gorski erblickt hatte, war ihm klar gewesen, was er auf eine solche Frage antworten würde. Er schüttelte langsam den Kopf. »Nein, tut mir leid«, sagte er. »Ich habe niemanden gesehen.«

Gorski schürzte die Lippen und nickte nachdenklich.

»Ich wünschte, ich könnte Ihnen weiterhelfen«, fuhr Manfred fort. »Vielleicht haben sie sich ja in einem Café getroffen oder in der Wohnung des jungen Mannes.«

Er nahm an, dass die Prüfung damit vorbei war und Gorski sich mit einer Entschuldigung bei ihm verabschieden würde, da er ihn beim Essen gestört hatte.

»Wissen Sie«, sagte Gorski, auf einmal im Plauderton, »ich bin seit dreiundzwanzig Jahren Polizist. Wenn jemand sagt, er wünschte, er könne mir weiterhelfen, dann kann er das meiner Erfahrung nach meistens auch.« Er lächelte Manfred auf seine humorlose Weise an. Manfred merkte, wie er schluckte. Er ermahnte sich, Gorskis Blick standzuhalten. Nach ein paar Sekunden sah er wieder hinunter auf seinen Teller. Wenn er nichts zu verbergen hatte, würde er Gorskis Bemerkung einfach nur als weltverdrossene Äußerung verstehen.

Gorski machte keinerlei Anstalten aufzustehen.

»Am Abend davor«, fuhr er fort, ohne auf Manfreds Vermutung

einzugehen, »waren Sie ebenfalls hier. Sie haben am Tresen eine Flasche Wein getrunken und sind gegen zehn gegangen.«

»Ich weiß nicht, wie viel Uhr es war, aber ja, das ist richtig.«

»Sie sind Stammgast hier, nicht?«, fragte Gorski.

Manfred zuckte die Achseln. Das war ja schließlich kein Verbrechen, oder? »Ich nehme an, das könnte man so sagen.«

»Ein Gewohnheitsmensch?«

Manfred starrte Gorski an, unsicher, wie er darauf reagieren sollte. Wollte er etwa darauf hinaus, dass Manfred an dem Tag, als Adèle zuletzt gesehen worden war, vollkommen im Widerspruch zu seinen sonstigen Gewohnheiten statt des *pot-au-feu* das *choucroute* bestellt hatte und dazu noch ein zweites Glas Wein? Vielleicht hatte man ihm auch von dem kleinen Kompliment erzählt, das er Adèle während des Kartenspiels gemacht hatte. Zusammengenommen könnten diese Verhaltensweisen durchaus das Bild eines Mannes ergeben, der sich kurz vor dem Verschwinden der Kellnerin merkwürdig benommen hatte. Warum sollte der Kommissar sonst so etwas fragen? Manfred spürte, wie ihm die Röte in die Wangen stieg.

»Ich weiß nicht, ob ich das so sagen würde«, erwiderte er.

»Nun, alle, mit denen ich gesprochen habe«, er deutete vage um sich, »haben Sie auf die gleiche Weise beschrieben, als Gewohnheitsmensch.«

Unwillkürlich blickte sich Manfred im Restaurant um. Ihm missfiel die Vorstellung zutiefst, dass Gorski die Leute nach ihm ausgefragt hatte, und zwar *alle*. Er fragte sich, was sie wohl sonst noch gesagt hatten.

»Ist dagegen etwas einzuwenden?«, fragte er.

Gorski sah ihn mit unbewegter Miene an. »Nein, gar nichts.« Dann beugte er sich vor, als wäre ihm plötzlich etwas eingefallen. »Eine Frage noch: Ist Ihnen am Mittwochabend hier im Restaurant irgendetwas Ungewöhnliches aufgefallen?«

Manfred dachte darüber nach oder bemühte sich, zumindest so auszusehen, als täte er das. Er beschloss, dass dies ein guter Moment war, um einen Happen zu essen, und das tat er dann auch. Als er damit fertig war, schüttelte er den Kopf.

»Nicht, dass ich wüsste«, sagte er.

Gorski wirkte ein wenig enttäuscht.

»Wirklich nicht? Mir scheint, an einem Ort wie diesem passiert nicht allzu viel. Ein Abend ist mehr oder weniger wie der andere. Wenn dann doch einmal etwas außer der Reihe geschieht, wie banal es einem Außenstehenden auch erscheinen mag, wird es den Stammgästen doch sicher auffallen.«

Manfred fand Gorskis Art, sich auszudrücken, ziemlich irritierend. Er trank den letzten Schluck von seinem Wein. Er hätte sich gerne noch einen bestellt, aber nachdem er das am Tag zuvor schon getan hatte, würde man es als eine neue Gewohnheit ansehen, und dann würde er jeden Tag zwei Gläser Wein zum Mittagessen trinken müssen.

»Ich habe allen dieselbe Frage gestellt und von allen dieselbe Antwort bekommen. An dem fraglichen Abend hat Adèle Monsieur Pasteur gefragt, ob sie etwas früher gehen dürfe. Bevor sie das Restaurant verließ, hat sie sich umgezogen und geschminkt.«

»Sie erwarten doch wohl nicht, dass mir so etwas Triviales auffällt«, sagte Manfred.

»Lemerre, Petit und Cloutier, die ich einzeln befragt habe, haben es alle bemerkt und unaufgefordert erzählt«, erwiderte Gorski.

»Vielleicht ist es einem von ihnen aufgefallen, und er hat die anderen darauf hingewiesen.« Manfred fand seine Bemerkung ziemlich clever. Gorski legte den Kopf schräg, als hielte er dies zumindest für eine Möglichkeit. Manfred hatte das Gefühl, einen kleinen Sieg errungen zu haben.

»Sie sitzen direkt neben der Tür. Da wird Ihnen eine aufreizend gekleidete Frau wohl kaum entgehen«, fügte er hinzu.

»Ich habe nicht gesagt, dass Adèle aufreizend angezogen war. Ich habe nur gesagt, dass sie sich umgezogen hatte.«

Manfred erstarrte. Er sollte besser den Mund halten.

Gorski ließ seine Feststellung noch eine Weile im Raum schweben.

»Sie haben natürlich recht«, sagte er dann. »Von dort, wo die drei saßen, hätte ihnen Adèles Verwandlung kaum entgehen können. Aber soweit ich weiß, standen Sie am Tresen, direkt neben der Schwingtür, aus der Adèle kam. Ihrer eigenen Logik zufolge hätten Sie die Verwandlung doch erst recht bemerken müssen.«

»Nun, habe ich aber nicht«, sagte Manfred.

Gorski faltete die Hände vor dem Gesicht und tippte die Zeigefinger aneinander. Manfred hoffte, dass das Verhör nun bald vorbei war.

»Sie haben das Restaurant kurz nach Adèle verlassen, die genaue Zeit ist unwichtig«, sagte Gorski in leicht verwirrtem Tonfall, als denke er lediglich laut. »Haben Sie gesehen, in welche Richtung sie gegangen ist?«

»Wie ich schon sagte, ich habe sie nicht gesehen.«

»Und ist Ihnen auf dem Weg nach Hause vielleicht ein junger Mann aufgefallen, der auf ein …«, er wählte das Wort mit Sorgfalt, »Rendezvous zu warten schien?«

»Nein.« Jetzt gab Manfred sich keine Mühe mehr, seine Gereiztheit zu verbergen.

»Und wenn ich Sie bitten würde, mit zur Wache zu kommen und eine entsprechende Aussage zu unterschreiben, würden Sie dabei bleiben?«

»Ja«, sagte Manfred. Er hatte sich bereits bei seinem ersten Gespräch mit Gorski für diese Version entschieden, er konnte jetzt nicht mehr davon abweichen.

»Nun gut.« Gorski schob geräuschvoll seinen Stuhl zurück. »Bitte entschuldigen Sie, dass ich Sie beim Essen gestört habe.«

Manfreds Weinglas war leer, aber er wagte es nicht, noch eines zu bestellen. Er wollte nicht den Eindruck erwecken, dass das Gespräch mit Gorski ihn verunsichert hatte. Pasteur polierte immer noch seine Gläser. Er sah nicht in Manfreds Richtung. Marie hatte die Hand auf die Schulter der neuen Kellnerin gelegt und wies sie an, einen frei gewordenen Tisch abzuräumen.

7

Gorski bereute, dass er seinen Mantel mitgenommen hatte. Es war ein warmer, sonniger Tag, und es sah überhaupt nicht nach Regen aus. Er blieb im Eingang des Restaurant de la Cloche stehen und zündete sich eine Zigarette an, den Mantel über seinem linken Unterarm. Dann ging er die Rue de Huningue entlang, bis er zur Kreuzung kam. Die Polizeiwache lag ein paar Gehminuten von dort entfernt an der Rue de Mulhouse, aber Gorski hatte keine Lust, dorthin zurückzukehren. Stattdessen überquerte er die Straße und ging die Avenue Charles de Gaulle hinunter. Die meisten Geschäfte waren über Mittag geschlossen, und auf den Straßen war wenig los. Gorski mochte diese Tageszeit. Es war, als würde die Stadt für einen Moment innehalten, um Luft zu holen, obgleich das Lebenstempo in Saint-Louis eine solche Atempause keineswegs erforderte. Dennoch ging Gorski mit zielstrebigem Schritt, als wäre er auf dem Weg zu einem wichtigen Termin.

Er bog in eine kleine Seitenstraße ab, in der sich ein Stück weiter eine unauffällige Bar namens Le Pot befand. Der Name der Bar war mit brauner Farbe in Frakturschrift über die Tür gemalt. An der Mauer hing ein dunkelrotes Schild mit der Aufschrift *Bar/Tabac* an einem verrosteten Träger. Nachts war das Schild beleuchtet, aber tagsüber konnte man ohne Weiteres die Rue des Vosges entlanggehen, ohne zu bemerken, dass sich dort eine Bar befand. Es gab kein Fenster, abgesehen von zwei schmalen Rechtecken aus Glas oberhalb der Augenhöhe, die lediglich der Belüftung dienten. Die Tür war aus Glas, aber so mit Werbeplakaten für Lotteriescheine und diverse Zigarettenmarken beklebt, dass man nicht ins Innere sehen konnte. Dem Besitzer war bewusst, dass seine Bar nicht sonderlich einladend wirkte, aber die Tatsache, dass man von draußen nicht gesehen werden konnte, machte einen Großteil ihrer Attraktivität aus.

Das Innere der Bar bestand nur aus einem kleinen, quadratischen Raum. Die Wände waren mit senfbrauner Farbe gestrichen und mit verblichenen Postern geschmückt, die das alte Elsass zeigten. An zwei Wänden lief eine braune Polsterbank entlang, deren Plastikbezug abgewetzt und rissig war. Außerdem gab es noch vier Tische in der Mitte des Raumes.

Gorski setzte sich auf die Bank und gab dem Besitzer ein Zeichen, dass er ein *pression* haben wollte. Die eigentliche Bar befand sich an der Wand gegenüber der Tür. Rechts davon war die *tabac*-Ecke, wo Zigaretten, Raucherbedarf und Lotteriescheine verkauft wurden. Diese beiden Bereiche wurden getrennt durch eine hölzerne Klappe, durch die der Besitzer hinter die Bar gelangte. Es gab drei Zapfhähne mit Bier vom Fass: ein *bière d'Alsace,* ein deutsches Weißbier und ein Dunkles. Links neben dem Tresen stand ein Edelstahlbehälter mit heißem Wasser, in dem die Würstchen für die Hotdogs heiß gemacht wurden, das einzige Essen, das im Le Pot serviert wurde. Der Boiler wurde nie abgeschaltet, was der Bar ihren typischen Geruch verlieh. Da der Besitzer das Licht gedämpft hielt, konnte man meist kaum erkennen, ob es Tag oder Nacht war. Am Spätnachmittag, wenn die Sonne schien, kamen jedoch zwei Lichtbalken durch die Belüftungsfenster und leuchteten schräg durch die Bar wie die Strahlen von Suchscheinwerfern.

Es waren noch drei andere Gäste in der Bar. Auf der Bank unterhalb der Belüftungsfenster saß ein Mann in einem abgetragenen Anzug und las Zeitung, ein Glas Weißwein vor sich auf dem Tisch. Er kam Gorski irgendwie bekannt vor. Das war für ihn nichts Ungewöhnliches. Durch seine Arbeit kam er mit sehr vielen Leuten zumindest flüchtig in Kontakt, und in einer Kleinstadt wie Saint-Louis war es unvermeidlich, dass er ihnen irgendwann wieder begegnete. Ribéry, sein Vorgänger, war mit einem unfehlbaren Gesichter- und Namensgedächtnis gesegnet gewesen, aber Gorski besaß diese Gabe nicht. Dennoch ärgerte es ihn, dass er sich nicht erinnern konnte, wer der Mann war.

Außerdem standen an der Bar noch zwei Männer in Arbeitsoveralls. Einer von ihnen sah zu Gorski hinüber, als dieser sich an seinen Tisch setzte. Wahrscheinlich erkannte er ihn. Am Tag zuvor hatte Gorski eine Pressekonferenz abgehalten, bei der er die Beschreibung des jungen Mannes bekannt gegeben hatte, der zusammen mit Adèle auf dem Roller gesehen worden war. Er hatte sich größte Mühe gegeben zu betonen, dass der junge Mann lediglich als Zeuge gesucht wurde, aber die Zeitungen hatten das Ganze natürlich in viel schaurigerem Licht dargestellt. Gorskis Foto war zusammen mit dem Artikel im *L'Alsace* und diversen anderen Zeitungen abgedruckt worden.

Der Besitzer brachte ihm das Bier. Er war ein untersetzter, dunkelhaariger Mann mit dem Körperbau eines ehemaligen Boxers, kleinen, stechenden Augen und einem schlaffen, unattraktiven Mund. Gorski hatte gehört, wie Stammgäste ihn mit Yves anredeten, aber er begrüßte ihn nie mit Namen. Umgekehrt ließ sich der Besitzer nicht anmerken, dass er wusste, wer Gorski war, obwohl er ihn sicher erkannt hatte. Das war seine Art. Manche Bars legten Wert auf eine gastliche Atmosphäre. Doch das Le Pot gehörte nicht dazu. Wenn man den Besitzer ansprach, grüßte er, aber ansonsten überließ er die Gäste sich selbst.

Als Yves ihm das Glas hinstellte, bat Gorski ihn um einen Hotdog. Bevor Yves zur Bar zurückkehrte, ging er einmal an den Tischen entlang und wischte jeden einzelnen auf dieselbe gemächliche Weise ab. Gorski trank einen Schluck von seinem Bier. Es war angenehm kalt und erfrischend. Sein Hotdog kam auf einem Pappteller. Das Fleisch war rosa und wabbelig und löste sich auf unappetitliche Weise auf, sobald man einen Bissen davon aß. Er dachte an Manfred Baumann und seinen *pot-au-feu* oder was immer er gegessen hatte.

Das Gespräch mit Baumann war mehr oder weniger so verlaufen, wie er es erwartet hatte. Falls er log, würde er dies kaum zugeben, solange man ihm nicht eindeutig das Gegenteil beweisen konnte. Gorski war es gewohnt, belogen zu werden. Die Leute logen fast automatisch, und selbst wenn man ihnen darlegte, wie unglaubwürdig ihre Lügen waren, blieben sie stur bei ihrer Aussage. Gorski verstand diesen Mechanismus sehr gut. Wenn ihn beispielsweise seine Frau später fragen würde, wie er den Nachmittag verbracht hatte, würde er natürlich den Besuch in dieser Bar mit keinem Wort erwähnen. Was ihn interessierte, war nicht so sehr die Tatsache, dass jemand log, sondern wie er sich dabei verhielt. Oft griffen die Leute nach ihren Zigaretten oder ließen sich von irgendeiner Nebensächlichkeit ablenken. Sie wichen seinem Blick aus. Frauen spielten mit ihren Haaren. Männer zupften an ihrem Bart. Gorski befragte die Leute am liebsten in ihrer alltäglichen Umgebung. Wenn man sie zur Polizeiwache verfrachtete, waren sie durcheinander, und dann war es schwer zu unterscheiden, ob ihr Verhalten mit der ungewohnten Umgebung zu tun hatte oder ob sie etwas verheimlichten. Gorski erinnerte sich, dass Baumann ihm einen Kaffee angeboten hatte, als er ihn in seiner Wohnung aufgesucht hatte, und das, obwohl er ihn anfangs gar nicht hineinlassen wollte. Das war eine typische Geste – einerseits Überkompensation für die vorhergehende Feindseligkeit, andererseits der Versuch, den

Beginn der Befragung hinauszuzögern. Selbst als er noch gar nicht wissen konnte, was Gorski von ihm wollte, hatte Baumann sich auf eine Weise verhalten, die verriet, dass er sich unwohl fühlte.

Oft spielten die Leute die Entrüsteten, wenn man sie mit ihren Lügen konfrontierte. Wie oft hatte Gorski die Sätze gehört: *Das ist ja unglaublich! Wie können Sie es wagen!* Oder man hatte ihm mit einem juristischen Nachspiel gedroht. Er nahm solche Ausbrüche zwar nicht unbedingt als Schuldbeweis, wohl aber als Zeichen, dass die jeweilige Person etwas zu verbergen hatte. Vielleicht etwas, das überhaupt nichts mit der Sache zu tun hatte, um die es ihm ging, aber immerhin *etwas*. Manfred Baumann hatte das nicht getan. Gorski vermutete, dass er dafür zu unterwürfig war. Aber auch sein sonstiges Verhalten hatte nicht erkennen lassen, was in ihm vorging. Offenbar neigte er, aus welchem Grund auch immer, dazu, alles unter dem Deckel zu halten. Er war verklemmt.

Andererseits konnte man nicht völlig ausschließen, dass Baumann tatsächlich nichts gesehen hatte. Die Leute waren oft unaufmerksam, vor allem wenn sie mit ihrem Alltag beschäftigt waren. Sie gingen oder fuhren zur Arbeit und wieder nach Hause, saßen jeden Tag im gleichen Büro und im gleichen Café, ohne sich im Geringsten für ihre Umgebung zu interessieren. Oft konnten die Leute, wenn man sie fragte, nicht einmal die Möbel oder die Wandfarbe der Orte beschreiben, die sie regelmäßig besuchten. Dennoch beschäftigte ihn Manfred Baumann. Ob er log oder nicht, da war irgendetwas in seinem Verhalten, das Gorskis Neugier weckte. Er war zugleich ausweichend und beflissen, als wollte er gemocht werden oder zumindest Anerkennung finden.

Trotzdem war es ein Zeichen dafür, wie wenig er in dem Fall vorankam, dass er so viel Zeit damit zubrachte, über Baumann nachzudenken, obwohl der aller Wahrscheinlichkeit nach überhaupt nichts mit dem Verschwinden des Mädchens zu tun hatte. Dieser Fall war einer von der schlimmsten Sorte, zumal noch nicht einmal klar war, ob überhaupt ein Verbrechen vorlag. Doch das Verschwinden eines jungen Mädchens sorgte immer für Aufmerksamkeit in der Presse, und die Polizei war gezwungen zu ermitteln oder zumindest den Anschein zu erwecken, dass sie ermittelte. Wäre ein Mann mittleren Alters verschwunden, zum Beispiel jemand wie Manfred Baumann, würde das im *L'Alsace* nicht einmal in der Rubrik »Vermischtes« auftauchen.

Bisher hatte Gorski nur ein sehr rudimentäres Bild von der jungen Frau, deren Verschwinden er untersuchte. Adèle Bedeaus Mutter war einige Jahre zuvor verstorben, und auf Adèles Geburtsurkunde war kein Vater eingetragen. Mme Pasteur hatte ihre junge Kellnerin gern und hegte offenkundig mütterliche Gefühle für sie, aber Adèle hatte gegenüber ihren Arbeitgebern nicht viel von sich erzählt. Sie war zuverlässig, pünktlich und höflich, aber mehr auch nicht. Es schien ihr egal zu sein, ob sie den Küchenfußboden schrubben, Zwiebeln schneiden oder servieren sollte. Sie erledigte jede Arbeit, die man ihr auftrug, mit derselben Miene des Überdrusses. Dennoch bezeichnete Marie Pasteur sie als fleißig. Gorski hatte den Eindruck, dass Adèle resigniert hatte. Es war ihr einfach egal, was sie tat. Ihr Kontakt zu den Besitzern des Restaurant de la Cloche war durchaus freundlich, aber sie stellte keine Fragen, erzählte nichts von sich und scherzte auch nicht mit den anderen Angestellten. Sie blieb lieber für sich. Und außerhalb der Arbeit hatte Gorski auch nicht viel mehr herausgefunden. Das kleine möblierte Appartement in der Rue de Jura, das sie gemietet hatte, verriet rein gar nichts über sie. Sie zahlte ihre Miete pünktlich, und ihre Nachbarn wussten nicht viel über sie zu sagen.

Als Gorski durch ihre Räume gegangen war, hatte er sich wie immer in dieser Situation als Eindringling gefühlt. Das Appartement bestand aus einem Wohn-Schlafzimmer, einer kleinen Küche und einem winzigen Duschbad. Er war am frühen Samstagnachmittag dort gewesen. In dem Gebäude gab es keinen Concierge, und die

Vermieterin, deren Namen er vergessen hatte, lehnte mit gelangweilter Miene im Türrahmen, die Arme unter dem üppigen Busen verschränkt. Sie war eine korpulente Frau mit gefärbten Haaren und einer dicken Brille mit Plastikgestell. Die Jalousie war heruntergelassen, und Gorski hatte den Eindruck, dass sie nur selten hochgezogen wurde. Die Luft roch abgestanden. Er fühlte sich unwohl unter dem Blick der Vermieterin. Er mochte es nicht, wenn er bei seiner Arbeit beobachtet wurde, erst recht nicht, wenn er dabei die persönlichen Dinge einer jungen Frau durchsehen musste.

Er ging in die Küche und sah in die Schränke. Ein paar nicht zusammenpassende Geschirrteile und Gläser, ein paar Konserven. Der Kühlschrank war bis auf einige Plastikbecher mit Fruchtjoghurt, ein kleines Stück Butter und ein Glas Erdbeermarmelade leer. Auf der Arbeitsfläche stand eine Schachtel loser Tee und ein Holzbrett mit einem halben Brotlaib in einer braunen Papiertüte von einer Bäckerei in der Nähe. Gorski griff nach dem Tee und schnupperte daran. In der Spüle standen ein benutzter Becher und ein Teller mit ein paar Krümeln. Doch der Mangel an Essbarem erschien Gorski nicht ungewöhnlich. Wahrscheinlich aß Adèle meist im Restaurant de la Cloche. Er schlug sein Notizbuch auf und suchte den Namen der Vermieterin, bevor er ins Wohnzimmer zurückging.

Die Einrichtung bestand aus einem Schlafsofa, das ordentlich zusammengeräumt war, einem hässlichen Beistelltisch mit Glasplatte, einer kleinen Kommode und einem altmodischen Schrank, der zu groß für das Zimmer war und vermutlich aus dem Haus der Vermieterin stammte.

»Sie brauchen nicht hier zu bleiben, Madame Huber«, sagte er.

Die Vermieterin schien nicht zu begreifen, dass er sie loswerden wollte.

»Wann kann ich ihre Sachen rausräumen?«, fragte sie. »Ich kann es mir nicht leisten, die Wohnung leer stehen zu lassen.«

Das Mädchen war gerade einmal sechsunddreißig Stunden fort. Gorski starrte sie an.

»Es gibt keinen Grund zu der Annahme, dass Ihre Mieterin nicht zurückkommt«, erwiderte er. »Aber vorläufig ist die Wohnung polizeiliches Ermittlungsgebiet.«

Er hatte es absichtlich vermieden, von einem »Tatort« zu sprechen. Die Leute regten sich immer gleich so auf, wenn sie den Ausdruck hörten. Außerdem war das Appartement streng genommen ja auch kein Tatort.

Mme Huber sah ihn skeptisch an. »Und was ist mit der Miete?«

»Ich nehme doch an, die Wohnung ist bis zum Monatsende bezahlt?«

Sie nickte widerstrebend.

»Bis dahin sind es noch drei Wochen«, sagte Gorski. »Ich würde erst mal davon ausgehen, dass sich die Sache bis dahin aufgeklärt hat.«

Die Frau zuckte die Achseln. Gorski bat sie um den Schlüssel, und sie händigte ihn wortlos aus. Dann führte Gorski sie freundlich, aber bestimmt aus der Wohnung. Als sie fort war, setzte er sich auf das Sofa und zündete sich eine Zigarette an. Er ließ den Blick durch den Raum wandern, auf der Suche nach einer Spur von Adèle Bedeau. Es gab keine Bilder an der Wand, keine Fotos auf dem Nachttisch, keine Bücher oder Zeitschriften. Adèle wohnte seit fast einem Jahr hier und hatte offenbar nichts unternommen, um ihre Wohnung gemütlicher zu machen. Abgesehen davon, dass die Möbel nicht zusammenpassten, hätte er sich ebenso gut in einem Hotelzimmer befinden können. Gorski stand auf, ging zum Fenster und zog die Jalousie hoch. Dahinter kam ein brachliegendes Grundstück und der Hof des Schrottsammlers an der Rue de la Paix zum Vorschein.

Dann schaute er flüchtig in den Schrank und die Kommode. Er hatte keine Lust, sich durch die Kleider und Unterwäsche des Mädchens zu wühlen, und obwohl er allein war, war ihm das Ganze peinlich. Es gab keine Anzeichen für einen überstürzten Aufbruch, und nichts wies darauf hin, dass etwas fehlte. Das war etwas, was sein Mentor Ribéry ihm beigebracht hatte: nicht nur das zu betrachten, was da war, sondern auch nach dem Ausschau zu halten, was nicht da war, aber da sein sollte. Adèles Zahnbürste war im Bad, ebenso allerlei Fläschchen und Tuben, die Gorski durch seine Frau und seine Tochter vertraut waren. Oben auf dem Schrank lag ein ramponierter Koffer. Gorski nahm ihn herunter und legte ihn auf den Beistelltisch. Er war staubig. Das war ein Ort, wo ein junges Mädchen vielleicht ihre privaten Sachen aufbewahrte. Er öffnete die Messingschnallen. Der Koffer war leer. Anscheinend war Adèle ein Mädchen ohne Geheimnisse. Er legte den Koffer an seinen Platz zurück. In der Nachttischschublade fand er eine halb aufgebrauchte Monatspackung der Pille. Das war immerhin etwas. Die letzte Pille war am Donnerstag genommen worden, was die Vermutung nahelegte, dass Adèle seither nicht mehr in ihrer Wohnung gewesen war. Natürlich konnte es sein, dass sie zur vergesslichen Sorte gehörte, aber falls sie aus eigenem Antrieb verschwunden war, dann sicher nicht geplant.

Anschließend klopfte Gorski an den benachbarten Wohnungstüren. Niemand hatte mit Adèle mehr als einen flüchtigen Gruß gewechselt, und es hatte auch niemand Stimmen aus ihrer Wohnung gehört oder gesehen, dass sie Besuch bekommen hatte.

»Steckt sie in Schwierigkeiten?«, hatte eine grauhaarige Frau zwei Türen weiter gefragt.

Das fragten die Leute oft, und unter dem Deckmäntelchen der Sorge schimmerte meist die Sensationslust hindurch. Gorski zweifelte nicht daran, dass die alte Frau angetan gewesen wäre, wenn er ihr erzählt hätte, dass sie brutal vergewaltigt und ermordet worden war.

Gorskis Gedanken wurden durch Yves unterbrochen, der dem Mann in dem abgetragenen Anzug ein neues Glas Wein brachte.

Die beiden Arbeiter, die an der Bar gestanden hatten, waren fort, aber er hatte nicht mitbekommen, wie sie gegangen waren. Vielleicht war es ja doch nicht so unwahrscheinlich, dass Manfred Baumann an dem Abend, als Adèle verschwunden war, nichts gesehen hatte.

Als Yves das Glas auf den Tisch des Mannes stellte, sah dieser von seiner Zeitung auf, und sein Blick kreuzte sich mit dem von Gorski. Er tat so, als wäre nichts geschehen, und beugte sich sofort wieder über seine Zeitung. Jetzt erinnerte sich Gorski an ihn. Er war ein Lehrer, der aus seinem Beruf ausgeschieden war, nachdem ein Schüler unerquickliche Behauptungen in die Welt gesetzt hatte. Gorski war der Sache nachgegangen, doch es hatte sich bald gezeigt, dass es reine Bosheit gewesen war. Dennoch war, wie stets in solchen Fällen, der Ruf des Beschuldigten angeschlagen, und so hatte der Mann seine Stelle aufgegeben. Gorski hätte ihm gerne mit einem herzlichen Blick zu verstehen gegeben, dass er ihn als unschuldig ansah, doch der ehemalige Lehrer hatte ihm keine Gelegenheit dazu gegeben. Wahrscheinlich wollte er nicht an die unerfreuliche Episode in seiner Vergangenheit erinnert werden.

Gorski bestellte ein zweites Bier. Yves brachte es ihm und nahm wortlos den Pappteller und die Papierserviette mit. Der Mann leerte sein Glas und ging, ohne noch einmal zu Gorski hinüberzusehen. Nun, da er der einzige Gast in der Bar war, fühlte Gorski sich ein wenig unwohl. Der Besitzer war eingehend damit beschäftigt, Gläser zu polieren und den Tresen abzuwischen. An der Wand neben der Tür, die zu den Toiletten führte, hing ein Münztelefon. Gorski überlegte, ob er in der Wache anrufen sollte, um zu hören, ob es etwas Neues gab, aber das konnte er hier nicht, ohne belauscht zu werden. Ihm blieb nichts anderes übrig, als zur Wache zurückzukehren. Er trank sein Bier, zahlte an der Bar und ging.

Den restlichen Nachmittag verbrachte er in seinem Büro, wo er einen Bericht für den Untersuchungsrichter tippte. Warum verspürte er selbst bei diesem dienstlichen Dokument den Drang, die Sachlage in einem positiven Licht darzustellen? Die Männer, die er beauftragt hatte, sich in dem Viertel umzuhören, ob sonst noch irgendjemand Adèle oder den jungen Mann mit dem Roller gesehen hatte, waren ohne Ergebnisse zurückgekommen. Es war frustrierend. Da es nicht so aussah, als wäre die Kellnerin aus eigenem Entschluss verschwunden, blieben drei weitere Möglichkeiten: Entweder sie hatte einen Unfall gehabt, sie hatte Selbstmord begangen, oder sie war ermordet worden. Wobei Ersteres im Grunde ausschied, da in den umliegenden Krankenhäusern niemand eingeliefert worden war, auf den Adèles Beschreibung gepasst hätte, und falls sie bei dem Unfall ums Leben gekommen war, wäre ihr Leichnam mittlerweile gefunden worden. Ein Selbstmord war nicht völlig auszuschließen. Falls sie in den Rhein gesprungen war – die bevorzugte Selbstmordmethode in dieser Gegend –, konnte es noch Tage oder sogar Wochen dauern, bis ihr Leichnam auftauchte. Doch vor ihrem Verschwinden hatte nichts darauf hingedeutet, dass sie vorhatte, sich umzubringen. Somit blieb nur Mord, aber ohne Leiche konnte er keine Mordermittlungen aufnehmen. Alles war reine Spekulation, und Gorski mochte keine Spekulationen. Er ging lieber in klaren, logischen Schritten vor, die auf konkreten Beweisen fußten. In seinen über zwanzig Jahren als Polizist hatte er sich angewöhnt, jeder Information, die mit einem Fall zusammenhing, mochte sie auch noch so unwichtig erscheinen, dieselbe Aufmerksamkeit entgegenzubringen. Sein Credo war, die Intuition außen vor zu lassen, das, was seine Kollegen »Eingebung« nannten. Und bisher gab es nur eine einzige Spur, nämlich den Jungen mit dem Roller. Solange seine Identität nicht geklärt oder Adèles Leichnam gefunden war, bestand wenig Aussicht, mit den Ermittlungen weiterzukommen. Schon jetzt verspürte Gorski das vertraute, ungute Gefühl, dass der Fall nicht aufgeklärt werden würde.

Um halb sieben machte er sich auf den Heimweg und widerstand der Versuchung, unterwegs noch in einer Bar einzukehren. Um sieben stellte Gorskis Frau Céline Backfisch und Kartoffeln auf den Tisch. Gorski nahm den Korken von der Flasche Weißwein, die sie am Abend zuvor geöffnet hatten, und schenkte seiner Frau und sich selbst ein. Seine Tochter Clémence saß ebenfalls am Tisch, ein aufgeschlagenes Taschenbuch auf ihrem Teller. Sie war sechzehn und hatte die feinen Züge und das kastanienbraune Haar ihrer Mutter geerbt. Ihre Figur war jungenhaft schmal, was Gorski im Stillen beruhigend fand. Clémence klappte ihr Buch zu und schob ihm ihr Glas hin. Gorski goss den Rest Wein hinein.

Céline verteilte das Abendessen auf den Tellern, das kaum für alle reichte. Sie war keine besonders gute Köchin. Bisweilen fragte sich Gorski, ob ihre frugalen Portionen der Grund für Clémence' körperliche Unterentwicklung waren. Céline selbst war einen halben Kopf größer als Gorski und sehr schlank, mit kleinen Brüsten und schmalen Hüften. Es war ein Wunder, dass sie überhaupt ein Kind ausgetragen hatte, und nach Clémence' Geburt hatte sie verkündet, sie habe nicht vor, diese Erfahrung zu wiederholen.

Gorski sprach mit Céline nur selten über seine Arbeit, und erst recht nicht beim Abendessen, aber das Verschwinden von Adèle Bedeau sorgte für einigen Wirbel. Clémence sah ihn mit großen Augen an, aber er hatte nichts Neues zu berichten. »Solange es keine Leiche gibt, hängt alles in der Luft«, sagte er.

Er nahm einen Bissen von dem Fisch. Er schmeckte nach nichts. Céline weigerte sich, Salz zu verwenden, weil sie überzeugt war, dass es nur zu Bluthochdruck führte.

Clémence zog eine enttäuschte Miene. »Aber du glaubst doch auch, dass sie ermordet worden ist, oder?«

Gorski zuckte die Achseln. »Es verschwinden immer wieder Leute.«

Er fischte eine Gräte aus seinem Mund und legte sie auf den Tellerrand.

»Also, *ich* glaube, dass sie ermordet worden ist«, sagte Clémence und ignorierte den Blick ihrer Mutter.

»Und was ist das Motiv?«, fragte er.

»Ein Verbrechen aus Leidenschaft natürlich. Die meisten Morde werden von Leuten begangen, die das Opfer kannte.«

»Das stimmt«, sagte Gorski. Es machte ihm Spaß, auf Clémence' Theorien einzugehen. »Aber selbst wenn du recht hast, wo ist die Leiche? Ein Mord, der im Affekt begangen wurde, ist meist nur schwer zu verbergen.«

»Ich glaube, es war der dicke Fleischer aus der Avenue de Bâle. Er hat sie umgebracht, klein gehackt und zu Würstchen verarbeitet.«

Céline hatte genug. »Können wir bei Tisch vielleicht über etwas anderes reden?«

Gorski und Clémence wechselten einen verschwörerischen Blick. Der Rest der Mahlzeit verlief schweigend.

Céline gehörte eine Modeboutique in der Stadt. Der Laden hatte nie mehr als die Kosten gedeckt. Die Sachen waren zu modisch für Saint-Louis, aber Céline beharrte darauf, dass die Frauen der Stadt erzogen werden mussten. Jedes Jahr im Frühling und im Herbst gab sie einen Empfang, bei dem sie ihre neueste Kollektion – wie sie es nannte – präsentierte. Sie engagierte Mädchen, die die Kleider vorführten, servierte Champagner und Häppchen und lud alles ein, was Saint-Louis an gehobener Gesellschaft zu bieten hatte. Céline bestand darauf, dass Gorski an diesen Empfängen teilnahm. Sie ermutigte die Damen, ihre Ehemänner mitzubringen, denn schließlich waren sie es ja, die am Ende des Abends das Scheckbuch zückten. Gorski verbrachte diese Abende zusammen mit den anderen gelangweilten Ehemännern in der Ecke bei den Tischen, wo die Getränke serviert wurden. Es ging bei diesen Veranstaltungen weniger um Célines Geschäft als vielmehr darum, »die Gorskis« in der besseren Gesellschaft der Stadt zu etablieren. Céline gab sich keine Mühe zu verbergen, dass der Beruf ihres Mannes dem jedoch im Wege stand. Zu Beginn ihrer Ehe hatte sie ihn gedrängt, die Polizeiarbeit aufzugeben und Jura zu studieren. Nach seiner Beförderung zum Kommissar verlagerte sich ihr Ehrgeiz darauf, in eine richtige Stadt zu ziehen, vielleicht sogar nach Paris – irgendwohin, wo ihr Geschäft florieren würde, und sie in der »Gesellschaft von Gleichgesinnten« verkehren könnte. Doch Gorski erklärte ihr, dass es für einen Provinzkommissar nicht einfach war, einen Posten in einer großen Stadt zu bekommen. Einmal hatte er einen Antrag gestellt, sich nach Straßburg versetzen zu lassen, doch nachdem dieser abschlägig beschieden worden war, hatte er das Thema nicht weiter verfolgt. Gorski verstand den Wunsch seiner Frau, in eine Stadt zu ziehen, die weniger trist war als Saint-Louis, aber im Lauf der Jahre hatte er sich eingeredet, dass sich der Aufwand nicht lohnte. Es lag nicht daran, dass ihm Saint-Louis ans Herz gewachsen war. Nein, er war im Stillen überzeugt, dass seine Fähigkeiten für mehr nicht ausreichten.

8

Im Sommer nach dem Tod seiner Mutter verbrachte Manfred jede freie Minute im Wald hinter dem Haus der Paliards. Er hatte Hitze noch nie gemocht, und selbst an den heißesten Tagen blieb es im Wald angenehm kühl.

Eines Tages hatte Manfred sich auf einer kleinen Lichtung ausgestreckt und den Kopf auf einen kleinen Mooshügel am Fuße eines Baumes gebettet. Sein Hemd lag zusammengeknüllt neben ihm. Er hatte die Augen geschlossen, schlief jedoch nicht. Er lauschte auf das Rascheln der Blätter im Wind. Es klang wie ein ferner Bach. Er atmete tief und bewusst ein und aus. Der Boden war knochentrocken und von kleinen Zweigen übersät, die wie Anzündholz rochen. Manfred stellte sich vor, wie sich eine Feuersbrunst über den Waldboden wälzte wie eine gewaltige Flutwelle. Sein Körper würde von den Flammen verschlungen und in schwarze Asche verwandelt werden, die von den Luftströmen hoch über die Bäume hinweggeweht würde.

Plötzlich öffnete Manfred die Augen. Ein kleines Stück entfernt stand ein Mädchen. Er hatte sie nicht kommen hören.

»Wie lange stehst du schon da?«, fragte er.

»Eine Weile«, sagte das Mädchen.

Sie trug ein Kleid aus gelbem Baumwollstoff, der mit orangefarbenen Blüten bedruckt war, und lederne Sandalen. Ihre blonden Haare wurden von einem gelben Band zurückgehalten. Sie hatte große blaue Augen, die Manfred unverwandt ansahen. Sie wirkte kein bisschen verlegen. Sie hatte eine jungenhafte Figur, und ihre Arme waren dünn wie Zweige.

Sie war etwa fünfzehn, aber ihre kindliche Aufmachung ließ sie jünger wirken.

»Wer bist du?«, fragte Manfred, als wäre er ein Grundbesitzer, der einen Eindringling entdeckt hatte.

Das Mädchen zuckte die Achseln und lächelte ein wenig. »Niemand«, sagte sie. »Nur ein Mädchen. Und wer bist du?«

Die Erwiderung beeindruckte Manfred. Er konnte sich keine bessere Antwort vorstellen.

»Nur ein Junge«, sagte er. Aber er verspürte auf einmal den Drang, ihr alles von sich zu erzählen: dass sein Vater das Restaurant de la Cloche geführt hatte, dass seine Mutter gestorben war, dass er jetzt bei seinen Großeltern lebte und dass er manchmal den ganzen Tag lang die Decke seines Zimmers anstarrte, ohne zu merken, wie die Zeit verging.

Das Mädchen setzte sich neben Manfred und strich dabei ordentlich den Rock seines Kleides glatt. Sie schlang die Arme um die Knie und saß einfach nur da, ohne etwas zu sagen. Es war das schönste Mädchen, das Manfred je gesehen hatte. Er wollte sie auf der Stelle heiraten und jeden Augenblick seines Lebens mit ihr verbringen, bis zu seinem Tod. Plötzlich war ihm sein nackter, magerer Oberkörper peinlich. Er schüttelte sein Hemd aus und zog es über.

Das Mädchen saß immer noch regungslos da. Manfred fiel nichts ein, was er hätte sagen können, ohne gestelzt oder unnatürlich zu klingen. Der Rocksaum des Mädchens bewegte sich leicht im Wind. Ihr Nacken war mit zartem, blondem Flaum bedeckt.

Nach einer Weile wandte sie den Kopf in seine Richtung und sah ihn an.

»Du redest nicht viel, was?«

Manfred spürte, wie er rot wurde. Wenn er jetzt nichts sagte, würde sie aufstehen und gehen, und er würde sie nie wiedersehen.

»Ich ...« Er hoffte, wenn er einfach anfing, würde der Rest schon folgen, so wie wenn er leise ein Gedicht aufsagte, dann tauchten die Worte wie von selbst auf. Aber es kam nichts. Er begann erneut.

»Wohnst du hier in der Nähe?« Es war so banal, dass er wünschte, er hätte weiter geschwiegen. »Ich habe dich noch nie gesehen«, fügte er als Erklärung hinzu.

»Meine Eltern haben ein Haus auf der anderen Seite des Waldes gemietet«, antwortete sie.

»Du machst also hier Urlaub?«

»Sieht so aus«, sagte das Mädchen.

Manfred wusste, dass er sie jetzt fragen sollte, woher sie kam. Aber er wollte es gar nicht wissen. Alles, was zählte, war, dass sie beide in diesem Augenblick hier waren. Er wollte sie sich nicht in irgendeiner fernen Stadt vorstellen, in der er nicht lebte, wie sie in eine Schule ging, die nicht seine war, und sich mit einem Jungen unterhielt, der nicht er war.

»Und du?«

»Ich?«

»Wohnst du hier?«

»Ich wohne bei meinen Großeltern, am Stadtrand von Saint-Louis«, erwiderte er.

»Bei deinen Großeltern?«

»Meine Eltern sind tot.« Er hatte es gesagt, um das Mitgefühl des Mädchens zu wecken. Selbst wenn sie ihn nicht mochte, hatte sie vielleicht Mitleid mit ihm. Vielleicht würde sie seine Hand nehmen.

»Wie aufregend«, sagte sie. »Allein zu sein und seinen eigenen Weg in der Welt zu gehen.«

»Ich bin nicht allein«, erwiderte Manfred. »Du bist bei mir.«

Da stand sie auf und sagte, sie müsse jetzt gehen. Ihre Eltern warteten bestimmt schon auf sie. Sie trug keine Armbanduhr. Manfred spürte ein Kribbeln in seinem Magen.

»Sehen wir uns wieder?«, fragte er.

Das Mädchen hob die Augenbrauen und zuckte leicht mit den Schultern.

»Kommst du morgen wieder hierher?«, setzte er nach.

»Vielleicht«, antwortete sie. »Das hängt von meinen Eltern ab.«

»Ich werde hier sein«, sagte Manfred.

Dann verschwand sie zwischen den Bäumen.

An den nächsten drei Tagen kehrte Manfred zu der Lichtung zurück, wo er dem Mädchen begegnet war. Er ging immer früher dorthin und nahm sich am zweiten und dritten Tag eine Flasche Wasser und Obst mit, um über den Tag zu kommen. Außerdem packte er Bücher und eine Decke aus dem Schrank unter der Treppe ein. Er wählte die Bücher sorgfältig aus. Das Mädchen war ganz offensichtlich nicht dumm, deshalb kamen Krimis und Schmöker nicht infrage. Camus, Sartre und Hemingway wiederum waren eindeutig zu männlich, um bei einem zarten Mädchen in gelbem Kleid einen positiven Eindruck zu hinterlassen. Mit allzu bekannten Klassikern würde er wie ein Anfänger wirken, denn solch wichtige Werke hätte er schon längst gelesen haben müssen. Letzten Endes wählte er zwei Romane von Zola aus dem Regal seines Großvaters. Bisher hatte er Zola, ohne ein Wort von ihm gelesen zu haben, als unendlich langweilig und reaktionär abgetan – dieser ganze Schicksalskram passte überhaupt nicht zu seinen geliebten Existenzialisten –, aber schon die ersten Seiten des Vorworts zu *Thérèse Raquin* schlugen Manfred in ihren Bann. Eines Tages würde auch er ein Buch schreiben, das die Gesellschaft schockieren und das absichtlich missverstanden werden würde. Aber die Geschichte würde ihm recht geben. Furchtlos würde er Scheinheiligkeit, Frömmelei und Gefühlsduselei an den Pranger stellen. Und während seiner Jahre als Geschmähter würde das Mädchen im gelben Kleid an seiner Seite sein.

Zolas Beschreibung seiner Figuren, die Gefangene ihrer Leidenschaften waren und keinen freien Willen hatten, fühlte sich für Manfred an wie eine Befreiung. Eine Last hob sich von seinen Schultern. Auch er war ein Gefangener der Kräfte, die ihn geformt hatten: sein unbeholfenes, ungeselliges Wesen, das dafür sorgte, dass sich niemand in seiner Gesellschaft wohlfühlte; seine bedrückende Situation als unerwünschter Eindringling im Haus seiner Großeltern; seine Unentschlossenheit, welchen Weg er einschlagen sollte, wenn er mit der Schule fertig war. Er hatte keine Kontrolle mehr über sein Schicksal. Was hatte denn zu seiner Begegnung mit dem Mädchen im gelben Kleid geführt? Nicht etwa der freie Wille, sondern das Schicksal.

Am vierten Tag kam sie, wie Manfred es vorhergesehen hatte.

»Hallo«, sagte sie, als sie auf die kleine Lichtung trat.

»Hallo«, erwiderte Manfred. Auf der Decke hatte er eine Papiertüte mit Kirschen und eine Flasche Apfelsaft arrangiert, die er in seiner Tasche mitgebracht hatte. Er lag auf der Seite, den Kopf in die Hand gestützt, das Buch aufgeschlagen vor sich. Das Mädchen setzte sich genauso hin wie beim letzten Mal, die Arme um die Knie geschlungen und von ihm abgewandt. Sie hatte auch dasselbe Kleid an.

»Wie lange bist du schon hier?«, fragte sie.

»Den ganzen Tag«, sagte Manfred.

»Hast du auf mich gewartet?«

»Ja.« Es gefiel ihm, dass sie ihn nicht ansah, wenn sie mit ihm sprach.

»Und wenn ich nicht gekommen wäre?«

»Dann hätte ich morgen wieder hier gewartet«, erwiderte Manfred.

»Das ist nett.«

»Ich wollte dich wiedersehen.«

»Ich dich auch«, sagte das Mädchen.

»Ist es nicht seltsam, dass wir uns auf diese Weise begegnet sind?«, fragte Manfred. »Ich meine, wenn ich nicht genau in dem Moment, als du vorbeigekommen bist, hier auf der Lichtung gewesen wäre, wenn du einen anderen Weg genommen hättest, wenn ihr nicht gerade hier Urlaub machen würdet, wenn ich anderswo geboren wäre ...«

Das Mädchen zuckte die Achseln, ohne sich zu ihm zu drehen.

»Dann wäre es doch immer seltsam, wenn sich zwei Leute begegnen. Unsere Begegnung ist nicht seltsamer als jede andere Begegnung von zwei Leuten, die sich nicht kennen.«

»Aber wir haben nicht geplant, uns zu begegnen, oder?«, sagte Manfred.

»Wie könnten denn zwei, die sich gar nicht kennen, planen, sich zu begegnen?«, entgegnete das Mädchen. »Wenn sie es geplant hätten, hätten sie sich ja schon kennen müssen.«

Manfred schwieg eine Weile.

»Was ich damit sagen will ...«, fuhr Manfred mit dem Gefühl fort, als würde er von einer Klippe springen, ohne zu wissen, wie tief das Wasser unter ihm war, » ... ist, dass keiner von uns beiden gezielt dem eigenen Willen gefolgt ist. Und dennoch hat sich durch diesen Zufall etwas – vielleicht sogar alles – verändert.«

Da sah das Mädchen ihn zum ersten Mal über die Schulter hinweg an. »Ja«, sagte sie. »Das fühle ich auch.«

An diesem Abend plauderte Manfred beim Essen munter mit seinen Großeltern. Er sah, wie sie einen verdutzten Blick wechselten, als er freundlich fragte, ob sie einen angenehmen Tag gehabt hatten. Der trübe Dunst, der ihn sonst umgab, hatte sich aufgelöst.

Alles war hell. Nach dem Essen brachte er sein Geschirr in die Küche, dann ging er mit seinem Großvater in dessen Werkstatt und half ihm, die Kanten einer Kommode, an der er gerade arbeitete, abzuschrägen.

Später, als er im Bett lag, hatte die düstere, trübsinnige Welt von Zola jeglichen Reiz verloren. Das verzweifelte, animalische Begehren von Thérèse Raquin und ihrem Geliebten interessierte ihn nicht mehr. Stattdessen gab er sich einer Träumerei hin, in der das Mädchen die Hauptfigur war und er ihr unwürdiger Verehrer. Im Gegensatz zu den dunklen Fantasien, die er bezüglich anderer Mädchen hegte, waren seine Gedanken an das Mädchen im gelben Kleid vollkommen reiner Natur. Seine Liebe zu ihr (er hatte keinerlei Bedenken, dieses Wort zu verwenden) befand sich auf einer wesentlich höheren Ebene. Beim Abschied hatte sie ihn leicht auf die Wange geküsst, und sie hatten sich für einen kurzen Moment an den Händen gehalten.

Die folgenden Tage waren die glücklichsten in Manfreds Leben. Er war überzeugt, dass niemand glücklicher sein konnte, nicht einmal er selbst. Und er wusste, dass das Mädchen dasselbe empfand. Sie selbst hatten die Liebe erfunden. Bis zu dem Augenblick, als das Mädchen auf die Lichtung getreten war, hatte die Liebe nur als Wort existiert, als abstraktes Konzept, das niemand je zuvor wirklich erlebt hatte.

Sie trafen sich jeden Tag. Manfred brachte die Decke mit, damit sie darauf sitzen konnten, und füllte seine Tasche mit Brot, Pastete und Obst aus der Vorratskammer seiner Großeltern. Wenn sie mittags zusammen aßen, fühlten sie sich dabei nicht wie zwei Heranwachsende, sondern wie ein zufriedenes älteres Ehepaar. Juliette kam aus Troyes. Ihr Vater war Rechtsanwalt und erwartete, dass sie in seine Fußstapfen trat. Er war ein schweigsamer Mann mit eisernem Willen. Ihre Mutter war eine gefügige Frau, und Juliette hatte noch nie erlebt, dass sie ihrem Vater die Stirn geboten hatte. Sie war nichts weiter als ein Anhängsel ihres Mannes und verbrachte ihre Tage damit, sich mit anderen, ähnlichen Frauen zum Mittagessen zu treffen, bummeln zu gehen oder sich die Haare frisieren zu lassen. Aber sie war immer rechtzeitig zu Hause, um sich für das Abendessen zurechtzumachen. Juliette verachtete sie. Sie interessierte sich nicht für Jura, aber sie traute sich nicht, sich den Erwartungen ihres Vaters zu widersetzen. Sie war nicht mit einem aufmüpfigen Wesen gesegnet. Die heimlichen Treffen mit Manfred waren die größte Eigenmächtigkeit ihres Lebens. Sie beneidete Manfred um seine Freiheit und wünschte, ihre Eltern wären ebenfalls tot.

Doch obwohl sie sich selbst als kleinlaut und unterwürfig wahrnahm, fand Manfred, dass Juliette etwas ganz Besonderes war und eine Selbstsicherheit besaß, um die er sie beneidete. Sie war ganz anders als die oberflächlichen, kichernden Mädchen, die er aus der Schule kannte und die sich nur für Kleider und die dämlichsten Jungen interessierten. Juliette hatte ein Selbstwertgefühl, das keine Bestätigung von außen brauchte. Und sie war schön, obwohl sie sich nie Gedanken über ihr Aussehen zu machen schien.

Manfred ermutigte sie, ihrem Vater die Stirn zu bieten und ihren eigenen Weg zu gehen, welcher das auch sein mochte. Juliette erinnerte Manfred an den Vortrag, den er über Zolas Vorwort zu *Thérèse Raquin* gehalten hatte. Wenn er wirklich glaubte, was er gesagt hatte, waren dann nicht alle Menschen wie ein Hamster im Rad, der in die vorgegebene Richtung lief und daran nichts ändern konnte? Doch Manfred war voller Pläne für sie beide. Sie würden zusammen weglaufen, nach Paris oder vielleicht sogar weiter weg, nach Amsterdam, London oder New York. Manfred würde einen großartigen Roman schreiben, nein, eine ganze Reihe, so wie Zolas *Rougon-Macquart*-Zyklus, und sie würden von sämtlichen Künstlern und Schriftstellern Europas gefeiert werden. Jahre später würde Juliettes Vater überraschend vor ihrer Tür stehen. Er würde zusammenbrechen und zugeben, dass er mit seiner diktatorischen

Art seine Tochter aus der Familie getrieben hatte und dass ihm dies erst jetzt, im Alter, bewusst geworden sei. Er würde stolz darauf sein, dass seine Tochter ihren eigenen Weg gegangen war. Anschließend würden Manfred und sein Schwiegervater bis tief in die Nacht zusammensitzen, Whisky trinken und über die Pfade nachdenken, die ihr Leben genommen hatte.

Juliette lächelte nachsichtig über Manfreds Fantasien. »Du hast meinen Vater noch nicht kennengelernt«, sagte sie. »Außerdem, würde ich dann nicht einfach nur deinem Traum folgen statt dem meines Vaters?«

An Juliettes letztem Ferientag trafen sich die Liebenden wie gewohnt auf der Lichtung. Manfred war melancholischer Stimmung. Der Gedanke, dass er seine Liebste nun tage- oder gar wochenlang nicht sehen würde, war kaum auszuhalten. Nun, da er wusste, dass es etwas anderes gab, konnte er nicht wieder zu seinem alten abgestumpften Leben zurückkehren.

Juliette hatte zwei Flaschen Cidre aus dem Keller ihres Ferienhauses mitgebracht.

»Wenn mein Vater das herausbekommt, bringt er mich um«, sagte sie lachend.

Manfred war irritiert, dass sie an diesem schwarzen Tag so fröhlich sein konnte, aber er beschloss, ihre letzten gemeinsamen Stunden nicht dadurch zu verderben, dass er wieder in seine alte Trübsinnigkeit verfiel. Sie öffneten den Schnappverschluss der ersten Flasche und reichten sie hin und her. Sie sprachen angeregt darüber, dass sie sich jeden Tag schreiben und die Briefe postlagernd und unter haarsträubenden Pseudonymen versenden würden. An den Wochenenden würde Manfred nach Troyes fahren und im Bahnhof übernachten, in der Hoffnung, wenigstens ein paar Minuten mit seiner Liebsten verbringen zu können. Sie würden sich Zettel mit dramatischen Botschaften zuschmuggeln: *Lass mich nicht im Stich! Ich bin auf ewig Dein! Mein Liebster, ich verzehre mich nach Dir!*

Dennoch beschäftigte Manfred etwas. Bisher war ihre Beziehung lediglich durch Abschiedsküsschen und Händchenhalten besiegelt. Auch jetzt, während sie nebeneinander auf der Decke saßen, hielt Juliette sanft seine Finger zwischen ihren Händen. Doch nun, da ihnen Tage oder gar Wochen der Trennung bevorstanden, fand er, dass ihre gemeinsame Zeit nach einem besonderen Abschluss verlangte. Sie mussten sich einander hingeben, als Zeichen, dass sie von nun an zusammengehörten und ihre Leben miteinander verbunden waren. Als Manfred am Abend zuvor darüber nachgegrübelt hatte, hatte er nicht an einen sexuellen Akt gedacht (die praktische Umsetzung jagte ihm eine Höllenangst ein), sondern an etwas Spirituelles, obwohl er sich als Atheist betrachtete. Anders konnte er es nicht beschreiben.

Während sie dort saßen und munter über ihre gemeinsame Zukunft plauderten, krampfte sich sein Magen zusammen. Er hatte keine Ahnung, wie er so etwas in die Wege leiten sollte. Deshalb hatte er beschlossen, es dem Schicksal zu überlassen – wenn es passierte, dann sollte es so sein. Wenn nicht, dann eben nicht. Außerdem vertraute er darauf, dass Juliettes Gedanken und Gefühle auch hierin mit den seinen übereinstimmen würden, wie sie es von Anfang an getan hatten. Lag es daher nicht nahe, dass sie am Abend zuvor ebenfalls allein im Bett gelegen und dieselben Dinge gedacht hatte wie er? Und war es nicht geradezu unausweichlich, dass sie zu demselben Schluss gekommen war wie er? Vielleicht hatte sie den Cidre ja in der Absicht mitgebracht, ihnen den Übergang ins Erwachsensein zu erleichtern.

Sie leerten die erste Flasche. Manfred spürte, wie ihm der Alkohol in der Kopf stieg. Er brach ein Stück Brot ab und kaute darauf herum, um die leichte Übelkeit zu mildern, die in ihm aufgestiegen war. Juliette, die nichts von der Wirkung des Cidres zu merken schien, griff nach der zweiten Flasche und öffnete sie. Ein wenig Sonnenschein drang bis zum Waldboden hindurch, und die weichen blonden Härchen auf ihrem Arm glitzerten, als sie Manfred die Flasche reichte. Sie musste hicksen und hielt sich kichernd die freie Hand vor den Mund. Dieses Anzeichen von Beschwipstheit ermutigte Manfred.

Es wurde Zeit für Juliette zu gehen. Angst überkam Manfred. Jetzt oder nie. Er umfasste sanft Juliettes Handgelenk und sagte ihren Namen. Sie wandte ihm ihr Gesicht zu, als hätte sie auf diese Einladung gewartet. Ihre Münder trafen sich, zunächst unbeholfen. Juliette bewegte ihren Körper so, dass ihr Gesicht quer zu seinem war. Sie schob ihre Zungenspitze zwischen seine Lippen und legte die Hand um seinen Hals. Manfred hatte das Gefühl zu fliegen. Er hatte keine Ahnung gehabt, dass so eine Intensität überhaupt möglich war. Bald lagen sie nebeneinander. Manfreds Hand lag auf Juliettes Hüfte. Würde er es wagen, sie hinuntergleiten zu lassen und die Rundung ihrer Pobacke unter dem Rock zu fühlen? Er tat es, und seine Fingerspitzen spürten die Struktur des Stoffs.

Manfred wurde kühner und ließ die Lippen zu ihrem Hals hinunterwandern. Juliette hielt seinen Kopf dort fest, und ihr Atem ging schneller. Er fuhr mit der Zunge bis zu ihrem Schlüsselbein. Mit ihrer freien Hand öffnete Juliette die obersten Knöpfe ihres Kleides, nahm Manfreds Hand und drückte sie auf ihre Brust. Unter seinen Fingern spürte er das weiche Fleisch, nur die Brustwarze war hart.

Mit einem so schnellen Fortschritt hatte Manfred nicht gerechnet. Er hatte nur eine sehr vage Vorstellung davon, was von ihm erwartet wurde. Die Vorstellung, Juliette zu enttäuschen, erschreckte ihn, doch sie waren so kurz vor etwas Bedeutsamem, dass ihm nichts anderes übrig blieb, als weiterzumachen. Juliette stöhnte leise, als er ihre Brust streichelte. Ihre Augen waren geschlossen. Manfred legte sich auf sie und küsste sie weiter auf den Hals. Doch dann fasste Juliette ihn ebenso unvermittelt, wie es begonnen hatte, am Handgelenk und sagte: »Nein. Noch nicht.«

Manfred überkam eine Woge der Erleichterung und zugleich das Gefühl, dass es zu spät war, um anzuhalten, als wäre er der Führer einer Lokomotive, der nur wenige Meter vor sich ein Auto auf den Gleisen erblickte.

»Ja, natürlich«, hörte er sich sagen, doch im gleichen Moment presste er seine Lenden gegen ihren Körper. Er erinnerte sich, wie seine Mutter ihm das Gefühl der Überwältigung beschrieben hatte, als sein Vater sie vor all den Jahren in genau diesem Wald an einen Baum gedrückt und geküsst hatte. Seine Hände lagen um Juliettes Hals. Er konnte nicht mehr verhindern, dass er kam, und als es so weit war, hob er den Kopf, um in Juliettes Gesicht zu sehen. Ihre Augen quollen fast aus den Höhlen. Ihr Körper zuckte unter ihm, was seine Lust noch verstärkte. Dann erschlafften sie beide. Plötzlich schämte Manfred sich. Er rollte sich von Juliette hinunter, legte sich neben sie und wartete, bis sein Atem sich beruhigte, den Blick auf die Äste gerichtet, die über ihnen im Sonnenlicht schimmerten.

Er ergriff Juliettes Hand.

»Entschuldige«, sagte er. »Ich konnte mich nicht mehr bremsen.«

Sie antwortete nicht. Manfred stützte sich auf den Ellbogen. Juliettes Kopf lag reglos auf der Seite. Ihre Augen und ihr Mund waren offen. Sie atmete nicht.

Manfred starrte sie eine ganze Weile verständnislos an. Dann stupste er mit dem Finger gegen ihren Arm. Sie reagierte nicht. Er legte die Hand auf ihr Herz. Es schlug nicht. Entsetzt sprang Manfred auf. Er rang nach Luft, dann drehte er sich von der Decke weg und übergab sich. Er fiel auf die Knie und würgte, bis nichts mehr in seinem Magen war. Dann kauerte er lange auf dem Boden, oder zumindest fühlte es sich lange an. Aber vielleicht waren es auch nur wenige Minuten. Woran er sich am deutlichsten erinnerte, war der schreckliche Ausdruck von Ungläubigkeit und enttäuschtem Vertrauen auf Juliettes Gesicht.

Schließlich stand Manfred auf. Er blickte sich um. Niemand hatte sie gesehen, und sie hatten keine Geräusche gemacht. Wenn Juliette nur geschrien hätte, dann hätte er aufgehört. Er hatte nicht gemerkt, was er tat. Ihm war klar, dass das, was er gleich tun würde, furchtbar war, aber er musste es tun. Er nahm die beiden Flaschen von der Decke und packte sie ihn seine Tasche. Dann sammelte er die Kerngehäuse der Äpfel ein, die sie weggeworfen hatten, den Rest vom Baguette, das Wachspapier, in dem die Pastete gewesen war, und das Messer, mit dem sie diese auf das Brot gestrichen hatten. Anschließend packte er die Decke an einer der Ecken und zog kräftig daran. Juliettes Leichnam rollte langsam hinunter und landete in einem unansehnlichen Haufen. Ihr Gesicht war auf den Boden gedrückt und der Rock ihres Kleides bis zur Taille hochgerutscht. Manfred zog ihn herunter, bis ihr Po bedeckt war. Tränen liefen ihm über das Gesicht, dennoch sah er sich sorgfältig um, ob sie auf der Lichtung noch weitere Spuren hinterlassen hatten. Er verteilte die dünne Pfütze seines Erbrochenen mit dem Fuß in der Erde und wich langsam zurück, unfähig, den Blick von Juliettes gestrandetem Körper zu wenden. Dann drehte er sich um und rannte durch den Wald davon.

9

Die Frau stand vor den metallenen Briefkästen im Hausflur und blätterte ihre Post durch. Manfred machte sich auf den Weg zur Arbeit, wie immer um 8.15 Uhr. Sie trug ein graues Businesskostüm und die Bluse, die er im Waschkeller gefunden hatte. Manfred freute sich darüber, als hätte er ihr die Bluse geschenkt, und sie hätte sie angezogen, um ihm eine Freude zu machen. Normalerweise nahm er seine Post abends heraus, wenn er von der Arbeit zurückkam, doch nun blieb er stehen und schloss seinen Kasten auf. Es war nie irgendetwas von Interesse darin, und da es im Hausflur keinen Papierkorb gab, musste er das Zeug entweder in seine Aktentasche stopfen und im Büro loswerden oder in der Hand behalten und in den Mülleimer auf der Straße werfen. Die Frau sah von ihrer Post auf und wünschte ihm einen guten Morgen. Sie schien sich zu freuen, ihn wiederzusehen. Sie lächelte. Um ihre Augen herum waren Lachfältchen.

»Oh, guten Morgen«, sagte Manfred, als hätte er sie eben erst bemerkt.

»Wie geht es Ihnen?«, fragte sie.

»Gut«, antwortete Manfred. »Und Ihnen?«

Die Frau zuckte die Achseln und weitete die Augen ein wenig, als wäre die Antwort auf Manfreds Frage offensichtlich. Er griff in seinen Kasten und zog eine Handvoll Werbung heraus, unter anderem einen Katalog für Tiernahrung und diverse Zettel mit den Sonderangeboten aus den Supermärkten der Stadt.

»Das Übliche«, sagte er.

Die Frau hielt ihm als Zeichen ihrer Solidarität ihr Bündel hin. »Glauben die wirklich, dass irgendwer da reinguckt?«

»Tatsächlich«, sagte Manfred, »haben Studien gezeigt, dass diese Art der Werbung die effektivste ist. Im Vergleich dazu sind Fernseh- und Radiowerbung ziemlich wirkungslos. Werbebroschüren können viel einfacher auf die Zielgruppe zugeschnitten werden. Außerdem sind sie billig und lassen sich leicht an die örtlichen Gegebenheiten anpassen.«

Die Frau zog die Brauen hoch und verdrehte ein wenig die Augen. »Reden Sie immer so viel, Manfred Baumann?« Manfred spürte, wie ihm die Röte ins Gesicht stieg. Doch trotz ihres spöttischen Tonfalls freute er sich, dass sie sich seinen Namen gemerkt hatte.

»Eigentlich nicht«, erwiderte er.

»Ich muss mich übrigens bei Ihnen entschuldigen«, sagte sie. »Es war sehr unhöflich von mir, dass ich mich Ihnen bei unserer ersten Begegnung nicht vorgestellt habe.« Sie hielt ihm die Hand hin. »Alice Tarrou.«

Manfred stopfte seine Post zurück in den Kasten und schüttelte ihr die Hand. »Manfred Baumann.«

»Ja«, sagte sie. »Ich weiß.«

Sie gingen zur Haustür, und Manfred hielt sie ihr auf. Alice bedeutete ihm mit einer Handbewegung, dass sie stadtauswärts wollte. Ohne nachzudenken, begleitete er sie. Die Sonne schien, und in der Luft hing die typische Frische dieser Jahreszeit. Auf dem Grasstreifen, der das Haus vom Gehweg trennte, schimmerte der Tau. Manfred bemerkte, es sei ein schöner Morgen, und sie stimmte ihm zu. Sie gingen ein paar Schritte schweigend nebeneinander her. Die Absätze von Alice' Schuhen klackerten auf dem Pflaster. Manfred sah hinauf zu den Fenstern über ihnen. Jeder, der sie zufällig gerade vorbeigehen sah, würde vermutlich annehmen, dass sie Mann und Frau waren oder zumindest die Nacht zusammen verbracht hatten. Es war ziemlich aufregend. Er stellte sich vor, wie sie zusammen an seinem Küchentisch saßen; Alice mit zerzausten Haaren, seinen Bademantel um sich geschlungen, wie sie ein Croissant aß, während auf dem Herd der Kaffeekocher vor sich hin blubberte. Manfred blickte verstohlen zu ihr hinüber.

»Sie haben die Bluse an«, bemerkte er.

»Stimmt«, sagte sie und sah ihn an.

Er überlegte, ob er ihr ein Kompliment machen sollte. Er war es nicht gewohnt, persönliche Dinge zu Frauen zu sagen.

»Sie ist hübsch«, meinte er dann.

Alice lächelte. »Danke.«

Sie waren am Ende des Blocks angekommen. Alice bog nach links ab und ging zur Rückseite der Gebäudereihe. Manfred folgte ihr.

»Steht Ihr Wagen auch hier?«, fragte Alice.

»Nein«, antwortete Manfred. »Ich habe gar keinen Führerschein.« Er hatte nie einen Grund gesehen, warum er das Autofahren lernen sollte.

»Meine Güte«, sagte sie.

Sie fragte ihn, wo er arbeitete, und er sagte es ihr. Alice sah ihn verwirrt an. Er ging in die entgegengesetzte Richtung der Bank.

»Ich habe heute Morgen einen Termin in Straßburg«, sagte er. »Ich nehme den Zug.«

»Ah.« Alice nickte. Manfred war zufrieden mit sich. Die Vorstellung, dass er einen Termin in Straßburg hatte, schien sie beeindruckt zu haben. Dann packte ihn plötzlich die Angst, dass sie sagen würde, sie müsse auch nach Straßburg, und ihm anbieten würde, mit ihr zu fahren. Welchen plausiblen Grund könnte er vorbringen, um abzulehnen? Er würde sagen müssen, dass ihm vom Autofahren schlecht wurde und er deshalb lieber den Zug nahm. Aber dadurch würde er wie ein Schwächling wirken. Ein Mann, der zu geschäftlichen Terminen nach Straßburg fuhr, litt nicht unter Übelkeit beim Autofahren. Und was sollte er tun, wenn Alice ihm bei anderer Gelegenheit anbot, mit ihr zu fahren, zum Beispiel zu einem sonntäglichen Ausflug in einen Landgasthof? Dann würde er vorgeben müssen, dass es ein Medikament gab, das er vorher einnehmen konnte, um eine solche Fahrt zu ermöglichen. Allerdings stimmte es tatsächlich, dass Manfred das Autofahren nicht besonders mochte. Er vermutete, dass es die Migräneanfälle auslöste, unter denen er gelegentlich litt.

Alice blieb neben einem kleinen silbernen Sportwagen stehen. Er hatte ein abnehmbares Dach. Sie kramte in ihrer Tasche nach dem Schlüssel.

»Sie sehen gar nicht aus wie ein Bankdirektor«, sagte sie. Manfred wusste nicht, was sie damit andeuten wollte, aber er nahm an, dass sie es nicht negativ meinte. Meistens stellten sich die Leute Bankdirektoren als wichtigtuerische ältere Männer vor, die sich altmodisch anzogen und benahmen.

»Danke«, sagte er.

Alice lachte. »Gern geschehen.«

Sie schloss die Fahrertür auf und warf ihre Tasche auf den Beifahrersitz. Dann stieg sie ein und steckte den Schlüssel ins Zündschloss. Sie bot ihm nicht an, ihn mitzunehmen. Manfred stand auf dem Gehweg, ratlos, wie er die Begegnung beenden sollte. Alice zog die Tür zu und kurbelte die Seitenscheibe hinunter.

»Wir sollten wirklich mal zusammen Kaffee trinken«, sagte sie.

»Gewiss«, stimmte er zu und bereute sofort seine alberne Wortwahl.

»Wie wäre es morgen?«

»Morgen?«, wiederholte Manfred.

»Warum nicht?«, fragte Alice. »Haben Sie da schon was vor?«

Manfred schüttelte den Kopf. Er fragte sich, ob man ihn im Restaurant de la Cloche vermissen würde.

»Wie wär's, wenn wir daraus ein Abendessen machen?«, schlug Alice vor und nannte ihm ein Restaurant. »Um sieben?«

Manfred nickte stumm. Sie ließ den Motor an und fuhr los. Manfred winkte. Dann ging er weiter über den Parkplatz, am Kinderspielplatz vorbei und hinaus auf die Straße, die zum Bahnhof führte. Er blickte auf seine Armbanduhr. Es war 8.25 Uhr. Er hatte gerade einmal zehn Minuten in Alice' Gesellschaft verbracht. Er steuerte zielstrebig auf den Bahnhof zu, denn er wollte keinesfalls riskieren, dass Alice ihn auf der Rue de Mulhouse sah. Er war gerne zeitig in der Bank, aber was machte es schon, wenn er ein paar Minuten später kam? Mlle Givskov hatte einen Schlüssel und war berechtigt, die Filiale aufzuschließen. Er würde immer noch rechtzeitig dort sein, wenn die Bank um neun für die Kundschaft öffnete. Er ging durch die Unterführung zu dem Gleis, auf dem die Züge nach Straßburg abfuhren. Er erwog, eine Fahrkarte zu kaufen, entschloss sich jedoch dagegen. Jeder, der ihn beobachtete, würde annehmen, dass er eine Wochenkarte hatte oder auf dem Rückweg war. Außerdem konnte er auch noch im Zug eine Fahrkarte lösen.

Auf dem Bahnsteig warteten etwa zwanzig Leute. Die meisten waren über ihre Ausgabe des *L'Alsace* gebeugt, die Aktentasche neben sich auf dem Boden. Manfred kannte niemanden, und es schaute auch niemand in seine Richtung. Er suchte sich einen Platz vor der roten Backsteinmauer des Warteraums und stellte seine Aktentasche ebenfalls auf dem Boden ab. Ein Zug fuhr ein. Niemand stieg aus. Die Pendler stiegen ohne Eile ein. Manfred blieb vor der Mauer stehen. Am Ende des Bahnsteigs ertönte ein Pfiff, und der Zug rollte davon. Manfred nahm seine Aktentasche und ging die Treppe hinunter in die Unterführung. Jeder, der ihn vom

Bahnsteig kommen sah, würde annehmen, dass er aus dem Zug kam, der eben abgefahren war. Er war recht zufrieden mit sich. Er nahm den Weg über die Avenue de la Marne zur Bank und kam genau in dem Moment dort an, als Mlle Givskov aufschloss.

Der Morgen ging schnell vorbei. Die Angestellten sprachen nicht weiter über das vermisste Mädchen, zumindest nicht in Manfreds Hörweite. Er grüßte Caroline freundlich, als sie ihm seinen Vormittagskaffee brachte, und er schaffte es sogar, ein wenig mit ihr zu plaudern. Das Mädchen schien sich zu freuen, dass sie ein paar freundschaftliche Worte mit ihrem Chef wechseln konnte. Manfred pflügte sich durch einen Haufen liegen gebliebener Kreditprüfungen und Anträge. Entscheidungen, die er tagelang vor sich hergeschoben hatte, erschienen ihm nun ganz einfach. Wenn jemand seine Raten nicht zahlte, war das nicht seine Schuld, sondern die des Kreditnehmers. Niemand konnte von der Bank erwarten, dass sie einfach auf ihr Geld verzichtete.

Um zwölf hatte Manfred so viel weggeschafft, dass er beschloss, früher in die Mittagspause zu gehen. Falls er zufällig Alice begegnete, war es vollkommen glaubhaft, dass er seinen Termin in Straßburg absolviert hatte und wieder zurückgekommen war. Die Luft war klar, und Saint-Louis schien ein wenig von seiner Tristheit abgeschüttelt zu haben. Manfred kam an dem kleinen Park bei der protestantischen Kirche vorbei. Zwei alte Frauen saßen auf einer Bank, die Taschen mit ihren Einkäufen zwischen den Füßen. Sie blickten nicht auf, als Manfred vorbeiging. Da er früh dran war, beschloss er, noch einen Spaziergang zum Rhein zu machen, bevor er zu Mittag aß. Er ging schnell, sodass ihm ein wenig Schweiß auf die Stirn trat. In den vergangenen Monaten war ihm aufgefallen, dass sich ein Polster um seine Körpermitte gebildet hatte. Wenn er nicht aufpasste, würde er bald aussehen wie Lemerre. Während seines Marsches dachte er zweimal, er hätte Alice gesehen, doch beide Male war es nur eine Frau, die ähnlich gekleidet war. Wahrscheinlich arbeitete sie gar nicht in Saint-Louis. Dennoch ertappte er sich bei der Hoffnung, ihr zu begegnen oder sie in ihrem kleinen Sportwagen vorbeifahren zu sehen.

Halb rechnete Manfred damit, dass Gorski im Restaurant de la Cloche auf ihn wartete, an seinem Tisch, den Mantel über den Knien, ein Glas Wein vor sich. Doch der Gedanke beunruhigte ihn nicht. Ja, er hatte sich töricht verhalten, aber Gorski konnte nicht wissen, dass er gelogen hatte. Wenn er irgendwelche Beweise hätte, die seine Andeutungen untermauerten, hätte er ihn offiziell vernommen. In ein paar Tagen würde niemand mehr davon sprechen.

10

Juliettes Eltern benachrichtigten die Polizei, als ihre Tochter nicht zum Abendessen erschienen war. Am frühen Abend war ein heftiges Gewitter ausgebrochen. Bei der Polizei reagierte man zunächst gelassen. Vielleicht hatte sich das Mädchen verlaufen und dann Schutz vor dem Gewitter gesucht. Doch als sie auch am nächsten Morgen nicht auftauchte, wurde ein Suchtrupp losgeschickt, der ihren Leichnam wenig später fand. Die Geschichte war eine Sensation. Juliettes Foto erschien auf der Titelseite sämtlicher Zeitungen des Landes. Ein Ungeheuer lief frei herum. Reporter zogen Parallelen zu anderen ungelösten Morden, aber die Ermittlungen ergaben keinerlei Verbindungen zu früheren Fällen.

Gorski war damals erst seit zwei Jahren im Dienst. Sein Vorgesetzter, Kommissar Ribéry, machte gerade Urlaub in den Schweizer Alpen, als der Mord entdeckt wurde, und so landete der Fall bei dem jüngeren Beamten. Der sintflutartige Regen hatte alle eventuellen Spuren am Tatort vernichtet, und obendrein wurde Gorski von der Presse massiv kritisiert, weil er nicht sofort etwas unternommen hatte. Tatsächlich jedoch hatte er erst am Morgen von dem Verschwinden des Mädchens erfahren, da der diensthabende

Beamte in der Wache es nicht für nötig gehalten hatte, ihn zu informieren. Doch Gorski hielt es für klüger, das nicht öffentlich zu machen.

Ribéry kam zwei Tage später zurück. Er stand kurz vor der Pensionierung und wollte seinem jungen Kollegen nicht in die Parade fahren, zumal er aufgrund seiner Erfahrung ahnte, dass der Fall mangels Spuren und erkennbarem Motiv (die Autopsie hatte keinerlei Zeichen sexuellen Missbrauchs ergeben) nicht so bald zufriedenstellend gelöst werden würde. Stattdessen machte er Gorski klar, dass unbedingt deutlich werden musste, wie der Gerechtigkeit Genüge getan wurde. Gorski verstand, was damit gemeint war. Aber er war fest entschlossen, seinen ersten aufsehenerregenden Fall nicht voreilig zu einem Abschluss zu bringen, nur weil sein müde gewordener Chef und die Presse, die täglich nach neuen Entwicklungen gierte, ihm Druck machten.

Immer wieder starrte Gorski auf die Fotos vom Tatort. Wieso lag der Leichnam so merkwürdig da? Es sah so aus, als wäre das Mädchen im Stehen erwürgt und dann zu Boden geworfen worden. War sie zuvor mit ihrem Mörder spazieren gegangen, oder war er ihr in den Wald gefolgt? Oder war es ein Gelegenheitsverbrechen, begangen von jemandem, der sich bereits auf der Lichtung befunden hatte? Es war nicht einmal mit Sicherheit feststellbar, ob das Mädchen überhaupt dort getötet worden war. Vielleicht hatte man sie anderswo ermordet und dann in den Wald gebracht. Das erschien Gorski eher unwahrscheinlich, da kein Versuch unternommen worden war, die Leiche zu verbergen, aber es ließ sich nicht völlig ausschließen. Zumindest in einer Hinsicht hatte die Presse recht: Ein Ungeheuer lief frei herum.

Gorski verbrachte Stunden an der Stelle, wo die Leiche gefunden worden war. Sie hatten die ganze Gegend gründlich abgesucht, aber nicht die winzigste Spur gefunden. Dennoch saß er dort auf der Lichtung, rauchte, lauschte und schaute, als warte er darauf, dass die Bäume ihm irgendwie ihr Geheimnis anvertrauten. Es war eine Lektion für ihn: Polizeiarbeit hatte nichts mit Intuition oder Inspiration zu tun. Zum größten Teil bestand sie darin, sklavisch die Vorschriften zu befolgen. Der Rest war Glück.

Das Glück kam zwei Wochen nach dem Mord. Die Polizei in einem benachbarten Bezirk griff einen Landstreicher auf, der im Wald hauste. Der Mann, Emile Malou, war vorbestraft wegen sexueller Nötigung einer Minderjährigen. Gorski fuhr nach Mülhausen, um ihn zu befragen. Malou war kooperativ. Er behauptete, er sei noch nie im Wald von Saint-Louis gewesen und habe Juliette Hurel noch nie gesehen. Er hatte kein Alibi für den fraglichen Tag und versuchte auch nicht, eines zu erfinden. Er sagte nur, er könne sich nicht erinnern, wo er gewesen sei. Für Gorski klang es wie die Antwort eines Unschuldigen. Und obwohl der Landstreicher vorbestraft war, weil er versucht hatte, eine Vierzehnjährige zu vergewaltigen, erinnerte Gorski den Untersuchungsrichter daran, dass es im vorliegenden Fall keinerlei Hinweise auf ein Sexualdelikt gab. Nichts wies darauf hin, dass Malou etwas mit dem Mord zu tun hatte.

Dann meldete sich eine Witwe aus der Nachbarschaft und sagte, sie habe ungefähr zur Tatzeit einen verdächtig aussehenden Mann in der Nähe des Waldes gesehen. Sie konnte sich nicht an den genauen Tag erinnern, erkannte aber Malou, dessen Foto bereits in den Zeitungen abgebildet worden war, bei einer Gegenüberstellung. Das genügte dem Untersuchungsrichter. Malou wurde angeklagt und verurteilt, aber Gorski zweifelte nach wie vor an seiner Schuld. Er besuchte Malou im Gefängnis und sagte ihm, er glaube, Malou sei zu Unrecht verurteilt worden. Doch der Landstreicher zuckte nur die Achseln und weigerte sich, das Urteil anzufechten. Er schien ganz zufrieden zu sein, dass er den Rest seines Lebens im relativen Komfort des Gefängnisses verbringen konnte. »Ich bin zu alt, um auf der Straße zu leben«, sagte er zu Gorski. »Hier habe ich ein Bett und drei Mahlzeiten am Tag.« Dennoch schwor sich Gorski, den Fall weiter zu verfolgen. Abgesehen von dem Unrecht, das man Malou angetan hatte, lief immer noch ein Mörder frei herum. Monatelang ging Gorski jedes Wochenende durch den Wald, in der Hoffnung, doch noch eine Spur zu entdecken, doch er wusste, dass es zwecklos war, und schließlich gab er auf. Als Malou einige Jahre später im Gefängnis starb, war Gorski der Einzige, der an seiner nüchternen Beerdigung teilnahm.

Zum ersten Mal seit Jahren kehrte Gorski zu der Lichtung zurück. Er parkte, wie er es immer getan hatte, in der Haltebucht an der D468, die mehr oder weniger dem Verlauf des Rheins nach Norden folgte. Die weiße Farbe auf dem kleinen hölzernen Gatter, das in den Wald führte, war größtenteils abgeblättert, und der Pfosten rottete vor sich hin. Während er über den Pfad ging, der zur Lichtung führte, versuchte Gorski, nicht darüber nachzudenken, was ihn dazu veranlasst hatte, hierher zurückzukehren. Er hatte niemandem gesagt, wohin er wollte, und falls ihm jemand begegnete, würde es ihm schwerfallen, seine Anwesenheit zu erklären. Stattdessen konzentrierte er sich auf das angenehme Geräusch der Zweige, die unter seinen Schritten knackten, und das Rascheln der Blätter im Wind.

Nach dem Mord war Gorski regelmäßig zu der Lichtung gegangen. Später waren seine Besuche seltener geworden. Nach dem Prozess nahm er den Beifall der Presse für die Lösung des Falles entgegen und behielt seine Zweifel an der Schuld von Malou für sich. Falls seine Kollegen ähnliche Gedanken hegten, so behielten sie diese ebenfalls für sich. Einmal hatte er Céline erzählt, was ihn umtrieb, doch sie hatte das Ganze abgetan. Der Fall war abgeschlossen – wozu alte Wunden aufreißen? Von Anfang an hatte sie seine »Besessenheit«, was das tote Mädchen anging, abstoßend gefunden. Sie hatte sich darüber beschwert, dass er mehr über eine Leiche nachdachte als über sie.

Als seine Ausflüge zu der Lichtung seltener wurden, bekam Gorski ein schlechtes Gewissen, wie ein Witwer, der das Grab seiner Frau vernachlässigte. Anfangs war er aus der Überzeugung dorthin gegangen, dass sie etwas übersehen haben mussten, dass es eine Spur geben musste, die er nur noch nicht entdeckt hatte. Doch nach ein paar Monaten wurde ihm klar, dass es dort keine Spuren gab oder sie längst verschwunden waren, falls es doch welche gegeben haben sollte. Dennoch kam er immer wieder. Er saß da und rauchte, hoffend, irgendwie ein Bild von dem Verbrechen zu bekommen. Es wäre ihm peinlich gewesen, es einzugestehen (auch sich selbst gegenüber), aber irgendwie hatte er die Hoffnung, das Verbrechen »sehen« zu können. Er versuchte, sich in den Kopf des Mörders hineinzudenken. Aber es kam nie etwas dabei heraus. Einmal hatte er eine Filmfigur sagen hören, Handlungen hinterließen immer einen Abdruck am Ort ihres Geschehens, so wie Feuer einen verkohlten Geruch in der Luft hinterlässt, aber er glaubte nicht an solchen Unsinn. Seine Gedanken wanderten zu anderen Dingen, und er landete erst wieder im Hier und Jetzt, wenn sein Zigarettenpäckchen leer war. Eines zumindest war klar: Der Mörder hätte keinen abgelegeneren Ort für seine Tat finden können. Bei all den Malen, die Gorski schon auf der Lichtung gewesen war, hatte er dort nie einen anderen Menschen getroffen.

Die Lichtung hatte sich seit seinem letzten Besuch kaum verändert. Bei einem Sturm einige Jahre zuvor waren ein paar Bäume umgekippt, die mittlerweile von Moos bewachsen waren. Sie sahen aus wie friedlich schlafende Körper. Gorski setzte sich auf einen dieser umgestürzten Stämme und nahm seine Zigaretten aus der Jackentasche. Im Schatten der Bäume war es kühl. Nichts deutete darauf hin, was hier vor zwanzig Jahren geschehen war. Im Grunde wusste er nicht, warum er überhaupt hierhergekommen war, obwohl das Verschwinden der Kellnerin natürlich seine Erinnerungen an den Mord an Juliette Hurel geweckt hatte. Gab es möglicherweise eine Verbindung zwischen den beiden Fällen? Beide Male ging es um ein junges Mädchen, und beide Vorfälle hatten sich in der gleichen Gegend ereignet, wenn auch mit zwanzig Jahren Abstand. Es gab durchaus Täter, die erst nach Jahren erneut zuschlugen, außerdem konnte es auch anderswo unaufgeklärte Morde geben, die auf das Konto desselben Mannes gingen. Doch aller Wahrscheinlichkeit nach war die einzige Verbindung zwischen den beiden Fällen Gorski selbst. Und solange Adèle Bedeaus Leichnam nicht auftauchte, konnte er nicht einmal sicher sein, dass er es überhaupt mit einem Mord zu tun hatte. Das war zu diesem Zeitpunkt noch das Naheliegendste der diversen Szenarien, die er immer wieder in Gedanken durchgespielt hatte. Ohne Leiche hatte er nichts, womit er arbeiten konnte, keinen Todeszeitpunkt, keine Todesursache, kein gerichtsmedizinisches Gutachten, kein Motiv. Und so war er in Ermangelung belastbarer Hinweise in den Wald gegangen, in der vagen Hoffnung, dass ihm dort vielleicht etwas einfallen würde. Gorski schüttelte den Kopf und lachte leise. Ihm blieb nichts anderes übrig, als zu warten. Der weitere Verlauf des Falles lag jetzt ebenso wenig in seiner Hand wie damals.

Er drückte seine Zigarette aus und stand auf. Er fühlte sich müde, und der Hintern seiner Hose war feucht vom Moos. Er stapfte über den Pfad zurück zu der Stelle, an der er sein Auto geparkt hatte. Auf dem Weg in die Stadt kam er an dem Ferienhaus vorbei, das die Harels damals gemietet hatten. In Saint-Louis hielt er bei einem Lebensmittelgeschäft, ging hinein und kaufte Obst und ein paar andere Sachen. Die Frau an der Kasse fragte ihn, ob er die Kellnerin schon gefunden habe.

Gorski schüttelte den Kopf. »Ich kann leider nicht darüber sprechen.«

Die Frau sah ihn an, als hätte er ihr gerade ein großes Geheimnis anvertraut.

»Meine Lippen sind versiegelt«, sagte sie mit wichtiger Miene.

»Ich danke Ihnen für Ihre Diskretion«, sagte Gorski.

Er bat um zwei Päckchen Gitanes und schob sie in seine Jacken-tasche. Er beschloss, das Auto stehen zu lassen und zu Fuß zur Rue des Trois Rois zu gehen. Das einstige Pfandhaus seines Vaters war jetzt ein Blumenladen. Nach dem Tod seines Vaters hatte Gorski es nicht über sich gebracht, den Laden ausräumen zu lassen, und so hatte er jahrelang verschlossen vor sich hin gedämmert. Aus irgend-einem Grund war Gorski froh, dass daraus ein Blumenladen gewor-den war. Mme Beck, die Besitzerin, war eine fröhliche Frau, und sie sah regelmäßig nach seiner Mutter, die noch immer in der darüber-liegenden Wohnung lebte. Sie brachte Mme Gorski oft Schnittreste von Sträußen mit, um das Wohnzimmer ein wenig zu schmücken. Um in die Wohnung zu gelangen, musste man wie früher einmal quer durch den Laden. Die Messingglocke, die bimmelte, als Gorski eintrat, war eines der wenigen Überbleibsel aus der Zeit seines Va-ters. Mme Beck hatte Kundschaft, als er kam, und so deutete er nur zur Treppe hinter dem Tresen und machte sich auf den Weg nach oben. Die Floristin grüßte kurz und winkte ihn durch.

In seiner Kindheit war das Geschäft stets bis sieben Uhr abends geöffnet gewesen, und nach der Schule saß Gorski mit den Schul-büchern auf dem Schoß auf einem Hocker und machte seine Haus-aufgaben, während sein Vater im braunen Kittel und mit einem Bleistift hinter dem Ohr die Kunden bediente. Im Hinterzimmer saß seine Mutter an einem wackeligen Schreibtisch und trug die Ein- und Ausgänge mit ihrer eleganten, gestochenen Handschrift in das große ledergebundene Buch ein. Um sechs Uhr ging Mme Gorski nach oben, um das Abendessen vorzubereiten. Von da an war es die Aufgabe des jungen Gorski, eventuelle weitere Einträge vorzunehmen. Er erfüllte diese Aufgabe mit großem Ernst, und wenn er sich über das Buch beugte, die Zungenspitze konzentriert zwischen den Lippen, war ihm bewusst, dass der Lebensunterhalt seiner Eltern davon abhing, dass er alles richtig eintrug.

Der Laden war ein Sammelsurium an Schmuck, saitenlosen Instrumenten, Nippes, Möbeln, Militaria, Silbergegenständen, Büchern und ausgestopften Tieren. M. Gorski bot prinzipiell für alles einen Preis, was in sein Pfandhaus gebracht wurde, wie wertlos es auch sein mochte. »Wer weiß«, sagte er oft, »was der Kunde das nächste Mal mitbringt.« Im Laden roch es muffig. Die Fenster waren derart mit Krimskrams zugestellt, dass kaum Licht von draußen hereinfiel, und M. Gorski hielt die Beleuchtung im Innern gedämpft. »Respektable Leute schämen sich, in ein Pfandhaus zu gehen«, sagte er. »Sie möchten dabei nicht auch noch im Scheinwerferlicht stehen.«

Um Punkt sieben trat M. Gorski hinter dem Tresen hervor und drehte wortlos das Schild um, das mit einem Band an der Tür befestigt war. Dann zog er seinen Kittel aus, hängte ihn an den Haken hinter dem Tresen, zog sein Sakko an und ging, nachdem er sorgfältig die Manschetten seines Hemdes zurechtgerückt hatte, zum Abendessen nach oben. Die Gorskis fuhren nie in den Urlaub.

Gorski klopfte leise an die Wohnungstür. Er besuchte seine Mutter ein- oder zweimal in der Woche, aber sie tat jedes Mal so, als wäre es eine großartige Überraschung, ihn zu sehen. Und auch diesmal begrüßte sie ihn mit einem erfreuten »Georges!«, als sie die Tür öffnete, und küsste ihn innig auf beide Wangen.

»Ich habe dir ein paar Sachen mitgebracht«, sagte Gorski und stellte die braune Papiertüte mit den Lebensmitteln auf die Arbeitsfläche in der kleinen Küche.

»Georges! Ich habe dir doch gesagt, das sollst du nicht«, sagte sie.

Mme Gorski war in ihren Achtzigern, aber abgesehen von der Arthritis, die es ihr unmöglich machte, die Wohnung zu verlassen, erfreute sie sich bester Gesundheit. Auch ihre geistigen Fähigkeiten hatten kein bisschen nachgelassen. Sie weigerte sich, auch nur darüber nachzudenken, ob sie nicht vielleicht in einem Heim glücklicher wäre. Und ebenso wenig wollte sie zu ihrem Sohn ziehen.

»Ich will euch nicht zur Last fallen«, sagte sie stets. »Außerdem ist das hier mein Zuhause.«

Gorski drängte sie nie. Der Gedanke daran, dass seine Mutter in der kleinen Wohnung gefangen war, machte ihn traurig, aber die Vorstellung, dass seine Mutter und Céline unter einem Dach leben sollten, war absurd. Er hatte das Thema seiner Frau gegenüber noch nicht einmal erwähnt.

Mme Gorski plauderte munter, während er einen Salat zubereitete und eine Dose mit Sardinen öffnete, die er gekauft hatte. Dann deckte er den Tisch im Wohnzimmer, und sie setzten sich hin und aßen. Er schenkte ihnen beiden ein kleines Glas von dem süßen Weißwein ein, den seine Mutter so gerne trank.

M. und Mme Gorski sprachen während der Arbeit nur wenig. Wenn jemand ein besonders interessantes Objekt in den Laden brachte – was selten geschah –, wurde erst beim Abendessen darüber geredet. Es war unprofessionell, in der Gegenwart eines Kunden Interesse oder gar Begeisterung zu zeigen. M. Gorski hatte sich im Umgang mit seiner Kundschaft einen vollkommen neutralen Tonfall angewöhnt, egal ob es um ein wertvolles Gemälde oder um billigen Modeschmuck ging. Nach dem Abendessen las er eine halbe Stunde die Tageszeitung, dann machte er sich auf den Weg ins Restaurant de la Cloche, wo er zwei oder drei Gläser Rotwein trank und vielleicht mit ein paar anderen Ladenbesitzern eine Runde Karten spielte.

Einmal im Monat fuhr Mme Gorski nach Mülhausen zum samstäglichen Markt. Seit er zwölf war, übernahm der junge Gorski dann die Einträge in das Buch. Der Samstag war ein wichtiger Tag für das Geschäft. Es wurden zwar weniger Dinge gebracht – die Kunden zogen es vor, diese beschämende Angelegenheit unter der Woche zu erledigen, wenn im Laden wenig los war –, aber Samstag war immer Verkaufstag. Von sechs Uhr morgens an gingen Gorski und sein Vater die Dinge durch, deren Einlösefrist abgelaufen war, und dekorierten sie gut sichtbar im Laden. Samstags verzichtete M. Gorski auf seinen neutralen Tonfall und pries überschwänglich die handwerkliche Qualität, Seltenheit und Schönheit seiner Waren an. Er drängte die Kunden nicht, sondern vertraute darauf, dass sie sich von seiner Sachkenntnis und Begeisterung zum Kauf verlocken ließen. Er erklärte seine Taktik nie, aber er wusste, dass sein Sohn alles aufmerksam beobachtete. Der junge Gorski verstand, dass er auf subtile Weise in die Führung des Geschäfts eingewiesen wurde und dieses zu gegebener Zeit übernehmen sollte.

Doch als er älter wurde, zog es Gorski junior in eine andere Richtung. Ihm wurde bewusst, dass das Geschäft seines Vaters auch eine dunkle Seite hatte. Gelegentlich kamen Polizisten in den Laden – keine uniformierten Gendarmen, sondern weltverdrossene Kommissare in zerknitterten Mänteln. Sie fragten, ob M. Gorski in letzter Zeit dieses oder jenes Objekt angeboten worden war. M. Gorski dachte stets gewissenhaft nach, bevor er entweder langsam den Kopf schüttelte oder über die Schulter rief: »Madame Gorski«, denn so nannte er seine Frau, wenn sie im Laden waren, »könnten Sie bitte mal die silberne Halskette bringen, die am Mittwoch hereingekommen ist?«

Wenn sich herausstellte, dass es sich bei dem fraglichen Objekt um das von den Kommissaren gesuchte handelte, nannte M. Gorski ihnen den Namen, den der Kunde angegeben hatte, und lieferte ihnen eine stets recht vage Beschreibung der Person. Woraufhin die Kommissare ihm dankten und mit dem Objekt den Laden verließen. M. Gorski ließ sich nach diesen Begegnungen nie irgendwelche Gefühle anmerken. Immerhin machte er dabei jedes Mal Verlust, aber der junge Gorski erkannte schließlich, dass sein Vater das als Berufsrisiko ansah, oder, vielleicht noch treffender, als unvermeidliche Betriebsausgabe.

Mit der Zeit erkannte Gorski bestimmte Kunden, von denen jeder sein Spezialgebiet zu haben schien. Er bemerkte, dass sein Vater diesen Leuten immer einen niedrigeren Preis bot als anderen Kunden, aber sie versuchten nie zu handeln und stürmten auch nicht wütend aus dem Laden, sondern akzeptierten einfach, was M. Gorski zu zahlen bereit war. Gorski erkannte, dass sein Vater eine Art Mittelsmann in dem Tanz zwischen der Polizei und den merkwürdig devoten Einbrechern, Dieben und Gelegenheitsgaunern war, die seine Dienste in Anspruch nahmen.

Nach einer Weile begann Gorski, sich auf die Besuche der Kommissare zu freuen. Er bewunderte die Würde, mit der sie und sein Vater die stets gleiche Choreografie vollzogen. Alle Beteiligten wussten ganz genau, worum es ging, ließen sich dies jedoch im Umgang miteinander in keiner Weise anmerken. Vor allem ein Polizist faszinierte den jungen Gorski. Er war um die fünfzig und ein wenig gesprächiger als die anderen. Bevor er auf den Anlass seines Besuches zu sprechen kam, sah er sich meist eine Weile um und kommentierte einzelne Objekte. Er verstand offenbar etwas von Kunst und ließ sich bisweilen ausführlich über eine Landschaft oder ein Porträt aus, das ihm ins Auge gestochen war. Er schien M. Gorski zu mögen, und umgekehrt ließ sich M. Gorski in Gegenwart von Kommissar Ribéry noch am ehesten dazu hinreißen, von seinem nüchternen Wochentagsverhalten abzuweichen. Er genoss es, mit dem Kommissar über Bilder zu diskutieren, und manchmal stellte er sich zu ihm vor ein besonderes Bild und kommentierte seinerseits die Pinseltechnik oder die Art, wie der Maler das Licht eingefangen hatte. Diese Diskussionen wurden manchmal sehr lebhaft, bis der Kommissar sie plötzlich unterbrach und zum eigentlichen Anlass seines Besuchs kam. Dann kehrten beide Männer wieder zu ihrem professionellen Auftreten zurück, als wäre nichts geschehen.

Mit sechzehn sollte Gorski die Schule verlassen und nach und nach das Geschäft übernehmen. Weder sein Vater noch seine Mutter hatten ihn je gefragt, was er vorhatte, aber als sich das Schuljahr seinem Ende näherte, zeigte sich, dass ihnen nie in den Sinn gekommen war, dass er vielleicht das Abitur oder eine Lehre machen wollte. Sie waren Leute, denen eine Ausbildung nicht viel bedeutete. Immer öfter ließen sie Bemerkungen fallen, wie hilfreich es doch wäre, wenn er mehr im Laden arbeiten würde.

Das Wissen darum, dass er seinen Vater enttäuschen würde, lastete schwer auf dem jungen Mann. Wochenlang grübelte er darüber nach, wie er das Thema ansprechen sollte. Von selbst kam es jedenfalls nicht auf den Tisch, denn die Gorskis waren keine redselige Familie. Im Laden sprachen sie nur über geschäftliche Dinge, und die Mahlzeiten wurden meist schweigend eingenommen. Der junge Gorski begann es seinem Vater zu verübeln, dass dieser seinen Einstieg ins Geschäft für selbstverständlich hielt und gar nicht auf die Idee kam, dass er andere – aus seiner Sicht hochfliegendere – Pläne haben könnte. Er wurde mürrisch und bockig, ein unreifer Versuch, seinen Vater so weit zu provozieren, dass er fragte, was los war. Doch das tat er nie.

Letzten Endes musste Gorski die Karten auf den Tisch legen. Eines Abends, als der Tisch abgeräumt wurde, verkündete er: »Ich will Polizist werden.«

M. Gorski blickte von der Zeitung auf und sah seinen Sohn über den Rand der Brille hinweg an. Er schürzte die Lippen und nickte bedächtig, als hätte er bereits damit gerechnet.

»Ein ausgezeichneter Beruf«, sagte er. »Ich kenne viele gute Polizisten.«

Dann wandte er sich wieder seiner Zeitung zu, und nach einer halben Stunde zog er seinen Mantel an und ging wie immer ins Restaurant de la Cloche.

Eine Woche später wurde Gorski nach oben geschickt, als er aus der Schule kam. Kommissar Ribéry saß am Esstisch, vor sich ein kleines Glas Kognak. M. Gorski stand nervös am Fenster, als wäre es unhöflich, sich in Anwesenheit eines gesellschaftlich Höhergestellten zu setzen. Gorski junior trat an den Tisch gegenüber dem

Kommissar. Dieser hatte ein langes Pferdegesicht und kleine, wache Augen.

»Dein Vater hat mir gesagt, du willst Polizist werden.«

»Ja, Monsieur«, erwiderte Gorski.

Der Kommissar nickte anerkennend, als sei ihm diese Information vollkommen neu.

»Kommissar«, sagte Gorski und überwand seine Schüchternheit. »Ich will Kommissar werden.«

Wieder nickte Ribéry. »Dann solltest du auf der Schule bleiben. Komm zu mir, wenn du achtzehn bist, und dann schaue ich, was ich tun kann.«

Und damit war es beschlossen. Gorski ging weiter zur Schule. Sein Vater ließ ihn nicht mehr im Laden aushelfen. Vielleicht sah er keinen Sinn mehr darin, oder er wollte nicht, dass sich der zukünftige Kommissar die zweifelhafteren Objekte allzu genau ansah. Es wurde nie darüber gesprochen. Stattdessen arbeitete Gorski am Wochenende und in den Ferien auf dem Bauernhof eines Bekannten der Familie. Er genoss es, an der frischen Luft zu sein, statt in der abgestandenen Atmosphäre des Ladens. Das Geld, das er dort verdiente, gab er für Detektivromane und Bücher über Kriminologie und Psychologie aus. Er verschlang Simenon und lernte – so glaubte er zumindest – vom unergründlichen Maigret die subtile Kunst der Verbrechensaufklärung.

Als der Zeitpunkt gekommen war, sprach Gorski bei Ribéry vor. Natürlich würde er zunächst bei der Streife arbeiten müssen wie ein gewöhnlicher Polizist, erklärte ihm der Kommissar. Die Aussage verwirrte Gorski, da es so klang, als wäre er kein gewöhnlicher Polizist. Gorski absolvierte dann tatsächlich drei Jahre bei der Streife, aber Ribéry zog ihn oft vom normalen Dienst ab und nahm ihn mit, wenn er einen Tatort inspizierte oder einen Verdächtigen vernahm. Er begriff, dass der Kommissar ihn unter seine Fittiche nahm. Anfangs war es aufregend, zum Ort eines Einbruchs oder Überfalls gerufen zu werden, doch er merkte bald, dass seine Kenntnisse in Kriminologie die des Kommissars bei Weitem überstiegen und dass Ribéry ein träger Mann war, der sich mehr für sein Mittagessen interessierte, das er stets im Restaurant de la Cloche einnahm, als für die Verfolgung von Verbrechern. Außerdem erkannte er, dass es in einer Stadt wie Saint-Louis nur wenige Verbrechen aufzuklären gab und dass das Dasein als Provinzkommissar durchaus nicht im Widerspruch dazu stand, bereits zum Mittagessen eine Karaffe Wein zu leeren und den Nachmittag damit zuzubringen, von Bar zu Bar zu schlendern und ein Gläschen mit den Besitzern zu trinken. Gorski begann, sich ein Leben jenseits von Saint-Louis auszumalen. Sobald er zum Kommissar ernannt würde, also voraussichtlich mit Mitte zwanzig, würde er sich in spannendere Gefilde begeben – nach Straßburg, Marseille oder sogar nach Paris, auf jeden Fall irgendwohin, wo es reichlich Verbrechen, Gewalt und Mord gab.

Als er bei der Polizei anfing, zog Gorski in eine kleine Wohnung in der Nähe seiner Eltern. Er kam pflichtbewusst jeden Sonntag zum Mittagessen, aber die Unterhaltung war steif wie eh und je. M. Gorski fragte seinen Sohn nie nach seiner Arbeit. Gorski wiederum wollte natürlich wissen, was der Laden machte, aber er merkte bald, dass sein Vater nicht mehr mit dem Herzen dabei war. Seine Gesundheit ließ zusehends nach, und wozu sollte er sich ohne einen Sohn, der das Geschäft übernehmen würde, weiter abrackern? Der Laden, durch den Gorski noch immer ging, wenn er seine Eltern besuchte, war seit eh und je vollgestellt gewesen, aber früher hatte darin noch eine gewisse Ordnung geherrscht. M. Gorski konnte stets mit einem Griff etwas hervorholen, das er Jahre zuvor angekauft hatte. Doch nun war alles kreuz und quer übereinandergestapelt oder in irgendwelche Kisten gepackt. Gorski hastete, so schnell er konnte, durch den Laden. Er hatte dem alten Mann das Herz gebrochen.

Dennoch kam es für M. Gorski nicht infrage, sich zur Ruhe zu setzen. Irgendwann konnte er einfach nicht mehr. Er starb an einer Staublunge, wie der Arzt Gorski mitteilte, ausgelöst durch all die Jahre in dem muffigen, schlecht belüfteten Laden. Zum Schluss saß er nur noch trübsinnig in seinem Sessel am Fenster über dem Geschäft. Zu der Zeit untersuchte Gorski gerade den Mord an Juliette Hurel. Das war nicht nur das aufsehenerregendste Ereignis, das Saint-Louis je erlebt hatte, sondern auch der einzige Fall, an dem M. Gorski je Interesse zeigte. Während der zwei Jahre, als sein Vater krank war, besuchte Gorski seine Eltern häufiger, und er brachte Lebensmittel und manchmal auch Blumen mit, um das triste Wohnzimmer ein wenig freundlicher aussehen zu lassen.

»Hast du den Mistkerl gefasst?«, fragte M. Gorski jedes Mal, sobald sein Sohn zur Tür hereinkam.

»Noch nicht, Papa«, erwiderte Gorski. Er blieb auch nach Malous Verurteilung bei dieser Antwort.

Mme Gorski fragte ihren Sohn nie nach seiner Arbeit. Sie machte keinen Hehl daraus, wie stolz sie auf ihn war, aber sie meinte, es stehe ihr nicht zu, sich nach den Einzelheiten seiner Tätigkeit zu erkundigen. Natürlich musste ihr klar sein, dass er jetzt mit dem Verschwinden von Adèle Bedeau beschäftigt war. Sie sah fern und las die Zeitung wie alle anderen, aber sie sprach das Thema nicht von sich aus an. Stattdessen erzählte sie ihm ausführlich von den verschiedenen Leuten, die seit seinem letzten Besuch bei ihr vorbeigeschaut hatten. Auch Gorski hatte keine Lust, mit seiner Mutter über die Ermittlungen zu sprechen. Es war entspannend, ihrem Geplauder über Besucher zuzuhören, die er noch nicht einmal kannte.

Gorski wusch das Geschirr ab und zog seine Jacke an.

»Bis bald«, sagte er.

»Mach dir um mich keine Sorgen«, verabschiedete sich seine Mutter.

Gorski verließ das Haus durch den Laden und ging zu seinem Auto zurück. Es dämmerte bereits, und auf den Straßen war kaum jemand unterwegs. Er fuhr zur Wache. Als er den Wagen abschloss, sah er, wie jemand ihm von der gegenüberliegenden Straßenseite aus zuwinkte. Es war ein junger Mann um die zwanzig. Er warf seine Zigarette weg und schlurfte über die Straße.

»Monsieur Gorski?«, fragte er. Er wirkte nervös und zog den Kopf ein, als rechne er jeden Moment damit, einen Schlag abzubekommen. Gorski wusste sofort, dass es der junge Mann mit dem Roller war.

»Ja.«

»Ich würde gerne mit Ihnen reden«, sagte er. »Sie untersuchen doch Adèles Verschwinden, oder?«

»Das ist richtig«, antwortete Gorski. »Wissen Sie etwas darüber?«

Der junge Mann nickte. Gorski führte ihn die Stufen hinauf zum Eingang der Wache. Schmitt saß am Tisch hinter der Glasscheibe. Er blickte gelangweilt auf und drückte auf den Türöffner. Der junge Mann folgte Gorski hinein. Gorski brachte ihn in den Verhörraum und ging los, um Kaffee zu holen.

11

In den Tagen nach Juliettes Tod fühlte Manfred sich wie betäubt. Gleichzeitig quälten ihn Kummer, Schuldgefühle und Angst. Glücklicherweise waren seine Großeltern daran gewöhnt, dass er viele Stunden allein in seinem Zimmer verbrachte. Am ersten Abend ging er nicht zum Essen hinunter. Wie konnte er dort am Tisch sitzen, wenn seine Liebste zusammengebrochen und tot im Wald lag, und er, mit dem sie sich nur wenige Augenblicke zuvor dem leidenschaftlichsten Begehren hingegeben hatte, ihr Mörder war? Von Anfang an hatte ein instinktiver Selbstschutzmechanismus dafür gesorgt, dass Manfred in seinem Zimmer blieb. Schließlich würde ihm sicher jeder sofort ansehen, dass er schuld war an ihrem Tod.

Während des Gewitters, das an dem Abend ausbrach und fast die ganze Nacht hindurch tobte, lag Manfred wie erstarrt auf seinem Bett und stellte sich Juliettes Leichnam auf ihrem nassen Totenbett vor. Er sah, wie der Wind den Stoff ihres Kleides hochschlug, und ihr die Haare vom Regen an der Stirn klebten. Alles in ihm drängte danach, in den Wald zurückzulaufen und ihren durchnässten Körper an sich zu drücken. Doch er tat es nicht. Und irgendwann musste er eingeschlafen sein, denn als er am nächsten Morgen aufwachte, erlebte er einen kurzen Moment der Ahnungslosigkeit, bevor ihn die Geschehnisse des Vortags wieder überwältigten.

Das Gewitter hatte einen schweren Duft nach nasser Erde in der Luft hinterlassen. Um zehn Uhr ging Manfred nach unten. Seine Großmutter war im Garten. Die Haushälterin beachtete ihn nicht, als er sich in der Küche ein Stück Brot nahm und mit Butter bestrich. Er biss einmal davon ab, brachte jedoch nichts hinunter und warf den Rest in den Mülleimer. Dann kehrte er in sein Zimmer zurück. Später hörte er unten aufgeregte Stimmen, als sich die Nachricht von dem Mord im Haus verbreitete. Normalerweise sprachen die Bediensteten nur mit gedämpfter Stimme, als befänden sie sich in einer Bibliothek. Manfred lag auf dem Bett und wartete auf die Polizei, doch niemand kam. Er begriff, dass es ein Fehler gewesen war, am Tag zuvor nicht zum Abendessen hinunterzugehen. Von jetzt an musste er sich verhalten, als ob nichts geschehen wäre. Er musste sich so natürlich wie nur möglich benehmen.

Sein Großvater musterte ihn mit hochgezogenen Augenbrauen, als er zum Abendessen erschien. Manfred tat das, was er immer tat, wenn jemand ihn fragend ansah. Er hielt den Blick gesenkt und schwieg. Er konnte hören, wie die Bediensteten in der Küche über den Mord sprachen, aber am Esstisch wurde das Thema nicht erwähnt. Es gab nur ein paar banale Bemerkungen über das Gewitter und M. Paliards Arbeitstag. Manfred kam es wie ein geschmackloser Scherz vor, dass seine Großeltern so taten, als wäre nichts geschehen, als wäre für ihn nicht die ganze Welt zusammengebrochen. Außerdem erschien es ihm unglaublich, dass niemand sah, dass er ein Mörder war. Er zwang sich, ein paar Bissen zu essen, und stand bei der ersten Gelegenheit vom Tisch auf. Dann ging er nach oben und übergab sich.

Nach zwei oder drei Tagen hatte Manfred sich daran gewöhnt, sich normal zu verhalten. Er nahm an den Mahlzeiten teil, drückte sich in seinem Zimmer herum und zwang sich sogar, tagsüber das

Haus zu verlassen, machte aber natürlich einen großen Bogen um den Wald. Er zeigte keine besondere Neugier, was den Mord anging, tat aber auch nicht so, als würde er sich überhaupt nicht dafür interessieren. Bald kam er sich vor wie ein Schauspieler, der die Rolle seines früheren Ich probte. Er zog keine Befriedigung daraus, dass ein Tag nach dem anderen verging, ohne dass er verhaftet wurde. Sein Schicksal war ihm gleichgültig. Aber er begann zu verstehen, warum niemand sah, dass er schuldig war. Sowohl in den Zeitungen wie auch unter den Bediensteten sprachen alle nur von einem Ungeheuer, irgendeinem Monster draußen im Wald oder weiter weg, das erneut zuschlagen konnte – und sicher auch würde. Die Mädchen trauten sich kaum, das Haus zu verlassen, und Frauen wurde geraten, nicht alleine durch die Straßen zu gehen. Neben all diesem Gerede war Manfred nur ein Junge. Und niemand suchte nach einem Jungen.

Am frühen Abend des fünften oder sechsten Tages hörte Manfred, wie ein Kommissar in den Salon geführt wurde. Es vergingen einige Minuten, bis M. Paliard sich ebenfalls dorthin begab. Manfreds Großvater hielt nicht viel von der Polizei und zeigte dies, indem er den Kommissar warten ließ. Die gedämpften Stimmen drangen bis in Manfreds Zimmer hinauf. Er stellte sich den Kommissar vor: etwa fünfzig Jahre alt, zerknitterter Anzug und darüber ein zerknitterter Mantel, sorgfältig gescheiteltes graues Haar, schmale, unruhige Augen. Die Stimmen verstummten, dann hörte er Schritte und seine Großmutter, die vom Fuß der Treppe aus nach ihm rief.

Manfred saß auf dem Rand seines Betts und stellte sich vor, wie er in Handschellen die Einfahrt hinunter zu einem Streifenwagen geführt wurde. Auf der Straße drängte sich eine Menschenmenge, die laute Buhrufe und Pfiffe ausstieß. Als er näher kam, verstummte der Lärm, und er hörte, wie sie flüsterten: *Aber das ist ja bloß ein Junge. Noch nicht mal ein Mann.*

Manfred stand auf und ging die Treppe hinunter. Er verspürte

Erleichterung, dass er nun von seiner Last befreit werden würde. Er überlegte, ob der Kommissar ihn wohl direkt beschuldigen oder geschickt ausfragen würde, um die Wahrheit langsam aus ihm herauszuholen. Eine solche Taktik wäre jedoch unnötig. Denn Manfred hatte nicht die Absicht, irgendetwas zu leugnen.

Der Kommissar war ganz anders, als er ihn sich vorgestellt hatte. Er war jung, höchstens dreißig, und wirkte zurückhaltend und in keiner Weise bedrohlich. Er stand ein wenig steif da, mit dem Rücken zum großen Kamin. Auf dem Tisch befand sich ein unberührtes Tablett mit Kaffee. Der Salon wurde nur selten benutzt. Es war ein großer, förmlicher Raum, in dem man selbst im Hochsommer immer ein wenig fröstelte.

»Unser Enkel«, stellte M. Paliard ihn vor. Sein Tonfall klang entschuldigend. Manfred blieb neben der Tür stehen, mit dem Rücken zur Wand. Der Kommissar forderte ihn nicht auf, sich zu setzen.

»Ich untersuche den Mord an Juliette Hurel«, begann er. Manfred war überrascht, dass er bei der Nennung von Juliettes Namen nicht rot wurde.

»Deine Großeltern sagen, dass du oft in dem Waldstück spazieren gehst, wo ihr Leichnam gefunden wurde.«

»Ja«, erwiderte Manfred. »Manchmal gehe ich dahin, um zu lesen.« Er dachte, indem er diese zusätzliche Information gab, würde er den Eindruck erwecken, nach besten Kräften helfen zu wollen.

»Und du bist bei deinen Aufenthalten im Wald nicht zufällig mal diesem Mädchen begegnet?«

Manfred war überrascht über die Art, wie der Kommissar seine Frage formulierte. Sie schien förmlich zum Leugnen einzuladen, als sei er sich bereits sicher, dass die Antwort negativ ausfallen würde. Es schien das Einfachste, diese Annahme zu bestätigen.

»Nein.«

»Soweit ich verstanden habe, warst du auch an dem Tag, als Juliette ermordet wurde, im Wald«, fuhr der Kommissar fort.

»Nein«, sagte Manfred. »An dem Tag bin ich am Fluss spazieren gegangen.«

Die Lüge überraschte ihn selbst. Bis zu dem Moment war er davon ausgegangen, dass er bei der ersten Gelegenheit alles zugeben würde. Aber diese Lüge war wie aus dem Nichts gekommen, und er erkannte sofort, dass es eine gute Lüge war. Niemand wusste, wo er an dem Tag gewesen war, also war ein abgeschiedener Ort so gut wie der andere.

»Oh«, sagte der Kommissar, als wäre er ein wenig enttäuscht, dass diese Spur sich so schnell aufgelöst hatte. »Und du hast nie jemand Verdächtigen im Wald gesehen?«

Wieder war die Frage negativ formuliert. Vielleicht, dachte Manfred, hatte der Kommissar diese Fragen schon so oft gestellt, dass er gar nicht mehr mit einer positiven Antwort rechnete. Es hatte keine Bedeutung, dass er Manfred danach fragte. Er war nur dabei, einen weiteren potenziellen Zeugen von der Liste zu streichen.

»Nein«, sagte Manfred. Das immerhin stimmte.

Der Kommissar nickte, als hätte Manfred bestätigt, was er ohnehin bereits angenommen hatte. Er legte die Hände zusammen als Zeichen, dass die Befragung beendet war, und verabschiedete sich, wobei er sich fast ein wenig unterwürfig bei Manfreds Großeltern für die Störung entschuldigte. Manfred ging wieder nach oben in sein Zimmer, legte sich aufs Bett und starrte die Decke an. Er verspürte keine Erleichterung, sondern hatte lediglich das Gefühl, dass das Unausweichliche aufgeschoben war. In gewisser Weise war er enttäuscht. Es wäre besser gewesen, das Ganze hinter sich zu bringen.

Als Manfred nach dem Ende der Ferien wieder zur Schule ging, zog er sich völlig von seinen Mitschülern zurück. Er hatte schon immer am Rand gestanden. Die Tatsache, dass er Waise war, hielt seine Klassenkameraden auf Abstand, gab ihm aber zugleich eine

Art Schutzschild, hinter dem er sich verstecken konnte. Wie seltsam er sich auch verhielt, die Leute schoben es stets darauf, »was er alles durchgemacht hatte«. Er hatte immer wieder gehört, wie jemand etwas in der Art flüsterte. Doch nun schottete sich Manfred vollkommen ab. Während die anderen in seiner Klasse flirteten und sich verabredeten, sah er nur zu. Doch das schien niemandem aufzufallen. Er hatte nie so recht dazugehört, und dass er es nun nicht länger versuchte, kümmerte niemanden. Und obgleich ein Teil von Manfred sich danach sehnte, mitzumachen und dazuzugehören, war er doch in erster Linie erleichtert. Er begann sich überlegen zu fühlen. Seine Mitschüler waren nichts als Kinder. Die Mädchen mit ihrem Gekicher und ihrem ständigen Geplapper über Kleider erschienen ihm dumm und albern, eine völlig andere Spezies als Juliette. Und die Jungen, die sich mit ihren Bomberjacken aus Leder in Positur warfen, die Zigarette zwischen Daumen und Zeigefinger geklemmt, waren schlichtweg abstoßend. Sie alle hatten keine Ahnung, dass er, Manfred Baumann, tiefste, innigste Liebe erlebt und eine Tat begangen hatte, die ihn außerhalb der normalen Grenzen der Gesellschaft platzierte.

Manfred verfolgte den Prozess um den Landstreicher Malou ungerührt. Es kam ihm nicht in den Sinn, sich zu stellen und den Mann zu entlasten, aber er zog auch keine Genugtuung aus seiner Verurteilung. Seit dem Besuch des Kommissars war Manfred klar gewesen, dass er »davonkommen« würde.

Ungefähr zu dieser Zeit erlebte Manfred seinen ersten Migräneanfall. Er überkam ihn im Unterricht, ohne jede Vorwarnung, oder zumindest hatte er die Zeichen nicht wahrgenommen. Wie aus dem Nichts schoss ein stechender Schmerz in seine Schläfen. Er wurde ins Krankenzimmer gebracht, und die Schulschwester bestand darauf, einen Krankenwagen zu rufen. Vielleicht hatte er ein Aneurysma. Die Sanitäter untersuchten ihn oberflächlich und weigerten sich zu seiner Erleichterung, ihn ins Krankenhaus zu bringen.

Manfred erzählte seinen Großeltern nichts von dem Zwischenfall, und niemand stellte Fragen, als er nicht zum Abendessen erschien. Von da an kamen die Kopfschmerzen alle paar Wochen. Jeder Anfall dauerte ein bis zwei Tage, und er war hinterher jedes Mal vollkommen erschöpft. Er verbrachte diese Tage in seinem Zimmer, mit geschlossenen Vorhängen, die Bettdecke über den Kopf gezogen. Das leiseste Geräusch jagte ihm neue Splitter durch den Schädel. Während dieser Anfälle verlor er jedes Zeitgefühl. Minuten zogen sich wie Stunden hin, und ganze Tage verflogen, als wären sie einfach aus dem Kalender gestrichen worden. Manfred konnte sich kaum an etwas erinnern, was in dieser Zeit geschah.

Obwohl Manfred überzeugter Atheist war, kam er nicht umhin, diese Anfälle als Strafe zu sehen. Aber wenn es keinen rachsüchtigen Gott gab, welche Macht regierte dann über diese Dinge? Selbst in seinem schmerzgequälten Zustand ärgerte sich Manfred über diese Gedanken, schließlich war das Universum chaotisch und ohne Sinn. Dennoch fiel es ihm schwer, keine Verbindung zwischen Juliettes Tod und dem Beginn seiner Kopfschmerzen zu sehen.

Irgendwann wurde es unmöglich, seinen Zustand vor seinen Großeltern zu verbergen. Obwohl Manfred protesierte, bestand seine Großmutter darauf, einen Termin beim Hausarzt zu machen. Dr. Faubel war ein Mann mittleren Alters mit fettigem, schütterem Haar und glänzendem Gesicht. Er lächelte freundlich, als Manfred sich setzte. Das Behandlungszimmer roch stark nach dunklem Tabak.

»Nun«, begann er. »Kopfschmerzen, wie ich höre.«

»Ja«, sagte Manfred. Er war einerseits erleichtert, weil er nicht zu erklären brauchte, warum er hier war, und andererseits peinlich berührt, weil seine Großmutter den Arzt offenbar bereits informiert hatte, als wäre er, Manfred, noch ein Kind. »Kopfschmerzen« schienen kein legitimer Grund zu sein, die Zeit eines Arztes in Anspruch zu nehmen, insbesondere solche, die Manfred wider alle Vernunft als eine Art gerechte Strafe ansah.

Faubel stellte ihm eine Reihe von Fragen zu Art, Häufigkeit und Dauer der »schmerzhaften Schübe«, wie er sie nannte. Er schien Manfreds Beschwerden recht ernst zu nehmen. »Wie würdest du deine Schmerzen auf einer Skala von eins bis zehn einstufen?«, fragte er.

Manfred wollte schon »zehn« antworten, aber das wäre albern. Er hatte von bestimmten Foltertechniken gelesen, die ganz sicher schmerzhafter waren. Außerdem wollte er nicht verweichlicht oder melodramatisch erscheinen.

»Sieben«, sagte er.

»Sieben?« Der Arzt stieß einen leisen Pfiff aus.

»Vielleicht acht«, sagte Manfred.

Faubel bat Manfred zu schildern, was er während der schmerzhaften Schübe tat.

»Ich liege einfach mit geschlossenen Augen da. Es ist, als würde ich zu dem Schmerz werden. Da ist kein Raum, um an irgendetwas anderes zu denken.«

»Und nimmst du vor diesen Schüben irgendwelche ungewöhnlichen Dinge wahr?«

Manfred sah den Arzt verständnislos an.

»Merkwürdige Lichteffekte vielleicht? Eine Art Wabern, wie eine Aura?«

Manfred nickte. Genauso erlebte er es. Er hätte es nicht als Aura beschrieben, weil er die mystischen Konnotationen des Wortes nicht mochte, aber es war, als würde er die Welt durch eine regennasse Glasscheibe betrachten. Die Farben schienen ineinanderzulaufen. Faubel lächelte, sichtlich erfreut über seine akkurate Diagnose. Er erklärte Manfred, dass er an Migräne leide. Manfred hörte das Wort zum ersten Mal. Die Ursache der Migräne, fuhr Faubel fort, sei unbekannt, und es gebe auch kein Heilmittel dagegen. Man könne lediglich versuchen, sich damit zu arrangieren.

Manfred verspürte einen Stich der Enttäuschung. Faubels treffende Beschreibung seiner Symptome hatte Hoffnung in ihm geweckt.

»Es ist nicht ungewöhnlich, dass sich die Migräne ungefähr in deinem Alter zum ersten Mal zeigt. Oft nimmt die Häufigkeit der Anfälle im Lauf der Zeit ab, und mit etwas Glück hören sie irgendwann ganz auf.«

Faubel wies Manfred an, ein Tagebuch zu führen und genau zu notieren, was er aß und trank, ob er sich bewegte, wie er schlief und ob er nervös oder deprimiert war. Wenn er zwei weitere Schübe gehabt hätte, sollte er erneut vorbeikommen, und dann würden sie seine Notizen durchgehen und schauen, ob sie mögliche Auslöser für die Anfälle fanden. Das Wichtigste beim Kampf gegen die Migräne sei es, feste Gewohnheiten zu entwickeln und sich daran zu halten.

Niedergeschlagen verließ Manfred die Praxis. Wie der Arzt ihn angewiesen hatte, führte er die nächsten beiden Wochen Tagebuch, aber da er in dieser Zeit keinen Anfall hatte, ließ er es schleifen und machte nie einen zweiten Termin bei Dr. Faubel.

Im Verlauf des Schuljahrs schien Manfreds kühle Distanziertheit und Gleichgültigkeit auf einige seiner Mitschülerinnen eine gewisse Faszination auszuüben. Er war zu einem gut aussehenden jungen Mann herangewachsen, und vielleicht gefiel er ihnen gerade deshalb, weil er sich wenig um sein Aussehen scherte. Ein Mädchen, Sonia Givskov, suchte in der Mittagspause immer wieder Manfreds Nähe, setzte sich zu ihm und machte Bemerkungen zu dem Buch, das er gerade las. Sie hatte eine große Nase, matronenhafte Brüste und wulstige Lippen. Und sie trug unmodische Kleider, die wahrscheinlich ihre Mutter für sie genäht hatte. Vor den Ereignissen des vergangenen Sommers hätte Manfred sie als Gleichgesinnte wahrgenommen, doch jetzt empfand er nur Verachtung für sie. Sie war nicht Juliette. Doch je abfälliger er sie behandelte, desto mehr schien sie ihn zu bewundern. Er brachte es nicht fertig, sie wegzuscheuchen, und da er ihr aus irgendeinem diffusen Grund auch nicht aus dem Weg gehen wollte, saßen sie meistens schweigend nebeneinander. Gelegentlich hörte Manfred spöttische Bemerkungen, dass Sonia Givskov seine Freundin sei. Doch solches Geschwätz bedeutete ihm nichts. Diese Idioten um ihn herum hatten ja keine Ahnung, mit wem sie es zu tun hatten. Außerdem wollte er Sonia Givskov nicht verraten, indem er ihnen widersprach.

In anderer Hinsicht kam Manfred dieses Arrangement mit Sonia ganz gelegen. Obwohl er nicht den Wunsch hatte, je mit einer anderen als Juliette zusammen zu sein, hatte sich die gesamte Schulumgebung gegen ihn verschworen. Er kam nicht umhin, die flaumbedeckten Nacken, gebräunten Waden und hervorlugenden BH-Träger der Mädchen um ihn herum zu bemerken. Er erlegte sich ein strenges Masturbationsprogramm auf und vollzog den Akt einmal morgens nach dem Aufwachen und dann noch einmal, sobald er aus der Schule kam, ob er den Drang verspürte oder nicht. Es war die mangelnde Kontrolle über sein sexuelles Verlangen gewesen, die zu Juliettes Tod geführt hatte, und er schwor sich, diese bösartige Macht für immer zu bekämpfen. Die Annahme, dass er und Sonia Givskov zusammen waren, sorgte dafür, dass die anderen Mädchen Abstand hielten. Sie fungierte als Puffer.

Manfred ließ seine Hausaufgaben schleifen. In seinem Zustand der Betäubung kümmerte es ihn nicht mehr, was geschah, weder im Hier und Jetzt der Schule noch in der Zukunft. Er setzte die Klausuren nicht absichtlich in den Sand. Er wusste nur einfach die Antworten nicht mehr oder hatte keine Lust, darüber nachzudenken. Auch bei den Lehrern war er nie beliebt gewesen. Er hatte zwar gute Noten, aber keinen Charme. Er saß in der letzten Reihe, meldete sich nie, und wenn er dennoch drangenommen wurde, antwortete er einsilbig. Er war mürrisch und maulfaul. Der Einzige, der Manfreds drohendes Scheitern zu bemerken schien, war sein Französischlehrer. M. Becault war noch keine dreißig. Er hatte einen wenig überzeugenden rötlich-blonden Bart und trug stets Kordhosen, schlichte weiße Hemden und Tweedjacketts, als könnte ihm dieser gesetzte Aufzug Autorität verleihen. Sein Bart verbarg ein fliehendes Kinn und schlaffe Lippen, aber abgesehen davon war er ein durchaus ansehnlicher Mann. Wenn er auf dem Flur einem seiner Schüler begegnete, lächelte er und nickte beinahe unterwürfig. Becault beging den Kardinalfehler vieler junger Lehrer: Er wollte gemocht werden. Deshalb hatte er ständig Probleme mit der Disziplin. Wenn in einem Text Anspielungen auf den sexuellen Akt vorkamen, wurde er jedes Mal rot. Becault war von Anfang an Manfreds Lieblingslehrer gewesen.

In den vergangenen Jahren hatten die beiden einige Male nach dem Unterricht verlegen ein paar Worte gewechselt. Kurz nach dem Tod seiner Mutter hatte Manfred einen Aufsatz über *Der Fremde* verfasst. »Das wirklich Schockierende an *Der Fremde* ist nicht Meursaults Gleichgültigkeit gegenüber dem Tod seiner Mutter«, hatte er geschrieben, »sondern die Feindseligkeit, mit der die anderen auf seine Gleichgültigkeit reagieren.« Becault hatte Manfred diese Zeilen vorgelesen und ihn gefragt, was er damit meinte. Manfred hatte die Achseln gezuckt. Einerseits schmeichelte ihm Becaults Interesse, andererseits war es ihm peinlich. Tatsächlich wusste er selbst nicht so genau, was er damit meinte, und er vermutete, dass Becault das Ganze nur dazu nutzte, um ihn dazu zu bringen »sich zu öffnen« und von seinem eigenen Verlust zu erzählen. Als Manfred nicht antwortete, erstarb das Gespräch. »Nun, es ist jedenfalls ein ausgezeichneter Aufsatz«, hatte Becault gesagt und ihm das Heft zurückgegeben.

Trotz der Unergiebigkeit dieses Gesprächs fühlte Manfred eine gewisse Verbundenheit mit Becault. Er stellte sich seinen Lehrer als linkischen, desillusionierten Jugendlichen vor, der immer am Rand gestanden und zugeschaut hatte. Eine Zeit lang fantasierte er darüber, sich mit Becault in einem Café zu treffen, um über Bücher oder andere mondäne Dinge zu sprechen. Sie würden zusammen rauchen und Kaffee trinken. Tatsächlich blieb Becault in der Mittagspause manchmal bei ihm stehen, und sie unterhielten sich kurz darüber, was Manfred gerade las. Wegen seines weichlichen Auftretens und seiner exzentrischen Kleidung kursierten Gerüchte, Becault sei homosexuell. Während dieser kurzen mittäglichen Gespräche spürte Manfred, wie die anderen zu ihnen herübersahen. Er hätte sich nur zu gerne eingehender mit Becault unterhalten, aber das wäre unklug gewesen. So wurde die Situation jedes Mal unangenehm, und Becault verabschiedete sich mit einer laschen Bemerkung wie:»Ich muss dann mal«, oder:»Ich will dich nicht beim Essen stören.«

Ein paar Monate nach Beginn des Schuljahrs bat Becault Manfred, nach der Stunde einen Moment dazubleiben. Manfred fläzte sich in seinen Stuhl ganz hinten an der Wand. Becault setzte sich auf die Kante eines gegenüberstehenden Tisches. Während des Sommers hatte er sich den Bart abrasiert. Die Haut um seinen Mund war blass und schlaff.

»Du scheinst nicht du selbst zu sein«, sagte er.

»Ich wünschte, ich wäre nicht ich selbst«, erwiderte Manfred.

Becault schmunzelte ein wenig, dann wurde er wieder ernst.

»Ich mache mir Sorgen um dich«, sagte er und hielt einen Aufsatz über Gide hoch, den Manfred geschrieben hatte.»Das hier ist ...« Er beendet den Satz nicht, sondern schüttelte nur den Kopf. Manfred zuckte die Achseln.

»Du warst immer mein bester Schüler.«

»Ich mag Gide nicht.«

Das schien den Lehrer zu ermutigen.»Es geht nicht darum, ob du Gide magst«, sagte er.»Das hier ist nur wirres Gefasel. Dabei warst du früher so gut. Du hast verstanden, worum es geht.«

Manfred starrte an die Tafel.

»Ich möchte dir nur helfen«, fuhr Becault fort.

Manfred schwieg.

Becault runzelte die Stirn. »Wie geht es dir bei deinen Großeltern? Du wohnst doch bei deinen Großeltern, oder?«

Manfred wandte den Kopf und sah ihn an. Er stellte sich vor,
wie Becault davon träumte, seine Schüler zu fördern, ihnen seine
väterliche Hilfe angedeihen zu lassen. Wahrscheinlich saß er abends
zu Hause am Tisch und schrieb an einem Roman über einen homosexuellen Lehrer in einer Kleinstadt, der sich in einen seiner Schüler verliebt hatte. Aber er ahnte nicht, dass er es mit dem Ungeheuer von Saint-Louis zu tun hatte. Manfred schob quietschend seinen
Stuhl zurück und stand auf.

»Ich brauche keine Hilfe von einer armseligen Schwuchtel«,
sagte er. Dann nahm er seine Jacke und seine Tasche und verließ
den Raum. Becault blieb noch eine Weile auf dem Tisch am Ende
des Raums sitzen. Im darauffolgenden Halbjahr kehrte er nicht in
den Schuldienst zurück.

12

Am Mittwochmorgen hatte sich Manfreds Vorfreude auf das Treffen mit Alice Tarrou in diffuse Angst verwandelt. Es war unvorstellbar, dass er den Abend mit einer Frau wie Alice verbrachte, ohne sich in irgendeiner Weise zu blamieren. Den ganzen Tag überlegte er sich Vorwände, um abzusagen, aber ihm fiel nichts Glaubwürdiges ein. Außerdem hatte Alice ihm nicht ihre Telefonnummer gegeben, somit hatte er keine Möglichkeit, sie zu kontaktieren, außer im Hausflur herumzulungern und sie abzupassen. Seine einzige Option war, einfach nicht zum verabredeten Zeitpunkt zu kommen. Aber abgesehen davon, dass das sehr unhöflich wäre, würde er Alice früher oder später wieder über den Weg laufen, und sie war sicher nicht die Sorte Frau, die so eine Brüskierung auf die leichte Schulter nehmen würde. Ihm blieb nichts anderes übrig, als das Ganze durchzuziehen.

Während des Mittagessens überlegte Manfred, ob er Pasteur gegenüber erwähnen sollte, dass er an dem Abend nicht kommen würde. Die anderen würden seine Abwesenheit bemerken und vermutlich darüber spekulieren. Er stellte sich vor, wie Lemerre sich darüber ausließ, dass er jetzt vermutlich die Kellnerinnen eines anderen Restaurants belästigte oder dass er sich nicht mehr hertraute, weil er etwas mit Adèles Verschwinden zu tun hatte. Und am Abend darauf würde er sich die Sticheleien anhören müssen, dass ihm das Restaurant de la Cloche nicht mehr gut genug sei. »Hast jetzt wohl was Besseres zu tun, was, Schweizer?« Nein, es war besser, dem vorzubeugen. Als er am Tresen bezahlte, brummte Pasteur: »Bis später.«

Manfred packte die Gelegenheit beim Schopf. »Vermutlich werde ich heute Abend nicht da sein.«

Er blieb einen Moment am Tresen stehen und wartete darauf, dass Pasteur reagierte. Doch der nahm nur die Münzen vom Zinnteller, sortierte sie in die Kasse und blickte dann auf, als wolle er fragen, ob noch etwas sei. Manfred fragte sich, ob er ihn gehört hatte.

»Dann bis morgen«, sagte Pasteur schließlich.

Manfred nickte und ging. Der Nachmittag zog sich hin. Er verließ die Bank um fünf und eilte nach Hause. Er duschte und rasierte sich ein zweites Mal, ein weißes Handtuch um die Hüften geschlungen. Dann untersuchte er sein Gesicht im Spiegel auf irgendwelche einzelnen Borsten und schnitt sich die Nasenhaare mit einer Spezialschere, die er zu diesem Zweck in seinem Badezimmerschrank aufbewahrte. Er spritzte sich kaltes Wasser ins Gesicht, trocknete sich ab und betupfte sich mit Rasierwasser. Manfred war stolz auf seine ausgeprägte Reinlichkeit. Mehr als einmal hatten die Mädchen bei Simone gesagt, er rieche gut. Und schlecht sah er auch nicht aus. War es denn so unwahrscheinlich, dass Alice Tarrou ihn attraktiv fand?

Er ging zurück in sein Schlafzimmer und zog sich an. Einmal im Jahr ließ er sich bei demselben Schneider in Mülhausen, den er als Heranwachsender mit seiner Großmutter aufgesucht hatte, einen neuen Anzug anfertigen. M. Boulot begrüßte ihn stets mit großer Wärme und erkundigte sich nach dem Wohlergehen seiner Großeltern. Früher hatte er Manfred über die neuesten Trends informiert, aber Manfred war nicht daran interessiert, sondern verlangte stets denselben Schnitt und dieselbe Farbe wie immer. Demzufolge sahen die Anzüge in seinem Schrank auch nahezu identisch aus und unterschieden sich lediglich durch minimale Abweichungen im Stoff voneinander. Eigentlich brauchte Manfred keine neuen Anzüge mehr – er hatte mehr als genug, um für den Rest seines Lebens versorgt zu sein –, aber aus Treue zu M. Boulot hielt er an seiner alljährlichen Pilgerreise fest. Ebenso hingen auf dem Halter an der Innenseite der Schranktür fast ausschließlich schmale, schwarze Krawatten, hier und da unterbrochen von ein paar kühneren Farben. Dies waren Geschenke von seiner Großmutter, die Manfred gelegentlich zum sonntäglichen Mittagessen trug, um ihr eine Freude zu machen, aber sofort abnahm, wenn er das Haus verließ. Mit solch bunten Accessoires kam er sich vor wie ein alberner Dandy. Er hatte keine Lust, Kommentare zu seiner Kleidung zu provozieren. Und ebenso wenig hatte er Lust, sich Gedanken darüber zu machen, was er an diesem oder jenem Tag anziehen sollte. Sein einziges Zugeständnis an den Freizeitlook bestand darin, am Ende eines Arbeitstags die Krawatte ein wenig zu lockern und den obersten Hemdknopf zu öffnen.

Er saß an seinem Küchentisch. Nun, da er frische Sachen angezogen hatte, fühlte er sich ein wenig entspannter, was das bevorstehende Treffen anging. Was konnte denn schließlich auch passieren? Es war noch nicht einmal sechs. Er wollte etwas früher vor Ort sein, um sich mit der Umgebung vertraut zu machen, bevor Alice kam, aber ihm blieb immer noch fast eine Stunde Zeit. Er holte sich einen Notizblock und begann, eine Liste von möglichen Gesprächsthemen zusammenzustellen. Manfred hatte nicht die Angewohnheit, persönliche Fragen zu stellen, aber ihm war bewusst, dass dies in solchen Situationen als normal angesehen wurde. Und wenn er Alice nicht wenigstens ein paar persönliche Fragen stellte, würde sie vielleicht denken, er wäre einer von diesen Egoisten, die nur über sich selbst reden wollten, was durchaus nicht der Fall war, ganz im Gegenteil. Er tippte mit der Bleistiftspitze auf die leere Seite und schrieb dann *Arbeit*. Das war zwar langweilig, aber zumindest ein vollkommen akzeptables Thema. Alice hatte ihn ja bereits gefragt, was er beruflich machte. Er würde die Frage nur zurückgeben. Wenn er sie nicht danach fragte, würde Alice womöglich denken, er wäre ein Chauvinist, für den Frauen nur als Heimchen am Herd existierten. Oder als Huren. Er überlegte, wie er die Frage formulieren könnte. *Nun, Alice, womit verdienen Sie Ihren Lebensunterhalt? In welchem Bereich sind Sie tätig?* Als er sich die Sätze im Kopf vorsprach, kamen sie ihm absurd vor, fast so, als würde er ein Bewerbungsgespräch führen. Er riss das Blatt ab, knüllte es zusammen und warf es auf den Boden. Was tat er da überhaupt? Wollte er den Zettel vielleicht hervorholen, während sie gemeinsam am Tisch saßen? Er würde sich garantiert blamieren. Er hätte sich nie auf diese dämliche Verabredung einlassen sollen. Je mehr er darüber nachdachte, desto weniger sicher war er, dass er Alice Tarrou überhaupt mochte. Sie war schnippisch und hochnäsig. Und sie gehörte eindeutig zu der Sorte, die es gewohnt war, dass alles nach ihrem Willen ging. Er war dumm genug gewesen, sich von ihrer Aufmerksamkeit geschmeichelt zu fühlen, aber er hatte keine Lust, sich in irgendwelche Verwicklungen hineinziehen zu lassen. Er mochte sein Leben so, wie es war. Er lebte, wie er lebte, weil er genauso leben wollte. Er hegte nicht den Wunsch, irgendetwas daran zu verändern. Die Verabredung war ein Fehler gewesen. Eine Absage kam nicht infrage, aber er konnte ihr ja einfach höflich klarmachen, dass er kein Interesse an einer engeren Verbindung hatte.

Manfred betrat das Restaurant an der Rue de Bâle um zehn vor sieben. Er war hintenherum gegangen, an den Eisenbahngleisen entlang, damit ihn keiner von den Stammgästen des de la Cloche sah. Das Restaurant befand sich in einem traditionellen Fachwerkhaus. Der Speiseraum hatte eine niedrige Decke, war aber überraschend groß. Die Wände waren mit dunklem Holz vertäfelt und von Messinglampen erleuchtet, die ein gelbliches Licht ausstrahlten. Neben den Türen standen mannshohe Topfpflanzen, als würden sie Wache halten. Die Tische waren mit gestärkten weißen Leinendecken und einer einschüchternden Anzahl von Gläsern und Besteckteilen gedeckt. Nur zwei davon waren besetzt. Manfred wurde zu einem Tisch in der Mitte des Raums geführt. Er erklärte dem Kellner, dass er noch jemanden erwarte, und bat um ein Glas Wein.

Einen der anderen Gäste kannte er. Der Mann war im Baugeschäft tätig und hatte im Lauf der Jahre ein paarmal mit der Bank zu tun gehabt. Er nickte Manfred kurz zu. Er war mit einer Frau da, und die beiden plauderten angeregt. Der Mann sprach mit vollem Mund und zeigte mit dem Messer auf seine Tischdame. Aus irgendeinem Grund glaubte Manfred nicht, dass sie seine Frau war. Sie schien seine schlechten Manieren nicht zu bemerken. An dem anderen Tisch saß ein einzelner Mann im Anzug; vermutlich ein Vertreter, der vorübergehend in der Stadt war. Er hatte ein aufgeschlagenes Taschenbuch vor sich und hob seinen Blick nicht von den Seiten. Manfred wünschte, er hätte sich einen anderen Tisch geben lassen. Er kam sich vor wie ein Ausstellungsstück in einem Museum. Sein Wein wurde gebracht. Er nahm an, dass Alice sich verspäten würde, leerte das Glas in wenigen Zügen und bestellte sich ein zweites.

Alice kam um Punkt sieben. Sie trug ein knielanges graues Wollkleid mit einem breiten braunen Ledergürtel um die Taille. Der Kellner nahm ihr den Mantel ab und führte sie zum Tisch. Manfred erhob sich und gab ihr die Hand.

»Guten Abend«, sagte er.

Alice ignorierte seine Hand und küsste ihn auf beide Wangen, wobei sie ihre Hände auf seine Oberarme legte. Manfred atmete ihr Parfüm ein. Es roch trocken und erdig, wie Waldboden vor einem Brand. Sie nahm Platz und bestellte einen Martini, ohne den Kellner auch nur anzusehen.

»Tja«, sagte sie. »Da wären wir.«

»Ja.« Manfred zwang sich zu lächeln. Alice trug blassroten Lippenstift. Sie blickte sich im Raum um, dann beugte sie sich vor und flüsterte: »Hier drinnen ist es ja wie in einem Leichenschauhaus. Vielleicht sollten wir woanders hingehen.«

»Ist schon in Ordnung«, sagte Manfred. »Jetzt sind wir hier.«

Bei der Vorstellung, einfach aufzustehen und zu gehen, grauste es Manfred, und was noch schlimmer war, womöglich würde Alice dann das Restaurant de la Cloche vorschlagen. Der Kellner kam mit Alice' Drink und zwei Speisekarten in einer Bindung aus braunem Lederimitat. Die Bestellung bot eine willkommene Abwechslung zu der Aufgabe, ein Gespräch in Gang zu bringen. Während sie auf ihre Vorspeise warteten, zündete Alice sich mit einem schweren Messingfeuerzeug, das den Geruch nach Gas verströmte, eine Zigarette an. Sie wandte den Kopf ab und stieß langsam eine Wolke milchig-grauen Rauch aus.

»Nun, Manfred Baumann«, sagte sie, »was haben Sie mir zu erzählen?«

Unbewusst hob Manfred die Hand und begann, seine Lippen zu kneten. *Was hatte er ihr zu erzählen?* Nichts. Er hatte gar nichts zu erzählen. Der Teppichboden in dem Restaurant war dunkelbraun mit einem wirren Muster aus gelben Schnörkeln. Ihm wurde ein wenig schwindelig. Er war versucht, sich zu entschuldigen und zur Tür hinauszustürzen, doch er tat es nicht. Alice beugte sich ein wenig vor. Ihre Finger spielten mit dem Fuß ihres Glases. Der Sekundenzeiger ihrer Armbanduhr wanderte langsam über das Zifferblatt. Ihr Kleid lag eng um ihre Brüste, die nicht von einem BH gehalten zu werden schienen. Manfred hob den Blick zu Alice' Gesicht. Sie wirkte ganz entspannt.

»Und Sie wohnen also erst seit ein paar Monaten in Ihrem Appartement?«, begann Manfred.

»Ja, das stimmt«, antwortete Alice.

»Ich hatte mich schon gewundert, weil ich Ihnen noch nie begegnet war.«

Es gab keinen Grund für diese Bemerkung. Dadurch wirkte er wie ein neugieriger Wichtigtuer, der über das Kommen und Gehen seiner Nachbarn Buch führte, dabei war genau das Gegenteil der Fall. Er kannte lediglich die Namen seiner unmittelbaren Nachbarn, und das auch nur, weil sie auf den Schildern der Wohnungstüren standen; davon abgesehen bemühte er sich, jeden Kontakt mit ihnen zu vermeiden.

»Und ich bin Ihnen auch noch nie begegnet«, sagte Alice und machte große Augen, als wäre das ein erstaunlicher Zufall.

Manfred lachte kurz auf. Trotz allem ließ sich das Gespräch recht zufriedenstellend an.

»Gefällt es Ihnen?«, fragte er.

»Architektonisch?«

»Ich meine, dort zu wohnen. Gefällt es Ihnen, dort zu wohnen?«

Alice stieß ein spöttisches Schnauben aus. Diese Reaktion kannte Manfred bereits, was ihm ein Gefühl von Intimität gab, als wären sie zwei Liebende, die die kleinen Marotten des anderen in- und auswendig kannten. Dennoch war es eine dumme Frage. Was sollte man schon dazu sagen, wenn man in einem tristen Mietshaus wohnte, das genau wie Tausende anderer trister Mietshäuser war? Obendrein hatte es gerade eine Woche zuvor diesen Zwischenfall mit dem Hundehaufen im Treppenhaus gegeben, und der Waschkeller hätte schon seit Längerem neue Geräte nötig. Doch selbst wenn Alice von diesen Dingen wusste, hielt sie sie vermutlich nicht für erwähnenswert.

Sie zuckte die Achseln. »Eigentlich war es nur als Übergangslösung gedacht. Ich habe den größten Teil meiner Sachen noch gar nicht ausgepackt.«

Die Vorspeise kam. Alice hatte um einen grünen Salat gebeten, obwohl er nicht auf der Karte stand. Manfred bestellte eine teure Flasche Weißwein. Der Kellner schenkte ihm ein wenig zum Probieren ein, bevor er ihre Gläser füllte.

Wie sich herausstellte, war Alice nach dem Scheitern ihrer Ehe in das Haus gezogen. Während des restlichen Essens redete sie fast ununterbrochen und hielt nur inne, um sich Wein nachzuschenken oder gelegentlich einen Bissen zu essen. Ihrem Mann Marc gehörte ein großes Betonunternehmen. Kennengelernt hatten sie sich, als Alice' Schreibwarenfirma den Auftrag bekam, Briefpapier und Visitenkarten für sein Unternehmen zu entwerfen. Marc war zwölf Jahre älter als sie, und Alice hatte seine Aufmerksamkeit geschmeichelt. Kurz nach ihrer Hochzeit bekam Marcs Firma mehrere große Aufträge von der Regierung, was viele Reisen mit sich brachte. Sie hatten beide Affären, und – Alice zuckte die Achseln – nach einer Weile wurde ihnen klar, dass sie zwar noch im gleichen Haus lebten, aber im Grunde kein Paar mehr waren. Die Trennung verlief ganz freundschaftlich. Es gab keine Kinder, die das Ganze kompliziert gemacht hätten. »Ich bin nicht der mütterliche Typ«, meinte sie. Sie trafen sich noch ein-, zweimal im Monat zum Abendessen und schliefen sogar manchmal wieder miteinander. Alice erwähnte dieses Detail ohne jede Verlegenheit, aber bei der Vorstellung von Alice beim Sex schoss Manfred die Hitze ins Gesicht. Er hob das Glas, um seine Röte zu verbergen.

Manfred entwickelte eine gesunde Abscheu gegen diesen erfolgreichen Mann, der bei Frauen so gut ankam. Wahrscheinlich trug er protzigen Schmuck und redete in Restaurants mit lauter Stimme. Manfred gefiel die Vorstellung nicht, dass Alice sich weiter mit ihm traf, und dass die beiden sogar noch miteinander schliefen, war ganz gewiss nicht normal.

Alice hielt inne und sah Manfred an, als hätte sie fast vergessen, dass er da war. Während ihres Monologs hatte er sich auf Nicken und ein gelegentliches »Ich verstehe« beschränkt. Sie hatten eine zweite Flasche Wein bestellt. Obwohl Alice kräftig mitgeholfen hatte, fühlte sich Manfred ziemlich betrunken. Als sie sich kurz entschuldigte, nutzte er die Gelegenheit, um zu zahlen.

Sie gingen über die Rue de Mulhouse zurück. Alice hakte sich bei Manfred unter. Er wusste nicht, ob das ein Zeichen von Zuneigung war oder ob sie nur eine Stütze brauchte. Sie kamen an dem kleinen Park vorbei, wo Adèle sich mit ihrem Freund getroffen hatte. In einer Seitenstraße standen ein paar Leute vor einem Schaufenster. Es war noch nicht spät. Lemerre und seine Kumpane saßen sicher noch an ihrem Tisch neben der Tür des Restaurant de la Cloche. Manfred fragte sich, was Lemerre wohl sagen würde, wenn er ihn so sehen könnte, mit einer Frau an seinem Arm. Auf jeden Fall etwas Obszönes. Auf den Straßen waren kaum Leute unterwegs, wie immer am Abend. Sie kamen bei ihrem Haus an. Manfred schloss die Tür auf, und sie blieben im Flur stehen.

»Tja«, sagte er. »Danke für den schönen Abend.«

Er hatte beschlossen, die Treppe zu nehmen und Alice den Fahrstuhl zu überlassen. Es wäre weniger verfänglich, sich hier unten zu verabschieden.

»Wie wär's mit einem Absacker?«, schlug Alice vor.

»Einem Absacker?«, wiederholte Manfred.

»Warum nicht?«, sagte sie und stupste ihn spielerisch am Arm.

Manfred fiel kein glaubhafter Grund ein, um abzulehnen.

»Und wo?«, fragte er.

Sie zuckte die Achseln. »Bei Ihnen? Bei mir herrscht Chaos. Da stehen überall noch die Kartons herum.«

»Ich glaube, das ist keine gute Idee«, sagte Manfred, aber sie zog ihn bereits zum Fahrstuhl. Er trat hinein und drückte sich mit dem Rücken an die geriffelte Metallwand der winzigen Kabine. Alice stand so da, dass ihre Schulter die seinen berührte. Der Geruch ihres Parfüms mischte sich mit dem von Alkohol und Zigaretten.

Alice ging durch den Hausflur voran zu Manfreds Tür.

»4F«, sagte sie.

»Vielleicht sollten wir besser in eine Bar gehen«, setzte Manfred an. »Ich habe nur Whisky da.«

»Whisky ist gut«, meinte Alice. »Ich mag Whisky.«

Manfred schloss die Tür auf und führte Alice durch den engen Wohnungsflur zur Küche. Neben dem Tisch blieben sie stehen.

»Ich hole noch einen Stuhl«, sagte Manfred und öffnete die Tür zum Balkon, wo drei Klappstühle standen.

»Warum setzen wir uns nicht ins Wohnzimmer?«, fragte sie.

Manfred wollte widersprechen, doch Alice war bereits auf dem Weg dorthin. Er ging ins Schlafzimmer, um die Whiskyflasche vom Nachttisch zu holen.

»Meine Wohnung hat genau denselben Schnitt«, rief sie. Er kehrte in die Küche zurück, um zwei Gläser aus dem Schrank zu holen. Alice hatte die Lampe neben dem Sofa eingeschaltet und stand vor der Wand mit den Büchern, die mehr oder weniger alphabetisch geordnet waren. Manfred blieb mit der Flasche und den Gläsern im Türrahmen stehen.

»Das sind aber viele Bücher für einen Bankdirektor«, sagte Alice. Sie schien beeindruckt zu sein. »Sie stecken voller Geheimnisse, Manfred Baumann.«

Unwillkürlich verspürte Manfred ein Kribbeln, als sie seinen Namen auf diese Weise aussprach. Plötzlich sah er seine Zukunft mit Alice vor sich. Sie würden ein Liebespaar werden. Jeder würde seine Wohnung behalten, aber am Wochenende würden sie Zeit miteinander verbringen, in der Natur spazieren gehen oder tun, was Liebende eben so taten. Ohne dass er je darüber sprach, würde man in der Bank wissen, dass er eine Freundin hatte. Das Getuschel über seine sexuelle Orientierung würde ein Ende haben. Er würde nicht mehr jeden Abend im Restaurant de la Cloche am Tresen stehen, Wein trinken und unbeholfene Sätze mit Pasteur wechseln.

Lemerre und seine Kumpane würden ihm mit Respekt begegnen. Aber er wusste natürlich, dass nichts davon geschehen würde.

Alice setzte sich aufs Sofa. Sie schlüpfte aus den Schuhen und zog ihre Füße auf die weiche Sitzfläche. Manfred schenkte zwei Whiskys ein und reichte ihr einen davon. Dann setzte er sich auf den Sessel.

»Wie lange wohnen Sie schon hier?«, fragte sie.

»Achtzehn Jahre«, antwortete Manfred. »Eigentlich sollte es auch nur eine Übergangslösung sein.«

Sie lachte. Dann kramte sie in ihrer Handtasche nach den Zigaretten und zündete sich eine an. Manfred stand auf und holte einen Aschenbecher aus der Küche, froh, das Zimmer einen Moment verlassen zu können. Alice lächelte dankend, als er ihr den Aschenbecher hinstellte.

»Es ist nett hier«, sagte sie. Sie schien sich über Manfreds Unbehagen zu amüsieren.

Im Haus war es vollkommen still. Alice stützte erst den Arm auf der Sofalehne ab und dann ihr Kinn in der Hand.

»Was ist mit Ihnen, Manfred?« Ihr Kleid spannte über den Brüsten.

»Was soll mit mir sein?«

»Erzählen Sie mir von sich.«

»Da gibt es nichts zu erzählen.«

»Ach, kommen Sie«, sagte sie wie zu einem schüchternen Kind.

Manfred nippte an seinem Whisky. Ihm wurde ein wenig übel. Draußen fuhr ein Auto vorbei. Er wandte den Blick von Alice' Brüsten ab. Er hatte schreckliche Angst davor, dass sie versuchen würde, ihn zu verführen. Schließlich war er nicht so naiv, dass er nicht wusste, worauf ein »Absacker« in der Regel hinauslief.

»Sind Sie schon mal verheiratet gewesen?«, fragte sie.

Manfred schüttelte den Kopf. Er wünschte, sie würde aufhören, ihm Fragen zu stellen.

»Aber es muss doch mal jemanden gegeben haben«, sagte sie neckend und trank einen Schluck von ihrem Whisky.

Er schenkte ihr nach. Sie lächelte ein wenig entschuldigend, als wäre ihr klar geworden, dass er nicht über sich sprechen wollte, oder vielleicht dass der ganze Abend ein Fehler gewesen war. Plötzlich hatte er den Eindruck, dass sie gleich aufstehen und gehen würde.

»Ich habe mal jemanden geliebt«, sagte er.

»Ah.« Mit einem Mal wurde Alice munter.

»Es ist lange her«, fuhr Manfred fort. »Sie war sehr schön.«

»Was ist passiert?«

Er sah sie an.

»Sie wurde ermordet.«

Alice biss sich auf die Unterlippe. »Das tut mir leid«, sagte sie.

Manfred schüttelte den Kopf. Er verspürte auf einmal den Drang, ihr alles zu erzählen, was in jenem Sommer geschehen war, in allen Einzelheiten. Aber er tat es nicht. Er schwenkte den Whisky in seinem Glas. Nebenan schaltete jemand den Fernseher ein.

Den Rest ihres Whiskys tranken sie schweigend. Alice' Zehennägel waren rot lackiert. Manfred stellte sich vor, wie er sich zu ihren Füßen hinkniete und sie küsste. Nach einer Weile sagte Alice, sie sollte jetzt wohl besser gehen. Sie zog ihre Schuhe wieder an.

»Das sollten wir mal wieder machen«, meinte sie. »Wie wär's, wenn wir am Sonntag was zusammen unternehmen?«

Manfred war so erleichtert über ihren Aufbruch, dass er zustimmend nickte. An der Tür legte sie die Hand um seinen Nacken und küsste ihn. Zuerst hielt er die Hände an den Seiten, dann legte er sie auf ihre Hüften. Als sie sich voneinander lösten, legte sie die Finger auf ihre Lippen und sah ihn mit großen Augen an. Manfred wusste nicht, was er sagen sollte. Alice murmelte, sie sollte jetzt wirklich besser gehen, und er sah ihr nach, bis sie im Hausflur verschwunden war.

13

Es war der Abend von Célines Herbstpräsentation in der Boutique. Gorski war angewiesen worden, um sieben Uhr da zu sein, wenn die ersten Gäste eintreffen würden. Unterwegs legte er einen Zwischenstopp im Le Pot ein. Er trank ein Glas Bier und bestellte sich dann ein zweites. Eine Reihe von Gästen kam auf einen Feierabendtrunk vorbei, darunter auch der dicke Friseur aus dem Restaurant de la Cloche, der sich so abschätzig über Manfred Baumann geäußert hatte. Zum Glück bemerkte er Gorski an seinem Ecktisch nicht. Gorski hasste das halbjährliche Ritual von Célines Präsentation, aber es kam nicht infrage, sich zu drücken. Von ihm wurde erwartet, dass er sich unter die Gäste mischte und die guten Manieren zur Schau stellte, die Céline ihm beigebracht hatte.

Céline bestand darauf, dass Gorski seine Garderobe stets *up to date* hielt. Mehr als einmal hatte er mitbekommen, wie in der Wache über seinen »affigen« Aufzug gelästert wurde. Weiße Hemden waren verboten. Die trugen nur Verkäufer und Kellner, Berufskategorien, die in Célines komplizierter gesellschaftlicher Hierarchie sogar noch weiter unten standen als Polizisten. »Dass du nur ein Polizist bist, heißt ja nicht, dass du dich nicht vernünftig anziehen kannst«, sagte sie oft zu ihm. »Schließlich kann ich es als Besitzerin einer Boutique nicht zulassen, dass mein Mann herumläuft wie ein Penner.« Sie benutzte oft den Ausdruck »nur ein Polizist«, und es ärgerte ihn jedes Mal, was vermutlich genau so beabsichtigt war. Wenn sie ihn bei einer ihrer Veranstaltungen vorstellen musste, zog sie bei der Angabe seines Berufs stets eine entschuldigende Miene. Gorski tat dann so, als hätte er es gar nicht bemerkt, aber innerlich kochte er. Ein paar Drinks waren unumgänglich, um ihn für den Abend zu wappnen. Er stellte sich Célines Gesicht vor, wenn sie ihn jetzt sehen könnte, in dieser angenehm höhlenartigen Kaschemme, zusammen mit dem zwielichtigen Gesindel der Stadt. Der Gedanke weckte in ihm eine kurze, grimmige Heiterkeit.

Er traf um halb acht ein. Céline war im Hinterzimmer der Boutique und sprach mit einer Frau, die er nicht kannte. Sie warf ihm einen giftigen Blick zu. Gorski lächelte und winkte, als wäre alles in bester Ordnung. Clémence stand mit einem Tablett voller Champagnergläser in der Ecke. Gorski sah sie fragend an: *Bin ich in Ungnade gefallen?* Sie antwortete mimisch: *Allerdings!* In der Boutique waren etwa dreißig Gäste, die in kleinen Grüppchen zusammenstanden. Er ging zwischen den Leuten hindurch zu seiner Tochter. Clémence trug einen schwarzen Rock und eine blassgelbe Bluse, wie die beiden anderen Mädchen, die Céline für den Abend als Kellnerinnen engagiert hatte – beziehungsweise als Hostessen, wie Céline immer sagte. Clémence sah hübsch aus. Zu Célines Kummer weigerte sie sich sonst strikt, etwas anderes als Jeans und T-Shirts anzuziehen.

Gorski nahm sich ein Glas Champagner von ihrem Tablett.

»Ist es schlimm?«, fragte er.

»Du steckst bis zum Hals in der Scheiße«, sagte Clémence.

Gorski schnalzte mit der Zunge, dann kippte er den Champagner hinunter und nahm sich ein weiteres Glas.

»Gar nicht übel«, sagte er. »Hast du schon probiert?«

»Nur ein Glas.«

»Du wirst mehr davon brauchen, wenn du den Abend überstehen willst.«

Clémence lachte, dann wanderte ihr Blick zu ihrer Mutter, die auf sie zusteuerte. Céline lächelte überaus charmant, nahm Gorski das Glas weg und stellte es auf das Tablett zurück. Sie ergriff seinen Arm und steuerte ihn durch den Raum. »Versuch bitte, mich nicht noch mehr zu blamieren, als du es schon getan hast«, flüsterte sie weithin hörbar.

Sie hielten bei zwei Paaren an, die zusammenstanden. Die Männer schienen sich ebenso unbehaglich zu fühlen wie Gorski. Céline stellte ihn vor. »Mein Mann, der große Kommissar.«

Gorski schüttelte Hände. Er merkte sich die Namen der Gäste nicht.

»Nett, Sie kennenzulernen«, sagte er reihum.

Céline ließ ihn im Stich, um ein paar Neuankömmlinge zu begrüßen. Einer der Männer schien recht erfreut zu sein, sich mit Gorski unterhalten zu können. Er war in der Versicherungsbranche tätig und fragte Gorski, wie hoch die Einbruchszahlen in der Stadt seien, das habe nämlich Einfluss auf die Prämien, die die Kunden zu zahlen hätten. Gorski sah zu, wie Céline ihren Pflichten als Gastgeberin nachkam. Sie trug einen fließenden grünen Seidenanzug mit weiten Hosenbeinen. Das Oberteil war fast bis zur Taille offen, aber da sie kaum Busen hatte, war daran nichts Anstößiges. Sie sah elegant aus. Sie begrüßte jeden neuen Gast mit großem Überschwang. Sie hatte die Angewohnheit, ihre Hand auf den Unterarm ihres Gegenübers zu legen, die Brust herauszudrücken und irgendeine witzige oder anzügliche Bemerkung zu machen. Die Leute fanden sie charmant und kokett.

Gorski hatte Céline hier in der Boutique kennengelernt. Er war damals fünfundzwanzig und gerade erst zum Kommissar befördert worden. Er war es noch nicht gewohnt, im Anzug zur Arbeit zu gehen. Seine Gendarmenuniform hatte ihm Autorität verliehen. In normaler Kleidung musste man sich hingegen erst ausweisen. Die Leute sahen ihn stets ungläubig an – er wirkte zu jugendlich für einen Kommissar. Er übte zu Hause vor dem Badezimmerspiegel, seinen Ausweis zu zücken. Er hielt ihn aufgeklappt in der Hand, hob ihn dann langsam auf Schulterhöhe und sagte: »Georges Gorski, Polizei Saint-Louis.« Obwohl er es wieder und wieder versuchte, kam es ihm vor, als würde er einen Filmkommissar nachahmen.

Ribéry hatte ihn gebeten, ihn zu einem Geschäft für Damenbekleidung zu begleiten, in das eingebrochen worden war. Es lag in einer Seitenstraße unweit des kleinen Parks bei der protestantischen Kirche, und obwohl es nur ein paar Hundert Meter von der Wache entfernt war, bestand Ribéry darauf, mit dem Auto hinzufahren. Er ging nie zu Fuß. Die Bürger, behauptete er, erwarteten, dass ein Kommissar im Auto vorfuhr. Im Schaufenster war eine Auswahl an Miedern und BHs in Beige und Cremeweiß ausgelegt. Für Gorski sah es so aus, als wäre die Dekoration seit Jahren nicht verändert worden. Vor der Tür gab Ribéry Gorski mit ausgestrecktem Arm zu verstehen, dass er vorangehen solle. »Sie übernehmen die Führung«, sagte er. Beim Eintreten bimmelte eine Glocke. Dort, wo die Tür aufgebrochen worden war, war das Holz beschädigt. Eine Frau von etwa Mitte fünfzig stand neben dem verglasten Tresen. Sie trug einen karierten Rock, eine cremeweiße Bluse und feste braune Halbschuhe. Ihr Haar war zu einem Knoten hochgesteckt. Ihre Wimperntusche war verschmiert. Gorski fummelte seinen Ausweis aus der Innentasche seines Jacketts und hielt ihn hoch.

»Kommissar Gorski«, sagte er. »Und das ist Kommissar Ribéry.«

Er blickte über seine Schulter. Ribéry untersuchte gerade eingehend einen Ständer mit Unterwäsche. Gorski stellte ein paar Routinefragen. Die Kasse war einfach vom Tresen genommen worden, und da es Freitag war, hatten sich die Einnahmen der gesamten Woche darin befunden. Sonst war nichts gestohlen worden. Mme Bettine erklärte, ihre Mitarbeiterin habe den Einbruch entdeckt.

Céline kam aus dem Hinterzimmer. Sie war etwa zwanzig und trug einen dunkelblauen Bleistiftrock und eine weiße Bluse. Sie war groß und schlank, mit einer zierlichen Taille und kleinen Brüsten, und hatte eine üppige kastanienbraune Mähne. Gorski konnte den Umriss ihres BHs durch den dünnen Stoff ihrer Bluse sehen. Sie sah ihn aus klaren, grünen Augen an und wirkte vollkommen gefasst.

»Sie haben also den Einbruch entdeckt«, sagte er, an sie gewandt.

»Ich war ungefähr um Viertel vor neun hier. Die Tür war aufgebrochen«, erwiderte sie sachlich.

Gorski nickte. »Ist Ihnen in den vergangenen Tagen irgendetwas Ungewöhnliches aufgefallen?«

Die beiden Frauen sahen ihn verständnislos an.

»Merkwürdige Gestalten, die draußen herumlungerten, oder ein Kunde, der sich seltsam benommen hat? Die Tatsache, dass der Einbruch zu einem Zeitpunkt erfolgte, als die Kasse voll war, legt die Vermutung nahe, dass die Täter die Abläufe im Geschäft kannten.«

»Sie meinen, die haben uns beobachtet?«, fragte Mme Bettine. Sie begann in das Taschentuch zu schniefen, das sie in der Hand hielt. Die junge Verkäuferin machte keinerlei Anstalten, sie zu trösten. Keine von beiden hatte irgendetwas bemerkt.

Gorski nickte langsam. Er erklärte ihnen, er werde am Nachmittag ein paar Männer vorbeischicken, die alles auf Fingerabdrücke überprüfen würden. Bis dahin sollten sie möglichst keine glatten Oberflächen anfassen.

»Ist das alles?«, fragte Céline.

»Wir werden die Leute in der Nachbarschaft befragen. Vielleicht hat jemand gehört, wie die Tür aufgebrochen wurde.« Erneut sah er sich nach Ribéry um, der jetzt ein Nachthemd aus Satin befühlte. Er hätte ebenso gut ein Kunde sein können, der nach einem Geschenk für seine Frau suchte.

»Zigeuner«, sagte Ribéry, ohne aufzuschauen. »Es waren bestimmt Zigeuner.«

Gorski ignorierte seine Bemerkung.

»Ich werde Sie über alle Entwicklungen informieren«, sagte er. »In der Zwischenzeit würde ich Ihnen empfehlen, von jetzt an Ihre Einnahmen täglich zur Bank zu bringen und ein Metallgitter anzubringen, das hat sich als Einbruchschutz bewährt.«

»Ausgezeichnete Arbeit«, lobte ihn Ribéry, als sie wieder auf der Straße standen. »Sehr überzeugend. Auch wenn wir sie natürlich nicht kriegen werden.«

Gorski verbrachte den restlichen Vormittag damit, die Anwohner im näheren Umkreis des Geschäfts zu befragen. Er hätte dafür ohne Weiteres ein paar Gendarmen anfordern können, aber er hatte sich noch nicht daran gewöhnt, seinen Kollegen Anweisungen zu erteilen, zumal die meisten von ihnen älter und erfahrener waren als er und ihn schief ansahen, wenn er sie bat, etwas zu tun. Doch seine Befragung blieb ergebnislos, wie Ribéry es vorhergesehen hatte. Die Leute sahen ihn verständnislos an, schüttelten den Kopf und schlugen ihm dann die Tür vor der Nase zu. Die Summe, die gestohlen worden war, rechtfertigte kaum den Einsatz seiner Arbeitszeit, aber er konnte sich ja schließlich nicht wieder in dem Geschäft blicken lassen, ohne wenigstens eine rudimentäre Untersuchung vorgenommen zu haben. Als er ein Gebäude auf der gegenüberliegenden Straßenseite verließ, erblickte er Céline, die vor dem Geschäft stand und rauchte. Sie sah ihn ebenfalls und winkte träge. Gorski winkte zurück, erfreut, dass seine Mühe nicht unbemerkt geblieben war. Um ein Uhr gab er auf und ging zum Restaurant de la Cloche, wo Ribéry, wie er wusste, zu Mittag essen würde. Er setzte sich zu ihm an den Tisch.

»Und, was rausgekriegt?«, fragte sein Chef mit vollem Mund.

Gorski schüttelte den Kopf.

»Ich bewundere Ihren Enthusiasmus«, sagte Ribéry, »aber diese

Tür hätte bereits bei einem kräftigen Tritt nachgegeben. Da ist es kein Wunder, dass niemand etwas gehört hat.«

Er schenkte Gorski ein Glas Wein aus seinem *pichet* ein. Mehr wurde über den Einbruch nicht gesprochen. Gorski fiel keine weitere vertretbare Maßnahme ein. Er könnte sich in den Bars erkundigen, ob dort jemand mehr Geld ausgegeben hatte als sonst, aber die Summe, um die es ging, war nicht groß genug, als dass irgendjemand stutzig geworden wäre. Abgesehen davon hatte er bereits die Erfahrung gemacht, dass Barbesitzer es nicht mochten, über die Aktivitäter ihrer Gäste ausgefragt zu werden, und entsprechend schweigsam waren. Es war nicht förderlich für das Geschäft, wenn die Gäste mitbekamen, dass man sich gut mit der Polizei verstand. Ribéry bestellte einen zweiten *pichet* und bestand darauf, Gorski erneut einzuschenken.

»Sie haben für heute mehr als genug gearbeitet«, sagte er und füllte sein eigenes Glas bis zum Rand.

Gorski ging zurück zur Wache und schrieb einen Bericht über seine morgendlichen Tätigkeiten. Die Untersuchung auf Fingerabdrücke hatte nichts Brauchbares ergeben. Auf dem Glas des Tresens waren zwar reichlich Fingerabdrücke gewesen, aber sie gehörten alle zu der Besitzerin und der jungen Verkäuferin. Bevor er zu dem Geschäft zurückkehrte, ging Gorski nach Hause und zog sich um. Es war ein sehr warmer Tag, und sein hellblaues Hemd hatte große dunkle Flecken unter den Armen. Er machte sich obenherum frei und wusch sich unter den Achselhöhlen. Dann zog er ein frisches weißes Hemd an und band dieselbe dunkelblaue Krawatte um, die er zuvor getragen hatte.

Es war fünf Uhr, als er wieder bei dem Geschäft ankam. Ein Tischler kniete im Eingang und packte sein Werkzeug zusammen. Gorski musste über ihn hinwegsteigen, um hineinzukommen. Céline lehnte am Tresen.

»Da sind Sie ja wieder«, sagte sie.

»Wo ist Madame Bettine?«, fragte er.

»Ich habe sie nach Hause geschickt. Ich konnte ihr Geschniefe nicht länger ertragen.«

Gorski nickte. Die Bemerkung der jungen Frau erschien ihm unnötig gehässig.

»Ich fürchte, es gibt keine Zeugen für den Einbruch«, sagte er.

Céline zuckte die Achseln. »Die alte Schachtel ist versichert.«

Er fragte sich, ob sie diesen Tonfall anschlug, um ihn zu beeindrucken, um älter und weltgewandter zu erscheinen, als sie eigentlich war. Der Tischler erhob sich und erklärte, er sei fertig. Céline dankte ihm und schloss die Tür hinter ihm. Dann drehte sie das Schild auf »Geschlossen«.

»Sie haben sich umgezogen«, sagte sie. »Das andere Hemd war besser. Sie können kein weißes Hemd zu einer dunkelblauen Krawatte tragen. Ein weißes Hemd passt nur zu einem schwarzen Anzug.«

Es war Gorski peinlich, dass sie sein frisches Hemd bemerkt hatte.

»Oh«, sagte er. »Das wusste ich nicht.«

»Der Anzug ist auch nichts Besonderes. Vielleicht sollte ich mal mit Ihnen einkaufen gehen.«

Er merkte, wie er rot wurde.

»Ich wollte Sie fragen, ob Ihnen noch irgendetwas eingefallen ist.«

Die junge Verkäuferin lächelte ihn an. Sie hatte einen großen, anziehenden Mund. Der Tresen, an dem sie lehnte, war noch von dem Fingerabdruckpulver bedeckt.

»Sind Sie immer so gründlich?«, fragte sie.

Gorski schüttelte den Kopf. »Nicht immer.«

Sie standen nur eine Armeslänge voneinander entfernt. Ihm fiel nichts mehr ein, was er hätte sagen können. Céline berührte mit dem Zeigefinger ihre Lippen. Er war noch schwarz von der Fingerabdrucktinte. Gorski trat einen Schritt auf sie zu. Sie schlang die Hand um seinen Nacken und zog seinen Mund auf ihren.

Gorskis bislang einzige sexuelle Erfahrung hatte er in den Ferien vor seinem letzten Schuljahr gemacht, als er auf dem Bauernhof seiner Bekannten arbeitete. Eines Nachmittags hatte er die Türen einer Scheune mit Teeröl gestrichen. Die Sonne brannte, und von den chemischen Dämpfen war ihm übel. Auf einmal tauchte die Tochter von einem der Landarbeiter neben ihm auf. Sie war etwa vierzehn oder fünfzehn und hatte olivfarbene Haut, dunkles Haar und braune Augen. Sie hieß Marthe. Vielleicht hatte sie ihn schon eine Weile beobachtet, aber Gorski hatte sie nicht bemerkt. Ohne etwas zu sagen, stieß sie die Tür auf, die er gerade strich, und ging in die Scheune. Er folgte ihr. Drinnen war es kühl und dunkel. Durch die Ritzen zwischen den Holzplanken fielen helle Sonnenstreifen herein. Marthe zog ihr Hemd hoch und legte Gorskis Hände auf ihre großen Brüste. Er drückte sie, dann senkte er seine Lippen auf eine der dunklen Brustwarzen. Marthe zog ihm die Hose aus, drückte ihn zu Boden und kauerte sich über ihn. Sie rieb sich mechanisch an ihm und stöhnte dabei theatralisch. Gorski fand das Ganze ziemlich schmerzhaft. (Später lernte er, in seine Hand zu spucken, um sein Glied zu befeuchten.) Er kam fast sofort, den Geruch von Teeröl in der Nase. Marthe hörte auf und kletterte von ihm herunter. Sie richtete ihre Kleidung und fragte Gorski dann, ob er eine Zigarette habe. Als er verneinte, zuckte sie die Achseln und verließ die Scheune.

Ähnliche Begegnungen wiederholten sich den ganzen Sommer über regelmäßig. Gorski gewann den Eindruck, dass Sex leicht zu haben und keineswegs so geheimnisvoll war, wie die Leute immer behaupteten. Marthe war nach dem Akt immer nüchtern und sachlich. Sie brauchten sich hinterher nie anzuziehen, weil sie ihre Kleider gar nicht erst auszogen. Gorski begann, Zigaretten zu kaufen, und manchmal lagen sie hinterher ein paar Minuten nebeneinander und rauchten.

Als die Schule wieder anfing, trug Gorski den Kopf ein gutes Stück höher. Er fühlte sich seinen Klassenkameraden weit überlegen, als diese von ihren missglückten Verführungsversuchen berichteten. Gegenüber den Mädchen in seiner Klasse gab er sich lässig und unnahbar, was jedoch nicht die erhoffte Wirkung zeigte. Bei einer Hausparty gegen Ende des Schuljahrs überredete er, nachdem er eine ganze Flasche Wein getrunken hatte, ein Mädchen dazu, mit ihm nach oben zu gehen. Sie hieß Jeanette Hassemer, war groß und blond, und er bewunderte sie schon seit Monaten. Als sie ein Schlafzimmer gefunden hatten, nahm Gorski ohne Umschweife ihre Hand und drückte sie gegen seinen Schritt. Jeanette stieß ihn von sich und rannte aus dem Zimmer. Als er kurz darauf wieder nach unten ging, schlug ihm ein anderer Junge mit der Faust ins Gesicht.

In den Jahren, die seit seinen Erlebnissen mit Marthe vergangen waren, hatte Gorski nicht einmal ein Mädchen geküsst. Er stellte fest, dass Frauen vorsichtig wurden, wenn er ihnen erzählte, dass er bei der Polizei war, und deshalb fühlte er sich in ihrer Gegenwart befangen.

Céline knöpfte ihre Bluse auf und löste den Verschluss ihres BHs. Sie hatte vorstehende dunkle Brustwarzen. Sie zerrte ihren Rock bis zur Taille hoch und schob Gorskis Hand zwischen ihre Beine. Er ließ seinen Zeige- und Mittelfinger in sie hineingleiten, und sie bewegte sich seiner Hand entgegen. Er biss sie in den Hals und massierte ihre kleinen Brüste. Céline rieb sich immer schneller und heftiger an seiner Hand. Ihr Atem beschleunigte sich und beruhigte sich dann plötzlich wieder. Gorski zog seine Finger aus ihr heraus. Ihr Gesicht war gerötet. Er war froh, dass nichts weiter von ihm erwartet wurde, denn er war bereits gekommen, kaum dass er ihre Brüste berührt hatte. Er hoffte, dass die Feuchtigkeit nicht bis durch die Hose drang. Céline zog ihren Rock herunter und schloss die Knöpfe ihrer Bluse. Gorski nahm ein Päckchen Zigaretten heraus und bot ihr eine an.

»Wir sollten hier drinnen nicht rauchen«, sagte Céline. »Madame Bettine sagt, dass die Sachen dann riechen.« Auf einmal wirkte sie viel jünger. Ihre Haare waren zerzaust. Sie gingen nach draußen und rauchten.

Gorski wusste von Anfang an, dass er ihr nicht gewachsen war. Célines Vater, Jean-Marie Keller, war ein wohlhabender Geschäftsmann und hatte einen wichtigen Posten im Stadtrat. Bei ihrer ersten Verabredung führte Gorski Céline in ein Restaurant aus, das er für das beste in Saint-Louis hielt. Er fühlte sich unwohl inmitten der gestärkten weißen Tischdecken und dem kunstvoll arrangierten Besteck. Céline kam zwanzig Minuten zu spät. Er versuchte sich lässig zu geben, während er wartete, und trank ein Glas Bier. Nur zwei weitere Tische waren besetzt, und Gorski hatte das Gefühl, dass die Kellner sich über ihn lustig machten. Er hatte sich extra für diesen Anlass einen neuen dunkelgrauen Anzug gekauft und in Erinnerung an Célines Kommentar zu weißen Hemden ein senfgelbes dazu angezogen.

»Was für ein kurioser Ort«, sagte Céline, als sie schließlich kam. Sie entschuldigte sich nicht für die Verspätung. Ihre Familie, erklärte sie ihm, ging grundsätzlich nur in Straßburg essen. Ein Kellner nahm ihren Mantel, und sie bestellte sich einen Gin Tonic. Als ihr Drink kam, bestellte Gorski sich auch einen. Der Kellner nickte leicht. Céline rührte ihr Essen kaum an. Gorski nahm das als Zeichen von Kultiviertheit, aber er konnte sich nicht dazu überwinden, etwas auf seinem Teller liegen zu lassen.

Céline sprach viel über ihren Vater. Vielleicht, meinte sie, würde er Gorski ja bei seinem beruflichen Aufstieg helfen können. Sie fragte, wie lange er bei der Polizei bleiben wolle.

»Ich bin gerade erst zum Kommissar befördert worden«, sagte er und konnte sich nicht verkneifen hinzuzufügen, dass er der jüngste Polizist war, der in Saint-Louis je zum Kommissar ernannt worden war.

Céline fragte, in welcher Branche seine Familie tätig sei, und Gorski erwiderte, sein Vater habe sich zur Ruhe gesetzt. Sie erzählte auf amüsante Weise von der Arbeit in Mme Bettines Geschäft, ahmte die Kundinnen nach und spottete über die altmodischen Sachen, die dort verkauft wurden. Sie arbeite nur dort, um Erfahrung zu sammeln, sagte sie, da sie eines Tages selbst eine Boutique eröffnen wolle. Nach dem Essen standen sie ein wenig verlegen auf dem Gehweg.

»Maman holt mich um zehn ab«, sagte sie.

Gorski war überrascht. Dass sie sich von ihrer Mutter abholen ließ, passte so gar nicht zu der frühreifen jungen Frau, die er in Mme Bettines Geschäft kennengelernt hatte. Er fragte sich, wie alt Céline eigentlich war. Da ihnen noch eine Viertelstunde blieb, gingen sie langsam zu dem kleinen Park neben dem Geschäft, wo sie abgeholt werden sollte, und setzten sich auf die niedrige Mauer.

»Willst du mich nicht küssen?«, fragte Céline.

»Was ist, wenn deine Mutter uns sieht?«

Céline lachte. »Das macht nichts.«

Sie küssten sich, aber es fühlte sich mechanisch an, und Gorski löste sich von ihr. Céline lächelte ihn an.

»Nächstes Mal sollten wir nach Straßburg fahren«, sagte sie.

Gorski freute sich, dass es ein nächstes Mal geben würde. Célines Mutter hielt in einem flaschengrünen Mercedes am Straßenrand und winkte ihnen zu. Gorski stand auf und erwiderte den Gruß, obwohl er sich dabei ziemlich albern vorkam. Céline küsste ihn auf die Wange und sagte, er solle sie anrufen.

Ein paar Tage später rief Gorski im Geschäft an und fragte Céline, ob sie Lust auf ein Treffen habe. Sie könnten nach Straßburg fahren, wenn sie wollte. Céline lachte und sagte, das sei nur ein Scherz gewesen. Aber Sonntagnachmittag habe sie Zeit. Sie verabredeten, dass Gorski sie um zwei abholen würde. Bis dahin nutzte er jede Gelegenheit, an Mme Bettines Geschäft vorbeizugehen, in der Hoffnung, Céline zu sehen, wie sie draußen auf dem Gehweg rauchte.

Am Sonntag fuhr Gorski mit seinem ramponierten Fiat zu den Kellers. Das Haus hatte eine lange, kiesbestreute Einfahrt, und vor dem Eingang standen zwei Mercedes. Außer dem Haupthaus gab es noch mehrere Nebengebäude. Gorski stieg aus und klingelte. Célines Mutter öffnete ihm die Tür. Sie trug Jeans und ein Sweatshirt, und ihre Hände waren schmutzig von der Gartenarbeit.

»Ah, Georges!«, sagte sie. »Wir haben schon viel von Ihnen gehört. Céline sagt, Sie werden bald der Polizeichef von Saint-Louis sein.«

Gorski lachte. »Ich habe gerade erst angefangen.«

»Und bescheiden sind Sie auch nicht«, sagte Mme Keller. Gorski war überrascht, dass Céline gegenüber ihren Eltern mit ihm angegeben hatte. Mme Keller rief nach Céline, die offenbar oben war, und dann warteten sie eine Weile schweigend. Schließlich kam Céline in einem Sommerkleid die Treppe herunter, das vorne eine Reihe großer Knöpfe hatte und in der Taille mit einem schmalen braunen Ledergürtel zusammengebunden war. Gorskis erster Gedanke war, wie leicht es zu öffnen sein würde. Mme Keller fragte, was sie vorhatten.

»Ich dachte, wir könnten zur Camargue fahren. Für einen Spaziergang«, erwiderte Gorski. Die Petite Camargue war ein kleines Naturschutzgebiet ein paar Kilometer nördlich der Stadt.

»Wie schön«, sagte Mme Keller fröhlich. »Passt auf wegen der Schlangen.« Sie schüttelte sich theatralisch.

Sie stiegen ins Auto und fuhren los. Gorski hatte eine Decke dabei und eine Flasche Wein und zwei Gläser in seinen Stoffrucksack gepackt. Sie gingen eine halbe Stunde, bis sie eine Stelle mit Blick auf den See fanden. Gorski breitete die Decke aus. Die Sonne schien zwischen den Bäumen hindurch und malte tanzende Muster auf ihre Haut. Céline war still. Gorski schenkte zwei Gläser Wein

ein. Er leerte seines zu schnell und füllte es erneut. Céline stellte ihres neben der Decke auf den Boden. Dabei schwappte es über, und der Wein wurde von der Erde aufgesogen. Sie streckte sich aus und schloss die Augen. Gorski lag seitlich neben ihr, den Ellbogen aufgestützt. Er legte seine freie Hand auf ihr nacktes Bein und wanderte damit unter ihr Kleid. Céline protestierte nicht. Dann begann er die Knöpfe ihres Kleides zu öffnen. Sie trug keinen BH. Wenn sie so auf dem Rücken lag, waren ihre Brüste fast vollkommen flach. Ihre Schlüsselbeine standen unter der Haut hervor, dünn und zerbrechlich. Gorski küsste sie und streichelte ihre Brüste. Céline spreizte ihre Beine ein wenig. Gorski öffnete seine Hose und legte sich auf sie. Er drang in sie ein und hielt zwei oder drei Minuten durch, bis er ejakulierte. Céline umklammerte seinen Nacken. Hinterher zog er sein Hemd aus und streckte sich auf dem Rücken neben ihr aus. Die Sonne schien warm auf seine Haut. Er hörte das Rascheln der Blätter und das leise Plätschern des Sees. Céline lag neben ihm, das aufgeknöpfte Kleid zerknautscht und bis zur Taille hochgeschoben. Gorski konnte sich ein Lächeln nicht verkneifen, als er an seine animalischen Fummeleien mit Marthe dachte, an ihre kindlichen Speckrollen, ihre großen, fleischigen Brüste und ihren bäuerlichen Geruch. Céline hätte im Vergleich dazu nicht kühler und eleganter sein können. Selbst ihr schlanker, jungenhafter Körper erschien ihm wie eine Studie in Zurückhaltung und gutem Geschmack.

Der Sonntag wurde zu ihrem Tag. Sie fuhren zur Camargue oder an irgendeinen anderen abgelegenen Ort. Gorski wurde geübter. Céline sprach nie während des Akts, aber sie verfolgte ihren Höhepunkt mit grimmiger Entschlossenheit. Hinterher gingen sie meist in einen Landgasthof, aßen eine einfache Mahlzeit und tranken eine Flasche Wein. Das Essen verlief größtenteils schweigend. Gorski wusste nicht, worüber er mit Céline sprechen sollte, und sie gab sich wenig Mühe, ihm zu helfen. Gelegentlich korrigierte sie die Art und Weise, wie er das Besteck hielt, oder wies ihn zurecht, wenn er die Soße auf seinem Teller mit einem Stück Brot aufnahm. Gorski fühlte sich oft befangen. Andere Paare plauderten einfach drauflos oder zogen einander auf. Er konnte sich überhaupt nicht vorstellen, Céline zu necken.

Nach ein paar Monaten bestand Mme Keller darauf, dass Gorski am Sonntag zum Mittagessen zu ihnen kam. Céline schien diese Idee nicht sonderlich zu gefallen, und er war frustriert, weil sie dann keine Gelegenheit haben würden, miteinander zu schlafen, aber andererseits war diese Einladung ein Zeichen, dass ihre Beziehung ernsthafter wurde. Auf Célines Anweisung hin kaufte Gorski sich für diesen Anlass eine neue Hose und ein neues Jackett. Er rechnete damit, dass Céline ihm gegenüber eher distanziert bleiben würde, doch zu seiner Überraschung zeigte sie eine ganz untypische Wärme. Sie saß auf dem Sofa im großen Wohnzimmer neben ihm und hielt seine Hand auf ihrem Schoß. Gorski hatte bis dahin kaum mit M. Keller gesprochen, der sich zu diesem Zeitpunkt als Bürgermeister von Saint-Louis zur Wahl stellen wollte, doch auch er empfing ihn mit Herzlichkeit. Beim Mittagessen zeigte sich, dass er Ribéry kannte, und er machte kein Geheimnis daraus, dass er sich bei diesem nach Gorski erkundigt hatte.

»Er hält große Stücke auf Sie, mein Junge. ›Ein sehr aufgeweckter junger Mann‹, waren, glaube ich, seine Worte.«

Gorski wusste nicht, was er darauf sagen sollte. Céline drückte unter dem Tisch sein Knie.

»Natürlich«, fuhr M. Keller, nun in vertraulicherem Tonfall, fort, »wissen wir alle, dass der Kommissar«, er hielt inne, als suche er nach den passenden Worten, »in der Ausübung seiner Pflichten nicht der Sorgfältigste ist.« Er machte eine Bewegung, als führe er ein Glas zum Mund, und zwinkerte Gorski zu. Gorski schwieg, weil er seinem Vorgesetzten gegenüber nicht illoyal sein wollte.

»Was mich zu der Annahme verleitet«, sagte M. Keller, »dass

die hiesige Polizei in nicht allzu ferner Zukunft einen neuen Chef bekommen wird.«

Am darauffolgenden Sonntag fragte Gorski Céline, ob sie seine Frau werden wolle. Sie zuckte die Achseln und sagte Ja. Wie sich herausstellte, war sie neunzehn.

Céline schlug mit einem Teelöffel gegen ein Champagnerglas, um die Aufmerksamkeit der Gäste zu gewinnen. Sie dankte allen liebenswürdig für ihr Kommen und verkündete, nun sei es an der Zeit, ihre Herbstkollektion zu präsentieren. Die Leute klatschten. Am Schluss ihrer kleinen Rede erinnerte sie ihr Publikum daran, dass der eigentliche Zweck dieses Abends nicht darin lag, sich zu amüsieren, sondern Geld auszugeben. »Warum sollte ich Sie sonst mit Champagner verwöhnen?« Alle lachten. Die Lichter wurden gedimmt, und Musik erklang. Aus dem Hinterzimmer kam eine Prozession von Mädchen, die einmal durch den ganzen Laden gingen. Céline hatte sie aus den Schulen der Stadt rekrutiert und wochenlang mit ihnen geübt. Zwei oder drei von ihnen waren richtige Schönheiten. Gorski bemühte sich, nicht zu lange auf ihre Körper zu starren. Nach ihrer Runde durch den Laden verschwanden die Mädchen wieder im Hinterzimmer, um kurz darauf in einem neuen Aufzug zu erscheinen. Die Zuschauer applaudierten. Gorski begriff, dass viele von ihnen die Eltern der Mädchen waren. Er musste zugeben, dass das Ganze sehr gut organisiert war. Sein Blick kreuzte den von Clémence. Sie steckte sich zwei Finger in den Mund, als müsse sie sich übergeben. Gorski reagierte nicht darauf. Er sah zu Céline. Sie beobachtete nicht die Mädchen, sondern die begeisterten Gesichter ihrer Gäste, und strahlte. Mit einem Mal verspürte Gorski liebevolle Zuneigung zu ihr und beschloss, nichts mehr zu tun, um ihr den Abend zu verderben. Die Show dauerte nur eine Viertelstunde. Zum Schluss kamen die Mädchen alle zusammen heraus und verbeugten sich. Dann drängten sie sich um Céline und umarmten sie. Céline setzte eine bescheidene Miene auf und wischte sich eine Träne aus dem Augenwinkel. Gorski erhob sein Glas in ihre Richtung, um sie zu beglückwünschen, dann schlüpfte er hinaus.

Draußen vor dem Geschäft hatten sich bereits ein paar der Gäste versammelt, um ihrem Laster zu frönen. Wie Mme Bettine vor ihr gestattete Céline nicht, dass in der Boutique geraucht wurde. Gorski zündete sich ebenfalls eine Zigarette an und ging langsam um den kleinen Park herum. Der Himmel war klar, und es lag eine herbstliche Kühle in der Luft. Er klemmte sich die Zigarette zwischen die Lippen und zog seinen Mantel an. Selbst am entgegengesetzten Ende des Parks konnte er noch immer den gedämpften Lärm vom Geschäft hören. Nachdem er sich vergewissert hatte, dass niemand ihn sah, trat er seine Zigarette aus und schob sich zwischen die Büsche vor dem Mietshaus. Von dort aus beobachtete er eine Weile die Stelle, wo eine Woche zuvor Alex Ackermann auf Adèle gewartet hatte. Die Lichter der Boutique waren immer noch zu sehen, aber er konnte nichts mehr hören, als stünde er hinter einer Glasscheibe. Es bereitete ihm ein seltsames Vergnügen, unbemerkt im Gebüsch zu stehen. Er dachte an Adèle, stellte sich vor, wie sie auf Ackermanns Roller gestiegen und mit ihm in der Nacht verschwunden war. Da bemerkte er auf der gegenüberliegenden Straßenseite Manfred Baumann mit einer Frau an seinem Arm. Die beiden gingen langsam in Richtung seiner Wohnung. Gorski duckte sich tiefer ins Gebüsch und beobachtete sie. Die Frau ging ein wenig unsicher. Gorski kannte sie nicht. Die beiden schienen nicht miteinander zu reden. Als sie außer Sicht waren, ging die Tür des Mietshauses hinter ihm auf. Gorski erschrak und fuhr herum. Ein Mann mittleren Alters starrte ihn fragend an. Gorski zerrte seinen Ausweis hervor und flüsterte: »Polizei.«

14

Am folgenden Tag in der Mittagspause kam die neue Kellnerin, um Manfreds Bestellung aufzunehmen. Sie hatte nur ein paar Tage gebraucht, um sich in ihre neue Rolle einzufinden. Sie war eine Nichte von Marie, und Manfred hatte gehört, wie Pasteur sie mit Dominique ansprach. Sie wirkte bereits etwas entspannter, während sie zwischen den Tischen umherging, obwohl um diese Zeit immer am meisten los war. Dennoch, sie war nicht Adèle, und plötzlich vermisste Manfred den Anblick der früheren Kellnerin, wie sie mit ihrer achtlos zugeknöpften Bluse schwerfällig durch den Raum tapste. Dominique notierte sich Manfreds Bestellung in Langschrift, dann klappte sie ihren Notizblock zu und sagte: »Sehr wohl, Monsieur Baumann.«

Manfred war sicher, dass der Mann am Nebentisch, der zuvor in seine Zeitung vertieft gewesen war, plötzlich zu ihm herübersah, als er seinen Namen hörte. Als Manfred sich zu ihm umdrehte, wandte er sofort den Blick ab. Er kannte den Mann nicht. War sein Name auf einmal so bekannt, dass jemand unwillkürlich von seiner Zeitung aufsah, wenn er ihn vernahm? Vielleicht würde der Mann später seiner Frau erzählen, dass er diesen Baumann gesehen hatte, dessen Name im Zusammenhang mit dem Verschwinden der Kellnerin genannt worden war; er hatte im Restaurant de la Cloche zu Mittag gegessen, als ob nichts wäre. Und woher kannte Dominique überhaupt seinen Namen? Hatte Marie sie extra auf ihn hingewiesen? War sie eine von denen, die Gorski gegenüber geäußert hatten, er sei ein Gewohnheitsmensch?

Dominique brachte ihm seinen Fleischsalat, ein Gericht, das Manfred nicht mochte, aber er bestellte es trotzdem jede Woche einmal, um Pasteur nicht vor den Kopf zu stoßen, der es als eine Art *spécialité de la maison* betrachtete. Sie zeigte keine besondere Regung, als sie ihm die Schüssel auf den Tisch stellte. Manfred sagte sich, dass er Gespenster sah. Wahrscheinlich hatte das Mädchen einfach nur mitbekommen, wie ihre Tante ihn mit Monsieur Baumann angesprochen hatte. Marie sprach alle Stammgäste auf diese förmliche Weise an. Das war Teil der altmodischen Atmosphäre, die sie dem Restaurant verleihen wollte. Dennoch ärgerte es Manfred ein wenig. Er mochte Marie und genoss die Momente, wenn sie stehen blieb, um ein paar Worte mit ihm zu wechseln. Bei ihr hatte er nie das Gefühl, wie bei vielen anderen, dass sie sich über ihn lustig machen oder ihm irgendein Fehlverhalten vorwerfen wollte, aber wenn sie ihn so förmlich ansprach, war es, als würde sie ganz gezielt betonen, dass ihre Beziehung eine rein geschäftliche war.

Während Manfred aß, beobachtete er Marie bei ihrer Arbeit. Konnte es sein, dass sie seit der Sache mit Adèle auf Abstand zu ihm blieb? Da war nichts Greifbares, aber er konnte sich nicht daran erinnern, dass sie in den letzten Tagen auch nur einmal an seinem Tisch stehen geblieben war, um sich nach seinem Wohlergehen zu erkundigen oder eine Bemerkung über das Wetter oder irgendein anderes unverfängliches Thema zu machen. Heute zum Beispiel hatte sie ihn nicht einmal zur Kenntnis genommen. Sie bediente an den Tischen im hinteren Teil des Raums, wie sie es während der Mittagszeit immer tat, aber trotzdem hätte Manfred erwartet, dass sie ihn wenigstens mit einer kurzen Geste begrüßte. Je länger er sie beobachtete, desto mehr hatte er den Eindruck, dass sie seinem Blick auswich. Vielleicht war sie eingeschnappt, weil er am Abend zuvor nicht da gewesen war. Zorn wallte in ihm auf. Durfte er sich nicht mal einen Abend etwas anderes vornehmen? Dabei hatte er ihrem Mann sogar extra vorher Bescheid gesagt – obwohl es ihn nicht wundern würde, wenn Pasteur die Information gar nicht weitergegeben hatte. Er aß den Rest seiner Mahlzeit mit wachsendem Ärger. Vielleicht würde er künftig anderswo essen. Dann konnten sie auf sein Geld verzichten und nach Herzenslust über ihn tratschen.

Am Tresen wandte Manfred absichtlich den Blick ab, als Marie mit einem Arm voll leerer Teller an ihm vorbeiging. Als er sein Wechselgeld einsteckte, kam sie wieder aus der Küche. Sie blieb stehen und beugte sich zu ihm.

»Nun, Monsieur Baumann, wie ich höre, gibt es da eine junge Dame in Ihrem Leben?«

Manfred war völlig perplex.

»Eine junge Dame?«

»Ach, kommen Sie«, sagte sie und legte die Hand auf Manfreds Arm. »Ich will alles über sie wissen.«

Pasteur beäugte die beiden über den Rand seiner Brille.

»Sie ist nur eine Freundin«, brachte Manfred mühsam hervor. Er hatte keine Ahnung, wer sie zusammen gesehen haben konnte.

»Na, dann bringen Sie sie doch mal mit hierher. Sonst denke ich noch, Sie verstecken sie.«

»Ja«, sagte Manfred. »Das mache ich.«

Mit energischem Schritt marschierte er zur Bank zurück. Konnte man nicht einmal einen Fuß vor die Tür setzen, ohne zum Stadtgespräch zu werden? Hatten die Leute nichts Besseres zu tun, als darüber zu tratschen, wie er seine Abende verbrachte? Obendrein ärgerte ihn Maries letzte Bemerkung, mit der sie ihm ganz offenbar zu verstehen geben wollte, dass sie wusste, dass er in einem anderen Restaurant gegessen hatte. Manfred brütete dumpf an seinem Schreibtisch vor sich hin. Wie lächerlich er war! Die Vorstellung, dass er irgendeine Beziehung mit Alice Tarrou eingehen könnte, war grotesk. Er hatte ihren gemeinsamen Abend nicht einmal genossen. Er hatte die ganze Zeit nur zugehört, wie sie über sich und ihren grässlichen Exmann redete. Und dann hatte er in dem unseligen Versuch, ihr Mitleid zu erwecken, Juliette erwähnt. Manfred schüttelte den Kopf über sich. Es war widerwärtig. Und obendrein hatte er zum ersten Mal in seinem Leben verraten, dass es eine Verbindung zwischen ihm und dem ermordeten Mädchen gab. Er hatte ihren Namen nicht genannt, aber da Gorski offenbar in sämtlichen Bereichen seines Lebens herumschnüffelte, konnte es schließlich gut sein, dass er auch Alice befragen würde. Ihm wurde flau.

Im Lauf des Nachmittags klopfte Caroline schüchtern an seine Tür. Manfred breitete einige Papiere vor sich auf dem Schreibtisch aus, bevor er sie hereinbat. Sie trat ein und sagte, da sei jemand von der Polizei, der ihn sprechen wolle. Manfred war nicht weiter überrascht, bis anstelle von Gorski ein junger Gendarm hinter ihr auftauchte.

»Monsieur Baumann«, sagte dieser ohne jede Einleitung, »Kommissar Gorski möchte, dass Sie mit zur Wache kommen.«

Manfred war zu verdutzt, um zu antworten – nicht weil er zur Polizeiwache bestellt wurde, sondern weil Gorski nicht die Höflichkeit besessen hatte, ihn selbst darum zu bitten. Trotz der Unannehmlichkeiten ihrer bisherigen Begegnungen hatte zwischen ihnen eine Atmosphäre gegenseitiger Achtung geherrscht, zwei gestandene Männer, die sich zwar nicht freimütig, aber doch respektvoll miteinander unterhalten hatten. Und nun hatte Gorski einen unerfahrenen Jungspund losgeschickt, um ihn zu holen, als wäre er ein gemeiner Verbrecher. Und das noch dazu an seinem Arbeitsplatz, vor seinen Angestellten.

»Das ist völlig ausgeschlossen«, sagte Manfred. »Ich kann hier nicht einfach so verschwinden.«

Das sagte er vor allem wegen Caroline, die in seinem Büro stand und wegen des Polizisten nicht hinauskonnte. Er hatte nicht ernsthaft vor, sich zu weigern.

»Ich muss darauf bestehen«, sagte der Polizist. Er trat ein paar Schritte auf den Schreibtisch zu, als glaube er, Manfred würde versuchen zu fliehen. Caroline nutzte die Gelegenheit, um hinauszuschlüpfen. Manfred blieb noch einen Moment sitzen.

»Bin ich verhaftet?« Sofort bereute er die Frage. Es klang so, als hätte er ein schlechtes Gewissen.

»Nein, Monsieur. Nach meinen Informationen helfen Sie Kommissar Gorski bei seinen Ermittlungen bezüglich des Verschwindens von Adèle Bedeau.«

Manfred wünschte, Caroline hätte das noch mitbekommen. Er half der Polizei lediglich bei ihren Ermittlungen.

»Können Sie mir fünf Minuten geben?«, fragte er.

Der Gendarm nickte, blieb aber, wo er war, und die Tür stand immer noch offen. Manfred tat so, als lese er ein Dokument zu Ende, dann legte er die Papiere auf seinem Schreibtisch zu einem ordentlichen Stapel zusammen und stand auf. Er nahm sein Jackett vom Garderobenständer und zog es an. Der Polizist streckte die Hand aus, als wolle er ihn zur Tür führen, und folgte ihm dicht auf den Fersen. Die Angestellten taten nicht einmal so, als würden sie mit ihrer Arbeit fortfahren. Alle hatten sich um den Tisch von Mlle Givskov geschart. Manfred wies Caroline an, seine Termine für den restlichen Nachmittag abzusagen. Sie sah verwirrt aus, denn er hatte überhaupt keine Termine. Er ignorierte ihren Gesichtsausdruck und trug Mlle Givskov auf, die Tür abzuschließen, falls er nicht vor Geschäftsschluss zurückkäme.

»Natürlich, Monsieur Baumann«, sagte sie, als wäre die Situation vollkommen normal.

Draußen stand ein Streifenwagen, obwohl die Wache kaum dreihundert Meter entfernt war. Der junge Polizist öffnete die hintere Tür, und Manfred stieg ein. Die kurze Fahrt verlief schweigend. Manfred hatte nur selten Gelegenheit, in einem Auto zu fahren. Die Straße, die er viermal am Tag entlangging, sah anders aus, wie in einem Film. Die getönten Scheiben des Wagens verstärkten die Farben des Himmels und der allmählich gelb werdenden Blätter. Sie hielten vor der Wache, und der junge Gendarm führte Manfred die flachen Stufen hinauf, die Hand an seinem Arm. Manfred widerstand der Versuchung, sich umzudrehen, um zu schauen, ob jemand diese demütigende Szene beobachtete. Er war noch nie im Innern der Polizeiwache gewesen. Obwohl die Fassade schon bessere Zeiten erlebt hatte, war das Gebäude für Saint-Louis ziemlich beeindruckend. Über dem Eingang hing schlaff eine zerfranste Trikolore. Auf der rechten Seite war ein Informationsbrett mit verblichenen Werbeplakaten für den Eintritt in den Polizeidienst und die Fremdenlegion.

Der Polizist bat Manfred, im Empfangsbereich Platz zu nehmen, und sagte etwas zu seinem Kollegen hinter der Glasscheibe. Der Beamte, ein Mann in den Fünfzigern mit grauem Gesicht und Schnauzbart, sah kurz zu Manfred hinüber und nickte gleichgültig. Eine Viertelstunde verging. Der Beamte mit dem Schnauzbart ignorierte ihn, wenn er an den Schalter trat, um sich mit den Besuchern zu befassen. Eine alte Frau, die den Polizisten offenbar wohl bekannt war, kam, um ihren Hund als vermisst zu melden. Ein Mann mit einem Lieferwagen fragte nach dem Weg. Manfred hatte sich auf den Stuhl direkt neben der Tür gesetzt, und jedes Mal, wenn jemand hereinkam, musste er die Beine zur Seite nehmen, damit derjenige nicht stolperte. Er betrachtete die vergilbten Plakate an der gegenüberliegenden Wand, die die Bürger aufforderten, ihre

Häuser und Autos abzuschließen und wachsam gegenüber dem Verbrechen zu sein. Nach weiteren zehn Minuten kam Gorski herein. Er grüßte Manfred nicht, ja, er schien ihn nicht einmal wahrzunehmen. Er klopfte mit seinem Schlüssel an die Glasscheibe, und jemand drückte den Summer der Tür.

Weitere Minuten verstrichen. Manfred überlegte, ob er auf die Klingel drücken sollte, um den Schnauzbärtigen daran zu erinnern, dass er hier war. Das würde ein Unschuldiger tun. Jemand, der nichts zu verbergen hatte, der der Polizei bei ihren Ermittlungen half, saß nicht kleinlaut herum und wartete darauf, dass ihn jemand holte. Er beschloss, ihnen noch fünf Minuten zu geben. Über dem Fenster war ein kreisrunder heller Fleck an der Wand, wo offenbar eine Uhr gehangen hatte. Das Telefon am Schalter klingelte. Der graugesichtige Beamte nahm ab, und seine Augen starrten ausdruckslos in Manfreds Richtung, während er sprach. Er notierte sich eine Adresse und versprach, jemanden vorbeizuschicken. Dann verschwand er. Manfred hörte lautes Gelächter. Er stellte sich vor, wie die Polizisten hinter der Abtrennung darüber sprachen, wie lange sie ihn noch schmoren lassen sollten. Er spürte, wie ihm die Hitze ins Gesicht stieg, und beschloss, aufzustehen und zu klingeln. Als er sich erhob, erschien Gorski hinter der Glasscheibe. Wahrscheinlich hatte er ihn heimlich beobachtet.

»Monsieur Baumann«, sagte er. »Bitte kommen Sie durch.« Er drückte auf den Summer, um die Tür zu öffnen, und führte Manfred durch einen muffigen Flur in einen Verhörraum mit einem Tisch und zwei Stühlen. Mit einer Geste deutete er an, dass Manfred auf dem Stuhl mit dem Rücken zur Tür Platz nehmen sollte, und setzte sich ihm gegenüber. Auf einem zweiten Tisch an der Wand stand ein Kassettenrekorder. Gorski schaltete ihn nicht ein. Er stützte die Ellbogen auf dem Tisch ab und atmete theatralisch aus, als überlege er, wie er anfangen solle. Er faltete die Hände und legte sein Kinn darauf.

»Monsieur Baumann«, begann er. »Ich habe Sie gebeten, in die Wache zu kommen, weil ich Ihnen Gelegenheit geben wollte, Ihre Darstellung der Ereignisse zu korrigieren.«

Manfred schwieg.

»Ich habe den Eindruck«, er tat so, als wäge er seine Worte sorgfältig ab, »dass Sie sich bei einigen Dingen, die Sie mir gesagt haben, geirrt haben müssen.«

Manfred wusste nicht, was er sagen sollte. *Wisset, dass eure Sünde euch finden wird*, eines der Lieblingszitate seines Großvaters, kam ihm in den Sinn. Vielleicht war jetzt der Moment gekommen, um zuzugeben, dass er Adèle gesehen hatte. Was sollte ihm denn schon passieren? Natürlich konnte man ihm Falschaussage vorwerfen, vielleicht sogar Behinderung der Ermittlungen, aber das waren bürokratische Dinge, die nur selten eine Strafe nach sich zogen. Im Grunde wäre es sogar eine Erleichterung, etwas zuzugeben, das Gorski offensichtlich bereits wusste, selbst wenn er sich damit Ärger einhandelte. Und der Ärger, den er sich einhandelte, wenn er bei seiner Geschichte blieb, wäre zweifellos größer. Anscheinend gab es neue Entwicklungen. Warum hätte Gorski ihn sonst herbestellt?

Bevor Manfred etwas sagen konnte, nickte Gorski knapp. Die Gelegenheit war vorüber. Gorski stand auf und ging zur seitlichen Wand des kleinen Raums.

»Wie Sie sich erinnern werden«, sagte er, »wurde Adèle Bedeau vor ihrem Verschwinden in Begleitung eines jungen Mannes gesehen.«

Manfred nickte.

»Dieser junge Mann – Alex Ackermann – hat sich bei uns gemeldet. Er kam zu mir, weil er zu Recht befürchtete, dass man ihn verdächtigen könnte, etwas mit dem Verschwinden zu tun zu haben. Er schien ehrlich bemüht, uns helfen zu wollen, und ohne Sie mit Einzelheiten zu belästigen, scheinen erste Überprüfungen seine

Geschichte zu bestätigen. Es gibt allerdings noch ein paar Punkte, die einer Klärung bedürfen.«

Er legte eine Pause ein. Manfreds Mund war trocken. Gorskis pedantische Art ging ihm auf die Nerven. Warum rückte er nicht einfach mit dem heraus, was er von ihm wollte? Jetzt war es zu spät, um zuzugeben, dass er den jungen Mann gesehen hatte. Es würde so aussehen, als täte er es nur, weil er in die Ecke gedrängt worden war. Und wer sagte überhaupt, dass Gorski ihm glauben würde? Hatte er nicht bereits bewiesen, dass er ein Lügner war? Alles, was er jetzt sagte, würde mit Misstrauen aufgenommen werden.

Gorski setzte sich wieder.

»Laut Ackermanns Aussage war an dem Mittwochabend, als er sich mit Adèle getroffen hat, ein anderer Mann bei ihr. Er beschrieb den Mann als etwa Ende dreißig, eins achtzig groß, mit kurzem dunklem Haar, bekleidet mit einem dunklen Anzug, einer Krawatte und einem hellen Mantel.« Gorski zog die Augenbrauen hoch und breitete die Arme aus. »Und das verwirrt mich.«

»Diese Beschreibung passt auf alle möglichen Leute.«

Gorski neigte den Kopf, als akzeptiere er diesen Einwand. »Was hatten Sie an dem Abend an?«

Manfred antwortete nicht. Er staunte, wie viele Gedanken ihm innerhalb kürzester Zeit durch den Kopf schossen. Er könnte den Überraschten spielen: *Ach ja, natürlich, jetzt erinnere ich mich! Ich bin an dem Abend ein kleines Stück mit Adèle zusammen gegangen. Wie dumm von mir, dass ich das vergessen habe!* Aber auf so eine billige Masche würde Gorski niemals hereinfallen. Vielleicht war es an der Zeit, Entrüstung zu zeigen. Schließlich war er ein rechtschaffenes Mitglied der Gemeinde, ein angesehener Mann, der sich nichts zuschulden hatte kommen lassen, und er hatte genug von Gorskis Verdächtigungen. Doch für beides fehlte Manfred die Entschiedenheit. Und so saß er einfach nur da und wartete auf das Unvermeidliche.

»Ich will einfach nur von Ihnen hören, dass Sie das Mädchen am fraglichen Abend gesehen haben, damit wir weitermachen können«, sagte Gorski.

»Offensichtlich lügt er«, erwiderte Manfred.

Gorski schüttelte den Kopf. »Es wäre schon ein merkwürdiger Zufall, wenn er einen Mann erfunden hätte, dessen Beschreibung genau auf Sie passt, finden Sie nicht? Und warum sollte er lügen, wenn er aus eigenem Antrieb zu uns gekommen ist?«

»Vielleicht wollte er den Verdacht auf jemand anders lenken.«

»Das glaube ich nicht«, gab Gorski zurück, und nun klang es, als versuchten er und Manfred gemeinsam, ein Rätsel zu lösen. »Aber es ist dennoch eine interessante Frage: Warum sollte er lügen? Ich nehme an, Sie stimmen mir zu, dass jemand, der lügt, einen Grund dafür haben muss.«

Er ließ diese Bemerkung eine Weile im Raum schweben.

Manfred starrte auf die Tischplatte. Sie war aus abgewetztem Resopal und mit einem Metallrand eingefasst. Frühere Besucher hatten ihren Namen in die Oberfläche geritzt. Was für ein merkwürdiger Ort, um seine Anwesenheit zu verewigen, dachte Manfred. Gorski seufzte und beugte sich vor.

»Nachdem dieser geheimnisvolle Mann weitergegangen war – und zwar in Richtung Ihrer Wohnung, wie ich hinzufügen möchte –, fragte Ackermann Adèle, wer das gewesen sei. Sie antwortete, er sei ein Gast aus dem Restaurant, und er sei ihr unheimlich.«

Manfred fühlte sich, als hätte ihm jemand in den Bauch getreten. *Er war ihr unheimlich.* Ihm wurde übel. Warum sollte Adèle so etwas gesagt haben? Ihr Kontakt war stets höflich gewesen, sogar herzlich. Er hatte sie immer zuvorkommend behandelt. Er hatte sich sogar besonders bemüht, freundlich zu ihr zu sein, um ihr zu verstehen zu geben, dass er nicht auf sie herabsah, weil sie nur eine einfache Kellnerin war. An dem fraglichen Abend hatten sie sogar ein paar besondere Augenblicke miteinander erlebt, und sie hatte ihn mit dem Vornamen angesprochen. Und dennoch hatte sie zu diesem Jungen gesagt, dass er ihr unheimlich sei. Es ergab keinen Sinn. Vielleicht hatte sie es gesagt, weil sie sich zu ihm, Manfred, hingezogen fühlte, und nicht den Argwohn ihres Freundes wecken wollte. Vielleicht war er ein Hitzkopf und hätte ihr eine Szene gemacht. Das würde zu der Tatsache passen, dass sie ihn bei ihrer Verabschiedung wieder *Monsieur* genannt hatte, ganz offensichtlich in dem Bemühen, ihrer Beziehung einen förmlicheren Anstrich zu geben.

Gorski war verstummt und sah Manfred an, doch der hatte nicht zugehört. Gorski hatte ihn offenbar etwas gefragt.

»Wie bitte?«, fragte Manfred. Er konnte ja schlecht erklären, wie verletzend Adèles Worte für ihn waren, da er vorher behauptet hatte, sie sei ihm vollkommen gleichgültig. Wenn das der Fall wäre, warum sollte es ihn so treffen, was sie über ihn dachte? Oder vielleicht war Gorski zu demselben Schluss gekommen, was Adèles abfällige Bemerkung anging, nämlich dass ihre Beziehung tiefer ging, als sie beide zugeben mochten – was in Anbetracht ihres Altersabstands und ihrer unterschiedlichen gesellschaftlichen Stellung ja wohl verständlich war.

Gorski schüttelte den Kopf. »Manfred, ich habe Ihnen jede erdenkliche Gelegenheit gegeben, Ihre Version der Geschichte zu korrigieren. Ich will nichts weiter, als mir ein Bild davon machen, was Mademoiselle Bedeau vor ihrem Verschwinden genau getan hat. Laut Ihrer eigenen Aussage haben Sie an dem fraglichen Abend das Restaurant de la Cloche kurz nach dem Mädchen verlassen. Sie sind in dieselbe Richtung gegangen, und dennoch behaupten Sie, Sie hätten weder Adèle noch den jungen Mann gesehen. Und nun gibt uns Ackermann, der Sie überhaupt nicht kennt, die Beschreibung eines Mannes, die genau auf Sie passt. Sie werden sicher verstehen, dass ich daraus kaum etwas anderes schließen kann, als dass Sie mir etwas verschweigen.«

War es etwa doch noch nicht zu spät, seine Geschichte zu revidieren?

»Ja, das verstehe ich«, sagte Manfred.

»Sie bleiben also dabei, dass Sie an dem Abend weder Adèle Bedeau noch Alex Ackermann gesehen haben?«

Manfred nickte traurig.

Gorski stand auf und ging zur Tür. Manfred dachte, die Prüfung sei endlich vorüber, doch Gorski rief nur nach zwei Tassen Kaffee. Er setzte sich wieder, und die beiden Männer warteten schweigend darauf, dass der Kaffee gebracht wurde. Manfred starrte auf die Namen in der Tischplatte. Vielleicht hatten seine Vorgänger genau wie er das Gefühl gehabt, sie würden in der Unterwelt des Strafvollzugs verschwinden. Der Impuls, seinen Namen auf einer Tischplatte zu verewigen, erschien ihm plötzlich gar nicht mehr so seltsam.

Der Beamte mit dem Schnauzbart brachte den Kaffee in zwei Plastiktassen und legte wortlos ein paar Zuckertütchen auf den Tisch. Gorski riss drei davon auf und schüttete den Inhalt in seine Tasse. Manfred fand, es passte nicht zu dem Kommissar, dass er seinen Kaffee so stark süßte. Gorski trank einen Schluck, dann beugte er sich vor, bis sein Gesicht beinahe Manfreds berührte.

»Am Abend darauf, dem Abend, an dem Adèle verschwand«, Gorski sprach jetzt schneller, »sah Ackermann, wie derselbe Mann am Park neben der protestantischen Kirche vorbeiging und dann im Gebüsch am Rande des Parks wartete, bis Adèle kam. Als die beiden auf dem Roller davonfuhren, duckte sich der Mann in einen Hauseingang, ganz offensichtlich, um sich zu verstecken.«

Manfred spürte, wie sich ihm die Kehle zusammenschnürte. Er sollte etwas sagen. Was würde jemand sagen, der fälschlicherweise beschuldigt wird?

»Er muss sich irren.«

»Irren?« Gorski fixierte ihn.

Manfred bemühte sich, Gorskis Blick standzuhalten. Dann sah er auf den Tisch. Auf dem Rand seiner Kaffeetasse krabbelte eine Wespe, träge, wie meist um diese Jahreszeit. Gorski stützte sich auf der Tischplatte ab, die Finger gespreizt. Er hatte kleine, wohlgeformte Hände. Die Wespe fiel von der Tasse und versuchte zappelnd, sich umzudrehen. Gorski schob scharrend seinen Stuhl zurück, stand auf und lehnte sich an die Wand rechts von Manfred. Er wechselte zu einem Plauderton, als wären die beiden gute Freunde, die zusammen in einer Bar saßen und sich unterhielten. An dem Abend, teilte er Manfred mit, waren Adèle und Ackermann in einer Spelunke gewesen – anders konnte man das kaum nennen –, wo sie eine Menge Alkohol getrunken und Joints geraucht hatten.

»Danach waren sie bei einer Party in einem Keller an der Rue de la Gare«, fuhr er fort. »Um es kurz zu machen: Sie gerieten in Streit, und Ackermann ging. Das, so behauptet er zumindest, war das letzte Mal, dass er Mademoiselle Bedeau gesehen hat. Nach allem, was ich bisher weiß, verließ sie die Party später allein und in ziemlich berauschtem Zustand.«

Manfred senkte den Blick und trank einen Schluck aus der Plastiktasse, die vor ihm stand. Es schmeckte scheußlich. Die Wespe krabbelte jetzt gemächlich über den Metallrand der Tischplatte. Er war erleichtert, dass er nicht mehr im Zentrum des Verhörs stand. Gorski schien auf eine Reaktion von ihm zu warten, sagte jedoch nichts. Was sollte er zu Adèles Unternehmungen in der fraglichen Nacht zu sagen haben?

»Ihnen ist doch sicher klar, warum ich Ihnen das erzähle«, fuhr Gorski fort.

»Nein, tut mir leid«, erwiderte Manfred.

»Die Rue de la Gare ist keine dreihundert Meter von Ihrer Wohnung entfernt.«

»Und?«

»Sie sagten, Sie wären an dem Abend direkt nach Hause gegangen.«

»Ja.«

»Was haben Sie dann gemacht?«

Manfred überlegte einen Moment. »Ich habe eine Weile gelesen, einen oder zwei Whiskys getrunken, und dann bin ich ins Bett gegangen.«

»Haben Sie ferngesehen?«

»Ich habe keinen Fernseher.«

»Oder jemanden angerufen?«

»Nein.«

»Hat jemand Sie angerufen?«

»Nein.«

»Haben Sie mit irgendjemandem im Haus gesprochen?«

»Nein.«

»Sie hätten also überall sein können.«

»Ich war zu Hause.«

»Aber das können Sie nicht beweisen.«

Manfred zuckte die Achseln.

Gorski trank den Rest von seinem Kaffee und stellte die Tasse sorgfältig zurück auf den Tisch.

»Haben Sie je gewisse Gedanken an Adèle Bedeau gehegt?«, fragte er.

»Was für Gedanken?«

Gorski sah ihm unverwandt in die Augen. »Sie wissen schon, lüsterne Gedanken.«

Manfred konnte Gorski kaum erzählen, dass er seine Abende damit verbracht hatte, sie heimlich zu beobachten, und anschließend in Gedanken an ihre schweren Brüste und ihren breiten Hintern zu Hause masturbierte.

»Selbstverständlich nicht«, sagte er. »Ich empfinde nichts als Respekt für Mademoiselle Bedeau.«

»Sie denken also, es wäre respektlos, lustvolle Gedanken an eine Frau zu haben?«

Manfred fühlte sich bedrängt. »Ich denke nicht auf diese Weise an Adèle Bedeau.«

»Sind Sie homosexuell?«

»Nein«, sagte Manfred.

»Manche Leute scheinen das zu denken.«

Das überraschte Manfred nicht. Er hatte entsprechendes Getuschel in der Bank gehört. Und Lemerre zog ihn ebenfalls gerne mit solchen Andeutungen auf. Er konnte sich sehr gut vorstellen, wie der Friseur dem Kommissar voller Häme sagte, er, Manfred, sei andersherum.

»Ich bin nicht schwul«, wiederholte er.

»Schade eigentlich«, entgegnete Gorski. »Denn bei einem Homosexuellen wäre es ziemlich unwahrscheinlich, dass er in ein solches Verbrechen verwickelt ist.«

»Was für ein Verbrechen?«, fragte Manfred mit leiser Schärfe.

Gorski ging nicht darauf ein. »Was ist mit Frauen? Haben Sie eine Freundin?«

Manfred dachte an Alice. Auf einmal hatte er das Gefühl, dass er sie nie wiedersehen würde.

»Nein«, sagte er.

»Aber ein Mann in Ihrem Alter hat doch Bedürfnisse.«

»Um die kümmere ich mich schon«, erwiderte Manfred zähneknirschend.

»Auf welche Weise?«, fragte Gorski mit liebenswürdiger Neugier, als ginge es um ein harmloses Hobby.

Manfred presste die Lippen zusammen. Am liebsten hätte er Gorski angeschrien, dass er aufhören solle. Er ertrug diese rücksichtslose Stocherei in seiner Privatsphäre nicht. Er umklammerte die Tischplatte so fest, dass seine Fingernägel weiß wurden.

»Ist Adèle Bedeau je in Ihrer Wohnung gewesen?«

Die Frage kam so unerwartet, dass Manfred hörbar die Luft ausstieß. Er versuchte, diese Reaktion als Lachen auszugeben.

»Freut mich, dass Sie das amüsant finden, Manfred«, sagte Gorski. »Das letzte Mal, als die junge Frau lebend gesehen wurde, war sie in der Nähe Ihrer Wohnung. Sie haben mich von Anfang an belogen und behauptet, Sie hätten Mademoiselle Bedeau an den beiden fraglichen Abenden nicht gesehen, was mich zu dem Schluss führt, dass es etwas in Ihrer Beziehung zu ihr gibt, das Sie verbergen möchten.«

»Ich habe keine Beziehung zu Mademoiselle Bedeau.«

»Warum lügen Sie dann?«

Manfred schwieg.

»War Adèle Bedeau in den frühen Morgenstunden des vergangenen Freitags in Ihrer Wohnung?«

»Nein«, antwortete Manfred. »Sie ist nie in meiner Wohnung gewesen. Sie weiß nicht einmal, wo ich wohne.«

»Nun gut.« Gorski schüttelte langsam den Kopf, als hätte Manfred ihn enttäuscht. Dann stieß er sich von der Wand ab, an der er gelehnt hatte, und verließ den Raum. Manfred atmete aus. Sein Herz pochte heftig. Langsam beruhigte sich sein Atem. Er wischte sich mit einem Taschentuch den Schweiß von der Stirn. Die Sache lief allmählich aus dem Ruder. Ihm war übel.

Der schnauzbärtige Beamte kam herein und bat Manfred, ihm zu folgen. Sie gingen durch den Flur zurück zur Eingangshalle. Der Polizist drückte auf einen Summer und hielt Manfred die Tür auf.

»Soll ich warten?«, fragte Manfred.

Der Polizist schüttelte den Kopf. »Sie können gehen.«

Eine Weile stand Manfred verwirrt in der Eingangshalle. Offensichtlich spielte Gorski mit ihm. Er zögerte einen Moment, dann ging er zur Tür hinaus. Niemand hielt ihn auf. Am Fuß der Treppe blieb er stehen. Seine Hände zitterten. Draußen war es immer noch warm, obwohl der Nachmittag bereits vorangeschritten war. Er kam sich auffällig vor, wie er dort vor der Polizeiwache stand, doch die wenigen Passanten beachteten ihn gar nicht. Warum sollten sie auch? An ihm war nichts Ungewöhnliches. Er war einfach nur ein Mann, der sich an einem warmen Tag die Stirn abwischte. Er trat zur Seite, um eine Frau in nordafrikanischem Kleid und ihre drei Kinder vorbeizulassen.

15

Manfred sah auf die Uhr. Es war Viertel nach vier. Die Bank hatte noch geöffnet. Er sollte zurück in sein Büro gehen, um eventuellen Tratsch zu unterbinden. Er könnte sagen, man hätte ihn geholt, um einen Zeugen zu identifizieren oder etwas in der Art. Er könnte das Ganze sogar herunterspielen. Das würde ein unschuldiger Mann tun – zur Arbeit zurückkehren, als wäre nichts Ungewöhnliches vorgefallen. Oder vielleicht wäre ein unschuldiger Mann von der Erfahrung, zur Polizeiwache geschleppt zu werden, auch so durcheinander, dass er in die nächste Bar marschierte und einen ordentlichen Schuss Alkohol hinunterkippte, um seine Nerven zu beruhigen. Manfred ging die Straße entlang, in entgegengesetzte Richtung zur Bank.

Dann fiel ihm plötzlich ein, dass Gorski ihn bestimmt überwachen ließ. Nachdem er ihn eben beinahe beschuldigt hatte, etwas mit Adèles Verschwinden zu tun zu haben, würde er ihn sicher nicht einfach ziehen lassen, ohne jemanden auf ihn anzusetzen. Manfred blieb abrupt stehen und drehte sich um. Niemand duckte sich in einen Hauseingang oder wandte schlagartig den Blick ab. Es lehnten auch nirgends Männer mit dunklen Sonnenbrillen an den

Straßenlaternen, die so taten, als läsen sie Zeitung. Aber das waren natürlich Klischees. Es könnte jeder sein – die Frau auf der anderen Straßenseite, die mit ihrem Sohn schimpfte, oder der Mann, der in der Tür des Reisebüros stand und auf Kundschaft wartete. Wahrscheinlich war es keine Einzelperson, sondern ein ganzes Team. Vielleicht hatte Gorski diejenigen, die ihn kannten, bereits gebeten, ihn im Auge zu behalten und Bescheid zu sagen, wenn er sich merkwürdig benahm. Er musste sich natürlich verhalten. Das war von Anfang an sein Fehler gewesen, dass er sich nicht natürlich verhalten hatte. Er ging weiter. Er musste sich genauso verhalten, wie er es täte, wenn er nicht beobachtet würde. Das sollte nicht allzu schwer sein. Lebte er nicht ohnehin sein ganzes Leben, als würde er ständig beobachtet werden, als rechne er jeden Moment damit, Rechenschaft über seine Taten ablegen zu müssen oder für irgendetwas zur Verantwortung gezogen zu werden? Rechnete er nicht sowieso jederzeit damit, dass alle um ihn herum aufgefordert wurden, gegen ihn auszusagen?

Er ging an einer Seitenstraße vorbei und machte dann, als würde er einer plötzlichen Laune folgen, kehrt und bog in diese ab. Es war eine ganz gewöhnliche Straße mit Häusern, die direkt an den Gehweg anschlossen. Auf der gegenüberliegenden Seite kam ihm eine alte Frau mit Kopftuch und einem übergewichtigen Schoßhund an der Leine entgegen, aber davon abgesehen schien die Straße verlassen zu sein. Manfred blickte über seine Schulter. Niemand folgte ihm. In der nächsten Straße war eine schmierig aussehende Bar, an der er manchmal vorbeikam. Er war noch nie drinnen gewesen, aber sie hatte ihn immer irgendwie angezogen. Er ging um die Ecke und betrat die Bar. Drinnen war es dunkel und kühl. Es roch nach Tabak und irgendetwas Fleischigem. Die Wände, die Decke und sogar das Licht waren senffarben. Hinter dem Tresen hing eine Tafel mit den Getränkepreisen und daneben ein Kalender mit halb nackten Frauen. Niemand warf auch nur einen Blick in seine

Richtung. Er sah sich kurz im Raum um und steuerte dann auf einen Tisch an der Wand zu. Der Besitzer erschien und wischte sich die Hände an der Schürze ab.

»Monsieur?« Seine Art war weder freundlich noch unfreundlich.

Manfred bestellte ein Glas Rotwein, änderte seine Bestellung jedoch auf eine Karaffe um, als der Besitzer sich gerade zum Gehen wandte.

»Sehr wohl, Monsieur«, sagte der Mann.

Karaffe und Glas wurden wortlos vor ihm hingestellt. Manfred füllte das Glas bis zum Rand und leerte es in einem Zug. Der Wein war billig und hatte einen metallischen Beigeschmack, aber es war, als würde ihm jemand eine kühle Kompresse auf die Stirn legen. Er füllte sein Glas erneut und trank noch einen großen Schluck. Er schloss eine Weile die Augen und wartete auf die beruhigende Wirkung des Alkohols. Dann ließ er den Kopf in den Nacken sinken. Seine Hände zitterten immer noch ein wenig.

Am Tresen standen drei Männer in Arbeitsoveralls und debattierten über das Thema Immigration. Der Besitzer der Bar gab hier und da einen Kommentar dazu ab, während er seiner Arbeit nachging. An einem der anderen Tische las ein einzelner Mann in einem etwas abgetragenen Anzug in seiner Zeitung und trank ein Glas Weißwein. Genau in dem Moment, als Manfred zu ihm hinübersah, blickte der Mann auf. Er nickte kurz und wandte sich wieder seiner Lektüre zu. Er schien Manfred nicht zu kennen; das Nicken war lediglich ein Gruß von einem nachmittäglichen Weintrinker zum anderen. Mit einem Mal überkam Manfred ein Gefühl der Befreiung. Er war niemand. Wenn er aufstand und ging, würde es niemand bemerken, geschweige denn kommentieren. Niemand in der Bar hatte das geringste Interesse an ihm.

Manfred stellte sich vor, das Restaurant de la Cloche aufzugeben. Er könnte stattdessen hierher kommen, ins Le Pot. Doch natürlich würde der Besitzer innerhalb kurzer Zeit seinen Namen kennen und ihn mit den Worten »Wie immer?« begrüßen oder ihm sogar eine Karaffe hinstellen, sobald er zur Tür hereinkam. Die Männer am Tresen würden Manfred bald als »was Besseres« einstufen, weil er es vorzog, sich an einen Tisch zu setzen – immer an denselben –, statt an der Bar zu trinken. Es würde nicht lange dauern, dann hätten sie einen Spitznamen für ihn gefunden, den sie hinter seinem Rücken benutzten. Nein, diese Anonymität wäre unweigerlich von kurzer Dauer. Die einzige Möglichkeit, sie zu bewahren, bestünde darin, stets von einer Bar zur anderen zu wechseln, aber dafür war Saint-Louis nicht groß genug. Bald würde er in eine Routine hineinrutschen und an bestimmten Abenden bestimmte Bars aufsuchen. Das Beste wäre, Saint-Louis ganz den Rücken zu kehren und in eine Stadt wie Straßburg oder Paris zu ziehen, wo man bis ans Ende seines Lebens jeden Abend in eine andere Bar gehen konnte. Die Vorstellung war berauschend. Doch es kam nicht infrage, tatsächlich alles hinzuwerfen und zu verschwinden, zumindest nicht, solange diese Sache mit Adèle über ihm schwebte. Es würde so aussehen, als wäre er auf der Flucht.

Manfred schenkte sich noch einmal nach. Der Mann mit der Zeitung stand auf und ging, wobei er dem Besitzer einen kurzen Gruß zurief. Manfred war überrascht, dass er sich nicht befangener fühlte. Normalerweise sehnte er sich in einer solchen Situation nach etwas zu lesen, damit er sich dahinter verschanzen und jeglichen Blickkontakt vermeiden konnte. Eine Zeitung machte einen praktisch unsichtbar. Er dachte an den Spitznamen, den sein Großvater ihm gegeben hatte, daran, wie er sich als Heranwachsender in den Schatten des Hauses herumgedrückt hatte. Manchmal hatte er sogar die Schuhe ausgezogen, um seine Großeltern nicht zu stören. Er war sich immer wie ein Eindringling in ihrem Haus vorgekommen und hatte sich bemüht, sie möglichst nicht an seine Anwesenheit zu erinnern. Und hatte er nicht sogar jetzt, in dieser Bar, einen unauffälligen Tisch an der Wand gewählt? Wenn er morgens in der Bank ankam, kostete es ihn stets größte Überwindung, energischen Schrittes hineinzugehen und seine Angestellten mit kräftiger Stimme zu grüßen, wie es seinem Status als »Chef« gebührte. Und jedes Mal stieß er einen erleichterten Seufzer aus, wenn er auf den Ledersessel hinter seinem Schreibtisch sank.

Dennoch, dachte Manfred bei sich, verspürte er in dieser etwas muffig riechenden Bar, wo niemand ihn kannte, ein seltenes Wohlgefühl. Er fühlte sich wie ein Mann, der gehen konnte, wohin er wollte, und eine Karaffe Wein trinken, allein, nachmittags um vier, mitten in der Woche. Der Besitzer räumte das Glas und den Krug mit Wasser vom anderen Tisch und wischte ihn ohne Eile ab. Er warf nicht einen Blick in Manfreds Richtung.

Manfred trank den Rest seines Weins, aber hatte noch keine Lust zu gehen. Er kam sich vor, als wäre er im Ausland. Er gab dem Besitzer ein Zeichen und bestellte eine zweite Karaffe. Zum Teufel mit dem Restaurant de la Cloche. Pasteur würde heute Abend auf sein Geld verzichten müssen. Und die anderen? Sollten sie doch tratschen, so viel sie wollten. Wenn sie kein besseres Gesprächsthema hatten, war das nicht sein Problem.

Die zweite Karaffe kam, und Manfred genehmigte sich sofort ein weiteres Glas. Es musste sich etwas ändern. Er hatte seinen Trott, aber jetzt war es an der Zeit, da rauszukommen. Jahrelang hatte er sich eingeredet, dass er nichts an seiner Situation ändern konnte, dass die Umstände und die Art, wie er nun einmal war, sein Verhalten bestimmten. Aber er hatte sich getäuscht. Nichts hinderte ihn daran zu tun, was immer er wollte. Er konnte ohne Weiteres bei der Bank die Versetzung in eine andere Stadt beantragen und an einen Ort gehen, wo er unbelastet von der Vergangenheit leben würde, wo niemand ihn »Schweizer« nannte. Er erinnerte sich daran, wie er als Heranwachsender von dem Verlangen besessen gewesen war, zu schreiben; nächtelang hatte er seine Notizbücher vollgekritzelt.

Warum sollte er jetzt nicht mit dem Schreiben anfangen? Vielleicht hatte er Talent. Er musste nur sein jugendliches Feuer wiederfinden. Und es wäre sogar durchaus machbar. Jahrelang hatte er ordentlich verdient und nur das Nötigste ausgegeben. Er hatte eine ganze Menge gespart, mehr als genug, um sich ein paar Jahre als Schriftsteller zu versuchen. Manfred nahm seine Umgebung nicht mehr wahr. Vor seinem inneren Auge sah er sich vor einer Schreibmaschine am offenen Fenster eines Ateliers in Paris sitzen, wie ein Künstler gekleidet eine kopfsteingepflasterte Straße am Montmartre entlangschlendern, sein Notizbuch in der Hand, und lässig die Huren und Händler des Viertels grüßen. Was sollte ihn davon abhalten?

Eine vertraute Stimme holte ihn zurück auf die Erde. Lemerre stand an seinem Tisch.

»Na, schwänzen wir ein bisschen, Schweizer?«, fragte er mit seiner üblichen Feindseligkeit.

Manfred fühlte sich orientierungslos, als wäre er aus tiefem Schlaf gerissen worden. Bevor er Zeit hatte zu erkennen, dass er seine Anwesenheit in der Bar gegenüber Lemerre nicht zu rechtfertigen brauchte, suchte er bereits nach einer Erklärung.

»Ich … Ich komme manchmal nach der Arbeit auf ein Glas hierher.« Er bereute die Lüge, kaum dass er sie ausgesprochen hatte.

Lemerre blickte mit bedeutungsschwerer Verwunderung auf die beiden Karaffen, die auf dem Tisch standen. Manfred fiel ein, dass der Friseursalon keine fünf Minuten von hier entfernt war.

»Komisch, dass ich dich noch nie hier gesehen habe.« Lemerre wandte sich an den Besitzer. »Hast du unseren Schweizer hier schon mal gesehen, Yves?«

Der Besitzer schüttelte fast unmerklich den Kopf, als widerstrebe es ihm, Lemerre die gewünschte Bestätigung zu geben.

Lemerre rieb sich in gespielter Ratlosigkeit das fleischige Kinn und ging zum Tresen, wo der Besitzer ihm bereits sein Getränk hingestellt hatte. Manfred stöhnte innerlich auf. Lemerre wechselte ein paar derbe Scherze mit den Männern am Tresen. Dann senkte er die Stimme, und die Männer schauten zu Manfred herüber. Er murmelte noch etwas, und alle fingen an zu lachen. Manfred spürte, wie er rot wurde. Am liebsten wäre er aufgesprungen und hinausgelaufen, aber er hatte seinen Wein noch nicht bezahlt, und dazu müsste er entweder zum Tresen gehen oder den Besitzer herbeirufen – beides vollkommen unmöglich.

Lemerre leerte sein Glas mit einem Zug und ging ohne ein weiteres Wort.

Auf einmal merkte Manfred die Wirkung des Weins. Ihm war schwindelig. In der Bar herrschte Stille. Entweder war den Stammgästen der Gesprächsstoff ausgegangen, oder sie fühlten sich wegen des bis dahin unbemerkten Fremden in ihrer Mitte unwohl. Die Bar war nicht länger unbelastet. Er war kein Niemand mehr, sondern jemand, der wahrgenommen worden war und dessen Verhalten nun beobachtet wurde. Seine Karaffe war noch zu zwei Dritteln voll. Es würde albern wirken, wenn er jetzt ging, nachdem er sie gerade erst bestellt hatte. Er füllte sein Glas und zwang sich zu trinken. Er versuchte zu seinem Tagtraum von der Flucht aus Saint-Louis zurückzukehren, doch der Gedanke, dass er auch nur für einen Moment geglaubt hatte, er könne weglaufen und Schriftsteller werden, war grotesk. Vor allem solange Gorski überall herumschnüffelte. Manfred leerte sein Glas, als tränke er auf den Tod seines Traums.

Es gab Wichtigeres, worüber er nachdenken sollte. Gorski hatte Lemerre und Konsorten bereits befragt, aber es war gut möglich, dass er es erneut tat. Schon zuvor hatte er, Manfred, gegen seine goldene Regel verstoßen, nicht von seinen Gewohnheiten abzuweichen. Und nun, da Lemerre ihn sozusagen in flagranti erwischt hatte, würde Gorski ganz sicher davon erfahren. Bestimmt würde der Kommissar fragen, warum er in diese abgelegene Kaschemme gegangen war, wo man von der Straße aus nicht gesehen werden konnte. Vor wem versteckte er sich? Warum benahm er sich seit Adèles Verschwinden so merkwürdig? Manfred hätte dafür keine plausible Erklärung. Auch ohne die Begegnung mit Lemerre war es ein Fehler gewesen hierherzukommen, aber er durfte einen Fehler nicht durch einen weiteren verschlimmern. Er musste zu seiner Gewohnheit zurückkehren und wie immer ins Restaurant de la Cloche gehen. Mühsam trank Manfred den Rest aus seiner Karaffe. Die Arbeiter am Tresen waren gegangen, und ein paar Minuten lang waren Manfred und der Besitzer allein in der Bar. Im Gegensatz zu Pasteur, der immer eine Beschäftigung fand, stand dieser Mann – Yves, wie Lemerre ihn genannt hatte – einfach da und starrte in die Luft über den Tischen. Er war untersetzt und unattraktiv, mit schmalen, stechenden Augen. Sein hellbraunes Polohemd hatte Fett- oder Senfflecke. Er schien ihn nicht zu beobachten, aber Manfred hatte das Gefühl, dass alles, was er tat, wahrgenommen wurde. Die Wirkung des Weins war nicht länger angenehm. Falls ihn jemand ansprach, würde er sicher lallen oder undeutlich sprechen. Keiner von beiden sagte etwas. Manfred sah auf die Uhr, als hätte er eine Verabredung, zu der er pünktlich erscheinen musste. Seine Blase drückte. Die Toilette war gegenüber der Bar. Manfred fühlte sich nicht dazu in der Lage, unter den Blicken des Besitzers aufzustehen und quer durch den Raum zu gehen. Er fragte sich, was Alice wohl denken würde, wenn sie ihn da sitzen sähe, zu betrunken, um zur Toilette zu gehen, obwohl er dringend musste. Yves löste die Arme, die er zuvor verschränkt hatte, und atmete hörbar aus. Manfred fragte sich, ob er etwas sagen wollte.

Zum Glück ging die Tür auf, und zwei Männer um die zwanzig kamen herein. Sie unterhielten sich laut und abfällig über ihren Chef. Der Besitzer begrüßte sie mit einem knappen »Messieurs« und einem angedeuteten Nicken. Die beiden jungen Männer bestellten je ein großes Bier und blieben am Tresen stehen. Manfred nutzte die Gelegenheit, um aufzustehen und zur Toilette zu gehen.

Als er zurückkam, sprachen die beiden jungen Männer mit derben Worten über das Aussehen einiger Kolleginnen. Sie beachteten Yves gar nicht und hatten sich nicht einmal in der Bar umgesehen. Manfred verachtete sie und beneidete sie gleichzeitig um ihre Unbefangenheit. Dennoch bildeten sie eine Art Barriere zwischen ihm und dem Besitzer. Er stand nicht länger im Zentrum der Aufmerksamkeit. Kurz darauf kam ein weiterer, älterer Mann herein und setzte sich an einen Tisch unterhalb der hohen Fenster. Er schien Manfred kaum zur Kenntnis zu nehmen, holte seine Zeitung heraus und faltete sie sorgsam auf dem Tisch auseinander.

Manfred trank den letzten Rest Wein und zahlte. Draußen hing die Sonne tief über den Häusern, und es war kühl geworden. Ihm knurrte der Magen, aber es war schon zu spät, um nach Hause zu gehen und etwas zu essen. Natürlich könnte er im Restaurant de la Cloche essen, aber das würde er nicht tun. Er aß abends nie dort, und wenn er es jetzt täte, würde das sicher auffallen. Außerdem reichte die Zeit dafür nicht, bevor das verfluchte Kartenspiel begann.

Manfred betrat das Restaurant mehr oder weniger zur üblichen Zeit. Lemerre und Cloutier waren bereits da. Keiner von beiden grüßte Manfred, als er an ihnen vorbeiging. Lemerre mischte geistesabwesend die Karten und unterhielt sich ungewohnt leise mit Cloutier. Unter normalen Umständen war das Restaurant de la Cloche der einzige Ort, wo Manfred sich entspannen konnte. Seine Routine war so eingespielt, dass er nicht das Gefühl hatte, sich natürlich verhalten zu müssen, wie überall sonst. Die Leute beachteten ihn in der Regel kaum. Er ging zur Bar. Pasteur wäre es nie in den Sinn gekommen, ihm seinen Wein hinzustellen, bevor er bestellt hatte. Wie jeden Abend grüßte er Manfred mit einem Nicken und den Worten »Wie immer?«, und Manfred erwiderte: »Ja, wie immer.«

An diesem Abend jedoch stellten das übliche Begrüßungsritual und der Gang zum Tresen eine Herausforderung dar, als befände er sich in einem fremden Land, dessen Sprache und Gebräuche er nicht kannte. Er kam sich vor, als würde er einen Satz aus einem Lehrbuch ablesen. Pasteur wiederum nickte nur kurz, schenkte ihm ein Glas Wein ein, stellte es auf den Tresen und polierte dann weiter seine Gläser. Manfred schrieb diese Kühle der Tatsache zu, dass er betrunken war. Bestimmt hatte Lemerre Pasteur bereits von ihrer Begegnung im Le Pot erzählt. Natürlich ging es Pasteur nichts an, wenn Manfred ab und zu anderswo ein Glas trank, aber die unterkühlte Atmosphäre ließ darauf schließen, dass er verstimmt war.

Dominique schob sich an Manfred vorbei, der wie immer am Durchgang zur Küche stand, und brachte zweimal *steak frites* zu einem Paar in der Ecke. Er beobachtete sie im Spiegel über der Bar. Sie war das absolute Gegenteil von Adèle, dünn und flachbrüstig. Dennoch konnte Manfred unter ihrem Rock die Rundung ihres kleinen Pos erkennen. Nachdem sie den Gästen die Teller hingestellt hatte, blieb sie unruhig neben dem Tisch stehen, bis die beiden ihr versicherten, dass sie alles hatten, was sie brauchten. Auf dem Weg zurück in die Küche presste sie sich beinahe gegen die Wand, als wollte sie den größtmöglichen Abstand zwischen sich und Manfred bringen.

»Wie macht sich denn das neue Mädchen?«, fragte er Pasteur.

Pasteur blickte auf, als hätte er vergessen, dass Manfred dort stand.

»Gut«, antwortete er.

»Ihre Nichte, wenn ich das richtig verstanden habe?«, hakte Manfred nach. Er wusste selbst nicht, warum er versuchte, das Gespräch fortzuführen. War es eine Trotzreaktion auf Pasteurs knappe Antwort, oder lag es an dem Alkohol, den er bereits getrunken hatte? Er merkte, wie er bei dem Wort »Nichte« ein wenig lallte.

»Ganz recht«, erwiderte Pasteur, ohne Manfred anzusehen.

Petit kam herein und setzte sich auf seinen Platz. Er griff nach der Karaffe, die auf dem Tisch stand, und schenkte sich ein Glas ein. Manfred wartete auf die Einladung, mit der das verhasste Ritual stets begann. Doch stattdessen steckten die drei Männer die Köpfe zusammen und unterhielten sich leise. Dann faltete Pasteur sorgfältig sein Geschirrtuch zusammen, kam ohne ein Wort hinter dem Tresen hervor und ging zu dem freien Platz am Tisch. Verblüfft beobachtete Manfred das Ganze im Spiegel über der Bar. Pasteur setzte sich, als wäre es das Natürlichste von der Welt. Lemerre legte die Karten in die Mitte des Tisches, und die anderen hoben mit der größten Selbstverständlichkeit ab. Keiner von ihnen sah zu Manfred hinüber. Seine Wangen brannten. Sie mussten das Ganze bereits vorab mit Pasteur besprochen haben. Sogar die Nichte, die jetzt seinen Platz hinterm Tresen einnahm, den Platz des Besitzers, den Pasteur nie an jemanden abgab, musste eingeweiht gewesen sein. Und natürlich auch Marie, die sich wahrscheinlich peinlich berührt in der Küche verschanzt hatte. Sie hätten ihn nicht stärker demütigen können, wenn sie ihn offen beschuldigt hätten, Adèle ermordet zu haben. Natürlich sollte er sofort zu dem Tisch gehen und fragen, was das alles zu bedeuten hatte. Sollte er etwa einfach den ganzen Abend da stehen bleiben und seinen Wein trinken, als wäre nichts weiter geschehen?

Manfred schlug das Herz bis zum Hals. Bestimmt freuten sie sich schon darauf, dass er ihnen eine Szene machte, sie anherrschte, was das sollte, und seine Unschuld beteuerte. Er konnte sich vorstellen, wie die anderen Gäste im Restaurant auf so ein Spektakel reagieren würden. Wie amüsant sie es fänden. Und die vier Männer würden einfach mit Unschuldsmiene dasitzen, mit den Karten in der Hand. Damit wäre Lemerres Sieg vollkommen. Doch diese Befriedigung würde er ihnen nicht geben. Es gab keinen Anlass, Lemerre, Pasteur oder die anderen von seiner Unschuld zu überzeugen. Sollten sie ihr elendes Spiel doch alleine spielen! Das war ihm ganz egal. Genau wie ihre albernen Flüstereien. Manfred leerte sein Glas und bestellte ruhig ein weiteres bei dem Mädchen.

Sie schenkte den Wein ein und stellte ihm das Glas hin. Er dankte ihr und trank einen Schluck.

Es war ein langer, langer Abend. In regelmäßigen Abständen brachte Dominique eine neue Karaffe zu dem Tisch an der Tür. Nach und nach leerte sich das Restaurant, bis nur noch Manfred und die Kartenspieler da waren. Das Geklapper und Geklirr aus der Küche wurde leiser und erstarb. Schließlich waren nur noch die Gebote der Spieler zu hören. Das übliche Scherzen und Spotten zwischen den Spielen blieb aus. Selbst Lemerre verkniff sich seine Spötteleien. Als Manfred endlich seine Flasche Wein geschafft hatte, schwankte er leicht. Von dem krampfhaften Bemühen, aufrecht am Tresen stehen zu bleiben, tat ihm der Rücken weh. Er trank seinen letzten Schluck und bat um die Rechnung. Die junge Kellnerin legte sie ihm hin, und Manfred zahlte, wobei er ausnahmsweise ein großzügiges Trinkgeld auf den Zinnteller legte. Er nahm ihr die Rolle, die sie bei seiner Demütigung gespielt hatte, nicht übel. Vermutlich wusste sie gar nicht, welche Bedeutung die Intrige hatte, an der sie beteiligt gewesen war. Sie nahm das Trinkgeld mit einem kaum hörbaren Danke entgegen und schenkte ihm ein, wie er vermutete, entschuldigendes Lächeln.

Manfred nahm seinen Mantel vom Garderobenständer und zog ihn ungeschickt an. Dann wandte er sich um und steuerte schwankend auf die Tür zu. Die Männer hielten ihre Blicke demonstrativ auf ihre Karten gesenkt, als er an ihnen vorbeiging.

16

Manfred wachte mit Kopfschmerzen auf. Sein Mund war trocken, und er griff nach dem Wasserglas, das er stets auf dem Nachttisch stehen hatte. Es dauerte nicht lange, bis die Erinnerung an die Ereignisse des vorigen Abends zurückkam. Er fühlte sich wie betäubt. Er blieb ein paar Minuten länger als sonst im Bett liegen und lauschte auf die Geräusche von draußen, das Schlagen von Autotüren, das Brummen von Motoren, die angelassen wurden, leises Vogelgezwitscher. Es war alles wie immer, aber Manfred kam es so vor, als wäre sein Kopf unter Wasser. Alles klang gedämpft.

Er setzte sich auf und trank den Rest Wasser. Seine Kleider lagen in einem unordentlichen Haufen auf dem Boden statt, wie sonst, ordentlich zusammengefaltet auf dem Stuhl. Am unteren Rand des Fensters, wo die Jalousie nicht ganz bis zur Fensterbank reichte, drang ein horizontaler Lichtstreifen herein. Ein Taschenbuch lag auf dem Boden, die Seiten wie ein Fächer aufgespannt. Offenbar hatte er es vom Nachttisch gestoßen. Mit einem Mal hatte Manfred das Gefühl, dass er nicht *in* seinem Zimmer war, sondern von außen hineinsah, als wäre er ein Polizist, der sich die Fotos von einem Tatort anschaute. Dann sah er plötzlich auch sich selbst, mit nacktem Oberkörper, auf zwei Kissen gebettet, und er hatte das starke Gefühl, beobachtet zu werden. Er schüttelte den Kopf; die Vorstellung war absurd. Das kam sicher daher, dass er am Abend zuvor dreimal so viel getrunken hatte wie sonst. Dennoch zog er sich, was er sonst nie tat, den Morgenmantel an, bevor er durch den Flur ins Bad ging. Er kam sich vor wie ein Schauspieler, der die Rolle von Manfred Baumann spielte. Die Kopfschmerzen beunruhigten ihn nicht. Sie waren dumpf und pochend, ganz anders als die Migräne, die sich anfühlte, als würden Glassplitter in seinen Schädel getrieben. Er nahm eine Schachtel Aspirin aus dem Badezimmerschrank und schluckte drei Tabletten, dann spritzte er sich kaltes Wasser ins Gesicht.

Er drehte den Hahn in der Dusche auf und trat in die Kabine, bevor das Wasser eine angenehme Temperatur hatte. Er stellte sich vor, wie ein Beobachtungsteam spöttische Bemerkungen über die Größe seines Penis machte. Das Getrommel des Wassers auf dem Boden der Duschkabine klang tröstlich, und er war froh, als das Glas an den Seiten beschlug. Er drehte sein Gesicht zum Wasserstrahl und ließ es dort, dicht unter der Brause. Er musste diese albernen Gedanken aus seinem Kopf bekommen. Natürlich gab es die entsprechende Technologie, um Leute in ihrer Wohnung zu beobachten, und zweifellos verfügte die Polizei über diese Möglichkeiten, aber die Vorstellung, dass Gorski sich die Mühe gemacht haben könnte, in seine Wohnung einzubrechen und hier versteckte Kameras anzubringen, war grotesk. Manfred kannte sich mit rechtlichen Fragen zwar nicht gut aus, aber für so etwas war sicher die Einwilligung eines Untersuchungsrichters nötig, ganz zu schweigen von den entsprechenden Fachleuten, um die Geräte zu installieren und die Überwachung vorzunehmen. Selbst wenn das Gesetz es ihm erlaubte, würde Gorski sicher nicht so weit gehen. Andererseits war vielleicht genau das der Grund gewesen, weshalb man ihn am Tag zuvor in die Wache bestellt hatte. Schließlich konnte Gorski nicht riskieren, dass Manfred plötzlich nach Hause kam, während die Kameras angebracht wurden.

Manfred konzentrierte sich auf die Tätigkeit des Duschens. Er schamponierte sich die Haare und schrubbte sich mit einem Luffahandschuh den Rücken, dann nahm er die Brause aus der Halterung und wusch den Schaum aus den Höhlungen seines Körpers. Anschließend stieg er aus der Kabine und trocknete sich ab. Er widerstand dem Drang, wieder seinen Morgenmantel anzuziehen, und schlang sich stattdessen ein sauberes Handtuch um die Hüften. Er wischte den Dampf vom Spiegel über dem Waschbecken. Seine Haut sah grau aus, und seine Augen waren blutunterlaufen. Er hatte den starken Bartwuchs seines Vaters geerbt und genoss das allmorgendliche Ritual seiner Gesichtsverwandlung. An diesem Morgen jedoch fühlte sich seine Haut schlaff an, und seine Hände zitterten leicht, sodass er sehr achtgeben musste, um sich nicht zu schneiden. Er trocknete sein Gesicht ab und ging durch den Flur zur Küche, noch immer mit dem Handtuch um die Hüften. Er setzte Kaffee auf und sah aus dem Küchenfenster hinüber zum Spielplatz. Vielleicht hatten Gorskis Männer eine Wohnung im gegenüberliegenden Haus angemietet und fotografierten ihn mit einem riesigen Teleobjektiv. Bei dem Gedanken lächelte Manfred spöttisch. Die beiden einzigen Zimmer, die nach hinten hinausgingen, waren die Küche und das Schlafzimmer, und im Schlafzimmer zog er so gut wie nie die Jalousie hoch.

Er zog sich an, kämmte sich die Haare und legte die Armbanduhr an. Dann kehrte er in die Küche zurück, stellte zwei Croissants im Brotkorb auf den Tisch, dazu Butter und Marmelade, einen Teller und ein Messer. Er goss den Kaffee in eine Schale und setzte sich. Während er frühstückte, sah er sich sorgfältig um. Nichts wies darauf hin, dass jemand in seiner Wohnung gewesen war, aber es gab genug Orte, wo man eine Kamera verstecken konnte. Manfred war versucht, aufzustehen und die Lampen und die Belüftungsgitter zu untersuchen. Doch wie gründlich er die Räume auch durchsuchte, es würde ihm nie gelingen, sich zu überzeugen, dass keine Kameras in der Wohnung waren. Und würde nicht allein die Tatsache, dass er danach suchte, als Zeichen seiner Schuld interpretiert werden?

Es war 8.07 Uhr. Manfred zwang sich, in Ruhe zu Ende zu frühstücken, und verließ die Wohnung wie immer um 8.15 Uhr. Vor der Briefkastenreihe im Eingangsbereich blieb er stehen. Aus Alice' Kasten ragten ein paar Werbezettel. Eigenartig, dass sie sich morgens erst einmal begegnet waren. Er war sich ziemlich sicher, dass er sie bemerkt hätte. Und nun sah es so aus, als hätte Alice ihren Briefkasten nicht geleert. Wahrscheinlich gab es dafür eine ganz harmlose Erklärung. Vielleicht war sie verreist, oder sie hatte einfach keine Lust mehr, den ganzen Werbemüll wegzuwerfen.

Draußen hielt Manfred Ausschau nach ihrem Sportwagen. Er hatte nicht darauf geachtet, welche Marke es war, aber er war überzeugt, dass er ihn wiedererkennen würde. Anstatt den Weg zur Bank einzuschlagen, wandte er sich in die andere Richtung, dorthin, wo er an jenem Morgen mit Alice gegangen war. Wahrscheinlich parkte sie ihr Auto immer hinter dem Haus. Vielleicht hatten die Bewohner sogar reservierte Parkplätze. Doch ihr Auto war nicht da. Er tadelte sich dafür, dass er ihr nachspionierte. Dennoch konnte er, während er zur Bank ging, den Gedanken nicht abschütteln, wie seltsam es war, dass er Alice noch nie gesehen hatte, bevor sie ihre Bluse im Trockner vergessen hatte. Je länger er über ihre Begegnung nachdachte, desto verdächtiger kam ihm das Ganze vor. Und es konnte doch kein Zufall sein, dass er ihr nur wenige Tage nach dem Zwischenfall im Waschkeller erneut über den Weg gelaufen war. Dann diese absurde Scharade, dass sie seinen linkischen Versuch, ein Gespräch zu beginnen, amüsant gefunden hatte. Manfred verfluchte sich, dass er darauf hereingefallen war. Er hatte sich sogar im Stillen dazu gratuliert, dass er einen gewissen Charme besaß. Was für ein eitler, naiver Trottel er doch war!

Schlimmer noch – er hatte tatsächlich begonnen, etwas für sie zu empfinden. Seit sie sich begegnet waren, hatte sich seine Laune gebessert, wann immer er an sie dachte. Und dass all dies zur gleichen Zeit wie Gorskis Schnüffeleien geschehen war, hatte ihn kein bisschen stutzig gemacht. Doch wenn man genau hinsah, lag es auf der Hand, dass Alice von der Polizei geschickt worden war, um sich sein Vertrauen zu erschleichen. Gorski musste eine sehr schlechte Meinung von ihm haben, wenn er dachte, dass Manfred auf einen so offensichtlichen Trick hereinfiel.

Trotz allem konnte er auf dem Weg zur Bank der Versuchung nicht widerstehen, nach Alice' Wagen Ausschau zu halten. Ein Teil von ihm hoffte immer noch, sie irgendwo zu erblicken. Ein frischer Wind fuhr raschelnd durch das Laub, das auf der Straße lag. Manfred knöpfte seinen Mantel zu. Im Osten zog sich der Himmel zu. Das Aspirin hatte keinerlei Wirkung auf seine Kopfschmerzen gehabt. Er senkte den Blick auf das Pflaster und beschleunigte seinen Schritt. In der Bank empfing ihn Schweigen. Die Angestellten taten nicht einmal so, als würden sie ihre Unterhaltung fortführen. Vielleicht hatten sie angenommen, dass er gar nicht in der Bank, sondern auf der Titelseite des L'Alsace erscheinen würde. Manfred machte sich nicht die Mühe, ihnen einen guten Morgen zu wünschen. Er bat Caroline in sein Büro und ließ sich von ihr einen Kaffee bringen. Auch damit wich er von einer Gewohnheit ab. Normalerweise wartete er, bis sie ihm im Lauf des Vormittags eine Tasse brachte, aber in Anbetracht der Umstände erschien ihm das nun unwichtig.

Caroline sah ihn besorgt an und fragte, ob alles in Ordnung sei. Manfred entgegnete barsch, alles sei bestens, und bedauerte seinen ruppigen Ton sofort. Als Caroline mit dem Kaffee zurückkam, entschuldigte er sich und sagte, er habe Kopfschmerzen. Sie nickte und schlängelte sich aus seinem Büro, als hätte sie Angst, ihm den Rücken zuzukehren.

Manfred saß den ganzen Morgen da und starrte mit leerem Blick auf die Dokumente vor ihm. Es musste ziemlich offensichtlich sein, dass er nicht arbeitete. Er rief sich seinen Entschluss ins Gedächtnis, sich ganz natürlich zu benehmen, doch seine Gedanken über Alice hatten ihn aus der Bahn geworfen. Je länger er darüber nachdachte, desto übellauniger wurde er. Immer wieder ging er im Geist ihre Begegnungen durch, und seine Überzeugung wuchs, dass es sich um nichts anderes handeln konnte als eine Verschwörung. Die zeitliche Übereinstimmung, die Einzelheiten – zum Beispiel dass sie an jenem Morgen, als sie sich im Hausflur begegnet waren, die hellblaue Bluse getragen hatte – und vor allem die Vorstellung, dass eine Frau wie Alice Tarrou Interesse an ihm haben könnte, widersprachen seinem Wunsch zu glauben, dass sie nichts mit den Ermittlungen zu tun hatte. Manfred kannte solche Geschichten aus zahlreichen Romanen. Es schien unwahrscheinlich, dass ein Provinzkommissar eine solche Taktik einsetzte, aber die Indizien sprachen für sich. Seine Kopfschmerzen wurden stärker. Bestimmt war alles, was er gesagt hatte, an Gorski weitergegeben worden, insbesondere seine unüberlegten Bemerkungen über Juliette. Trotz seines Vorsatzes, sich an seine übliche Routine zu halten, kam er zu dem Schluss, dass er nicht zur Arbeit hätte gehen sollen. Was wäre denn schon passiert? Was, wenn er einfach verschwunden wäre, genau wie Alice? Die Bank hätte trotzdem aufgemacht. Nach ein paar Tagen hätte die Geschäftsleitung jemanden als Ersatz geschickt. Es hätte ein wenig Tratsch gegeben, und dann wäre alles vergessen gewesen. *Er* wäre vergessen gewesen.

Als Manfred mittags das Restaurant de la Cloche betrat, blickte Pasteur nicht hinter seinem Tresen auf. Dominique kam zu seinem Tisch, und er bestellte wie immer die *andouillette*. Obwohl die meisten Tische besetzt waren, herrschte nicht der übliche Lärm der Mittagszeit. Lag es an seiner Anwesenheit, dass es so merkwürdig still war? Er war überzeugt, dass alle ihn anstarrten, doch wenn er von seinem Teller aufsah, schaute nie jemand in seine Richtung. Dennoch hatte er das Gefühl, dass alle einen Seufzer der Erleichterung ausstoßen würden, wenn er ging. Während seiner gesamten Mahlzeit sah Pasteur nicht zu ihm herüber, und als Manfred zahlte, wurden die Geschehnisse des Vorabends mit keinem Wort erwähnt. Was Manfred bei seinem Ausschluss aus der Bridgerunde am meisten verletzte, war die Rolle, die Pasteur dabei gespielt hatte. Manfred hatte ihn immer als Verbündeten betrachtet. Gut, Pasteur hatte ihn nie mit besonderer Wärme begrüßt oder ihn anderen Gästen vorgezogen, aber er hatte ihm manchmal einen verschwörerischen Blick zugeworfen, wenn Lemerre sich unangenehm aufführte. Es war eine magere Grundlage, um daraus eine Freundschaft zu konstruieren, dennoch hatte Manfred ihn als seinen Freund angesehen.

Auf dem Rückweg zur Bank hob sich seine Stimmung ein wenig. Es war ein schöner Tag, und niemand warf ihm auch nur einen Blick zu. Und zwar nicht, weil die Leute ihn nicht sehen wollten, sondern schlicht und einfach deshalb, weil er für sie uninteressant war. Seine Kopfschmerzen hatten nachgelassen, und seine Gedanken über Alice kamen ihm nun albern vor. Es war absurd anzunehmen, dass Gorski sich solche Mühe machte, um ihn in die Falle zu locken. Er hatte Alice erst am Tag nach Gorskis erstem Besuch in seiner Wohnung kennengelernt. Manfred schmunzelte, als ihm klar wurde, wie lächerlich die Vorstellung gewesen war, sie arbeite für die Polizei. Natürlich waren ihre Begegnungen vom Zufall geleitet, oder genauer gesagt von einer Reihe an Zufällen, die zusammengenommen zwar ein wenig unwahrscheinlich schienen, aber war das nicht immer so, wenn sich zwei Fremde begegneten?

Als er wieder in seinem Büro war, holte er das Telefonbuch aus der untersten Schublade seines Schreibtisches. Es konnte ja nicht schaden, sich ein für alle Mal Klarheit zu verschaffen. Dazu brauchte er nichts weiter zu tun, als alle Schreibwarenfirmen der Stadt anzurufen und nach Alice Tarrou zu fragen. Wenn ihre Geschichte nicht stimmte, würde es keinen Telefonbucheintrag für ihre Firma geben. Ganz einfach. Manfred blätterte durch die Seiten. In Saint-Louis waren keine Schreibwarenfirmen verzeichnet. Es gab nur zwei Druckereien. Aber das war ja fast dasselbe. Er nahm den Hörer ab, zögerte dann jedoch. Er wusste nicht, ob Tarrou ihr Mädchenname oder der ihres Ehemanns war. Vielleicht benutzte sie bei der Arbeit weiter den Namen ihres Exmanns. Er würde einfach nach Alice fragen. Er würde ihre Stimme erkennen, wenn sie antwortete. Dann konnte er einfach auflegen.

Er wählte die erste Nummer. Es klingelte eine ganze Weile, dann antwortete eine mürrische Männerstimme.

»Kann ich bitte mit Alice sprechen?«, sagte Manfred.

»Mit welcher Alice?«, entgegnete der Mann.

Manfred überlegte kurz. »Ich weiß nicht, wie sie weiter heißt … Ich habe mir ihren Nachnamen aufgeschrieben, aber der Zettel ist verloren gegangen.«

»Da sind Sie hier falsch, Meister«, gab der Mann zurück. »Hier gibt es keine Alice.«

Dann legte er auf.

Manfred legte ebenfalls auf. Sein Herz schlug ein wenig schneller. Dann versuchte er es mit der zweiten Nummer. Diesmal nahm eine junge Frau ab, und auch sie erklärte, dass dort niemand mit dem Namen Alice arbeite. Manfred entschuldigte sich für die Störung. Er fuhr sich übers Kinn. Es fühlte sich an wie Sandpapier. Hatte Alice die Geschichte mit der Schreibwarenfirma womöglich doch erfunden? Dann fiel ihm ein, dass sie nicht gesagt hatte, dass die Firma in Saint-Louis war. Er schaute erneut ins Telefonbuch. In Mülhausen gab es zwei Schreibwarenfirmen und drei Druckereien. Manfred wählte die erste Nummer. Eine junge Frau nahm ab.

»Ich würde gerne mit Alice sprechen«, sagte er.

»Alice ist nicht da«, erwiderte sie. »Kann ich Ihnen weiterhelfen?«

Manfred zögerte. Er konnte die junge Frau ja schlecht fragen, wie Alice mit Nachnamen hieß. »Nein. Es geht um eine persönliche Angelegenheit. Kommt sie später noch mal ins Haus?«

»Das weiß ich nicht. Aber wenn Sie mir Ihre Nummer geben, sage ich ihr Bescheid, dass sie Sie zurückruft.«

»Nicht nötig«, sagte Manfred. »Ich versuche es später noch einmal.« Dann legte er auf.

Den Rest des Nachmittags verbrachte er damit, über diesen Wortwechsel nachzudenken. An seiner Stimme war nichts Auffälliges, aber die junge Frau würde sicher ausrichten, dass ein Mann angerufen hatte. Würde Alice erraten, dass er es gewesen war? Vielleicht würde sie sich gar nichts dabei denken, aber er wollte auf keinen Fall, dass sie dachte, er spioniere ihr nach oder rufe bei ihr im Büro an, um ihre Angaben zu überprüfen. So etwas taten normale Leute nicht. Obendrein war das Ganze umsonst gewesen, denn solange er nicht ein zweites Mal anrief – was er nicht vorhatte – würde er nie erfahren, ob es sich dabei um dieselbe Alice handelte. Schließlich gab es den Namen öfter.

Manfred bat Mlle Givskov, die Bank abzuschließen, und machte früher Feierabend. Er war versucht, auf ein Glas im Le Pot vorbeizuschauen, doch die Vorstellung, dass ihm dort Lemerre begegnen könnte, schreckte ihn ab. Eine andere Bar, die dafür infrage käme, fiel ihm nicht ein. Stattdessen ging er in einen Lebensmittelladen und kaufte zwei Flaschen Rotwein. Abgesehen von seinem Glas vor dem Zubettgehen, das ihm beim Einschlafen helfen sollte, trank er so gut wie nie bei sich zu Hause. In der eigenen Wohnung zu trinken hatte etwas Armseliges. Die Flaschen klirrten geräuschvoll in der braunen Papiertüte, in die der Verkäufer sie gepackt hatte. Manfred nahm eine heraus und steckte sie in seine Manteltasche.

Als er auf das Mietshaus zuging, sah er zu seiner Überraschung, wie Gorski aus der Tür kam. Er blickte sich um, als wolle er sich vergewissern, dass ihn niemand gesehen hatte, dann wandte er sich in Manfreds Richtung. Manfred wusste nicht, was er tun sollte. Es war zu spät, um auf die andere Straßenseite zu wechseln, und es gab keine Möglichkeit, sich zu verstecken. Außerdem wollte er Gorski nicht den Eindruck vermitteln, er weiche ihm aus. Ihm blieb nichts anderes übrig, als weiterzugehen. Der Kommissar schien ihn nicht bemerkt zu haben. Dann, als sie nur noch ein paar Meter voneinander entfernt waren, nickte Gorski ihm kurz zu und marschierte an ihm vorbei. Manfred ging weiter zu seiner Wohnung. Wenn Gorski gar nichts von ihm wollte, wieso war er dann im Haus gewesen? Er stellte die beiden Weinflaschen auf den Küchentisch. Dann öffnete er eine davon und schenkte sich ein Glas ein. Er trat auf den Balkon, der zum Spielplatz hinausging. Alice' silberner Sportwagen stand wieder an seinem Platz.

17

Gorski saß in dem offenen Bereich hinter dem Empfangsschalter der Polizeiwache und blätterte in seinen Befragungsnotizen. Er schloss sich nicht gerne in seinem Büro ein. Das wirkte so, als halte er sich für etwas Besseres, und er wollte nicht, dass die anderen Polizisten über ihn redeten. Einige seiner Kollegen verübelten ihm noch immer seinen Status als Ribérys Schützling. Das war zwar mittlerweile zwanzig Jahre her, aber er hatte immer noch den Ruf, sich bei den Chefs lieb Kind zu machen, zumindest bei den älteren Beamten. Schmitt hatte Schalterdienst. Vor ihm auf dem Tresen lag eine aufgeschlagene Zeitung. Gorski hatte ihn zwar schon mehrfach gebeten, nicht vor den Augen der Leute Zeitung zu lesen, doch Schmitt ignorierte ihn einfach, und irgendwann hatte Gorski das Thema fallen lassen. Schon damals, als Gorski in der Wache angefangen hatte, war Schmitt wegen vermeintlicher Gesundheitsbeschwerden in den Innendienst versetzt worden, und er hatte auch nie einen Hehl aus seiner Ablehnung gegenüber dem jungen Polizisten gemacht. Gorski wiederum wäre Schmitt nur zu gerne losgeworden. Er träumte immer wieder davon, ihn in den vorzeitigen Ruhestand zu schicken. Er hatte die Macht dazu, aber er scheute die Konfrontation. Außerdem würde eine solche Maßnahme die übrigen älteren Kollegen nur noch mehr gegen ihn aufbringen.

Ohne von seiner Zeitung aufzublicken, sagte Schmitt: »Die aus Straßburg haben übrigens angerufen. Sie haben eine Leiche aus dem Fluss gezogen.« Er sagte es so beiläufig, als wäre es eine unbedeutende Kleinigkeit, die ihm zwischenzeitlich entfallen war.

»Wie bitte?« Gorski war bereits seit zwanzig Minuten in der Wache, und erst jetzt hatte Schmitt sich dazu herabgelassen, ihn zu informieren.

»Sie haben gesagt, sie haben eine Leiche aus dem Rhein gefischt.«

»Was für eine Leiche?«, fragte Gorski. Er gab sich keine Mühe, seinen Ärger zu verbergen. Natürlich kam es öfter vor, dass im Rhein Leichen gefunden wurden, aber selbst Schmitt konnte nicht entgangen sein, welche Bedeutung diese Information möglicherweise hatte.

»Weiblich, mehr haben sie nicht gesagt.«

»Kein Alter, keine Beschreibung, keine Todesursache?«

Schmitt zuckte die Achseln. »Es klang so, als hätten sie sie gerade erst rausgezogen.«

»Und Sie haben nicht nachgefragt?«

Schmitt schnaubte durch seinen Schnäuzer, als wäre ihm der Gedanke gar nicht gekommen.

»Sie haben mir eine Nummer gegeben.«

Er suchte demonstrativ in dem Durcheinander auf dem Tresen und hielt dann ein Stück Papier hoch. Gorski riss es ihm aus der Hand und ging in sein Büro, um den Anruf zu tätigen. Er setzte sich hin und überlegte, was er sagen sollte. Er rief nicht gerne bei den Dienststellen in der Stadt an. Selbst die Telefonistinnen gaben ihm jedes Mal das Gefühl, ein Provinztrottel zu sein. Nicht, dass sie irgendetwas Abfälliges sagten. Es war der Tonfall. Doch es half nichts, er musste anrufen. Eine Frau nahm ab.

»Kommissar Gorski aus Saint-Louis für Kommissar Lambert.«
Und schon ging es los: »Entschuldigung, von wo?«

»Saint-Louis, Haut-Rhin«, wiederholte Gorski.

Die Telefonistin verband ihn. Gorski und Lambert waren sich schon häufiger begegnet, aber der Straßburger Kommissar schien sich nie an ihn zu erinnern.

Lambert nahm ab. »Georges, wie geht es Ihnen?«

Trotz seines leisen Ärgers war Gorski froh, dass Lambert sich an seinen Vornamen erinnerte und ihn auf freundliche Weise begrüßte.

»Wie ich höre, haben Sie etwas, das vielleicht interessant für mich sein könnte«, sagte er.

»Möglicherweise«, erwiderte Lambert.

»Haben Sie nähere Informationen über den Leichenfund?«, fragte Gorski und bedauerte sofort seine förmliche Ausdrucksweise. Sie zerstörte den freundschaftlichen Ton, mit dem das Gespräch begonnen hatte.

»Eine junge Frau, mehr weiß ich noch nicht. Sie haben sie erst vor zwei Stunden rausgeholt. Sie ist jetzt in der Rechtsmedizin. Wenn Sie wollen, kommen Sie her und schauen Sie sich die Tote an.«

Zehn Minuten später fuhr Gorski auf der A35 nach Norden. Er war aufgeregt. Er war kein Experte auf dem Gebiet, aber er wusste, dass es immer ein paar Tage dauerte, bis die Gasbildung eine Wasserleiche an die Oberfläche brachte. Die Tatsache, dass die Tote hundert Kilometer flussabwärts gefunden worden war, hatte nichts zu bedeuten. Leichen trieben oft weite Strecken, bis sie an einem Ast hängen blieben oder durch die Strömung ans Ufer gespült wurden. Außerdem freute sich Gorski über die Art, wie Lambert mit ihm gesprochen hatte, und darüber, dass er ihm sofort angeboten hatte, sich die Tote gemeinsam anzusehen. Mit etwas Glück hätte er in ein paar Stunden Todeszeitpunkt, Todesursache und vielleicht sogar ein paar forensische Spuren.

Die Landschaft zwischen Saint-Louis und Straßburg war platt und eintönig. Auf der Strecke war kaum etwas los, und so nutzte Gorski die Fahrt, um noch einmal alles durchzugehen, was er über Adèle wusste. Bis Alex Ackermann sich bei der Polizei gemeldet hatte, war sie ihm ein vollkommenes Rätsel gewesen.

An jenem ersten Abend waren die beiden über die Grenze nach Basel gefahren und dort in eine Bar gegangen, die bei Gorskis Schweizer Kollegen als Treffpunkt der alternativen Szene bekannt war. Ackermann hatte zugegeben, dass er mit Adèle dorthin gefahren war, um sie zu beeindrucken. Sie hatten etwas getrunken, und er hatte bei einem Mann, an dessen Namen er sich angeblich nicht mehr erinnern konnte, eine kleine Menge Haschisch gekauft. Gorski hatte nicht weiter nachgehakt. Er interessierte sich nicht für einen kleinen Haschdealer, und er wollte dem jungen Mann das Gefühl geben, dass er frei reden konnte. Nachdem Ackermann diesen Gesetzesverstoß gebeichtet hatte, entspannte er sich merklich und erklärte, das sei der Grund gewesen, weshalb er sich nicht eher gemeldet hatte. Die Adèle, die er beschrieben hatte, war ganz anders als die mürrische Kellnerin aus dem Restaurant de la Cloche. Sie hatte zwar wenig über sich preisgegeben, war aber durchaus gesprächig und weltgewandt. Ackermann gab zu, dass er sich ihr ein wenig unterlegen gefühlt hatte. Gorski tat sich schwer, diese beiden Bilder von Adèle unter einen Hut zu bringen, aber dann rief er sich ins Gedächtnis, wie wenig er eigentlich darüber wusste, was seine eigene Tochter tat, wenn sie mit ihren Freunden unterwegs war. Vielleicht ging sie auch in zweifelhafte Bars und rauchte Marihuana. Ackermann hatte wie ein wohlerzogener junger Mann gewirkt, dessen größte Sorge darin bestand, dass seine Eltern etwas von seinen Aktivitäten erfahren könnten. Wäre er ihm im Kreis von Clémence' Freunden begegnet, hätte er sich keine großen Sorgen gemacht.

Gorski manövrierte mit einiger Mühe durch das Labyrinth an Einbahnstraßen rund um die Wache in der Rue de la Nuée Bleue und ließ seinen Wagen schließlich ein paar Straßen weiter stehen. Lambert kam sofort in den Eingangsbereich und begrüßte Gorski mit einem freundlichen Händedruck. Er trug einen teuren, gut geschnittenen Anzug, und ausnahmsweise war Gorski froh, dass er selbst ebenfalls gut angezogen war.

»Was macht Ihr Fall?«, fragte Lambert.

»Wir verfolgen mehrere Spuren«, erwiderte Gorski. Er mochte nicht zugeben, dass sie nicht von der Stelle kamen.

»So schlimm?« Sein Tonfall war nicht spöttisch, sondern mitfühlend.

»Eine Leiche würde mir jedenfalls sehr weiterhelfen«, sagte Gorski.

Lambert schlug vor, mit seinem Wagen zur Rechtsmedizin zu fahren. Er stellte Gorski noch einige Fragen zu seinem Fall, doch als klar wurde, dass dieser so gut wie nichts in der Hand hatte, ließ er das Thema fallen. Gorski war peinlich berührt. Er fragte sich, ob es an seiner Unfähigkeit lag, dass sie nicht vorankamen. Er hätte Lambert gerne um Rat gefragt, schließlich hatte dieser sicher weit mehr Erfahrung mit solchen Fällen als Gorski, aber er tat es nicht, und so verlief der Rest der Fahrt schweigend. Lambert parkte seinen BMW in einem reservierten Bereich vor dem Institut und ging zielstrebig durch die Eingangshalle. Er schien sich in dem Gebäude gut auszukennen und ging so schnell durch die Flure, dass Gorski fast laufen musste, um mit ihm Schritt zu halten. Schließlich wurden sie von einem Laboranten in weißem Kittel begrüßt, und Lambert erklärte ihm, warum sie hier waren. Als der Laborant fragend zu Gorski sah, stellte Lambert den Kommissar vor, als habe er vorübergehend vergessen, dass er da war. Der Laborant führte sie zu einer Reihe von Stahltüren. Er sagte, die Obduktion werde erst am Abend stattfinden, aber sie könnten gerne daran teilnehmen. Gorski hoffte inständig, dass das nicht nötig sein würde. In seiner Anfangszeit als Kommissar hatte er sich in einem Anflug von Kühn-

heit freiwillig gemeldet, an der Obduktion eines Selbstmörders teilzunehmen. Zur Erheiterung des Rechtsmediziners und seiner As-
sistenten hatte er sich nur wenige Minuten nach Beginn der
Prozedur übergeben. Die Nachricht von diesem Zwischenfall war
auf geheimnisvollen Wegen bis zur Wache vorgedrungen, und danach hatten seine Kollegen noch wochenlang jedes Mal, wenn er
den Raum betrat, so getan, als kotzten sie in den Papierkorb. Der
Laborant öffnete eine der Stahltüren und zog eine Bahre heraus.
Gorski holte tief Luft. Doch er sah auf den ersten Blick, dass die
Tote nicht Adèle Bedeau war. Das Mädchen war blond und so dünn,
dass die Rippen hervorschauten. Ihre Haut hatte einen grün-
lich-grauen Ton angenommen. Lambert sah Gorski an, und der
schüttelte den Kopf. Ihm war übel.

»Die dürfte schon mindestens zwei Wochen tot sein«, sagte der
Laborant.

»Tut mir leid, Kollege«, meinte Lambert.

Sie fuhren schweigend zur Wache zurück. Gorski hatte das Gefühl, dass Lambert sich seinetwegen schämte, dass er sich blamiert
hatte, weil er so übereilt ins Auto gesprungen war. Er hätte ohne
Weiteres abwarten können, bis er eine Beschreibung der Toten gehabt hätte. Stattdessen war er losgestürzt wie ein Kind, das es nicht
erwarten konnte, seine Weihnachtsgeschenke auszupacken. Auf
der Fahrt nach Straßburg hatte er das Verbrechen bereits in seiner
Vorstellung gelöst und sich obendrein noch eine Versetzung in eine
große Stadt verdient. War er nicht auch ein klein wenig deshalb
hierhergeeilt, um mit ein paar Großstadtkollegen zu tun zu haben,
und Céline gegenüber später beiläufig erwähnen zu können, dass
er in Straßburg gewesen war?

Gorski und Lambert verabschiedeten sich auf der Straße. Lambert wünschte ihm alles Gute für den Fall und sagte, er solle sich
melden, falls er irgendetwas brauche. Gorski dankte ihm. Sie gaben
sich die Hand, und Lambert verschwand in der Wache.

Für den Rückweg wählte Gorski die längere Strecke, die am Rhein entlangführte. Er ließ sich Zeit, denn er hatte keine Lust, in die Wache zurückzukehren und zuzugeben, dass seine Fahrt nach Straßburg sinnlos gewesen war. Er sah bereits Schmitts spöttische Miene vor sich. Das braune Wasser des mächtigen Flusses zu seiner Linken floss schwermütig dahin. Auf den Feldern zu seiner Rechten waren nur noch Stoppeln, und es roch ein wenig süßlich nach Dung. Er fühlte sich wie ein Ballon, aus dem die Luft entwichen war. Die Ermittlungen stagnierten, und er hatte wenig Hoffnung, dass sich daran etwas ändern würde. Und wenn, dann eher durch einen glücklichen Zufall als durch eine Eingebung seinerseits. Sie hatten alle Richtungen verfolgt. Da war nur Manfred Baumann, aber abgesehen davon, dass er log, gab es keinerlei Hinweise darauf, dass er irgendetwas mit dem Verschwinden von Adèle Bedeau zu tun hatte.

Er hielt auf einem Rastplatz ein kleines Stück nördlich von Saint-Louis, zündete sich eine Zigarette an und saß eine Weile da. Dann stieg er aus und ging durch den Wald zu der Lichtung. Auf dem Weg dorthin sagte er sich, dass die Lichtung ebenso gut geeignet war wie jeder andere Ort, um in Ruhe nachzudenken, aber das war nicht alles. Als er sich wie immer auf den umgestürzten Baumstamm setzte, fragte er sich, ob ein Polizist wie Lambert bei diesem Fall weitergekommen wäre. Sein Kollege aus Straßburg hätte Manfred Baumann sicher stärker in die Mangel genommen, ihn vielleicht sogar verhaften lassen, in der Hoffnung, ihm so ein Geständnis abzuringen. Oder vielleicht hätte er versucht, die Ereignisse vor dem Verschwinden des Mädchens nachzustellen. Gorski vertrat seit jeher die Ansicht, dass Polizeiarbeit eine Frage der Routine und des methodischen Vorgehens war, aber im Stillen befürchtete er, dass seine Verachtung gegenüber Spekulationen nichts weiter war als ein Schutz vor der Erkenntnis, dass er schlichtweg nicht imstande war, seine Arbeit intuitiver anzugehen. Er war vor zwanzig Jahren gescheitert, und nun scheiterte er erneut. Trotzdem weigerte er sich, eine andere Herangehensweise in Betracht zu ziehen. Aber war er nicht gerade aus dem nagenden Gefühl heraus zu der Lichtung zurückgekehrt, dass es irgendeine Verbindung zwischen dem Verschwinden von Adèle Bedeau und dem Mord an Juliette Hurel gab? Er hatte diese Möglichkeit erwogen und wieder verworfen. Dennoch ließ ihn der Gedanke nicht los. Er drückte seine Zigarette sorgfältig am Baumstamm aus und zündete sich eine neue an.

Gorski verabscheute solche Gefühle. Sie waren nur ein Vorwand für undiszipliniertes Denken, Teil jenes Vokabulars, das Polizisten gerne verwendeten, um ihrer Arbeit etwas Geheimnisvolles zu verleihen. Spekulationen führten nirgendwohin. Ein »Was wäre wenn« führte zum nächsten, und alsbald türmte sich eine nutzlose Vermutung auf die andere. Es war wie die Eröffnung einer Schachpartie. Mit jedem Zug wuchs die Anzahl der möglichen Kombinationen exponentiell. Gorski hatte keine Lust, sich in einer Reihe sinnloser Mutmaßungen zu verlieren, die sich aller Wahrscheinlichkeit nach als falsch herausstellen würden. Auf jeden Fall bekam er von dieser Art zu denken Kopfschmerzen. Doch sein stures Festhalten an nüchternen Fakten hatte ihn auch nicht weitergebracht. Und war er nicht von Anfang an davon ausgegangen, dass Adèle Bedeau tot war? Mehr noch: dass sie ermordet worden war? Es war eine naheliegende Annahme, aber bisher hatte er nicht den geringsten Beweis dafür. Und gerade der Mangel an Beweisen deutete auf das Gegenteil hin, nämlich dass Adèle Bedeau lebte und einfach verschwunden war. War er nicht genau deshalb so aufgeregt gewesen, als Schmitt ihn über die Tote im Rhein informiert hatte? Seine Annahme war bestätigt worden, und nun konnte er sich auf die Schulter klopfen, weil er recht gehabt hatte. Er hatte sich auf der Fahrt nach Straßburg bereits selbst für seinen richtigen Riecher beglückwünscht.

Die Luft im Wald war kühl und still. Eine Ringeltaube gurrte unablässig. Gorski blickte hoch in das Laub, konnte jedoch keinen

Vogel sehen. Er zog an seiner Zigarette. Der Boden war trocken wie Zunder. Eine Sekunde lang sah er den Wald brennen und eine Schar unsichtbarer Vögel gen Himmel flattern, um den Flammen zu entkommen. Dann hörte er hinter sich ein Rascheln. Er erstarrte. Er wollte niemandem begegnen, dem er womöglich noch erklären musste, was er hier zu suchen hatte. Er blickte über die Schulter, aber da war niemand. Vielleicht ein Tier im Gebüsch. Er sah auf die Uhr. Es war erst Viertel nach vier. Er konnte noch nicht nach Hause fahren. Clémence würde bereits aus der Schule zurück sein und sich wundern, warum er schon da war. In letzter Zeit verbrachte er so wenig Zeit wie möglich zu Hause. Er stand auf und ging ohne besonderen Grund in die Richtung, aus der das Geräusch gekommen war. In den Büschen hingen reife Brombeeren. Er blieb stehen, um ein paar davon zu pflücken, und riss sich an den Stacheln Ziehfäden in die Ärmel seines Jacketts. Die Beeren waren süß und saftig. Ihr Geschmack erinnerte ihn an den Sommer, in dem er als Heranwachsender auf dem Bauernhof gearbeitet hatte. Er schob sich durch das Gestrüpp. Nach einer Weile entdeckte er einen zugewachsenen Pfad.

Zwanzig Minuten später kam er zu einer Backsteinmauer, die etwa drei Meter hoch und von Efeu überwuchert war. Die hellgelben Steine bröckelten, und der Mörtel war an vielen Stellen abgeplatzt, sodass die Mauer nur noch von den Efeuranken aufrecht gehalten zu werden schien. Sie erstreckte sich ein ganzes Stück in beide Richtungen, und wegen ihrer Höhe konnte Gorski nicht auf die andere Seite schauen. Doch dann entdeckte er in der Mauer eine Holztür. Sie war offenbar einmal blau gestrichen gewesen, aber die Farbe war schon vor langer Zeit abgeblättert, und das Holz moderte vor sich hin. Gestrüpp reichte bis zur Mitte der Tür, und an den Scharnieren hingen dicke Spinnweben. Sie war offensichtlich seit Jahren nicht mehr benutzt worden. Dennoch schob Gorski die dichten Ranken beiseite und drückte die verrostete Klinke hinunter. Sie bewegte sich, doch die Tür ging nicht auf. Er überlegte, ob er an der Mauer hochklettern sollte. Es gab genug Löcher, die er als Tritt benutzen könnte, doch die Vorstellung, auf diese entwürdigende Weise auf ein fremdes Grundstück zu gelangen, gefiel ihm nicht. Außerdem war er nicht sicher, ob die Mauer nicht unter seinem Gewicht einstürzen würde.

Stattdessen folgte Gorski der Mauer nach Norden, weg von Saint-Louis. Er war sich ziemlich sicher, dass sie die rückwärtige Grenze eines der großen Villengrundstücke am Stadtrand bildete. Nach drei- oder vierhundert Metern endete die Mauer, und dahinter lagen Gemüsebeete, die vielleicht zu einem der Häuser in der Nähe gehörten oder von Städtern gepachtet waren. Er folgte dem Pfad, der zur Straße führte, und wandte sich dann zurück in die Richtung, aus der er auf der Waldseite der Mauer gekommen war. Die Häuser am Nordrand der Stadt waren groß, imposante Villen, die ein gutes Stück von der Straße entfernt lagen, geschützt durch Steinmauern und alten Baumbestand. Abgesehen von ein paar Einbruchsfällen, war er seit dem Mord an Juliette Hurel nicht mehr in einem der Häuser gewesen.

Gorski erkannte den Namen auf dem Briefkasten neben der Einfahrt einer Villa wieder. Er zog sein Jackett an, um die Schweißflecken unter seinen Armen zu kaschieren. Seine Schritte knirschten laut auf dem Kies, als er auf das Haus zuging. Er wusste, dass er schon einmal hier gewesen war, konnte sich aber kaum an irgendwelche Einzelheiten seines Besuchs erinnern. Er fühlte sich unbehaglich und rechnete halb damit, dass der Besitzer herauskommen und ihn wegen unbefugten Betretens maßregeln würde. Selbst jetzt, als Kommissar, kam er sich in Gegenwart der Bourgeoisie, die in derlei Häusern wohnte, immer noch fehl am Platz vor. Seit ihrer Hochzeit hatte Céline unnachgiebig versucht, ihm seine Unterschichtmanieren auszutreiben, hatte immer wieder seine Aussprache korrigiert und ihn zusammengestaucht, wenn er sich den

Mund mit dem Handrücken abwischte oder das Besteck falsch hielt. Mittlerweile war Gorski, wie Céline sich ausdrückte, in guter Gesellschaft halbwegs präsentabel, aber wenn sie nicht da war, fiel er oft in seine alten Angewohnheiten zurück und verriet seine Herkunft durch eine gewisse Unterwürfigkeit gegenüber gesellschaftlich Höhergestellten.

Er drückte auf die Klingel. Eine volle Minute verging, dann wurde die Tür von einem Hausmädchen in Uniform geöffnet. Gorski widerstand dem Drang, sich für sein Eindringen zu entschuldigen, gab ihr seine Karte und bat darum, mit M. oder Mme Paliard zu sprechen. Als er die kühle Eingangshalle betrat und den leicht modrigen Geruch des alten Hauses roch, erinnerte er sich plötzlich an seinen früheren Besuch. Das Gespräch hatte in dem Raum hinter der Tür zu seiner Linken stattgefunden. Es war ein großer Raum mit hoher, stuckverzierter Decke, einem altmodischen Messingkronleuchter und ziemlich protzigen Möbeln. Es gab ein Erkerfenster mit hellgrünen Samtvorhängen und einen großen Kamin mit einem riesigen, goldgerahmten Spiegel darüber. Gorski erinnerte sich, wie er sein jüngeres Ich in dem Spiegel erblickt hatte. Die Luft war ein wenig abgestanden gewesen, was darauf hindeutete, dass der Raum selten benutzt wurde. Er hatte M. Paliard und seiner Frau ein paar allgemeine Fragen zu dem Mord an Juliette Hurel gestellt. Paliard war Anwalt, wie ihm wieder einfiel. Gorski hatte angemerkt, dass er ihm noch nie bei Gericht begegnet war, und Paliard hatte daraufhin erwidert, er sei im Bereich Familienrecht tätig.

Das Hausmädchen ließ Gorski in der Eingangshalle stehen, kam dann wenig später zurück und führte ihn in den Empfangssalon. Der Raum war genau wie in seiner Erinnerung. Die Luft darin war so tot, als wäre seit seinem letzten Besuch niemand mehr dort gewesen. Das Hausmädchen teilte ihm mit, M. Paliard werde gleich kommen, und fragte, ob er etwas zu trinken haben wolle. Er bat um ein Glas Wasser.

»Es ist ziemlich warm«, sagte er und ärgerte sich sofort über sich selbst, weil er meinte, sich für eine so bescheidene Bitte rechtfertigen zu müssen. Das Hausmädchen verschwand und kam mit einem Krug Eiswasser und zwei Gläsern auf einem Silbertablett zurück. Als sie gegangen war, schenkte Gorski sich ein Glas ein und leerte es in einem Zug. Er schwitzte noch immer von seinem Marsch durch den Wald. Er nahm sein Taschentuch heraus und wischte sich die Stirn ab. Céline behauptete, schwitzen sei eine Angewohnheit der Unterschicht. Und tatsächlich hatte Gorski seine Frau in zweiundzwanzig Jahren Ehe kein einziges Mal schwitzen sehen.

Der alte Mann trat ein. Er hielt in beiden Händen einen Gehstock und stützte sich schwer darauf. In seine Nase führte ein Sauerstoffschlauch. Seine Gesichtshaut war gräulich-gelb und hing schlaff herab. Dennoch erkannte Gorski ihn sofort. Trotz seiner Gebrechlichkeit strahlte er immer noch Autorität aus. Er schleppte sich zu einem Sofa und ließ sich mühsam darauf nieder. Dann bedeutete er Gorski mit gekrümmtem Zeigefinger, er solle sich zu ihm setzen, was dieser auch tat. Paliards schlechter Gesundheitszustand verstärkte Gorskis Gefühl, dass sein Besuch nicht willkommen war.

Paliard machte keinerlei Anstalten, das Gespräch in Gang zu bringen. Er fragte nicht: *Was kann ich für Sie tun?*, oder: *Wie kann ich Ihnen helfen, Kommissar?* Das taten nur Leute, die sich von der Anwesenheit eines Polizisten einschüchtern ließen. Altes Geld, das hatte Gorski schon vor langer Zeit gelernt, behandelte Polizeibeamte mit Herablassung. Sie wurden empfangen wie früher der Wildhüter oder der Stallbursche.

»Sie sind seit unserer letzten Begegnung befördert worden.«

»Ja«, bestätigte Gorski.

»Das sagt vermutlich mehr über die Mittelmäßigkeit unserer Polizei aus als über Ihre Fähigkeiten als Kommissar«, erwiderte Paliard mit einem dünnen Lächeln. Der alte Mann wurde von einem pfeifenden Hustenanfall geschüttelt. Er bedeutete Gorski, ihm ein Glas Wasser einzuschenken. Gorski gehorchte und reichte es Paliard, der vorsichtig einen Schluck trank, als der Husten nachgelassen hatte. Gorski musste daran denken, wie er in den letzten Lebenstagen seines Vaters stundenlang schweigend bei ihm gesessen hatte. Er wartete, bis Paliard wieder zu Atem gekommen war.

»Ich untersuche das Verschwinden von Adèle Bedeau«, sagte er dann in dem Versuch, seine Anwesenheit zu erklären, obwohl es keinen Zusammenhang zwischen der aktuellen Ermittlung und seinem Besuch in der Villa gab, oder zumindest keinen, den er hätte erklären können. Doch Paliard ging gar nicht darauf ein.

»Ich erinnere mich an Ihren letzten Besuch. Ich fand Ihr Auftreten ebenso unbefriedigend wie das Ergebnis des Falls, den Sie damals untersuchten. Wie hieß das Mädchen noch?«

»Hurel, Juliette Hurel.«

»Ach ja«, sagte Paliard. »Ein Landstreicher wurde dafür verurteilt, nicht wahr? Hieß er nicht Malou?«

»Das stimmt«, erwiderte Gorski. Es war ihm unangenehm, dass der alte Mann die Einzelheiten des Falls noch so genau wusste.

»Ohne jeden Beweis, wenn ich mich recht entsinne. Alles nur zusammengeschustert.«

»Es gab eine Augenzeugin, die ihn in der Nähe des Tatorts gesehen hatte«, wandte Gorski ohne Überzeugung ein.

Paliard schnaubte nur missbilligend und schüttelte den Kopf.

»Selbst ein Mann von Ihrer begrenzten Intelligenz sollte der Aussage einer nach Aufmerksamkeit heischenden alten Frau doch wohl nicht allzu viel Bedeutung beimessen.«

»Malou wurde angeklagt und schuldig gesprochen«, gab Gorski zurück.

»So ziehen Sie sich also aus der Verantwortung. Großartig!«

Gorski schwieg. Er begann seinen Besuch bei Paliard zu bereuen, insbesondere weil er keinen wirklichen Anlass dafür hatte.

Letzten Endes war er nicht schuld an der Verurteilung von Malou. Er war einer Spur gefolgt, wie es seine Pflicht war, und er hatte die Aussage der Witwe protokolliert, wie es ebenfalls seine Pflicht war. Es war nicht seine Entscheidung gewesen, Malou anzuklagen, und er hatte ihn auch nicht schuldig gesprochen. Doch es hatte keinen Sinn, sich gegenüber Paliard zu rechtfertigen.

»Wie ich schon sagte«, begann er erneut, »untersuche ich das Verschwinden von Adèle Bedeau«.

Wieder schüttelte Paliard den Kopf. »Sie wollen mir doch nicht erzählen, dass Sie ernsthaft glauben, ich könnte Ihnen diesbezüglich irgendwelche Informationen geben. Ich vermute eher, Sie sind hier, weil Sie annehmen, dass es eine Verbindung zwischen den beiden Fällen gibt. Was wiederum den Schluss nahelegt, dass Sie denken, Malou wurde zu Unrecht verurteilt.«

Gorski sah keine Möglichkeit, das Gespräch fortzuführen, ohne in diesem Punkt nachzugeben.

»Ja«, sagte er. Soweit er sich entsinnen konnte, hatte er das nie jemandem gegenüber zugegeben, außer Céline. In gewisser Weise erleichterte es ihn.

Paliard ließ sich keinerlei Befriedigung über diesen kleinen Sieg anmerken. »Und da Sie, wie ich den Zeitungen entnehme, mit Ihrer laufenden Ermittlung nicht weiterkommen, denken Sie nun, der Fall, den Sie vor zwanzig Jahren nicht gelöst haben, könnte vielleicht ein Licht auf den aktuellen werfen.«

Paliards Formulierung ließ das Ganze genauso lächerlich wirken, wie Gorski befürchtet hatte.

»Sie klammern sich also an jeden Strohhalm?«

»Ja, das tue ich«, sagte Gorski.

»Nun, ein Mann, der sich nicht an Strohhalme klammert, ertrinkt«, gab Paliard zurück. Er sah Gorski mit seinen schmalen blassblauen Augen an. Gorski fragte sich, ob in Paliards Worten ein Hauch von Ermutigung lag.

»Kommissar Gorski, in wenigen Minuten wird meine Krankenschwester dort in der Tür erscheinen und Ihnen mitteilen, dass Ihre Besuchszeit vorbei ist. Wenn Sie also etwas auf dem Herzen haben, schlage ich vor, dass Sie zur Sache kommen.«

Gorski nahm an, dass er nichts zu verlieren hatte. Wie es aussah, konnte Paliards Meinung über ihn kaum schlechter werden, als sie bereits war.

»Seit dem Prozess damals bin ich immer wieder zu der Lichtung gegangen, auf der der Mord passiert ist. Natürlich ist das albern, aber ich dachte, da wäre vielleicht irgendetwas, das übersehen worden war. Ich schätze, ich habe auf eine Inspiration gehofft.« Er hielt inne, weil er damit rechnete, dass Paliard eine sarkastische Bemerkung machen würde, doch der alte Mann schwieg.

»Nach einer Weile ging ich nur noch aus Gewohnheit dorthin. Oft dachte ich überhaupt nicht mehr an den Fall, oder ich dachte über einen aktuellen Fall nach, an dem ich gerade arbeitete. Es ist ein sehr abgeschiedener Ort. Geradezu perfekt für einen Mord.«

Gorski hatte das Gefühl, dass er anfing zu faseln. Doch zu seiner Überraschung hörte Paliard ihm aufmerksam zu. »Seit diese junge Frau verschwunden ist, denke ich wieder an den Fall Hurel. Eins ist sicher: Wenn Malou nicht der Täter war, dann läuft der wahre Mörder noch immer frei herum. Ich war damals fest überzeugt, dass der Täter aus der Umgebung stammen musste, was auch einer der Gründe war, warum ich nicht an Malous Schuld geglaubt habe. Daher erscheint es nicht völlig abwegig, dass der Täter noch hier in der Gegend wohnt – sofern er noch lebt. Und als Adèle Bedeau verschwand, habe ich mich gefragt, ob der Mörder von damals wieder zugeschlagen hat.« Er zuckte die Achseln. »Wie Sie schon sagten, ich klammere mich an jeden Strohhalm.«

Paliard schwieg.

»Ich war vorhin wieder auf der Lichtung. Aus irgendeinem Grund bin ich von dort in eine andere Richtung gegangen als sonst, und dann stand ich auf einmal vor der Holztür in der Mauer am Ende Ihres Grundstücks.«

In dem Moment ging die Tür auf, und eine junge Frau in blauem Schwesternkittel kam herein.

»Ich bedaure, aber Sie müssen jetzt gehen. Monsieur Paliard ist nicht in der Verfassung für längere Besuche. Das erschöpft ihn.«

Paliard wies mit dem Daumen auf die Krankenschwester. »Sie redet gern über mich, als wäre ich gar nicht da.«

Gorski lächelte leicht.

»Ich fürchte, ich habe Ihre Zeit vergeudet. Ich bin aus einer Eingebung heraus hierhergekommen. Tut mir leid, dass ich Sie gestört habe.«

Paliard wischte seine Entschuldigung mit einer Handbewegung beiseite. »Ganz und gar nicht. Ich fand unser Gespräch recht anregend. Kommen Sie gerne wieder. Allerdings ...« Erneut wurde er von einem Hustenanfall unterbrochen.

Die Krankenschwester eilte herbei und stellte sich besitzergreifend hinter ihren Schützling.

»Das reicht jetzt«, sagte sie mit Nachdruck.

Gorski nickte und stand auf. Er verabschiedete sich von dem keuchenden Paliard und verließ das Haus. Trotz Paliards abfälligen Bemerkungen war er froh, dass er bei ihm gewesen war. Obwohl nichts Konkretes dabei herausgekommen war, hatte er sich zumindest mit dem Fall befasst. Und er hatte das deutliche Gefühl, dass in diesem mausoleumsartigen Raum irgendetwas in der Luft lag, das ihm entging. Er dachte an Ribérys goldene Regel, nach dem Ausschau zu halten, was nicht da war. Seine Schritte knirschten auf dem Kies, genau wie damals vor zwanzig Jahren. Plötzlich fiel ihm ein, dass da ein Junge gewesen war, etwa fünfzehn oder sechzehn. Er machte kehrt und lief zum Haus zurück. Die Eingangstür war nicht abgeschlossen. Das Hausmädchen erschien im Durchgang am Ende der Eingangshalle.

»Monsieur, Sie können doch nicht einfach …«

Gorski beachtete sie nicht. Die Tür zum Empfangssalon stand offen. Paliard saß noch auf dem Sofa, hatte jetzt aber eine Sauerstoffmaske auf dem Gesicht. Er rang keuchend um jeden Atemzug, die eine knotige Hand in die Lehne gekrallt, die andere auf die Brust gedrückt. Die Krankenschwester wieselte um ihn herum. Als sie Gorski in der Tür stehen sah, befahl sie ihm, sofort zu gehen.

18

Manfred hatte den Samstag schon immer gehasst. Während der Woche ging man zur Arbeit, auch wenn man sie nicht leiden konnte, weil man musste, weil man keine andere Wahl hatte. Die Leute kamen mit einem Gefühl gemeinsamer Resignation an ihren Arbeitsplatz. Es war relativ leicht, so zu tun, als wäre man ein normales Mitglied der Gesellschaft. An den Wochenenden war das anders. Da wurde von einem erwartet, dass man sich amüsierte, gesunden Aktivitäten an der frischen Luft nachging oder etwas mit der Familie oder Freunden unternahm. Manfred hatte an derlei Unternehmungen nie Freude gehabt. Wenn er las oder ins Kino ging, dann nicht so sehr, weil er es genoss, sondern eher um die Zeit totzuschlagen. Er fürchtete sich vor Montagmorgen, wenn sich die Angestellten der Bank gegenseitig von ihren vollgepackten Wochenenden vorschwärmten. Jeder schien fest entschlossen, derjenige zu sein, der aus diesen Stunden der Freiheit den größten Genuss gezogen hatte. Wenn Caroline ihm seinen Kaffee brachte, fragte sie ihn jedes Mal, ob er ein schönes Wochenende gehabt habe, und er antwortete jedes Mal mit Ja. Falls sie nachfragte, sagte er manchmal, er sei in Straßburg im Kino gewesen. Das schien ihre Neugier zu befriedigen, und anschließend berichtete sie ihm so lange von ihren Wochenendunternehmungen, wie Manfred es duldete. Er hörte kaum zu und stellte sich stattdessen oft vor, wie sie wohl reagieren würde, wenn er ihr nüchtern mitteilte, dass er in einem schäbigen Club gewesen war und dort sexuelle Handlungen mit einer jungen Frau in ihrem Alter vollzogen hatte, deren Namen er nicht einmal kannte.

An diesem Samstag kam es jedoch nicht infrage, zum Chez Simone zu fahren. Die Aussicht, dass Gorski womöglich von diesem Teil seiner Routine erfuhr, war wenig erbaulich. Außerdem hatte die anrüchige Atmosphäre des Clubs seit dem Abend mit Alice für ihn seinen Reiz verloren, und Manfred schämte sich fast, dass er überhaupt dort gewesen war. Er musste sein Wochenende von Grund auf neu planen.

Er begann damit, dass er seine Großmutter anrief und ihr mitteilte, dass er am Sonntag nicht zum Mittagessen kommen würde. Sie gab sich keine Mühe, ihre Enttäuschung zu verbergen. Er erklärte ihr, dass er mit einer Freundin verabredet war.

»Mit einer Freundin?«, wiederholte Mme Paliard. »Was für eine Freundin?«

Manfred hatte angenommen, dass sie erfreut über diese Neuigkeit sein würde. Stattdessen klang sie ungläubig.

»Eine Frau, die bei mir im Haus wohnt«, sagte er.

»Ich verstehe«, erwiderte sie, als wäre das eine beschönigende Umschreibung für etwas ganz anderes. »Kannst du dich nicht ein anderes Mal mit dieser Freundin treffen? Dein Großvater wird enttäuscht sein. Es geht ihm nicht gut. Du weißt doch, wie deine Besuche ihn aufmuntern.«

»Er wird es bestimmt überleben«, sagte Manfred und bereute sofort seinen schnippischen Tonfall. Er wusste natürlich, dass es seine Großmutter war, die enttäuscht war, weil sie ihn nicht sehen würde. »Vielleicht kann ich ja im Lauf der Woche kommen. Wie wär's am Donnerstag?« Wenn er sie an dem Abend besuchen würde, könnte er eine Wiederholung seines Ausschlusses vom Kartenspiel vermeiden.

»Ist nicht so wichtig«, sagte sie. »Dann sehen wir uns eben nächsten Sonntag.«

Manfred legte auf. Er ärgerte sich über seine Großmutter, war aber gleichzeitig froh, dass sie auf sein Angebot, während der Woche vorbeizukommen, nicht eingegangen war. Sein Tagesablauf war auch so schon durcheinander genug. Er beschloss, an diesem Nachmittag seine Wäsche zu waschen. Selbst Gorski könnte kaum etwas Verdächtiges darin sehen, wenn er derlei häusliche Tätigkeiten zu einem anderen Zeitpunkt durchführte. Alice hatte eingewilligt, ihn am kommenden Nachmittag um zwei abzuholen, »um etwas zusammen zu unternehmen«. Manfred hatte keine rechte Vorstellung, was das genau bedeutete, aber es war immerhin möglich, dass sie bis in den Abend hinein unterwegs waren. Er ging zwar nicht davon aus, dass es so sein würde, aber es konnte ja nicht schaden, auf diese Eventualität vorbereitet zu sein. Dennoch fühlte er sich unbehaglich, als er mit seinem Wäschesack die Treppe zum Waschkeller hinunterging. Er erledigte seine Wäsche genau deshalb sonntagnachmittags, weil dann niemand im Waschkeller war. Vielleicht wimmelte es dort am Samstagvormittag nur so von Leuten, mit denen er nun Small Talk machen müsste. Doch der Raum war leer. Vermutlich waren die anderen Hausbewohner damit beschäftigt, ihren Samstag bestmöglich auszukosten.

Hastig stopfte Manfred seine Hemden und Unterhosen in eine Maschine und seine Socken und sonstigen Kleidungsstücke in eine andere. Dann setzte er sich wie immer auf den Stuhl neben der Tür und schlug sein Buch auf, aber er konnte sich nicht konzentrieren. Er sorgte sich, dass Alice hereinkommen könnte. Er war nicht erpicht darauf, zuzusehen, wie sie ihre Unterwäsche sortierte, aber er konnte ja schlecht verschwinden, wenn sie kam.

Sie wären gezwungen, sich während der Stunde, die das Waschprogramm benötigte, zu unterhalten, und würden womöglich lauter Gesprächsthemen abhandeln, die noch für den kommenden Nachmittag gebraucht wurden. Alice würde eine solche Situation vermutlich nichts ausmachen, aber Manfred versetzte schon allein die Vorstellung in Panik. Er beschloss, nach oben in seine Wohnung zu gehen und erst wieder herunterzukommen, wenn die beiden Maschinen durchgelaufen waren. Es kam durchaus häufiger vor, dass Hausbewohner ihre Wäsche unbewacht ließen. Oft waren mehrere Maschinen in Betrieb, wenn er herunterkam, und in einigen schien die Wäsche schon seit Stunden zu liegen. Manfred missbilligte diese Praxis, und er hatte diesbezüglich schon mehrfach anonyme Nachrichten hinterlassen, aber heute herrschten besondere Umstände. Er würde zurückkommen, sobald das Programm beendet war, und seine Wäsche aus den Maschinen nehmen. Während der Stunde des Wartens lief er unruhig in seiner Wohnung auf und ab. Er beschloss, abends doch nach Straßburg zu fahren. Da er Caroline oft erzählte, er gehe ins Kino, sollte er das auch einmal tun. Er ging davon aus, dass Gorski über alles, was er tat, informiert war, und der Kommissar würde sicher jede Abweichung von seinen Gewohnheiten als verdächtig ansehen. Davon abgesehen hatte er keine Lust, den ganzen Abend in seiner Wohnung zu hocken.

Als Manfred erneut in den Waschkeller hinunterging, waren seine beiden Maschinen gerade durchgelaufen. Ein Mann war dabei, seine Wäsche in eine der freien Maschinen zu packen. Er war um die sechzig, und Manfred hatte ihn schon oft mit seinem kleinen Terrier auf dem Spielplatz hinter dem Haus Gassi gehen sehen. Er vermutete, dass der Hundehaufen, der letztens im Treppenhaus gelegen hatte, von seinem Hund stammte, aber er hatte keinen Beweis dafür, deshalb sprach er das Thema auch nicht an. Da der Waschkeller zu eng war, um sich zu zweit darin zu bewegen, wartete er im Türrahmen, bis der Mann seine Sachen in der Trommel verstaut hatte. Keiner von beiden sagte etwas. Nachdem der Mann seine Maschine eingeschaltet hatte, verließ er zu Manfreds Erleichterung den Raum. Im Gegensatz zu seiner sonstigen Gewohnheit stopfte Manfred seine nassen Sachen in den Wäschesack und nahm sie mit nach oben. Auf dem Balkon stand ein alter Wäscheständer. Er klappte ihn auf und hängte seine Sachen mit Wäscheklammern auf. In ungefähr einer Stunde würde die Sonne herumkommen, und dann wären sie im Handumdrehen trocken. Er stützte sich einen Moment auf das Metallgeländer. Alice' Auto stand unten. Manfred war versucht, auf dem Balkon zu warten, in der Hoffnung, dass sie aus dem Haus kommen und in ihren Wagen steigen würde. Es wäre ganz normal, zu winken und ihr einen Gruß zuzurufen. Aber natürlich würde er das nicht tun. Er würde sich an die Wand drücken, weil er Angst hatte, dass jemand sah, wie er ihr nachspionierte. Auf dem Spielplatz lärmten Kinder. Ein paar arabische Frauen saßen auf einer Bank und plauderten. Eine von ihnen drehte sich um und sah zu seinem Balkon hoch. Manfred zog sich in die Küche zurück.

Als er zum Bahnhof ging, um den Zug um 17.35 Uhr zu nehmen, war Alice' Auto verschwunden. Er fragte sich, was sie wohl tat. Vielleicht traf sie sich mit ihrem abstoßenden Exmann. Er kaufte sich eine Fahrkarte und ging etwas früher als sonst auf den Bahnsteig, um zu überprüfen, ob ihm jemand gefolgt war. Es war ein angenehmer Abend. Im Osten verfärbte sich der Himmel über Basel bereits rötlich-violett. Ein elegant gekleideter Mann Mitte dreißig stand auf dem Bahnsteig, eine zusammengefaltete Zeitung in der Hand. Manfred war sich nicht sicher, ob der Mann bereits dort gewesen war, als er kam. Er ging an dem Mann vorbei bis ans Ende des Bahnsteigs. Außer ihnen waren nur wenige andere Leute da, aber der Mann schien es gezielt zu vermeiden, in Manfreds Richtung zu blicken. Als er kehrtmachte und erneut an dem Mann vorbeiging, wandte sich dieser ab und sah zur Abfahrtsanzeige. Der Zug nach Straßburg würde in zwei Minuten kommen.

Manfred positionierte sich hinter dem Mann, im Eingang zu dem kleinen gemauerten Warteraum. Ganz sicher wusste der Mann, dass Manfred nun ihn beobachtete. Er genoss die Vorstellung, dass er den Spieß umgedreht hatte. Bestimmt wurde alles, was er tat, vermerkt und an Gorski weitergegeben: dass er sich keineswegs davon hatte einschüchtern lassen, dass er beobachtet wurde, sondern im Gegenteil wie ein Mann aufgetreten war, der sich nichts vorzuwerfen hatte. Als der Zug einfuhr, blieb dem Mann nichts anderes übrig, als als Erster einzusteigen, ein klarer Beweis dafür, dass er bereits wusste, wohin Manfred wollte. Manfred war kurz versucht, auf dem Bahnsteig stehen zu bleiben und zuzusehen, wie der Zug mit dem Überwachungsbeamten an Bord davonfuhr. Er stellte sich vor, wie der Polizist aufsprang und mit den Fäusten gegen die Tür schlug, um hinausgelassen zu werden, und wie er dann mit beschämter Miene Gorski mitteilen musste, dass er sein Zielobjekt verloren hatte. Doch so amüsant die Vorstellung auch war, es würde die sorgfältig konstruierte Illusion zerstören, dass Manfred sich genauso verhielt, wie er es immer tat. Und würde es nicht seltsam aussehen, wenn er sich erst eine Fahrkarte kaufte und dann nicht in den Zug stieg?

Der Mann hatte sich auf einen Platz am Ende des Waggons gesetzt und tat so, als wäre er in seine Zeitung vertieft. Manfred setzte sich ans andere Ende und nahm sein Buch aus der Manteltasche. Der Mann blickte kein einziges Mal von seiner Zeitung auf. Aber warum sollte er auch? Er wusste ja, dass Manfred im Zug war.

Während sie durch die Landschaft glitten, ging Manfred auf, dass sein Plan für den Abend einen Haken hatte: Man würde ihn dabei beobachten, wie er ins Kino ging. Das wäre an sich kein Problem, schließlich könnte er, falls er später danach gefragt würde, ohne Weiteres Handlung und Schauspieler des Films nennen, den er sich angesehen hatte. Doch da diese Fahrt den Eindruck vermitteln sollte, dass er regelmäßig nach Straßburg ins Kino fuhr, würde man ihn vielleicht fragen, welche Filme er sonst noch gesehen hatte, wann, in welchem Kino und so weiter. Solche Informationen ließen sich leicht überprüfen. Obendrein gab es in Saint-Louis ebenfalls ein Kino, keine fünfhundert Meter von seiner Wohnung entfernt. Warum sollte er achtzig Minuten mit dem Zug fahren, um ins Kino zu gehen, wenn er dasselbe direkt vor der Haustür tun konnte? Er beschloss, sich am Bahnhof eine Zeitung zu kaufen, um sicherzugehen, dass er keinen Film auswählte, der auch in Saint-Louis lief.

Manfred stellte sich vor, wie die Befragung ablaufen würde:

Sie haben sich eine Zeitung gekauft, als Sie im Bahnhof ankamen?

Ja. Ich wollte nachsehen, welche Filme gezeigt wurden.

Sie wussten also vorher nicht, welchen Film Sie sich ansehen würden, als Sie nach Straßburg fuhren?

Nein.

Warum sind Sie nicht in Saint-Louis ins Kino gegangen?

Weil ich keinen von den Filmen sehen wollte, die dort liefen.

Welche Filme liefen denn?

Und so würden sie ihm auf die Schliche kommen. Nein, er sollte besser direkt zu einem Kino gehen – vielleicht zu dem kleinen in der Rue du 22 Novembre, da liefen oft irgendwelche obskuren ausländischen Filme – und sich eine Karte für den ersten Film kaufen, der an dem Abend gezeigt wurde. Wenn er noch Zeit hatte, würde er sich vorher in ein Café in der Nähe setzen und ein Glas Wein trinken oder eine Kleinigkeit essen. Was könnte normaler sein?

Als der Zug schließlich in Straßburg ankam, war Manfred ziemlich zufrieden mit sich. Der Mann mit der Zeitung stieg als Erster aus. Manfred folgte ihm. Der Mann ging mit raschen Schritten den Bahnsteig entlang und durch die Bahnhofshalle, ohne sich ein einziges Mal umzusehen. Im Vorbeigehen warf er seine zusammengefaltete Zeitung in einen Mülleimer. Eine merkwürdige Verhaltensweise. Wenn er die Zeitung ausgelesen hatte, warum hatte er sie dann nicht einfach auf seinem Sitz im Zug liegen gelassen? Vielleicht hatte er gemerkt, dass er durchschaut worden war, und es war ein vorher abgesprochenes Zeichen, dass ein bereits im Bahnhof wartender Kollege die Observierung übernehmen sollte. Aus einer spontanen Laune heraus beschloss Manfred, dem ersten Mann zu folgen. Er musste fast laufen, um draußen auf dem weitläufigen Place de la Gare nicht den Anschluss zu verlieren. Einen Moment lang fühlte er sich fast übermütig. Er hatte alles unter Kontrolle. Der Mann bog in die Rue du Maire Kuss ein. Er ging immer noch schnell und blickte nicht über die Schulter.

Manfred hielt etwa zwanzig Meter Abstand. Es war nicht schwer, dem Mann zu folgen. Er war überdurchschnittlich groß und trug einen hellen Leinenanzug. Tatsächlich war er sogar ziemlich auffällig. Nach ein paar Minuten betrat er eine Brasserie. Eine attraktive Frau, die am Fenster saß, erhob sich. Vor ihr auf dem Tisch stand ein Glas Wein. Die beiden begrüßten sich mit einem Kuss auf die Lippen, dann setzten sie sich, und der Mann gab dem Kellner ein Zeichen. Manfred stand verdutzt vor dem Fenster und verfolgte die Szene. Der Kellner kam, und der Mann bestellte etwas zu trinken. Dann blickte er aus dem Fenster und sah Manfred auf dem Gehweg stehen. Ein verwirrter Ausdruck huschte über sein Gesicht, als versuche er sich daran zu erinnern, woher er Manfred kannte, doch der Blick dauerte kaum länger als eine Sekunde, dann wandte er seine Aufmerksamkeit wieder der Frau zu. Manfred kam sich auf einmal lächerlich vor. Er konnte ja schlecht dort stehen bleiben und die beiden beobachten. Wozu auch? Er wandte sich abrupt um und stieß mit einer Frau zusammen, die ihm entgegenkam. Sie murmelte etwas Abfälliges.

Manfred überkam ein plötzliches und heftiges Verlangen nach Alkohol. Nicht nach seinem üblichen Glas Wein, sondern nach etwas Stärkerem. Er ging in eine Seitenstraße, in der, wie er wusste, mehrere einschlägige Bars lagen. Er stürzte förmlich in die erste, die ihm passend erschien, eine trüb beleuchtete Kaschemme, in der Alkohol unverhohlen zu dem Zweck konsumiert wurde, sich zu betrinken. Als er am Tresen stand, war er so erleichtert, dass er im ersten Moment gar nicht wusste, was er bestellen sollte. Der Barmann sah ihn an, ohne eine Miene zu verziehen.

»Monsieur?«

»Einen Whisky bitte«, sagte Manfred. Der Barmann deutete mit einer Armbewegung auf die Flaschenreihe hinter ihm.

»Ist mir egal«, sagte er, bemüht, seine Stimme ruhig zu halten. »Irgendeinen.«

Der Barmann nickte, griff nach einer Flasche und einem Glas und schenkte in aller Ruhe ein. Manfred stand unruhig am Tresen. Seine Hände zitterten. Am liebsten hätte er den Barmann angebrüllt, er solle sich beeilen. Als der Barmann ihm das Glas schließlich hinstellte, griff Manfred ohne Umschweife danach und leerte es in einem Zug. Dann atmete er mit geschlossenen Augen aus. Der Whisky wärmte seine Kehle und rann hinunter in seinen Magen. Als er die Augen wieder öffnete, sah der Barmann ihn ungerührt an.

»Noch einen?«, fragte er.

Manfred nickte dankbar. Er kippte den zweiten ebenso schnell hinunter wie den ersten und dann noch einen dritten. Dann nahm er sich einen Hocker und setzte sich. Den vierten trank er in Ruhe. Was war er für ein Idiot. Diese ganze Fahrt nach Straßburg war eine Farce, inszeniert für einen einzigen Zuschauer. Doch es war niemand da, der seine Vorführung verfolgte, der Gorski Bericht erstatten würde. Es war vollkommen egal, ob er ins Kino ging oder zu Simone, ob er in dieser Kaschemme saß oder in einer anderen, um sich sinnlos zu betrinken. Niemand beobachtete ihn. Niemand scherte sich darum, wo er war und was er tat. Nicht einmal der Barmann, dem es offensichtlich gleichgültig war, dass er vorhatte, sich zu betrinken. Sein Verhalten würde vor Gericht nicht auseinandergenommen werden. Was er tat, kümmerte niemanden außer ihn selbst. Aber hatte er sich nicht trotz dieser Erkenntnis eine fensterlose Bar in einer schmalen Seitenstraße gesucht, wo niemand ihn sehen konnte?

Manfred drehte sich auf seinem Hocker um und musterte zum ersten Mal seine Umgebung. Der Raum war schäbig und düster. Bis zu dem Moment hatte er gedacht, er wäre der einzige Gast, doch tatsächlich saßen dort eine ganze Anzahl mürrisch aussehender Männer in verschiedenen Stadien der Trunkenheit. Während er seinen Blick umherschweifen ließ, schaute keiner von ihnen zu ihm herüber. Er war unsichtbar geworden. Er leerte sein Glas und bestellte sich noch einen Whisky. Ihm war ein wenig schwindelig.

Irgendwann machte Manfred den Versuch, ein Gespräch mit dem Barmann anzufangen. Er war ein junger Kerl mit offenem, freundlichem Gesicht und einer Plauderei durchaus nicht abgeneigt, aber Manfred hatte Mühe, seinen Antworten zu folgen, und so erstarb das Ganze bald wieder. Später setzte sich ein Mann neben ihn an den Tresen und bestellte einen Pastis. Er trug einen Anzug mit Weste und fliederfarbenem Taschentuch in der Brusttasche. Er stellte seine Aktentasche ungeschickt auf dem Boden ab und hatte Schwierigkeiten, das Wasser aus der kleinen Karaffe in sein Glas zu gießen. Offensichtlich hatte er bereits einiges intus. Manfred machte eine entsprechende Bemerkung. Der Mann drehte den Kopf in die Richtung, aus der die Stimme gekommen war, versuchte mühsam, seinen Blick zu fokussieren, und wandte sich dann wieder schweigend seinem Drink zu. Manfred wiederholte seine Bemerkung, diesmal begleitet von einem energischen Stupser an den Arm des Mannes.

Der Mann drehte sich erneut um, wobei er sich am Tresen festhalten musste.

»Kennen wir uns?«, fragte er.

Manfred grinste ihn an. »Baumann, Manfred Baumann.«

Der Mann sah ihn ratlos an. Manfred erwog, ihn einzuladen, mit ihm ins Chez Simone zu kommen. Er schien einer von der Sorte zu sein, mit dem man nett um die Häuser ziehen konnte.

19

Gorski gab drei Stück Zucker in seinen Kaffee. Céline beobachtete ihn missbilligend. Sie trank keinen Kaffee und wurde nicht müde, Gorski zu ermahnen, dass er sich mit seinem Zuckerkonsum noch Diabetes zuziehen würde. Es war acht Uhr. Er saß im Hemd da; das Jackett hing über seiner Stuhllehne. Der Kaffee machte ihm Lust auf die erste Zigarette des Tages, aber er wagte es nicht, sich am Frühstückstisch eine anzuzünden, obwohl keiner von ihnen tatsächlich frühstückte. Gorski war morgens immer ein wenig flau im Magen. Meist kaufte er sich in der Bäckerei an der Rue de Mulhouse ein Croissant oder ein *pain au chocolat* und aß es dann im Lauf des Vormittags in der Wache. Céline goss ihren Tee ab und setzte sich. Sie hatten sich seit dem Abend ihrer Präsentation kaum gesehen.

»Die Show war gut«, sagte er.

»Danke, dass du da warst«, erwiderte Céline. Sie hatte eine merkwürdig ausdruckslose Sprechweise, sodass Gorski oft Schwierigkeiten hatte herauszuhören, ob sie etwas sarkastisch meinte oder nicht. Er beschloss, ihre Worte ernst zu nehmen.

»Ich fand sie wirklich gut«, bekräftigte er.

Céline hob skeptisch die Augenbrauen. Offenbar war er noch immer in Ungnade.

»Hast du viel verkauft?«

»Es geht nicht um den Verkauf«, sagte sie. »Es geht darum, mir einen Namen zu machen.«

Céline sprach oft davon, »sich einen Namen zu machen«, aber Gorski wusste nicht so recht, was sie damit meinte.

»Natürlich.« Er trank seinen Kaffee. Céline stand auf.

»Ich hoffe, du hast nicht vor, diese Krawatte zu tragen«, sagte sie.

Gorski widerstand der Versuchung, eine bissige Antwort zu geben. »Doch, habe ich«, entgegnete er stattdessen ruhig.

Céline schüttelte genervt den Kopf und verließ ohne ein weiteres Wort die Küche. Ein paar Minuten später hörte er, wie die Haustür ins Schloss fiel und ihr Auto ansprang. Gorski schenkte sich noch Kaffee nach und zündete eine Zigarette an. Da es Samstag war, bestand wenig Aussicht, dass Clémence sich vor zwölf blicken ließ. Er nahm zwei Säureblocker aus seiner Jacketttasche, gab sie in ein Glas Wasser und sah zu, wie sie anfingen zu schäumen und sich dann auflösten. Als er aufblickte, stand Clémence im Türrahmen. Sie trug einen alten Schlafanzug von ihm und hatte die Ärmel bis zum Ellbogen hochgekrempelt. Gorski konnte seine Freude nicht verbergen, als er sie sah. Offensichtlich war sie erst heruntergekommen, als sie gehört hatte, dass ihre Mutter fort war.

»Sodbrennen?«, fragte sie.

»Nur ein bisschen«, sagte Gorski.

»Du solltest dich gesünder ernähren. Du siehst furchtbar aus.«

»Wirklich?«

Clémence setzte sich an den Tisch. Gorski schenkte ihr einen Kaffee ein. Er wusste nicht, was er zu ihr sagen sollte. Es kam selten vor, dass sie unter sich waren. Meist drückten sie ihre Verbundenheit aus, indem sie sich hinter Célines Rücken über sie lustig machten. Vielleicht war sie heruntergekommen, weil sie mit ihm über etwas reden wollte. Sie stand auf, nahm den Rest eines Baguettes aus der Brotdose und biss ein kleines Stück davon ab, ohne sich um die Krümel zu scheren, die zu Boden fielen.

»Was hast du heute vor?«, fragte Gorski. Er bemühte sich, beiläufig zu klingen, um ihr nicht das Gefühl zu geben, dass er sie aushorchte.

Clémence sah ihn an. »Ich treffe mich mit ein paar Freunden in Mülhausen.«

Gorski nickte, obwohl er keine Ahnung hatte, wer ihre Freunde waren und was sie zusammen machen würden. Er dachte daran, was Alex Ackermann ihm über seine Abende mit Adèle Bedeau erzählt hatte. Natürlich war Adèle älter als Clémence, aber als er so alt gewesen war wie seine Tochter, hatte er bereits seine Fummeleien mit Marthe auf dem Bauernhof hinter sich. Bei der Vorstellung, dass Clémence sich ähnlichen Beschäftigungen hingeben könnte, grauste es ihm.

»Soll ich dich hinfahren?«, fragte er.

Clémence lächelte nachsichtig.

»Danke, aber wir nehmen den Zug.«

Dann trank sie einen Schluck Kaffee und verschwand wieder nach oben.

Um zehn stand Gorski erneut am Fuß der Einfahrt, die zum Haus der Paliards führte. Diesmal hatte er vorher angerufen, aber trotzdem hatte er, ohne nachzudenken, seinen Wagen an der Straße geparkt, anstatt bis zum Haus zu fahren. Die Krankenschwester öffnete ihm die Tür. Sie tat nicht einmal so, als würde sie ihn willkommen heißen.

»Sie haben zehn Minuten«, sagte sie.

Paliard saß auf dem Sofa im Salon. Sein Gesicht sah noch grauer aus als am Tag davor. Die Krankenschwester folgte Gorski in den Raum und bezog an der Tür Stellung.

»Schön, Sie wiederzusehen, Kommissar Gorski. Sie entschuldigen, wenn ich nicht aufstehe.«

»Natürlich«, sagte Gorski. Er war sich nicht sicher, ob Paliards muntere Begrüßung als Scherz gemeint war. Der alte Mann bedeutete ihm, Platz zu nehmen. Auf dem Tisch stand ein silbernes Tablett, darauf eine Karaffe mit Sherry und zwei Gläser.

»Trinken Sie ein Glas mit mir?«, fragte Paliard.

Trotz der frühen Stunde nickte Gorski. Er wollte die gute Laune des alten Mannes nicht gefährden. Paliard beugte sich mühsam vor und schenkte großzügig ein. Gorski nahm sein Glas und hob es auf Paliards Gesundheit. Er hatte sich entschlossen, nicht um den heißen Brei herumzureden.

»Danke, dass Sie mich noch einmal empfangen, Monsieur Paliard«, begann er. »Ich habe nur eine Frage an Sie.«

Paliard unterbrach ihn. »Bevor Sie anfangen, Kommissar Gorski, hätte ich noch eine Frage an Sie, wenn es Ihnen nichts ausmacht. Dieser Landstreicher – Malou – was ist aus ihm geworden?«

Gorski sah zu der Krankenschwester hinüber. »Ich weiß nicht, ob wir dafür Zeit haben.«

»Machen Sie sich ihretwegen keine Sorgen«, sagte Paliard. »Sie ist meine Angestellte, auch wenn sie sich nicht so benimmt. Also, was ist aus unserem Freund Malou geworden?«

»Er ist im Gefängnis gestorben«, sagte Gorski.

Paliard nickte. »Und Sie haben nichts getan, um seinen Namen reinzuwaschen?«

Gorski zuckte die Achseln. »Der Fall war abgeschlossen. Es hätte zu nichts geführt, alte Wunden wieder aufzureißen.«

»Meinen Sie?«, fragte Paliard. »Aber Sie haben doch selbst gesagt, wenn Malou unschuldig war, läuft der wahre Täter noch immer frei herum. Hatte es nicht eher damit zu tun, dass Sie niemanden verärgern wollten? Vielleicht wollten Sie nichts tun, was womöglich Ihren raschen Aufstieg gefährdet hätte?«

Gorski starrte ihn an. Paliard zog die Augenbrauen hoch. »Nun?«

»Ich habe getan, was ich konnte. Es gab keine anderen Verdächtigen. Und keine andere Spur, der man hätte nachgehen können.«

»Trotzdem sind Sie immer wieder zu der Lichtung gegangen?«

»Ja.«

»Aber es ist nichts dabei herausgekommen?«

»Nein.«

»Was wollen Sie dann hier?«

Gorski trank einen Schluck von seinem Sherry. Er war schrecklich süß. Für einen Moment hatte er den Anlass seines Besuchs vergessen.

»Wie ich schon sagte, ich habe nur eine Frage. Nachdem ich gestern gegangen war, fiel mir wieder ein, dass Sie einen Sohn hatten. Als ich damals hier war, habe ich ihm einige Fragen gestellt.«

Paliard schwieg.

»Ich habe mich gefragt, wo er jetzt wohl ist.«

»Warum? Wollen Sie mit ihm sprechen?«

Darauf hatte Gorski keine klare Antwort parat.

»Als ich gestern von der Lichtung hierhergegangen bin, kam ich vor der Tür in der Mauer am Ende Ihres Grundstücks an. Gehe ich recht in der Annahme, dass diese Tür nicht immer in einem so schlechten Zustand war wie jetzt?«

Paliard nickte.

»Mir ist aufgefallen, dass man durch die Tür bequem in den Wald kommt«, fuhr Gorski fort, obwohl er wusste, dass das keine besonders bedeutende Erkenntnis war.

Paliard lächelte dünn. »In einer Hinsicht haben Sie recht, Kommissar Gorski: Der Junge war tagein, tagaus im Wald. Hat sich stundenlang dort herumgetrieben, zumindest bis zu dem Mord. Aber er ist nicht mein Sohn.«

Gorski wartete darauf, dass der alte Mann fortfuhr. Er hob fragend die Augenbrauen.

»Er ist mein Enkel.«

»Ihr Enkel?«

»Manfred.«

»Manfred?«, wiederholte Gorski. »Manfred Paliard?«

»Er ist kein Paliard. Er heißt Baumann und ist der Sohn des Schweizer Nichtsnutzes, der meine Tochter ruiniert hat.«

Gorski fuhr sich mit der Hand über die Stirn und atmete langsam aus.

»Er war ein seltsamer Junge. Er ist immer noch seltsam, wenn Sie mich fragen.«

Gorski nickte.

»Wenn Sie mit ihm sprechen wollen, kann meine Frau Ihnen seine Adresse geben.«

Gorski sagte, das sei nicht nötig. Er trank den Rest seines Sherrys und stand auf.

»Danke, dass Sie Zeit für mich hatten«, sagte er. »Sie haben mir sehr geholfen.«

Paliard wirkte enttäuscht, dass Gorski gehen wollte. Die Krankenschwester öffnete die Tür, um ihn hinauszubegleiten. Er hörte, wie der alte Mann nach Luft rang, als er die Haustür hinter sich schloss. Er blieb einen Moment auf den Stufen des großen Hauses stehen. Eine dicke Ringeltaube pickte im Kies der Einfahrt. Gorskis Schritte störten sie nicht.

20

Manfred wurde von einem lauten Klopfen und einer Stimme geweckt, doch er war zu benommen, um den Sinn ihrer Worte zu verstehen. Er öffnete die Augen einen Spaltbreit. Die Sonne schien durch schmutzige Gardinen herein. Er war nicht zu Hause. Sein Schädel pochte, und sein Mund war trocken. Er schloss die Augen wieder. Gürtel und Knopf seiner Hose waren gelockert, aber er war vollständig angezogen, hatte sogar noch seine Schuhe an. Das Licht vom Fenster bohrte sich schmerzhaft durch seine Lider, und er zog die eine Hand unter der Decke hervor, um die Augen abzuschirmen. Es klopfte erneut an der Tür, noch energischer, und eine männliche Stimme ertönte, die keinerlei Rücksicht auf Manfreds angeschlagenen Zustand nahm.

»Monsieur! Es ist elf Uhr, Zeit, das Zimmer zu räumen.«

Manfred wandte sich in die Richtung, aus der der Lärm kam. Die Bewegung jagte ihm einen stechenden Schmerz durch den Hinterkopf. Er war in einem Hotelzimmer. An der Wand gegenüber stand eine Kommode. Neben dem Fußende des Bettes war ein angeschlagenes kleines Waschbecken, und darunter stand ein Plastikeimer, um das Wasser aufzufangen, das aus dem Abflussrohr tropfte. Sein Jackett lag achtlos hingeworfen auf dem Fußboden. Die Spanplatte der Zimmertür hatte in der unteren Hälfte ein Loch; es sah aus, als hätte jemand mit dem Fuß dagegengetreten. Es gab kein Badezimmer. Mühsam richtete sich Manfred auf. Seine Blase drückte. Er stand auf und erleichterte sich ins Waschbecken. Dann drehte er den Hahn auf, beugte sich hinunter, wobei er fast das Gleichgewicht verloren hätte, und spritzte sich kaltes Wasser ins Gesicht. Seine linke Wange tat weh. Da es kein Handtuch gab, fischte er ein Taschentuch aus seiner Jacketttasche und trocknete sich das Gesicht damit ab. Er blickte in den Spiegel über dem Waschbecken. Seine linke Wange war blau angelaufen, und auf der rechten Gesichtshälfte hatte er mehrere Schürfwunden. Es waren nur oberflächliche Kratzer, aber die Haut drum herum war gerötet. An seinen Nasenlöchern klebte getrocknetes Blut.

Die Tür wurde geöffnet, und ein Zimmermädchen kam herein. Sie schien nicht überrascht, Manfred zu sehen, und zog sich mit einer gemurmelten Entschuldigung wieder zurück. Hastig wusch er sich das Blut von der Nase und trocknete sich erneut mit dem Taschentuch ab, das bereits Blutflecken aufwies. Er zog sein Jackett an und sah sich im Zimmer um, ob er noch etwas vergessen hatte. Seine Brieftasche befand sich unangetastet in der Innentasche. Er hängte sich seinen Mantel über den Arm und verließ das Zimmer. In dem schmalen Flur roch es widerlich nach Erbrochenem. Das Zimmermädchen sah ihn ausdruckslos an. Er schob sich an ihrem Putzwagen vorbei. Von dem Geruch wurde ihm übel. Er ging eilig zur Treppe und hastete vier Stockwerke hinunter, bis er in der trüb beleuchteten Rezeption ankam. Ein Mann mittleren Alters in Strickjacke und mit Lesebrille blickte von der Zeitung auf, die vor ihm auf dem Tresen lag. Er grüßte Manfred durchaus freundlich. Manfred fragte sich, ob es derselbe Mann war, der ihn ein paar Minuten zuvor aus dem Bett gescheucht hatte.

Manfred erwiderte den Gruß und griff nach seiner Brieftasche.

Doch der Mann winkte ab und sagte betont deutlich, als hielte er ihn für einen Ausländer: »Sie haben gestern Abend bereits bezahlt.«

»Oh«, sagte Manfred. »Danke.«

Als er aus dem Hotel trat, fand er sich in einer schmalen Gasse wieder. Er war noch immer in Straßburg, irgendwo in der Nähe des Bahnhofs. Am Ende der Gasse entdeckte er einen Kiosk und kaufte sich dort eine Flasche Wasser. Er spülte sich erst den Mund aus, dann trank er. Die Leute, die an ihm vorbeieilten, nahm er kaum wahr. Ihm war schwindelig, und er fühlte sich klebrig vom Schweiß. Er ging in ein Café und bestellte sich einen Kaffee, schwarz. Das Letzte, was er noch wusste, war, dass er in dieser Bar gesessen und Whisky getrunken hatte. Er konnte sich nicht daran erinnern, wie er die Bar verlassen hatte und zum Hotel gelangt war. Und er hatte auch keine Ahnung, wie es zu den Verletzungen in seinem Gesicht gekommen war. Wahrscheinlich war er gestürzt. Er war sicher, dass er sich nicht geprügelt hatte. Daran würde er sich erinnern. Der widerliche Geruch aus dem Hotel war ihm gefolgt. Als er an sich hinuntersah, bemerkte er getrocknetes Erbrochenes auf seinen Schuhen und Hosenaufschlägen. Er trank seinen Kaffee, legte ein paar Münzen auf den Tisch und ging. Der Kaffee holte ihn ein wenig in die Gegenwart zurück. Ihm fiel die Verabredung mit Alice wieder ein, und er sah auf die Uhr. Es war zwanzig nach elf.

Im Zug zurück nach Saint-Louis begann das Licht zu brennen, als würden ihm glühende Sonnenstrahlen über die Innerseite der Lider fahren. Manfred drückte sich die Handballen auf die Augen. In seiner rechten Schläfe begann das vertraute Hämmern. Außer ihm war niemand in dem Waggon. Er zog die Knie an die Brust, saß stocksteif da und wartete darauf, dass die Fahrt vorüberging. Das Wichtigste war, nicht an die nahende Attacke zu denken. Er versuchte, an etwas Schönes zu denken, und stellte sich vor, wie er mit Alice Hand in Hand durch einen üppigen grünen Wald spazierte.

Die Vögel sangen. Die Sonne schien warm. Er hatte sein Jackett lässig über die Schulter geworfen und erzählte amüsante Anekdoten. Doch es nützte nichts, der Schmerz wurde immer stärker. Eine Hand berührte ihn an der Schulter. Manfred zuckte zusammen.

»Ihre Fahrkarte, Monsieur.«

Manfred nahm die Hände von den Augen und stellte die Beine ab. Das Gesicht des Schaffners war ein verschwommener rosiger Fleck. Um seinen Kopf flirrte das Licht wie ein Heiligenschein. Manfred hob die Hand, um seine Augen abzuschirmen. Der Schaffner wiederholte seine Aufforderung.

Manfred griff in die Brusttasche seines Jacketts, in der er seine Fahrkarte stets aufbewahrte, und gab sie dem Schaffner. Der warf nur einen kurzen Blick darauf und fragte Manfred, ob alles in Ordnung sei. Manfred konnte nicht erkennen, welcher Ausdruck dabei auf seinem Gesicht lag. Vielleicht war es Besorgnis, vielleicht aber auch Abscheu.

»Mir geht es gut, danke, ich habe nur Kopfschmerzen«, sagte er. Auf einmal fürchtete er, er wäre schon an Saint-Louis vorbei, doch dann hätte ihn der Schaffner, der ja seine Fahrkarte gesehen hatte, sicher darauf hingewiesen. Der Schaffner schob sich schweigend weiter durch den Gang. Manfred blinzelte aus dem Fenster und sah, dass sie Straßburg gerade erst verlassen hatten. Als der Zug Fahrt aufnahm, wurde ihm schlagartig übel. Da er sich nicht sicher war, ob er es bis zur Toilette schaffen würde, übergab er sich mit geschlossenem Mund und zwang sich, alles wieder hinunterzuschlucken. Er wischte sich mit dem Taschentuch über die Lippen und sehnte sich danach, zu Hause in seinem dunklen Schlafzimmer zu liegen und sich die Decke über den Kopf zu ziehen.

Später erinnerte sich Manfred nicht daran, wie er aus dem Zug gestiegen und den kurzen Weg nach Hause gegangen war, und ebenso wenig, wie er sich ausgezogen und ins Bett gelegt hatte, aber all das musste passiert sein, denn irgendwann hörte er, wie jemand an seine Wohnungstür klopfte. Alice und er hatten verabredet, dass sie sich unten im Hausflur treffen würden. Er sah auf den Wecker neben seinem Bett. Es war zehn nach zwei. Es klopfte erneut, lauter diesmal, und dann hörte er Alice' Stimme.

»Baumann, sind Sie da drinnen?«

Manfred kroch aus dem Bett. Er war splitternackt. Er zog sich seinen Morgenmantel an und schleppte sich durch den Flur zur Tür.

Alice sah ihn erschrocken an.

»Was ist denn mit Ihnen passiert?«, fragte sie.

Manfred sah ihr Gesicht nur verschwommen. Sie hatte die Haare zu einem Pferdeschwanz gebunden.

»Tut mir leid, ich ...« Er mochte nicht zugeben, dass er sich nicht wohl fühlte. Migräne war kein sehr männliches Leiden. »Ich muss verschlafen haben«, sagte er.

Alice fasste ihn am Kinn und drehte seinen Kopf hin und her, um seine Verletzungen zu mustern.

»Sind Sie aus dem Bett gefallen, oder was?« Sie schob sich an ihm vorbei in den Flur und verzog das Gesicht, als sie seine Fahne roch. Sie trug eine wasserdichte Jacke und eine enge Jeans, die Hosenbeine in dicke Socken gesteckt. Manfred folgte ihr in die Küche. Sie sagte, er solle sich duschen und anziehen, und es kam ihm gar nicht den Sinn, ihr zu widersprechen. Im Bad schluckte er vier Schmerztabletten und zwang sich, drei Gläser Wasser zu trinken. Die Dusche tat gut. Er putzte sich die Zähne, verzichtete jedoch darauf, sich zu rasieren. Dann zog er sich an und ging wieder in die Küche. Alice hatte inzwischen Kaffee gekocht und saß am Tisch. Sie lachte, als sie Manfred in seinem Anzug erblickte.

»Ich dachte, wir könnten in der Camargue spazieren gehen«, sagte sie. »Haben Sie nichts Passenderes anzuziehen?«

Er schüttelte den Kopf. Alice schenkte ihm einen Kaffee ein, und er setzte sich und trank. Er würde einfach tun, was Alice beschlossen hatte. Es war befreiend. Er brauchte keine Entscheidungen zu treffen oder auch nur seine Meinung zu äußern. Er musste sich nur Alice' Willen fügen.

Obwohl eine herbstliche Kühle in der Luft lag, bestand Alice darauf, das Dach ihres Cabrios herunterzulassen. Während der gesamten Fahrt sagte sie nichts, sondern konzentrierte sich darauf, mit alarmierender Geschwindigkeit über die Landstraßen zu rasen, die kaum breit genug für zwei Fahrzeuge waren. Der Schmerz in Manfreds Kopf bildete den Hintergrund, während sie zwischen den Hecken hindurchjagten. Bei jeder Kurve fühlte es sich so an, als würde das kleine Auto gleich von der Straße fliegen. Manfred überkam eine eigentümliche Ruhe. Ob das Auto auf der Straße blieb oder nicht, war ihm vollkommen egal. Er war beinahe enttäuscht, als sie unversehrt auf dem von Schlaglöchern übersäten Parkplatz am Naturpark ankamen.

Sie stiegen aus. Alice öffnete den Kofferraum und nahm ein paar lehmverkrustete Wanderstiefel heraus. Sie setzte sich auf die Stoßstange und wechselte die Schuhe. Manfred sah ihr dabei zu. Selbst in ihrer derben Wanderkleidung war sie unglaublich hübsch. Sie war ganz anders als die anderen Frauen, die er kannte. Ihre Schenkel, die sich unter der engen Jeans abzeichneten, waren durchtrainiert, und ihre Haut hatte eine angenehme Festigkeit. Die Frauen, die in der Bank arbeiteten, waren schwabbelig und schlaff; ihr weiches Fleisch wurde nur mühsam von BHs und Miedern zusammengehalten. Wenn Manfred eine von ihnen ansprach, kam es ihm immer so vor, als würde er sie aus einer Trance reißen. Alice hingegen nahm aufmerksam alles wahr, was um sie herum geschah. Ihre Bewegungen waren präzise und zielgerichtet, selbst wenn sie nur die Schnürsenkel durch die Haken ihrer Stiefel zog.

Als sie fertig war, sah sie auf. Manfred war zu angeschlagen, um zu verbergen, dass er sie angestarrt hatte.

»Sie werden nasse Füße kriegen«, sagte sie.

Er seufzte müde. »Macht nichts.«

Alice ging voran, vom Parkplatz zu einem schmalen Schotterweg. Manfred war überrascht, wie viele Leute dort unterwegs waren. Alle trugen ähnliche Kleidung wie Alice, und die meisten von ihnen hatten Kinder dabei oder Hunde, die an ihrer Leine zerrten. Jedes Mal wenn ihnen Spaziergänger entgegenkamen, mussten sie hintereinander gehen, um die anderen vorbeizulassen. Viele von ihnen grüßten im Vorbeigehen oder machten eine kurze Bemerkung über das Wetter. Manfred überließ es Alice, darauf zu antworten. Da er sich stets hinter ihr einreihte, erschien es ihm überflüssig, ebenfalls noch etwas zu sagen. Ein paarmal stießen Hunde ihre Schnauze in seinen Schritt, bevor die Besitzer sie lachend zurückzerrten. Offenbar galt das unter den regelmäßigen Spaziergängern als durchaus akzeptables Verhalten.

Manfred nahm an, dass so ein Spaziergang zu den Aktivitäten gehörte, mit denen seine Kollegen ihre Wochenenden füllten. Die Leute, denen sie begegneten, schienen es zu genießen und sich miteinander verbunden zu fühlen. Ihm war bewusst, dass sein unpassender Aufzug für verwirrte Blicke sorgte, aber das kümmerte ihn nicht. Vielleicht sah er aus wie ein Kommissar, der auf dem Weg zu einem Tatort war, irgendwo tief im Wald.

Alice marschierte munter vorwärts und machte ab und zu eine Bemerkung über die Landschaft, eine Pflanze oder dergleichen. Manfred merkte, dass er nicht viel zur Unterhaltung beitragen musste. Je weiter sie gingen, desto weniger Leute begegneten ihnen. Nach etwa zwanzig Minuten kamen sie zu einem großen, flachen Gewässer, das von Bäumen umgeben war. Ihr Laub leuchtete in allen erdenklichen Gelb- und Braunschattierungen. Der leichte Wind ließ hier und da ein Blatt herabsegeln.

Alice blieb stehen. »Es gibt einen Weg um den See, wenn Sie weitergehen wollen«, sagte sie.

»Natürlich«, erwiderte Manfred. Immerhin hatte der Spaziergang seine Kopfschmerzen gelindert. Er spürte nur noch ein dumpfes Pochen.

Der Weg wurde zu einem schmalen, unbefestigten Pfad. Alice hakte sich bei Manfred ein, wie sie es auf dem Rückweg vom Restaurant getan hatte. Sie erweckte ganz den Anschein, als würde sie ihn wirklich mögen. Er konnte ihr Haar riechen. Sie löste sich von ihm und ging in die Hocke.

»Steinpilze«, sagte sie und betastete ein paar gelbbraune Pilze, die am Fuß eines Baums wuchsen. »Wir hätten einen Korb mitnehmen sollen.«

»Sind die nicht gefährlich?«

Alice schnaubte amüsiert. »Ich komme schon hierher, seit ich ein junges Mädchen war. Meistens bin ich mit dem Rad hierhergefahren, habe mir ein ruhiges Plätzchen gesucht, mich hingelegt und in die Wolken geschaut. Im Sommer bin ich manchmal mit meinen Freundinnen nackt im See geschwommen.«

Manfred merkte, wie er bei der Vorstellung einer jugendlichen Alice, die nackt ins Wasser sprang, errötete.

»Aber das hier ist meine liebste Jahreszeit«, fuhr sie fort. »Ich liebe die Farben der Bäume und den Geruch der Erde.«

»Ja«, sagte Manfred, »es ist schön.«

Sie stand auf und nahm wieder seinen Arm. Das Laub raschelte unter ihren Schritten. Außer ihnen war niemand da. Manfred verspürte nicht das Bedürfnis, etwas zu sagen. Er dachte an die Tage, die er mit Juliette im Wald hinter dem Haus seiner Großeltern verbracht hatte. Alice blieb am Ufer des Sees stehen. Ein Schwarm Gänse kam angeflogen und landete mit lautem Geschnatter auf dem Wasser.

»Sie kommen zum Überwintern hierher«, meinte Alice.

Manfred nickte.

Als sie das hintere Ende des Sees erreicht hatten, kletterte Alice auf ein paar Felsen am Ufer und ließ sich darauf nieder. Manfred setzte sich neben sie. Es war sehr still.

Alice nahm ein Päckchen Zigaretten aus ihrer Jackentasche und zündete sich eine mit ihrem klobigen Feuerzeug an. Manfred atmete den metallischen Geruch ein. Er fragte sich, ob sie sich wohl zu ihm beugen und ihn küssen würde. Wenn ja, würde er sich nicht dagegen wehren. Sie nahm einen ausgiebigen Zug, legte den Kopf in den Nacken und atmete langsam durch den Mund aus. Manfred sah zu, wie sich der milchige Rauch in der Luft auflöste.

»Ich hatte Besuch von einem Polizisten«, sagte Alice und sah ihn an. Ihre Wangen waren von der frischen Luft gerötet. Manfred war überrascht.

»Ein kleiner, kräftiger Typ, ungefähr fünfzig, kurze Haare. Ich weiß seinen Namen nicht mehr.«

»Gorski«, sagte Manfred.

»Ja, genau. Er hat nach Ihnen gefragt.«

»Was wollte er denn wissen?«

»In welcher Beziehung wir zueinander stehen, wie lange ich Sie schon kenne und so weiter.«

»Was haben Sie ihm gesagt?«

»Dass ihn das nichts angeht.«

Manfred nickte. »Und wie hat er darauf reagiert?«

»Eigentlich gar nicht. Er hat mir seine Karte gegeben und ist gegangen.«

»Er war bei Ihnen in der Wohnung?«

»Ja.«

»Woher wusste er denn, wo Sie wohnen?«

Alice zuckte die Achseln. »Keine Ahnung. Ich habe ihn nicht gefragt. Er war mir unheimlich.«

Manfred stand auf. Hatte sie sich diese Geschichte ausgedacht als Erklärung dafür, warum Gorski vor zwei Tagen im Haus gewesen war? Das Sonnenlicht glitzerte auf der gekräuselten Wasseroberfläche. Sein Kopf tat weh. Er verstand das alles nicht. Vielleicht war dieser Ausflug Gorskis Idee gewesen. Vielleicht wurde ihr Gespräch abgehört, und im Wald wimmelte es nur so von Polizisten, die hervorspringen würden, sobald er etwas Belastendes sagte. Er musterte die Bäume um sie herum. Alice starrte ihn an.

»Manfred?«

Da machte es klick: *Er war mir unheimlich.* Dieselben Worte, die Adèle laut Gorski über ihn gesagt hatte. Plötzlich drehte sich alles um ihn. Er kniff die Augen zusammen, dann öffnete er sie wieder und sah Alice an. Ihr Gesicht war verschwommen.

»Ich glaube Ihnen nicht«, sagte er.

Alice riss die Augen auf. »Wie bitte?«

Sie stand ebenfalls auf und wich ein Stück zurück.

»Sie lügen«, schleuderte er ihr entgegen. Das Sonnenlicht auf dem See blendete ihn. Er musste den Kopf abwenden. Ihm war schwindelig. Er sah wieder zu den Bäumen, stellte sich die Männer vor, die sich dort versteckt hielten und auf ein Zeichen von Gorski warteten. Sein Blick irrte durch das Gestrüpp. Nichts rührte sich. Sein Atem beruhigte sich ein wenig.

»Stimmt etwas nicht mit Ihnen?«, fragte Alice. In ihren Augen lag ein Hauch von Angst.

Manfred schüttelte den Kopf, als versuche er aufzuwachen. Ihm war bewusst, dass er in diesem Moment wohl ziemlich verrückt wirkte. Er musste versuchen, vernünftig zu erscheinen.

»Ich will, dass Sie mir die Wahrheit über Sie und Gorski erzählen«, sagte er so ruhig wie möglich. Alice starrte ihn mit offenem Mund an.

»Es gibt kein ›ich und Gorski‹«, gab sie zurück.

»Er hat Sie zu alldem hier angestiftet«, sagte Manfred drohend und trat einen Schritt auf sie zu.

Alice wich nicht zurück. Ihre Miene hatte sich verhärtet.

»Ich wollte bloß wissen, warum die Polizei Ihretwegen Fragen stellt. Wenn Sie etwas angestellt haben, können Sie es mir doch sagen.«

»Ja, natürlich.« Manfred lachte spöttisch und schüttelte den Kopf. »Ich dachte wirklich, Sie mögen mich.«

»Das dachte ich auch«, sagte Alice schroff. Sie musterte ihn, als hätte sie ihn noch nie zuvor gesehen. Dann drehte sie sich um und ging den Weg zurück, den sie gekommen waren. Manfred sah ihr nach. Sie schienen völlig allein zu sein. In der Ferne konnte er die Rufe der Gänse hören. Das Wasser plätscherte leise gegen die Felsen. Es war ein schöner Ort.

Er rief ihren Namen, doch sie drehte sich nicht um. Er verspürte den starken Drang, hinter ihr herzulaufen und ihr alles zu erzählen: wie er Gorski angelogen hatte; was zwischen ihm und Adèle gewesen war; sogar, dass er Juliette getötet hatte. Auf einmal hatte er das Gefühl, dass alles ganz vernünftig erscheinen würde – dass er vernünftig erscheinen würde. Er rief noch einmal ihren Namen. Aber sie blieb nicht stehen, sondern machte nur eine wegwerfende Handbewegung. Dann verschwand sie zwischen den Bäumen. Manfred stand eine ganze Weile da und starrte wie betäubt auf die Stelle, wo sie verschwunden war. Dann folgte er ihr.

21

Manfred hatte sich an das Gefühl gewöhnt, beobachtet zu werden. Es war stärker denn je, als er in der vordersten Reihe der Kapelle saß, neben seiner Großmutter, die ein Spitzentaschentuch in den Händen knetete. Manfred hatte keinerlei Gefühle verspürt, als er erfuhr, dass sein Großvater gestorben war. Er hatte den alten Mann nie gemocht und sah seinen Tod lediglich als Befreiung für seine Großmutter. Es waren überraschend viele Trauergäste gekommen. Er hatte nicht gewusst, dass sein Großvater überhaupt irgendwelche Freunde gehabt hatte, und wenn seine Großeltern mal eingeladen gewesen waren, hatte er immer gemurrt. Zwanzig oder dreißig krumme Greise füllten die vorderen Reihen in der Kapelle, einige davon mit militärischen Auszeichnungen am Revers. Auch von der Anwaltskanzlei waren einige gekommen. Manfred stellte sich vor, wie sie alle auf seinen Hinterkopf starrten, in der Hoffnung, irgendein Zeichen von Trauer zu erkennen. Er senkte den Kopf ein wenig, als gedenke er des Verstorbenen.

Der Pfarrer verkündete in sachlichem Tonfall, dass Bertrand Paliard nun in das Reich Gottes eingegangen sei. Manfred musste sich ein Lächeln verkneifen, als er daran dachte, wie sein Großvater – ein überzeugter Atheist – gegen eine solche Vorstellung gewettert hätte. Manfred war seit vielen Jahren nicht mehr in der Kirche gewesen. Er fand es eigentümlich angenehm. Die Luft war kühl und duftete nach Weihrauch, und der eintönige Tonfall des Pfarrers hatte eine beruhigende, einschläfernde Wirkung. Die Steinplatten am Boden waren abgeschliffen wie Kies, und auch die Bänke waren abgewetzt und ausgeblichen. Das runde Buntglasfenster in der Mauer hinter dem Altar schuf ein angenehm gedämpftes Licht. Manfred achtete kaum auf den Gottesdienst. Irgendwann spürte er, dass seine Großmutter seine Hand nahm und sie mit überraschender Kraft drückte. Der Moment war gekommen, wo der Sarg zum Grab getragen wurde.

Unter der Anleitung des Bestatters bezogen Manfred und die fünf anderen Sargträger, von denen Manfred nur einen kannte, ihre Position. Da Manfred einen halben Kopf größer war als die anderen, musste er ein wenig in die Knie gehen, als der Sarg angehoben wurde, damit dieser im Gleichgewicht blieb. Die anderen sahen aus, als hätten sie das schon Dutzende Male gemacht.

Als sie ihre schwerfällige Prozession durch den Mittelgang begannen, entdeckte Manfred Gorski, der am Eingang der Kapelle stand. Er wurde also tatsächlich beobachtet. Zorn wallte in ihm auf. Doch Gorski durfte nicht wissen, dass der Tod seines Großvaters ihn nicht schmerzte, und so setzte Manfred für den Kommissar eine Trauermiene auf. Er zog die Mundwinkel nach unten und hielt den Blick auf die Steinplatten gesenkt. Nur als er an Gorski vorbeiging, sah er auf. Gorski grüßte ihn mit einem knappen und keineswegs entschuldigenden Nicken. Die Trauergemeinde folgte dem Sarg nach draußen. Es war früher Nachmittag, und nach dem gedämpften Licht in der Kapelle wurden sie im ersten Moment vom Sonnenschein geblendet. Zur Grabstätte der Paliards ging es ein wenig bergab, und Manfred musste noch mehr in die Knie gehen, um den Sarg gerade zu halten. Einer der anderen Träger, ein alter Mann, blieb stehen, um wieder zu Atem zu kommen und sich den Schweiß von der Stirn zu wischen. Der Bestatter, der zweifellos an solche Zwischenfälle gewöhnt war, nahm seinen Platz ein, und von da an ging es schneller vorwärts. Das Grab von Manfreds Mutter war rechts neben der offenen Grabstelle. Es war überraschend gut gepflegt. Am Fuß des Grabsteins stand eine Vase mit frischen Blumen. Manfred kam nie hierher, und er fragte sich, ob seine Großeltern sich darum gekümmert hatten oder ob das in den Aufgabenbereich der Stadt fiel.

Der Sarg wurde auf zwei Brettern abgestellt, die quer über dem offenen Grab lagen, und dann mithilfe von Gurten hinabgelassen. Manfred bewunderte die Geschicklichkeit, mit der diese schwierige Aufgabe erledigt wurde. Er nahm seinen Platz am Grab ein, neben seiner Großmutter, die, ohne zu weinen, seine Hand ergriff. Der alte Mann hatte Gefühlsäußerungen immer verabscheut, und im Lauf der Jahre hatte Manfreds Großmutter ihre Lektion gelernt. Als der Pfarrer den Segen sprach, konnte Manfred der Versuchung nicht widerstehen, einen Blick über die Schulter zu werfen. Gorski lehnte neben dem schmiedeeisernen Friedhofstor an der Mauer und rauchte. Manfred spürte, wie jemand ihn am Arm berührte, und merkte, dass er an der Reihe war, eine Handvoll Erde auf den Sarg zu werfen. Das dumpfe Geräusch, das dabei erklang, gefiel ihm. Die Trauergäste zogen an Manfred und seiner Großmutter vorbei, um ihnen ihr Beileid zu bekunden, und gingen dann zu ihren Autos, die an der Straße geparkt waren. Anschließend würde im Haus der Paliards ein Empfang stattfinden. Als Manfred seine Großmutter zum Tor geleitete, kam Gorski auf sie zu.

»Mein Beileid, Madame Paliard«, sagte er.

»Was wollen Sie hier?«, fragte Manfred ohne jede Spur seiner sonstigen Unterwürfigkeit.

Gorski wiederholte seine Beileidsbekundung gegenüber Manfred. »Ich dachte, wir könnten einen kleinen Ausflug machen«, sagte er dann.

»Das kommt überhaupt nicht infrage«, erwiderte Manfred.

Sie kamen zu der Limousine, die sie zum Haus zurückbringen sollte, und die beiden Männer halfen Mme Paliard beim Einsteigen. Dann stellte sich Gorski Manfred unauffällig in den Weg und beugte sich mit gezücktem Ausweis ins Wageninnere.

»Bitte verzeihen Sie, Madame, aber ich habe etwas Dringendes mit Ihrem Enkel zu besprechen. Können Sie ihn für eine Stunde entbehren?«

Die alte Dame wirkte verwirrt, nickte jedoch, und so führte Gorski Manfred zu seinem Wagen. Der Kommissar wartete geduldig, als einer der alten Männer mit den Orden auf Manfred zutrat.

»Ich war mit Ihrem Großvater in Algerien«, sagte der Alte zu Manfred und schüttelte ihm nachdrücklich die Hand. »Ich könnte Ihnen so einiges erzählen.«

Manfred hatte gar nicht gewusst, dass sein Großvater in Algerien gewesen war. »Ich muss erst noch etwas Geschäftliches erledigen«, sagte er. »Ich bin in einer Stunde zurück. Könnten Sie sich so lange um meine Großmutter kümmern?« Der alte Mann salutierte, was komisch aussah, obwohl es sicher nicht so gemeint war. Manfred folgte Gorski.

Gorskis Peugeot roch stark nach Rauch. Manfred sagte nichts, peinlich berührt, dass seine Entschiedenheit so schnell in sich zusammengefallen war. Er wusste, er sollte so tun, als wäre er entrüstet über Gorskis unverschämte Störung, aber das erschien ihm sinnlos, nachdem er sich so kleinlaut gefügt hatte. Tatsächlich war er erleichtert, dass er auf diese Weise dem Empfang entkam.

Gorski wendete und fuhr nach Norden. Er zündete sich eine Zigarette an und kurbelte das Seitenfenster hinunter. »Sie standen Ihrem Großvater nicht sehr nahe?«

»Nicht besonders«, sagte Manfred.

»Nicht besonders?«, wiederholte Gorski. »Ich hatte den Eindruck, dass Monsieur Paliard nicht viel von seinem Enkel hielt.«

Manfred spürte ein Kribbeln auf seiner Stirn. »Wie meinen Sie das?«, fragte er, obwohl er wusste, dass Gorski genau auf diese Reaktion wartete.

»Ich habe kurz vor seinem Tod ein paarmal mit Monsieur Paliard gesprochen«, antwortete Gorski. »Wir haben uns auch über Sie unterhalten.«

Manfred schwieg. Er versuchte zu begreifen, was Gorskis Worte für ihn bedeuteten. Er konnte sich nicht vorstellen, dass sein Großvater irgendetwas Positives über ihn gesagt hatte. Gorski bog auf eine kleinere Straße ab, die parallel zum Rhein nach Norden führte. Eine Weile sagte keiner von ihnen etwas.

»Wohin fahren wir?«, fragte Manfred schließlich, obwohl es ihm allmählich klar wurde.

»Sie werden schon sehen«, erwiderte Gorski. »An einen ruhigen Ort.«

»Wenn Sie noch weitere Fragen an mich haben, möchte ich einen Anwalt dabeihaben.«

Gorski nickte bedächtig. »Alles zu seiner Zeit.«

Sie fuhren noch ein paar Minuten weiter, dann hielten sie an einem Rastplatz. Ein weiß gestrichenes Gatter führte zu einem Wanderweg, der in den Wald führte. Gorski stieg aus, entledigte sich seines Jacketts und hängte es an den Haken über dem hinteren Seitenfenster. Manfred stieg ebenfalls aus. Gorski fragte ihn, ob er sein Jackett auch im Auto lassen wollte. Obwohl Manfred schwitzte, lehnte er ab. Er lockerte lediglich seine Krawatte und öffnete den obersten Hemdknopf.

Gorski hielt das Gatter auf und bedeutete Manfred, voranzugehen, da der Pfad zu schmal war, um nebeneinanderzulaufen.

»Ich komme seit Jahren hierher«, begann Gorski im Plauderton. »Seit fast zwanzig Jahren, um genau zu sein. Wissen Sie, hier in der Gegend gibt es nicht viele Morde, aber damals wurde hier in diesem Wald ein junges Mädchen erwürgt. Ich war damals noch ein junger Polizist, und der Fall landete nur durch Zufall auf meinem Tisch. Ich war überfordert.«

Manfred war froh, dass der Kommissar sein Gesicht nicht sehen konnte. Er erinnerte sich genau, wie der junge Gorski mit dem Rücken zum Kamin in dem ungemütlichen Empfangssalon gestanden hatte, wo sich jetzt vermutlich gerade die Trauergäste einfanden. Gorski hatte sich nicht allzu sehr verändert. Seine Haare waren grau geworden, und um die Körpermitte hatte er etwas zugelegt, aber in seinem Gesicht lag immer noch etwas Jugendliches. Vor ihnen gabelte sich der Weg.

»Hier nach links«, sagte Gorski von hinten. »Letzten Endes wurde jemand verurteilt – Ihr Großvater wusste das alles noch –, ein Landstreicher namens Malou, aber ich war nie von seiner Schuld überzeugt. So etwas lässt einen nicht los. Deshalb bin ich immer wieder hierhergekommen. Ihr Großvater hat mir erzählt, dass Sie damals sehr oft hier im Wald waren. Eigentlich die ganze Zeit.«

Er berührte Manfred am Arm und bedeutete ihm, dass sie den Weg nun verlassen würden. Sie kraxelten einen Abhang hinunter, wobei ihre Hosenbeine sich im Dornengestrüpp verfingen. Der Waldboden war trocken wie Zunder. Dann waren sie da, auf der Lichtung.

Manfred schluckte hörbar. Hinter seinen Augen saß ein stechender Schmerz. Als er sie schloss, sah er Juliettes leblosen Körper auf der Decke seiner Großeltern liegen. Ihm wurden die Knie weich, und einen Moment lang dachte er, er würde ohnmächtig. Gorski zeigte auf einen umgestürzten Baum am hinteren Ende der Lichtung und schlug vor, sich darauf zu setzen. Der Baum hatte damals noch nicht da gelegen, aber sonst sah alles so aus, wie Manfred es in Erinnerung hatte. Die beiden Männer überquerten die Lichtung und setzten sich. Manfred zog sein Jackett aus und legte es sorgfältig neben sich. Gorski zündete sich eine Zigarette an.

Manfred konnte die Trockenheit des Waldbodens riechen. Es hatte seit Wochen nicht geregnet.

»So«, sagte Gorski. »Da wären wir.«

Manfred schwieg. Ihm war klar, dass sein Schweigen einem Schuldgeständnis gleichkam, aber Gorski konnte schließlich nicht erwarten, dass einfach alles aus ihm heraussprudelte – dass er Juliette getötet hatte, dass er sie erwürgt und dann seine Sachen zusammengepackt und sich verdrückt hatte. Doch genau wie vor zwanzig Jahren hatte er nicht die Absicht, irgendetwas zu leugnen. Hätte Gorski damals seine Arbeit richtig gemacht, hätte Manfred jetzt seine Zeit abgesessen und wäre mit der Sache durch.

Gorski stand auf und trat in die Mitte der Lichtung, immer noch mit der brennenden Zigarette in der Hand. Manfred stellte sich vor, wie die Asche die Zweige in Brand setzte und den ganzen Wald in Flammen aufgehen ließ.

»Genau hier wurde das Mädchen gefunden. Ihr Leichnam lag in einer seltsamen Position da, als wäre er dort hingeworfen worden. Natürlich haben wir die Möglichkeit in Betracht gezogen, dass sie anderswo getötet und dann hierhergebracht worden war, aber das ergab keinen Sinn. Warum sollte jemand einen Leichnam so tief in den Wald bringen, dann aber keinerlei Versuch unternehmen, ihn zu verbergen? Warum hat der Täter sie nicht einfach mit einem Gewicht in den Rhein geworfen? Es hätte natürlich auch sein können, dass er gefasst werden wollte, um sich im ›Ruhm‹ seiner Tat zu sonnen, aber das habe ich damals nicht geglaubt, und ich glaube es immer noch nicht.«

Er sagte das alles, als wollte er sich einfach seine Gedankengänge noch einmal vergegenwärtigen. Dann hob er den Kopf und sah Manfred an.

»Mein Fehler war, dass ich nach der falschen Art von Täter gesucht habe. Ich hatte noch nie in einem Mordfall ermittelt, und alles, was ich zu dem Thema wusste, stammte aus Büchern. Aber was nicht in den Büchern steht, ist, dass manche Morde einfach zufällig passieren. Und den Zufall kann man nicht ermitteln. Zwei Menschen begegnen sich, und etwas Schlimmes geschieht. Vielleicht sogar aus Versehen.« Er trat sorgsam seine Zigarette aus und setzte sich wieder neben Manfred. Die beiden Männer saßen eine Weile schweigend da und schauten auf die Stelle, an der Juliette gestorben war. Manfred nahm Gorski das alles nicht übel. Ihm war noch nie zuvor der Gedanke gekommen, dass er, wenn er damals die Gelegenheit genutzt und ein Geständnis abgelegt hätte, jetzt frei von alldem wäre. Vielleicht hätte er aufgrund seines Alters sogar mildernde Umstände bekommen und nur ein paar Jahre im Gefängnis verbringen müssen. Vielleicht wäre er mit Mitte zwanzig wieder draußen gewesen. Stattdessen war seither jeder Augenblick seines Lebens von dem bestimmt worden, was damals auf dieser Lichtung geschehen war.

»Und«, sagte Gorski, »wollen Sie mir erzählen, was damals passiert ist?«

Manfred schilderte ihm die Geschichte von Anfang an. Gorski hörte schweigend zu, den Blick auf die Bäume am anderen Ende der Lichtung gerichtet. Ab und zu zündete er sich eine Zigarette an. Manfred war ganz ruhig, als er beschrieb, was geschehen war. Es machte ihm sogar Freude, sich an manche Einzelheiten von seinen Treffen mit Juliette zu erinnern, an seine Gefühle, wenn er abends aus dem Wald nach Hause gegangen war. Er stockte nur, als er zu der eigentlichen Tötung kam. Er wandte den Kopf ab, als er schilderte, wie er die Decke unter Juliettes Leichnam weggezogen und alles sorgfältig eingesammelt hatte. Aus dem Augenwinkel sah er, wie Gorski leise nickte, als ergebe das Ganze nun endlich einen Sinn. Als Manfred fertig war, sagte er nichts mehr.

Schließlich stand Gorski auf. »Gehen wir.« Er wies mit der Hand in die Richtung, aus der sie gekommen waren.

Manfred folgte ihm über die Lichtung und zurück zum Pfad. Er fühlte sich fast befreit. Während der Rückfahrt nach Saint-Louis schwiegen sie beide. An einigen Stellen kam der Rhein in Sicht; sein braunes Wasser floss zäh und träge dahin wie Schlamm. Manfred hatte angenommen, dass Gorski ihn direkt zur Wache bringen würde, doch er fuhr daran vorbei und weiter die Rue de Mulhouse entlang, bis sie vor seinem Haus ankamen. Außer ihnen war niemand auf der Straße. Manfred sah Gorski fragend an.

»Wollen Sie nicht aussteigen?«, sagte Gorski.

Manfred war verwirrt. »Bin ich nicht verhaftet?«

Gorski schüttelte den Kopf. »Wir reden morgen weiter. Ich möchte, dass Sie mir die Wahrheit über Adèle Bedeau sagen.«

Er beugte sich vor und öffnete die Beifahrertür. Die Haare in seinem Nacken waren sorgfältig kurz geschnitten. Manfred stieg aus.

»Verlassen Sie die Stadt nicht«, sagte Gorski.

Manfred stand auf dem Gehweg und sah ihm nach, als er wendete und zur Wache zurückfuhr. Er blieb noch eine Weile dort stehen. Der Mann aus dem Waschkeller ging mit seinem Terrier an ihm vorbei und blieb kurz stehen, während der Hund an ein paar Blättern schnüffelte. Er schien Manfred nicht zu erkennen.

22

Gorski parkte in der Rue des Trois Rois. Die Floristin grüßte ihn so fröhlich wie immer. Der schwere Blumenduft erinnerte ihn an die Kapelle. Vielleicht hatte die Beerdigung ihn dazu veranlasst, hierherzukommen. Zu der Beerdigung seines Vaters waren nur wenige Leute erschienen. Ribéry war dabei gewesen, diskret in der hintersten Reihe der Kapelle. Ein paar von den Freunden seines Vaters aus dem Restaurant de la Cloche hatten auf den Bänken hinter ihm und seiner Mutter gesessen. Von den Kunden war niemand gekommen.

Gorski kaufte einen kleinen Strauß Lilien. Mme Beck wollte sein Geld zuerst nicht annehmen, aber er bestand darauf.

»Ich habe ihr vorhin ein wenig Suppe raufgebracht«, sagte sie.

»Danke, das ist sehr nett von Ihnen«, erwiderte Gorski.

Er ging die Treppe zur Wohnung hinauf und klopfte leise, bevor er eintrat. Die Tür war nie abgeschlossen. Seine Mutter saß in ihrem Sessel und schlief. Sie sah so friedlich aus, dass Gorski überlegte, ob er wieder gehen sollte, ohne sie zu wecken. Er nahm eine Vase aus dem alten, dunkel gebeizten Sideboard und ging in die Küche, um die Blumen hineinzustellen. Als er zurückkam, war seine Mutter wach.

»Hallo, Georges, ich habe gar nicht mit dir gerechnet.« Sie lächelte schwach.

»Ich wollte dich nicht wecken«, sagte er.

»Ich habe nur ein bisschen meine Augen ausgeruht.«

»Ich habe dir Blumen mitgebracht.«

»Das sehe ich. Du solltest deiner Frau Blumen mitbringen, nicht mir«, meinte sie. »Aber trotzdem danke. Sie sind wunderschön.«

Sie stand mühsam auf und humpelte in die Küche. Sie ließ sich nicht gerne helfen. Gorski setzte sich an den Tisch, auf den Platz, an dem er immer saß. Ein paar Minuten später kam Mme Gorski mit einem Tablett zurück. Gorski schenkte den Tee ein. Sie saßen eine Weile schweigend da. Es war sehr still in der kleinen Wohnung.

Mme Gorski fragte, wie es Clémence ging.

»Gut«, antwortete Gorski. »Sie ist fleißig in der Schule.«

»Und deiner Frau?«

Mme Gorski nannte Céline nie bei ihrem Namen.

»Auch gut. Hat viel im Laden zu tun.«

Céline kam nur selten zu Besuch, und wenn, gab sie sich wenig Mühe, ihre Verachtung für die kleine Wohnung mit ihrer altmodischen Einrichtung zu verbergen. Gorski schämte sich jedes Mal für ihr Verhalten. M. Gorskis Stuhl stand immer noch an seinem Platz zwischen ihnen. Gorski konnte den alten Mann dort sitzen sehen, seine Pfeifen aufgereiht auf dem kleinen Beistelltisch, die Zeitung über der Stuhllehne.

»Erinnerst du dich noch an das junge Mädchen, das damals im Wald ermordet wurde?«

Er wusste nicht, warum er davon anfing. Er sprach mit seiner Mutter sonst nie über seine Arbeit.

»Natürlich«, sagte sie. »Wie hieß sie noch?«

»Juliette Hurel.«

»Ja. Ich erinnere mich gut.« Sie hielt den Blick auf das Fenster gerichtet.

»Wir haben endlich den Kerl gefunden, der das getan hat«, sagte er.

Mme Gorski nickte fast unmerklich. »Dein Vater hätte sich darüber gefreut.«

Gorski schluckte mühsam. Er hatte einen bitteren Geschmack in der Kehle. Er atmete langsam aus. Dann stand er auf und brachte das Teetablett zurück in die Küche.

»Ich muss jetzt los«, sagte er.

Er gab seiner Mutter einen Kuss auf die Wange. Sie hielt einen Moment seine Hand fest.

»Bring Clémence mal wieder mit. Ich würde sie gerne sehen.«

»Ja, das mache ich«, sagte Gorski. »Bald.«

Er hatte keine Lust, zur Wache zurückzugehen. Ein Typ wie Lambert würde die Aufklärung eines zwanzig Jahre alten Falles wahrscheinlich feiern, umringt von Kollegen, die ihn bewunderten. Vielleicht würden sie sogar eine Bar stürmen und bis spät in die Nacht zechen, begleitet von ein paar ausgewählten Journalisten, die jedes Wort des Kommissars aufsogen. Lambert würde sich nicht mit einem schlechten Gewissen plagen wegen eines Landstreichers, der durchaus zufrieden gewesen war, seine letzten Lebensjahre mit einem Dach über dem Kopf zu verbringen.

Stattdessen verschanzte Gorski sich im Le Pot. In der Bar waren etliche Feierabendtrinker, die sich, ohne es zu merken, an das ungeschriebene Gesetz hielten, nach dem sich Arbeiter an den Tresen stellten, während Angestellte und Selbstständige sich an die Tische setzten. Gorski setzte sich an seinen üblichen Platz und bedeutete dem Besitzer, dass er ein Bier wollte. Der ehemalige Lehrer saß ebenfalls an seinem Stammplatz unter dem hohen Fenster, ein Glas Weißwein vor sich auf dem Tisch. An dem Tisch in der Ecke saßen drei junge Kerle um die zwanzig. Sie sahen aus wie Sprösslinge aus gutbürgerlichem Haus, die das Abenteuer genossen, in so einer Kaschemme einzukehren. Yves brachte ihm sein Bier. Falls er wusste, dass Gorski bei der Polizei war, ließ er sich nichts anmerken. Polizisten waren bei Barbesitzern nicht sehr beliebt, da sich die anderen Gäste in ihrer Gegenwart nicht wohlfühlten, auch wenn sie durch und durch gesetzestreu waren. Gorski leerte sein Glas in wenigen Zügen und bedeutete Yves, ihm noch eins zu bringen.

Der Fall Juliette Hurel war nun zwar aufgeklärt, aber seine Befriedigung darüber war von Melancholie begleitet. Wäre er kompetenter gewesen, hätte er den Fall schon damals gelöst. Er hatte den Täter vor sich gehabt und nichts geahnt. Und selbst wenn es möglich wäre, Manfred Baumann zu verhaften, würde es Gorskis Ruf nichts nützen. Auf jeden Fall würden die zuständigen Behörden nicht einwilligen, Malou posthum freizusprechen, und Baumanns Geständnis wäre vor Gericht nicht verwertbar. Dafür würde jeder Anwalt sorgen, der nicht völlig unfähig war. Und was wäre damit gewonnen, Baumann anzuklagen? Er war kein Mörder im eigentlichen Sinne. Vor dem Gesetz war er zwar schuld am Tod von Juliette Hurel, aber er hatte nicht vorgehabt, sie zu töten. Und in gewisser Weise hatte er selbst ebenso unter den Folgen seiner Tat gelitten wie alle anderen.

Somit musste die Aufklärung des Falles eine Privatangelegenheit bleiben. Er konnte nicht einmal nach Hause gehen und Céline erzählen, dass er endlich den Fall gelöst hatte, der die ersten Jahre ihrer Ehe überschattet hatte. Seit der Verurteilung von Malou hatte er seine Gedanken dazu für sich behalten. Céline hatte seine Fixiertheit auf den Fall geschmacklos gefunden, und er hatte sich geschämt, dass er an der Verurteilung eines Unschuldigen beteiligt gewesen war. Nein, es war besser, weiterhin so zu tun, als wäre der Fall abgeschlossen.

Die einzige Frage, die noch zu klären blieb, war, ob Baumanns Geständnis irgendetwas mit dem Fall Adèle Bedeau zu tun hatte. Der Filialleiter der Bank war zweifellos ein eigenartiger Mensch. Er hatte gelogen, was das Verschwinden der Kellnerin anging, und wie

Gorski nun wusste, hatte er zumindest einmal einen Menschen getötet. Niemand von denen, die Gorski befragt hatte, hatte irgendetwas Positives über ihn gesagt. Auf dem Papier war Baumann der perfekte Verdächtige. Den Zeitungen würde es sicher nicht schwerfallen, ihre Leser von seiner Schuld zu überzeugen. Aber Gorski hatte Zweifel. Die Tatsache, dass Baumann gelogen hatte, fiel für ihn nicht ins Gewicht. Er hatte schon vor langer Zeit gelernt, dass selbst die unschuldigsten Leute die Polizei belogen; es war geradezu ein Reflex. Als Polizist durfte man grundsätzlich nichts glauben, was einem erzählt wurde. Was zählte, war nicht die Tatsache, *dass* jemand gelogen hatte, sondern die Frage, *warum* er es getan hatte.

Was Manfred Baumann anging, so war noch nicht klar, ob er log, weil er etwas zu verbergen hatte oder weil er schlicht und einfach nicht in eine polizeiliche Ermittlung hineingezogen werden wollte. Nach allem, was Gorski jetzt über seine Vergangenheit wusste, war Letzteres durchaus möglich und sogar verständlich. Andererseits hatte er sich vielleicht zu schnell von Baumanns Geschichte überzeugen lassen. Schließlich hatte er immerhin zwanzig Jahre Zeit gehabt, sich seine Version der Ereignisse zurechtzulegen. Vielleicht war es gar nicht so abgelaufen, wie Baumann es geschildert hatte. Vielleicht war er Juliette Hurel in den Wald gefolgt und hatte sie getötet, um irgendeinen mordlüsternen Drang zu befriedigen. Vielleicht war die ganze Geschichte von den Tagen, die die beiden zusammen verbracht hatten, nichts weiter als die Erfindung eines Psychopathen. Laut Baumanns eigenen Worten hatte er als Heranwachsender bemerkenswerte Fassung bewiesen, indem er alle Spuren beseitigt und sich in den Tagen und Wochen danach nichts hatte anmerken lassen. Andererseits hätte er, um sich zu entlasten, nur die unschönen Einzelheiten dessen, was er nach der eigentlichen Tat getan hatte, wegzulassen brauchen. Nein, die Geschichte klang so, als wäre sie wahr. Davon abgesehen konnte Gorski so oder so kaum etwas tun, um sie zu überprüfen.

Gorski bestellte sich ein drittes Bier. Der dicke Friseur kam herein. Er bezog breitbeinig am Tresen Stellung und bestellte sich einen Weißwein. Offensichtlich war es nicht sein erster. Dann sah er sich in der Bar um und bemerkte Gorski, der seinem Blick auswich.

»Kommissar Gorski, wie schön, Sie in unserem bescheidenen Etablissement zu sehen.«

Gorski blickte auf und begrüßte Lemerre mit einem knappen Lächeln. Er fand den Friseur ziemlich abstoßend. Prompt kam der zu ihm an den Tisch gewatschelt.

»Und, wie geht es mit dem Fall voran?«, fragte er in verschwörerischem Tonfall.

»Tut mir leid«, sagte Gorski. »Darüber darf ich nicht sprechen.«

Lemerre beugte sich zu ihm hinunter. Er stank nach Schweiß.

»Kommen Sie schon, ich habe gehört, dass Sie Baumann in die Mangel genommen haben.«

Gorski musterte ihn mit einem eisigen Blick.

Lemerre zwinkerte ihm theatralisch zu und tippte sich an die Nase.

»Baumann ist fällig, stimmt's?«

Es war ganz egal, was Gorski sagte oder nicht sagte. Lemerre war genau wie die meisten anderen. Nichts liebten die Menschen mehr als einen Mord vor der eigenen Haustür, je blutiger und niederträchtiger, desto besser. Der Gedanke, dass in ihrer Mitte etwas Dramatisches passiert war, gab ihrem Leben vorübergehend einen Kitzel, und in Bars wie dieser sorgte es wochenlang für Gesprächsstoff.

»Ich kann dazu nichts sagen. Und jetzt, wenn Sie gestatten …«

Lemerre nickte bedeutungsvoll, als hätte Gorski ihm durch seine Weigerung, irgendetwas zu bestätigen, eine besondere Information zukommen lassen. Dann kehrte er zum Tresen zurück. Gorski stellte sich vor, wie er später damit prahlen würde, er wisse aus erster Hand, dass Manfred Baumann bald wegen Mordes an Adèle Bedeau verhaftet werden würde.

Nun, da Lemerre seine Deckung ruiniert hatte, wäre es klug, die Bar zu verlassen. Er war nicht länger ein anonymer Gast, sondern ein Polizist, in dessen Gegenwart die anderen aufpassen mussten, was sie sagten. Das Gespräch am Tresen war bereits ins Stocken geraten. Außerdem war es nicht gut für seinen Ruf, wenn sich herumsprach, dass er sich allein in einer Bar betrank. Aber er hatte keine Lust, nach Hause zu gehen und mit Céline am Tisch zu sitzen. Er hätte anrufen und Bescheid sagen sollen, dass er nicht zum Essen da sein würde. Céline legte Wert darauf, dass er anrief, wenn es später wurde. Aber das Bier hatte ihn bockig gemacht. Er bestellte sich noch eines, diesmal ein großes, wie es die Männer am Tresen tranken. Hatte sich Yves' Verhalten ihm gegenüber verändert? Wich er nun Gorskis Blick aus, als er ihm das Bier hinstellte? Wahrscheinlich bildete er sich das nur ein.

Das große Glas lag angenehm schwer in Gorskis Hand. Er trank einen genüsslichen Schluck. Céline konnte ihn mal. Sollte sie doch mit ihrem faden, ruinierten Essen dasitzen und sich ärgern. Sie hatten nichts gemeinsam. Noch nie gehabt. Er ging ihr auf die Nerven und sie ihm.

Lemerre blieb nicht lange. Nachdem er gegangen war, wurde das Gespräch am Tresen wieder ein wenig munterer. Vielleicht hatte es gar nicht an Gorski gelegen, dass es nahezu verstummt war, sondern an dem Friseur. Doch auch die Männer am Tresen leerten ihre Gläser und gingen. Die drei jungen Kerle am Ecktisch waren offenbar in ein ernstes Gespräch vertieft. Sie hatten nichts von dem Wortwechsel zwischen Lemerre und Gorski mitbekommen und wirkten kein bisschen befangener als zuvor. Sie stammten sicher aus wohlhabenden Familien und gehörten zu der Sorte von jungen Männern, die mit der Überzeugung aufgewachsen waren, dass sie alles im Leben erreichen konnten, was sie wollten. Sich in die heruntergekommenste Kaschemme von Saint-Louis zu setzen war vermutlich ein Akt der Rebellion gegen ihre Väter, die von ihnen erwarteten, dass sie die Firma übernahmen oder denselben Beruf ergriffen wie sie. Sie hatten lange Haare und trugen dicke Kordhosen, und sie hielten ihre Zigaretten zwischen Daumen und Zeigefinger und kniffen die Augen zusammen, während sie daran zogen. Einer von ihnen blies Rauchringe in die Luft, die langsam zu dem mittlerweile dunklen Fenster über ihnen aufstiegen. Sie sprachen über einen Schriftsteller, von dem Gorski noch nie gehört hatte, und lauschten aufmerksam auf das, was die anderen sagten. Bestimmt träumten sie davon, gegen ihre Väter aufzubegehren und nach Paris abzuhauen, um Gedichte zu schreiben oder Jazz zu spielen. Gorski verstand sie gut. Schließlich war er selbst nur deshalb Polizist geworden, um sich den Erwartungen seines Vaters zu widersetzen und die Zügel seines Lebens selbst in die Hand zu nehmen. Dabei, so wurde ihm nun klar, hätte er sich wahrscheinlich viel wohler gefühlt, wenn er in Ruhe in einem Pfandhaus hätte herumwerkeln können, in einem braunen Kittel und mit einem Bleistift hinter dem Ohr.

Die drei jungen Männer wurden zusehends betrunkener. Yves schien das nicht zu stören, er brachte ihnen eine Runde nach der anderen. Was kümmerte es ihn, wenn sie das Geld ihrer Väter dafür ausgeben wollten, sich volllaufen zu lassen? Auch Gorski merkte allmählich die Wirkung des Alkohols. Das Bier blähte seinen Bauch auf, und er wechselte zu Wein. Später kamen zwei Männer im Anzug und mit gelockerter Krawatte herein und setzten sich an den Tisch neben ihn. Sie waren geschäftlich in der Stadt und sichtlich darauf aus, einen draufzumachen. Sie sprachen Gorski an.

»Wo geht man denn hier hin, wenn man ein bisschen Spaß haben will?«, fragte einer der beiden.

Gorski zuckte die Achseln. Ihm verschwamm alles vor den Augen. Yves verfolgte die Szene von seinem Platz hinter dem Tresen aus.

Der andere Mann fragte Gorski, in welcher Branche er arbeitete, und er sagte es ihnen.

»Ein Polizist?«, fragte der Mann. »Entschuldigung, ich ...«
Gorski sah die beiden an. Sie lehnten sich in ihren Stühlen zurück und kehrten dann zu ihrem Gespräch zurück. Einer von den jungen Männern stand auf und torkelte zur Toilette. Unterwegs stützte er sich auf der Rückenlehne eines Stuhls ab, doch der kippte unter seinem Gewicht um, und der Junge stürzte unter dem Gelächter seiner Gefährten zu Boden. Yves kam ohne Eile hinter seinem Tresen hervor und zog ihn hoch. Der Junge grinste ihn dämlich an. Yves pflanzte ihn wieder auf seinen Stuhl.

»Zeit zu gehen, Jungs«, sagte er ruhig. Die drei bezahlten und verließen die Bar. Draußen auf der Straße fingen sie an zu singen.

Später, als Gorski nach Hause kam, wankte er die Treppe hinauf, ohne den Zettel zu sehen, den Céline auf den Küchentisch gelegt hatte, und schlief ein, ohne zu merken, dass sie nicht im Bett lag.

23

Am folgenden Tag stand Manfred zur gewohnten Zeit auf. Er duschte, stellte den Kaffeekocher auf den Herd und zog sich an, bevor er sich an den Frühstückstisch setzte. Er fühlte sich ruhig. Er hegte keinerlei Bitterkeit gegenüber Gorski. Im Gegenteil, es war eine Erleichterung gewesen, sich alles von der Seele zu reden. Gorski hatte kaum etwas gesagt, während er seine Geschichte erzählt hatte. Es hatte nicht so ausgesehen, als würde er ihn verurteilen. Trotzdem war er ein Hüter des Gesetzes, und es war seine Aufgabe, die Mechanismen in Gang zu setzen, die der Staat für solche Fälle vorsah. Und natürlich würde Gorski sein Geständnis dazu nutzen, ihm die Sache mit Adèle ebenfalls anzuhängen. Manfred konnte es ihm kaum verübeln. Würde er an Gorskis Stelle nicht zu demselben Schluss kommen? Doch all das hatte keine große Bedeutung mehr für ihn.

Er verließ das Haus wie immer um 8.15 Uhr. Trotz des Zwischenfalls in der Petite Camargue hoffte er darauf, Alice zu begegnen. Natürlich könnte er verstehen, wenn sie einfach an ihm vorbeiging. Nein, es war besser, wenn sie ihn nicht sah. Er würde sie nie wiedersehen. Der Gedanke stimmte ihn traurig. Anstatt sich nach rechts zu wenden und die Rue de Mulhouse entlang in Richtung

Bank zu gehen, ging er nach links, zur Rückseite des Hauses. Vor dem Sozialamt lungerten bereits ein paar Araber herum. Er ging am Spielplatz vorbei zum Bahnhof. Es war ein kühler, sonniger Morgen. Außer ihm waren nur wenige Leute unterwegs, doch niemand beachtete ihn. Warum sollten sie auch? An ihm war nichts Besonderes, und er hatte immer sehr zurückgezogen gelebt.

In der Bank würden sie ihn heute nicht vermissen. Alle würden annehmen, dass er sich um die Angelegenheiten seines Großvaters kümmerte. Es war durchaus normal, sich nach einem Trauerfall ein paar Tage freizunehmen. Mlle Givskov würde es genießen, das Ruder in der Hand zu haben. Beim Restaurant de la Cloche war es etwas anderes. Da heute Markttag war, würde Marie ihm seinen Ecktisch für 12.30 Uhr reservieren. Es würde auffallen, dass er nicht kam. Marie würde eine entsprechende Bemerkung zu Pasteur machen, worauf dieser mit seinem üblichen Schulterzucken reagieren würde. Nächsten Donnerstag würden sie den Tisch nicht mehr für ihn reservieren, und jemand anderes würde seinen Platz einnehmen, vermutlich ohne zu ahnen, dass er an Manfred Baumanns Tisch saß. Eine Woche später würde seine Abwesenheit nicht einmal mehr erwähnt werden.

Am Bahnhof wimmelte es von Pendlern. Einige lasen Zeitung, andere starrten auf den Bahnsteig oder schauten gelegentlich auf die Anzeigetafel. Als Manfred auf Bahnsteig 3 trat, fuhr gerade ein Zug Richtung Mülhausen ein. Mehrere Leute stiegen ohne Eile ein. Manfred sah zu, wie der Zug langsam losfuhr, dann ging er zum Ende des Bahnsteigs, wo weniger Leute waren. Er kannte den Fahrplan um diese Zeit nicht, aber es würde sicher bald ein weiterer Zug kommen. Welches Ziel er hatte, war Manfred egal. Er hatte Bahnsteig 3 aus Gewohnheit gewählt, da hier die Züge nach Straßburg abfuhren. Es würde ganz einfach sein, den Bahnsteig hinter sich zu lassen. Schließlich hatte er das schon Hunderte von Malen gemacht. Heute würde es nicht anders sein als sonst.

Die Sonne wärmte bereits. Vielleicht hätte er im Schatten des Vordachs warten oder vorher nachschauen sollen, wann der nächste Zug kam, aber das war nicht Teil seines Plans. Außerdem wollte er keine Aufmerksamkeit auf sich lenken, indem er den ganzen Weg wieder zurückging. Er nahm sein Taschentuch heraus und wischte sich den Schweiß von der Stirn. Er hatte es noch nie gemocht, in der Sonne zu stehen oder zu sitzen. Vor Jahren war er zu dem Schluss gekommen – ob es nun stimmte oder nicht –, dass dies einer der Auslöser seiner Kopfschmerzen war.

Auf dem gegenüberliegenden Gleis fuhr ein Zug ein. Manfred verspürte ein Kribbeln im Magen. Niemand stieg in Saint-Louis aus. Als der Zug wieder losfuhr, war der Bahnsteig leer, als hätte ein Zauberer sein Tuch von einem Vogelkäfig gezogen. Manfred sah zu, wie die schweren Stahlräder allmählich Fahrt aufnahmen, als der Zug den Bahnhof verließ. Es war dumm gewesen, dass er nicht auf den Fahrplan geschaut hatte. Vielleicht würde der nächste Zug erst in einer halben Stunde kommen oder sogar noch später. Er würde verdächtig wirken. Doch die Tatsache, dass immer noch ein paar Leute auf dem Bahnsteig warteten, ließ darauf schließen, dass bald ein Zug kommen würde. Manfreds Blick folgte den Gleisen aus dem Bahnhof hinaus und bis zum Rande der Stadt. In der Ferne stieß ein Fabrikschornstein grauen Rauch gen Himmel. Er wartete seit etwa zehn Minuten. Mlle Givskov würde jetzt bei der Bank ankommen.

Endlich kam ein Zug in Sicht. Er schien außergewöhnlich langsam zu fahren. Manfred ging ein paar Schritte den Bahnsteig entlang. Ihm war ein wenig schwindelig, vielleicht von der Sonne. Er wusste nicht, ob Gorski Leute zu seiner Beobachtung eingeteilt hatte und ob sie einschreiten würden. Es war auch nicht wichtig. Er trat an den Rand des Bahnsteigs. Er schloss die Augen, dann spürte er den Luftzug im Gesicht, als der Zug einfuhr und hielt. Als er die Augen wieder aufschlug, war ihm, als hätte er kurz geschlafen.

Dann öffnete er, ohne sich umzusehen, die Tür und stieg ein. Niemand rief seinen Namen oder packte ihn an der Schulter. Der Zug blieb ein paar Minuten im Bahnhof stehen, wie er es immer tat. Manfreds Herz raste. Seine Stirn war schweißnass. Die meisten anderen Fahrgäste beugten ihren Kopf über ein Buch oder eine Zeitung. Ein Mann um die fünfzig starrte mit leerem Blick aus dem Fenster und nahm offenbar nichts von dem wahr, was er sah. Wahrscheinlich fuhr er diese Strecke schon seit Jahren jeden Tag. Manfred rechnete damit, dass Gorski jeden Moment einsteigen und ihn wieder aus dem Zug holen würde. Es kam ihm so vor, als würde der Zug länger als sonst anhalten. Vielleicht hatte der Zugführer eine Nachricht bekommen, dass sich ein Flüchtiger an Bord befand. Doch die Polizei kam nicht. Dann ertönte endlich der Pfiff, und der Zug setzte sich mit einem Ruck in Bewegung. Als sie zuerst den Bahnhof und dann Saint-Louis hinter sich zurückließen, verspürte Manfred eine geradezu übermütige Freude. Er saß vollkommen reglos da, als würde jede Bewegung seine Mitreisenden auf ihn aufmerksam machen.

Der Zug fuhr schneller, und Manfred sah Bauernhöfe und abgeerntete Felder vorbeigleiten. Mit einem Mal war er ein Justizflüchtling. Wie es schien, war er den Fängen der Polizei entronnen. Es war ganz schön aufregend. Wenn er in Straßburg ankam, brauchte er nur umzusteigen. Von Straßburg aus gingen Züge in alle Richtungen Frankreichs, ja sogar in alle Richtungen Europas. Selbst wenn Gorski innerhalb der nächsten Stunde sein Verschwinden bemerkte, würde nichts passieren, denn allem Anschein nach hatte ihn niemand erkannt, als er in den Zug gestiegen war.

Da war natürlich das Problem mit dem Geld. Manfred hatte in seiner Brieftasche alle nötigen Ausweispapiere dabei, um eine große Summe von seinem Ersparten abzuheben, aber es wäre nicht schwer für die Polizei, Ort und Zeit sämtlicher Abhebungen zu ermitteln. Vielleicht würden sie sein Konto sperren. Das Beste wäre, sein Konto aufzulösen und alles abzuheben, bevor er in Straßburg umstieg. Es gab eine Filiale der Société Générale an der Rue Moll, keine zehn Minuten vom Bahnhof entfernt. Es würde nicht länger als eine halbe Stunde dauern, dorthin zu gehen, alles zu regeln und wieder zum Bahnhof zurückzukehren. Es war ein zusätzliches Risiko, aber immer noch besser, als später seinen Aufenthaltsort zu verraten. Dann würde er in den nächsten Zug steigen, der Straßburg verließ. Es war völlig egal, wohin er fuhr; im Gegenteil, je zufälliger die Richtung, desto besser. Er durfte sich nicht überlegen, wohin er fuhr, sondern musste es dem Zufall überlassen. Wo immer er auch landete, er würde ohnehin weiterreisen. Irgendwo konnte er sich dann neue Kleidung kaufen und die Haare schneiden lassen. Vielleicht würde er sich einen Bart wachsen lassen. Es war ganz einfach. Wenn so eine dumme Pute wie Adèle Bedeau spurlos verschwinden konnte, dann konnte er es ja wohl auch. Tausende von Leuten verschwanden jedes Jahr. Er hatte mal einen Zeitungsartikel darüber gelesen. Innerhalb von ein paar Wochen wäre er vergessen oder würde für tot erklärt werden. Für den Staat würde er aufhören zu existieren.

Im Gegensatz zu seiner sonstigen Gewohnheit hatte Manfred diesmal keine Fahrkarte gekauft, bevor er in den Zug gestiegen war. Obwohl es möglich war, eine Fahrkarte beim Schaffner zu lösen, hatte er immer angenommen, dass es irgendwie Ärger geben würde. Vielleicht war der Apparat kaputt, oder der Schaffner dachte, dass Manfred schwarzfahren wollte. Auf jeden Fall waren die Schaffner oft verärgert, wenn sie nachträglich Fahrkarten ausstellen mussten, und gaben sich auch keine Mühe, das zu verbergen. Heute jedoch ging es nicht anders.

Nervös wartete Manfred darauf, dass der Schaffner erschien. Vielleicht hatte er eine Nachricht bekommen, dass er nach einem Mann Ausschau halten sollte, auf den Manfreds Beschreibung passte. Schließlich war ein Zugschaffner ein – wenn auch niedrigrangiger – Vertreter des Staates. Der Zug hielt in Mülhausen. Manfred kämpfte gegen den Drang an auszusteigen. Er musste die Nerven behalten. Das Wichtigste war, so viel Abstand wie nur möglich zwischen ihn und Gorski zu bringen.

Der Schaffner kam, kurz nachdem der Zug Mülhausen verlassen hatte. Es war ein junger Mann in den Zwanzigern. Er hatte seine Uniform nachlässig angezogen und sah nicht aus wie jemand, der seine Pflichten mit großer Sorgfalt erfüllte. Die anderen Reisenden hatten alle ihre Fahrkarten gekauft, bevor sie in den Zug gestiegen waren, und der Schaffner warf nur einen oberflächlichen Blick darauf. Er kam schnell näher. Manfred bat um eine Fahrkarte nach Straßburg und zurück. Es musste ja niemand wissen, dass er nicht vorhatte zurückzukommen. Der Schaffner nickte und griff nach dem Apparat, der an einem dicken Ledergurt über seiner Schulter hing. Manfred erklärte ihm, dass er spät dran gewesen sei und keine Zeit mehr gehabt habe, im Bahnhof eine Fahrkarte zu kaufen. Den Schaffner schien das nicht im Geringsten zu interessieren. Er stellte die Fahrkarte aus und gab Manfred sein Wechselgeld zurück.

Als Manfred auf die Fahrkarte blickte, sah er, dass der Schaffner sie ab Mülhausen ausgestellt hatte statt ab Saint-Louis. Normalerweise hätte er den Schaffner auf seinen Irrtum hingewiesen, aber unter den gegebenen Umständen erschien ihm das unwichtig. Falls ihn jemand fragte, brauchte er nur zu sagen, er habe die Fahrkarte eingesteckt, ohne darauf zu schauen. Außerdem lag der Fehler bei dem Schaffner und nicht bei ihm.

Draußen glitten Landstriche und Städte vorbei. Manfred saß wie immer mit dem Rücken in Fahrtrichtung. Es war ihm lieber, wenn die Landschaft in der Ferne verschwand, als wenn sie bedrohlich auf ihn zukam. Es gab ihm das Gefühl, Orte hinter sich zu lassen. Er dachte an das Restaurant de la Cloche, wo Marie und Dominique jetzt sicher dabei waren, die Tische für das Mittagessen einzudecken. Ein paar Stammgäste würden noch mit ihrem Morgenkaffee dasitzen, eine Ausgabe des *L'Alsace* vor sich ausgebreitet. Die Bank würde wie immer geöffnet sein. Caroline würde seinen Terminkalender durchgehen und alles absagen. Vielleicht hatte sie sogar vorher bei ihm zu Hause angerufen, um zu fragen, wann er wieder da sein würde. Doch das glaubte Manfred nicht. Dazu war sie zu schüchtern. Er dachte an seine Wohnung. Wenn er seine Miete nicht mehr bezahlte, würde sie leer geräumt und an jemand anderen vermietet werden. Die Vorstellung, dass seine Bücher und Kleider in Kisten gepackt und höchstwahrscheinlich weggegeben werden würden, stimmte ihn ein wenig traurig, doch angesichts des großen Ganzen war das nur ein kleines Opfer. Das gehörte dazu, wenn man zur Unperson erklärt wurde, wenn man zumindest zum Schein aufhören wollte zu existieren.

Es waren noch zwanzig Minuten bis Straßburg. Manfred wurde nervös. Gorski musste mittlerweile gemerkt haben, dass er verschwunden war, schließlich hatte er klar und deutlich gesagt, dass sie heute Morgen weitersprechen würden. Manfred stellte sich vor, wie er in seinem dunkelblauen Peugeot vor dem Haus hielt und seine Zigarette auf den Gehweg fallen ließ, während er auf den Eingang zuging. Wahrscheinlich hatte er einen Kollegen mitgebracht – vielleicht den jungen Gendarm, der Manfred zur Wache begleitet hatte –, für den Fall, dass Manfred Ärger machte. Wie lange würde er vor der Tür warten, bevor er misstrauisch wurde? Würde er sie eintreten oder zunächst zur Bank gehen in der Annahme, dass er Manfred dort vorfinden würde? Wie dem auch sei, mittlerweile musste ihm klar sein, dass Manfred abgehauen war, und wahrscheinlich verfluchte er sich für seine Gutgläubigkeit. Manfred wiederum schämte sich ein wenig für sein Verhalten. Gorski hatte ihn mit einer Freundlichkeit behandelt, die er absolut nicht verdient hatte, und er dankte es ihm damit, dass er auf diese feige Art verschwand. Es war alles andere als ehrenhaft.

Der Zug wurde langsamer und rollte durch die Industriegebiete am Südrand von Straßburg. Manfred wandte sich dem Thema Kontoauflösung zu. Der Vorgang war nicht so einfach, das wusste er selbst am besten. Wenn in seiner Filiale ein Kunde erschien und eine so große Summe abheben wollte, würde er erwarten, dass die Person am Schalter ihn zu sich rief, um die Transaktion zu überwachen. Und er würde den Kunden in jedem Fall fragen, ob er nicht mehr mit dem Service der Bank zufrieden sei. Natürlich musste sich kein Kunde zu den Gründen für seine finanziellen Entscheidungen äußern, aber die Auflösung und Auszahlung einer so großen Summe würde zumindest Verwunderung hervorrufen. Dann fiel Manfred ein, dass er dem Leiter der Filiale in der Rue Moll ein paarmal begegnet war. Er würde sich gewiss an ihn erinnern und es seltsam, ja sogar bizarr finden, dass Manfred sein Konto auflösen wollte und dafür in eine andere Filiale gegangen war. Nein, das ging auf keinen Fall. Manfred holte seine Brieftasche heraus, um zu überprüfen, was er bereits wusste: Sein Bargeld reichte höchstens für ein, zwei Tage. Seine übermütige Freude, die ihn noch vor einer Stunde erfüllt hatte, erlosch. Die Annahme, dass es ihm gelingen würde, Gorskis Griff zu entkommen und spurlos zu verschwinden, war schon unwahrscheinlich genug, aber ohne Geld war es schlicht unmöglich. Was sollte er tun? Ein Leben als Verbrecher führen? Irgendeinen armseligen Job in der Schattenwirtschaft annehmen? Dafür war er nicht geschaffen. Doch er hatte ungewollt einen Kurs eingeschlagen, und nun blieb ihm nichts anderes übrig, als ihm zu folgen.

Der Zug fuhr in den Bahnhof ein. Manfred achtete darauf, sich in der Menge der Reisenden zu verstecken, als er ausstieg. Niemand überprüfte seine falsch ausgestellte Fahrkarte, als er den Bahnsteig verließ. In der Halle wimmelte es von Menschen. Gruppen von Reisenden standen da und blickten zur Anzeigetafel hinauf, Taschen und Aktenkoffer zu ihren Füßen. Pendler kreuzten seinen Weg. Aus den Lautsprechern hallten unverständliche Ansagen. Obwohl nirgends ungewöhnliche Aktivitäten zu erkennen waren, rechnete Manfred jeden Moment damit, von einem Trupp Männer niedergerungen zu werden, die Gorski auf ihn angesetzt hatte. Er würde keinen Widerstand leisten. Er wollte es gar nicht. In gewisser Weise würde es eine Erleichterung sein.

Um nicht aufzufallen, durchquerte Manfred zielstrebig die Bahnhofshalle. Er würde doch zur Bank gehen, aber nur eine kleinere Summe abheben, genug, um die nächsten ein, zwei Wochen zurechtzukommen. Darüber, wie es dann weitergehen sollte, würde er sich später Gedanken machen. An diesem Punkt war es das Wichtigste, möglichst schnell und unauffindbar zu verschwinden. Dann verlangsamte er seinen Schritt. Am Ausgang standen zwei Gendarmen. Sie schienen ihn nicht gesehen zu haben. Er änderte seinen Kurs und steuerte auf einen Kiosk zu, der unterhalb der Anzeigetafel stand. Er stellte sich hinter einen Zeitungsständer und beobachtete die Gendarmen eine Weile. Sie wirkten nicht sonderlich aufmerksam. Im Gegenteil, sie schienen sich mehr für die Frauen zu interessieren, die an ihnen vorbeigingen, als für die Suche nach entflohenen Verdächtigen. Dennoch wollte Manfred es nicht riskieren, in ihre Nähe zu kommen. Er kaufte sich eine Zeitung und schlenderte in die Mitte der Bahnhofshalle, wobei er die Polizisten unauffällig im Blick behielt. Sie waren gut zwanzig Meter entfernt. Eines ihrer Funkgeräte erwachte knisternd zum Leben, und der jüngere der beiden sprach kurz hinein. Aber sie blieben, wo sie waren. Gorski war mittlerweile sicher am Bahnhof von Saint-Louis. Das wäre der erste Ort, wo er suchen würde, und er hatte bestimmt schon eine Personenbeschreibung nach Straßburg durchgegeben.

Manfred musste so schnell wie möglich in einen Zug steigen. Er hob den Blick zur Anzeigetafel. Es war jetzt 10.43 Uhr. Der nächste Zug fuhr nach München. Er entschied sich dagegen. Es war zu riskant, über die Grenze zu fahren. Die nächsten drei waren Regionalzüge. Das nützte ihm auch nichts. Der fünfte war ein Express nach

Paris. Sein Herz machte einen Sprung. Wie leicht es wäre, in so einer Großstadt zu verschwinden. Er könnte ein paar Tage in Deckung bleiben und dann, wenn sich alles beruhigt hatte, weiterreisen. Er besaß nichts außer den Kleidern, die er am Leib trug, und den paar Banknoten in seiner Brieftasche, aber er sagte sich, dass es genau so sein musste: Wenn er verschwinden wollte, musste er alles zurücklassen. Aber Paris wäre ein Fehler. Dort würde Gorski ihn als Erstes suchen. Nach dem Paris-Express fuhr um 10.53 Uhr einer nach Basel, über Saint-Louis.

Manfred blickte nervös zum Ausgang. Die beiden Gendarmen begannen jetzt einen gemächlichen Rundgang durch den Bahnhof. In der Halle war es ruhiger geworden, und er fühlte sich wie auf dem sprichwörtlichen Silbertablett. Er schlug seine Zeitung auf und hielt sie sich vor das Gesicht. Vielleicht würde morgen ein Foto von ihm auf der Titelseite stehen, mit der Schlagzeile: *Entflohener Verdächtiger gesucht – möglicher Zusammenhang mit verschwundener Kellnerin aus Saint-Louis.*

Er spähte hinter seiner Zeitung hervor. Die beiden Polizisten standen jetzt unter der Anzeigetafel, neben dem Kiosk. Der kleinere von beiden, der vorhin in sein Funkgerät gesprochen hatte, sah direkt zu ihm herüber. Er war noch sehr jung und offenbar dabei, sich einen Schnurrbart wachsen zu lassen, wahrscheinlich um älter zu wirken. Manfred hielt seinem Blick einen Moment stand. Das Herz schlug ihm bis zum Hals. Es war nicht zu erkennen, ob der junge Gendarm Manfred beobachtete oder nur zufällig in seine Richtung blickte. Der ältere, der die Schlagzeilen der Zeitungen überflogen hatte, stieß ihn an, und die beiden gingen zur Mitte der Halle. Manfred faltete seine Zeitung zusammen und begab sich zu dem Bahnsteig, wo jeden Moment der Zug nach München ankommen würde. Er konnte sich nur mit Mühe beherrschen, nicht loszurennen.

Um 10.49 Uhr sammelte sich eine Traube von Menschen in der Mitte von Bahnsteig 9 und auf der gegenüberliegenden Seite der Gleise, wie Tauben, die sich um Futter scharten. Ein paar von ihnen traten vor, um hinunter auf das Gleis zu schauen, wandten sich dann jedoch rasch ab, die Hand vor dem Mund. Die, die weiter hinten standen, reckten die Köpfe, um zu sehen, was passiert war. Die beiden Gendarmen schoben sich durch die Menge und standen einen Moment ebenso starr da wie die anderen, bevor sie sich an ihre offizielle Aufgabe erinnerten. Sie wandten sich mit ausgebreiteten Armen um und begannen, die Leute zurück in die Bahnhofshalle zu dirigieren. Der ältere der beiden sprach in sein Funkgerät. Von hinten kamen weitere Neugierige dazu, und die, die bereits dort waren, schilderten ihnen, was geschehen war.

»Er ist zum Zug gelaufen, ausgerutscht und auf das Gleis gefallen.«

»Nein, er ist absichtlich gesprungen, ganz eindeutig«, sagte jemand anders.

»Ich habe es genau gesehen«, rief ein Dritter. »Er ist ganz ruhig den Bahnsteig entlanggegangen und über die Kante getreten. Es war, als würde er schlafwandeln.«

Jemand half dem Zugführer aus der Lok. Er war aschfahl im Gesicht und schüttelte den Kopf. Später bei der Untersuchung würde er aussagen, dass er den Mann erst gesehen hatte, als dieser vor den Zug gesprungen war, und dass er keine Chance mehr gehabt hatte, noch rechtzeitig zu bremsen. Der Bahnhofsvorsteher, der herbeigerufen worden war, erschien und machte sich mithilfe mehrerer Angestellter daran, die beiden Bahnsteige abzusperren. Der Zwischenfall würde den Fahrplan mächtig durcheinanderbringen. Die Menge der Neugierigen zerstreute sich widerwillig. Nachdem man ihm versichert hatte, dass keine Gefahr bestand, kletterte der jüngere Gendarm hinunter auf das Gleis und suchte in den Taschen des Opfers nach einem Ausweis.

24

Das Restaurant de la Cloche war für einen Donnerstagabend ungewöhnlich voll. Zwei Paare Anfang dreißig aßen zusammen am Ecktisch. Die Frauen waren attraktiv und modisch gekleidet. Sie hatten
erst um kurz vor halb neun ihre Bestellung aufgegeben. Offenbar
kamen sie nicht aus Saint-Louis, zumindest hatten Pasteur und Marie sie noch nie gesehen, und sie schienen es mit dem Essen nicht
eilig zu haben. Noch bevor ihr Hauptgang kam, hatten sie eine
zweite Flasche Wein bestellt und kurz danach eine dritte. Sie unterhielten sich laut und unbefangen und lachten gackernd über die
Scherze der anderen. Pasteur warf ihnen von seinem Platz hinter
dem Tresen aus finstere Blicke zu, doch sie bemerkten es gar nicht.
Als Marie an ihm vorbeiging, murmelte er ihr zu, die glaubten
wohl, sie seien in einem Pariser Bistro – sein Standardkommentar
bei Gästen, die ihm zu laut, zu aufgeputzt oder sonst wie unangenehm waren. Marie lächelte nachsichtig. Sie hatte gute Laune, und
die würde sie sich nicht von ihrem muffeligen Mann verderben lassen. Sie genoss es, für eine jüngere, modischere Kundschaft die
Gastgeberin zu spielen. Die gehobenere Klientel aß gerne spät und
ließ sich Zeit beim Essen. Es wäre schrecklich provinziell gewesen,

sie wegen einer willkürlichen Regel nicht zu bedienen. Das Restaurant de la Cloche war vielleicht kein Pariser Bistro, aber es war auch keine Kantine. Zweimal war Marie zu dem Tisch gegangen, um die Gäste zu fragen, ob alles zu ihrer Zufriedenheit sei, wobei sie gegen den Drang ankämpfen musste, sich für die rustikalen Gerichte zu entschuldigen, und beide Male hatten sie überzeugend bejaht. Der junge Mann mit der Brille hatte sogar darum gebeten, dem Koch sein Lob für die Eisbeinpastete auszurichten. Marie errötete bis zu den Haarwurzeln, denn die Pastete hatte sie selbst kreiert.

Die beiden anderen Gruppen, die noch aßen, hatten netterweise eingewilligt, sich den Kaffee zusammen mit dem Dessert bringen zu lassen. Die Tische am Fenster waren größtenteils mit Leuten aus dem Ort besetzt. Lemerre, Petit und Cloutier saßen wie immer an ihrem Tisch neben der Tür, und die Karten lagen schon bereit für das Spiel, das bald beginnen würde.

Manfred stand nicht am Tresen; ein Mann, von dem Pasteur annahm, dass er Vertreter war, hatte seinen Platz eingenommen. Er aß unregelmäßig im Restaurant zu Mittag. In Anbetracht der Gerüchte, die kursierten, wunderte sich Pasteur nicht über Manfreds Abwesenheit. Es war bestimmt klug, sich ein paar Tage nicht blicken zu lassen, aber Pasteur war sicher, dass er bald wieder auftauchen würde. Der Lärm von den Gästen an den Tischen und denen am Tresen übertönte sogar Lemerres wortreiche Vorträge über die Ereignisse des Tages. Pasteur zweifelte nicht daran, dass die plötzliche Beliebtheit des Restaurant de la Cloche ausschließlich mit dessen zentraler Rolle bei den aktuellen Geschehnissen zu tun hatte. Auch wenn er es nie zugegeben hätte, gefiel es ihm durchaus, dass sein Etablissement auf einmal im Zentrum der Aufmerksamkeit stand. Natürlich würde sich alles bald wieder beruhigen, aber die Publicity würde dem Geschäft bestimmt nicht schaden.

Lediglich die Hauptfigur im Drama des Tages schien von dem ganzen Aufruhr nichts mitzubekommen. Adèle brachte den Gästen in der Ecke des Essbereichs den Hauptgang, und ihr Schritt war so träge und ihr Gesichtsausdruck so mürrisch wie eh und je. Sie schien nicht zu merken, dass sämtliche Blicke im Raum auf sie geheftet waren und dass ihr Wiederauftauchen die wildesten Spekulationen auslöste. Als sie kurz vor Beginn der Mittagszeit erschienen war, hatte Marie sie mit nach oben genommen, um mit ihr zu reden. Pasteur wusste nicht, was gesagt worden war, und er würde auch nicht fragen. Falls Marie sich dazu entschloss, es ihm mitzuteilen, würde sie es tun, wenn sie es für richtig hielt. Später war der Polizist gekommen, Gorski, und Adèle war erneut nach oben zitiert worden. Pasteur wusste nur, dass Adèle wieder bei ihnen arbeiten würde, zu denselben Zeiten wie bisher. Außerdem hatte Marie beschlossen, ihre Nichte in der Mittagszeit dazubehalten. Bei diesem Vorschlag hatte Pasteur die Stirn gerunzelt, aber Marie hatte seine Einwände beiseitegefegt. Schließlich wäre es ungerecht, Dominique zu entlassen, obwohl sie so bereitwillig für Adèle eingesprungen war. Außerdem war es mittags oft voll, und Dominique hatte sich gerade eingearbeitet. Pasteur hatte die Achseln gezuckt. Manchmal änderten sich die Dinge. Da konnte man nichts machen.

Zum verabredeten Zeitpunkt und trotz der großen Anzahl der Gäste, die noch bedient werden wollten, setzte sich Pasteur zu Lemerre, Petit und Cloutier an den Tisch. Seine Teilnahme am wöchentlichen Spiel hatte bereits das Gewicht einer Tradition.

NACHWORT
DES ÜBERSETZERS

Dass *Das Verschwinden der Adèle Bedeau* erst jetzt in Übersetzung erscheint, ist erstaunlich. In Frankreich ist der Roman seit seinem Erscheinen 1982 nahezu ununterbrochen lieferbar gewesen, und nach der Verfilmung durch Claude Chabrol 1989 hat er Kultstatus erreicht. Gewiss ist es ein Roman in Moll. Seine Hauptfigur, Manfred Baumann, ist ein Außenseiter, der sich in seiner eigenen Haut nicht wohlfühlt, einer, der das Leben beobachtet, anstatt daran teilzunehmen. Die Handlung spielt in der unbedeutenden Kleinstadt Saint-Louis an der französisch-schweizerischen Grenze, einem Ort, in dem sich kaum ein Besucher länger aufhalten möchte, wie schon auf den ersten Seiten deutlich wird. Und doch entscheiden sich seit dreißig Jahren Leser, dort eine Weile haltzumachen und ein paar Stunden mit dem linkischen Manfred Baumann zu verbringen.

Der Autor des Buches, Raymond Brunet, wurde am 16. Oktober 1953 als Sohn eines erfolgreichen Familienanwalts in Saint-Louis, Haut-Rhin, geboren. Seine Mutter Marie hatte kaum die Schule beendet, als sie 1948 Bertrand Brunet heiratete. Er war zweiundvierzig. Marie war ein außergewöhnlich hübsches Mädchen aus einer Familie von Ladenbesitzern. Aufnahmen aus ihrer Kindheit zeigen ein fröhliches, lebendiges Mädchen, oft zusammen mit ihrem geliebten Terrier. Bertrand Brunet – zweifellos das Vorbild für Manfred Baumanns Großvater in dem Roman – war ein strenger Protestant, der alles Frivole missbilligte und sich nicht gerne in Gesellschaft aufhielt. Es muss ein trübseliges Leben für seine junge Frau gewesen sein, und vermutlich erkrankte Marie, die kaum das Haus verlassen durfte, auch deshalb an dem, was wir heute Depressionen nennen. Auf jeden Fall lag sie oft tagelang im Bett. Sie welkte dahin wie eine Blume ohne Wasser. Es ist nicht überraschend, dass Raymond Einzelkind blieb.

Trotz dieser misslichen Umstände scheint Raymond ein munterer kleiner Junge gewesen zu sein. Das große Haus der Familie am Stadtrand war ein großartiger Spielplatz. Er liebte es, sich in den Ecken und Nischen der holzvertäfelten Flure zu verstecken, und im Sommer baute er sich Hütten zwischen den Bäumen am Ende des riesigen Gartens. Wenn ihm nach Gesellschaft zumute war, ging er in die Küche und hielt die Haushälterin von der Arbeit ab. Es gab auch eine ganze Reihe von Hausmädchen, denen er hinterherlaufen konnte, aber sie blieben nie lange genug, um eine wirkliche Verbindung zu ihnen aufzubauen. Wie so viele Einzelkinder sprach Raymond oft mit sich selbst oder mit seinem Spielzeug. In der Schule war er brav und immer unter den Besten seiner Klasse.

Als er heranwuchs, wurde er jedoch mürrisch und distanziert. Kleine Kinder nehmen alles, was sie zu Hause vorfinden, als normal hin. Doch wenn sie älter werden, erkennen sie, dass nicht alle Familien so sind wie ihre eigene. Vielleicht begann Brunet die strenge Atmosphäre zu Hause zu hassen. Davon abgesehen war er schlaksig, linkisch im Umgang mit anderen, und er litt unter schwerer Akne, die dauerhafte Narben in seinem Gesicht hinterließ. Man erwartete von ihm, dass er in die Fußstapfen seines Vaters trat und ebenfalls Anwalt wurde, doch das wollte er nicht, und das Gefühl, sein Schicksal nicht selbst in die Hand nehmen zu können, lastete schwer auf dem jungen Mann. Er begann, wie besessen zu lesen. Im Sommer packte er sich etwas zu essen und ein paar Bücher ein und fuhr mit dem Rad irgendwohin, oft in den Wald der Petite Camargue im Norden der Stadt.

Als Brunet sechzehn war, kam sein Vater bei einem Autounfall ums Leben. Spätabends, auf dem Rückweg von Straßburg, kam sein Auto von der A35 ab und knallte gegen einen Baum. Wahrscheinlich war der Anwalt am Steuer eingenickt. Nichts deutete auf verdächtige Umstände hin, aber niemand wusste, was er an dem Abend in Straßburg gemacht hatte. Es war rätselhaft genug, um als kleine Notiz im *L'Alsace* zu erscheinen. Für Brunet jedoch bedeutete der Tod seines Vaters vor allem eine Befreiung von dem Zwang, Anwalt werden zu müssen. Nun, da er nicht länger dem väterlichen Druck ausgesetzt war, brach er bei der erstbesten Gelegenheit die Schule ab und begann, im Büro eines Versicherungsunternehmers zu arbeiten. Es war langweilige Schreibtischarbeit, aber laut seinem Arbeitgeber schien er dort durchaus zufrieden zu sein. Er kam stets pünktlich und erledigte seine Aufgaben mit Sorgfalt. Er beteiligte sich kaum am Bürogeplauder, und seine Kolleginnen – es waren überwiegend Frauen – fanden ihn ein wenig distanziert und arrogant. Ungefähr um diese Zeit begann Brunet, das Restaurant de la Cloche zu besuchen, das später der zentrale Schauplatz in *Das Verschwinden der Adèle Bedeau* werden sollte.

Brunets erster literarischer Versuch war ein absurdes Theaterstück, das ausschließlich in dem Restaurant spielte. Viele der Figuren aus dem späteren Roman kommen dort bereits vor. *Au Restaurant de la Cloche* ist ein hochstilisiertes, etwas prätentiöses Stück, in dem Dialogfetzen von verschiedenen Figuren nachgesprochen und alltägliche Verrichtungen rhythmisch wiederholt werden, das Ganze für das Publikum kommentiert vom stets anwesenden Besitzer. Es ist ein Mischmasch aus Beckett, Brecht und Robbe-Grillet und nur insofern von Interesse, als es zeigt, welche Einflüsse damals auf Brunet wirkten. Im Herbst 1978 schickte Brunet das Stück an den Pariser Theaterproduzenten Max Givet, der es mit dem Argument ablehnte, es sei veraltet und abgekupfert. Das Manuskript fand sich unter den Papieren des Produzenten, als dieser 1997 verstarb. Abgesehen von dem vorliegenden Roman ist es Brunets einziges hinterlassenes Werk.

Brunet blieb bis zu seinem Lebensende im Haus der Familie. Der Tod seines Vaters hatte die Gewohnheiten des Haushalts kaum verändert. Meist nahm Brunet sein Abendessen allein im Speisezimmer ein, während seine Mutter im Bett blieb. Anschließend ging er hinauf und unterhielt sich eine Weile mit ihr, dann zog er sich in das einstige Arbeitszimmer seines Vaters zurück, um zu lesen oder zu schreiben. Manchmal ging er auch aus, spazierte durch Saint-Louis und kehrte auf ein Glas Wein oder einen Pastis in eine der Bars ein.

Aufgrund seines linkischen Wesens fiel es Brunet schwer, normale Beziehungen einzugehen, und es kann durchaus sein, dass er sein Leben lang Jungfrau blieb. Soweit wir wissen, hatte er nie eine feste Freundin. Es mag sein, dass er Etablissements aufsuchte, wie sie hier im vierten Kapitel geschildert werden, doch abgesehen von der treffenden Beschreibung gibt es dafür keinerlei Beweis. Später, als er eine Weile in Paris lebte, vermuteten manche, er wäre schwul, doch auch dafür gab es keinen Beweis, wenn man einmal von seinem scheinbaren Desinteresse an Frauen absah. Letzteres dürfte wohl eher in chronischer Schüchternheit begründet sein.

Brunet reichte *La Disparition d'Adèle Bedeau* erstmals im März 1981 ein. Es wurde von mehreren Verlagen abgelehnt, bis das Buch schließlich ohne großes Tamtam im Herbst 1982 bei den Éditions Gaspard-Moreau erschien. Einige positive, wenn auch nicht hymnische Besprechungen genügten, um eine zweite und dann eine dritte Auflage zu drucken. Das Buch verkaufte sich einige Jahre recht gut, doch als kein weiterer Roman des Autors folgte, wurde es nicht mehr nachgedruckt.

Ungefähr um diese Zeit entdeckte Claude Chabrol, Altmeister der Nouvelle Vague in den frühen 1960er-Jahren, das Buch in einem Pariser Antiquariat. Der Regisseur war begeistert von der Darstellung des Lebens in der Provinz und kontaktierte den Verleger. Nach einer kurzen Rücksprache mit Brunet wurden die Filmrechte für einen nominellen Betrag an den berühmten Regisseur verkauft. Weder der Verlag noch Brunet hatten etwas zu verlieren: Der Roman war nicht mehr lieferbar, und falls tatsächlich ein Film entstand, würde dieser dem Buch neuen Schwung geben. Alsbald wurde ein Drehbuch geschrieben, aber zu der Zeit stand das französische Kino unter dem Einfluss schrillerer Talente wie Luc Besson und Jean-Jacques Beineix, und der düstere Realismus von *La Disparition d'Adèle Bedeau* entsprach überhaupt nicht dem Geschmack der damaligen Zeit. Erst als Chabrol das Drehbuch Isabelle Adjani übergab, dem Star aus *Subway* und *Ein mörderischer Sommer,* kam das Projekt in Fahrt. Die damalige Königin des französischen Kinos willigte ein, die Rolle der Alice Tarrou zu spielen, deren Part in der Geschichte deutlich ausgeweitet wurde. Adjanis Zusage genügte, um die Finanzierung zu sichern, und im Sommer 1988 begannen die Dreharbeiten.

Passend zum Kinostart des Films brachten die Éditions Gaspard-Moreau eine Neuausgabe des Romans heraus, versehen mit einem Nachwort von Chabrol. Der Film wurde ein weitaus größerer Erfolg, sowohl bei den Kritikern als auch beim Publikum, als es der Roman je gewesen war. Abgesehen von ein paar kleinen Änderungen bleibt er der Handlung treu, und Chabrol hat die Atmosphäre von Saint-Louis perfekt wiedergegeben. Doch Brunet fand die Verfilmung grässlich. Nach einer extra für ihn arrangierten Vorführung in der Pariser Zentrale von Gaumont schloss er sich in der Toilette ein, wo er eine Viertelstunde lang laut schluchzte. Neben den Änderungen in der Geschichte fand er, dass Manfred Baumann als armselige Witzfigur dargestellt wurde. Es war die Reaktion eines naiven jungen Mannes aus der Provinz, der sich zu sehr mit der Hauptfigur seines Romans identifizierte. Was er auf der Leinwand sah, war keine erfundene Figur, sondern eine Projektion seiner selbst. Letzten Endes war es Chabrol höchstpersönlich, der Brunet überredete, aus der Toilette herauszukommen. Die beiden Männer gingen in ein nahe gelegenes Café, und es gelang dem Regisseur, Brunet zu überzeugen, dass er keineswegs beabsichtigt hatte, die Hauptfigur lächerlich zu machen; er wollte ihn nur ein wenig menschlicher erscheinen lassen. Das Kinopublikum, so erklärte er Brunet, war nicht so intellektuell wie seine Leserschaft – die Leute brauchten ein wenig Zucker in ihrem Kaffee.

Brunet war hinreichend besänftigt, um an der Premiere teilzunehmen. Um von der erwarteten Publicity zu profitieren, hatte der Verlag Brunet für etwa einen Monat in einem Hotel am Boulevard Saint-Germain einquartiert. Er musste zahlreiche Interviews über sich ergehen lassen und war strikt angewiesen worden, seine Bedenken bezüglich des Films für sich zu behalten. Dies war die einzige nennenswerte Zeitspanne, die Brunet außerhalb von Saint-Louis verbrachte. Er schien die Aufmerksamkeit sehr zu genießen. Zum ersten Mal wollten Leute in seiner Gesellschaft sein und hören, was er zu sagen hatte. Und wenn er sich exzentrisch benahm – nun, er war schließlich Schriftsteller, da musste man mit so etwas rechnen. Was er allerdings fast unerträglich fand, war die endlose Fragerei nach seinem nächsten Buch. Wie er herausfand, hatte in Paris jeder ein Projekt in Arbeit oder sogar einen ganzen Haufen an Projekten in verschiedenen Entwicklungsstadien. Brunet gewöhnte sich an, solche Fragen mit einer geheimnisvollen Miene und der Aussage abzuwenden, er spreche nicht gerne über seine Arbeit, bevor sie fertig sei – eine Strategie, die die Spekulationen nur noch verstärkte.

Nach der Premiere ging eine kleine Gruppe von Schauspielern und Mitarbeitern zu einem späten Abendessen in ein Restaurant im Quartier Latin. Einige der Darsteller, die genau wussten, was Brunet von dem Film hielt, stellten ihm viele ernst gemeinte Fragen zu seinem Buch, und ein paar versprachen sogar, einmal mit ihm im Restaurant de la Cloche zu Mittag zu essen, was Brunet natürlich sehr schmeichelte.

Alles in allem verbrachte er etwa sechs Wochen in Paris. Er schien seine vorübergehende Berühmtheit zu genießen, ebenso wie die Gesellschaft anderer Autoren und Schauspieler, mit denen Chabrol ihn bekannt machte. Dennoch telefonierte er jeden Tag mit seiner Mutter, und diese Gespräche schlugen ihm oft aufs Gemüt. Sie klagte, wie sehr sie ihn vermisse und dass seine Abwesenheit ihr alle Kraft raube. Sowohl Chabrol als auch Georges Pires, sein Lektor im Verlag, versuchten ihn dazu zu überreden, nach Paris zu ziehen, da es seinem Schreiben bestimmt förderlich sein würde. Brunet gefiel die Vorstellung durchaus, doch letzten Endes siegte seine Mutter, und er kehrte nach Hause zurück.

Nach seinem Aufenthalt in der Hauptstadt muss ihm Saint-Louis trister vorgekommen sein denn je. Die Einnahmen vom Verkauf seines Romans erlaubten es ihm, seine Stelle in dem Versicherungsbüro aufzugeben und sich ganz auf das Schreiben seines zweiten Buchs zu konzentrieren, für das ihm sein Verleger diesmal einen Vorschuss gezahlt hatte. Georges Pires rief ihn regelmäßig an und erkundigte sich nach seinen Fortschritten. Anfangs sprach Brunet begeistert von seinem neuen Projekt, doch ein Abgabetermin nach dem anderen verstrich ohne Ergebnis, sodass Pires schließlich die Geduld verlor und sagte, Brunet solle sich melden, wenn er etwas vorzuweisen habe. Seit Brunet seine Stelle aufgegeben hatte, fehlte seinen Tagen und Wochen die Struktur, und er besaß nicht genug Selbstdisziplin, um einem festen Zeitplan zu folgen. Oft blieb er bis nachmittags im Bett und zog dann von Bar zu

Bar, bis es Zeit war, zum Abendessen nach Hause zurückzukehren. Ironischerweise konnte er das Restaurant de la Cloche nun nicht mehr aufsuchen. Viele der Stammkunden hatten mittlerweile den Roman gelesen, und sie schätzten es ganz und gar nicht, wie sie dort beschrieben worden waren. Auch die restliche Bevölkerung von Saint-Louis verübelte es ihm, dass er die Stadt als ödes Provinzkaff dargestellt hatte. Der Roman hatte Brunet nicht etwa zu einer lokalen Berühmtheit gemacht, sondern zu einem Ausgestoßenen. Seine letzten beiden Lebensjahre verliefen ereignislos. Gelegentlich hatte er einen kurzen kreativen Schub, aber es gelang ihm nicht, das Feuer am Brennen zu halten. Er schickte nie auch nur eine Seite an Georges Pires. Am 24. August 1992 ging er zum Bahnhof von Saint-Louis und warf sich vor den Zug, der um 17.35 Uhr nach Straßburg fahren sollte.

Sein Tod war dem *L'Alsace* lediglich zwei Zeilen wert:

Gestern hat sich der Romanautor Raymond Brunet, 38,
aus Saint-Louis vor einen Zug geworfen. Er hinterlässt seine
Mutter Marie.

Man fand keinen Abschiedsbrief. Der Schreibtisch im Arbeitszimmer seines Vaters war vollkommen leer. Offenbar hatte Brunet vor seinem Selbstmord alle Notizbücher vernichtet. Wie so oft in derlei Fällen hatte niemand in seinem Umkreis eine Ahnung gehabt, wie es um ihn stand. Raymond Brunet hatte nicht die Angewohnheit, mit anderen über seine Sorgen zu sprechen, und selbst wenn er es gewollt hätte, bleibt die Frage, an wen er sich hätte wenden können. Sein ganzes Leben lang war es ihm nicht gelungen, enge oder auch nur oberflächliche Beziehungen zu anderen Menschen aufzubauen. Es wäre sinnlos, darüber zu spekulieren, ob er möglicherweise unter einer geistigen oder seelischen Krankheit litt – wir werden es nie erfahren. Das Tragische ist, dass er durchaus fähig war, glücklich zu sein, wie die kurze Zeit in Paris gezeigt hatte. Hätte er den Mut gefunden, Saint-Louis zu verlassen, wäre sein Leben möglicherweise ganz anders verlaufen.

So bleibt uns nur *Das Verschwinden der Adèle Bedeau*. Diejenigen, die den Roman zum ersten Mal lesen, haben das Recht, dies unbelastet von den Meinungen anderer zu tun. Eines jedoch soll hier klargestellt werden: Obwohl es viele Parallelen zwischen dem Roman und dem Leben von Raymond Brunet gibt, ist *Das Verschwinden der Adèle Bedeau* ein Werk der Fiktion. Das Restaurant de la Cloche und die Stadt Saint-Louis sind genauso wie im Roman beschrieben (und sie haben sich erstaunlich wenig verändert), und einige der Figuren haben eindeutig reale Vorbilder. Doch die Ereignisse, die im Roman geschildert werden, sind ganz und gar erfunden. Brunet reagierte gereizt, wenn bei einem Interview anklang, der Roman sei ja sicher autobiografisch, weil er dadurch seine Fähigkeiten als Schriftsteller gemindert sah. Im Vorwort zu seinem autobiografischen Roman *Stammbaum: Pedigree* schrieb Georges Simenon: »Alles ist wahr, ohne dass irgendetwas genau stimmt.« Diese Beschreibung passt ebenso auf *Das Verschwinden der Adèle Bedeau*.

Graeme Macrae Burnet

DANKSAGUNG

Ein ganz großes Dankeschön an Victoria Evans für ihre Unterstützung, Ermutigung und kluge Beratung während meiner Arbeit an diesem Roman.

Danke auch an David Archibald, Craig Hillsley, Sara Hunt, Sonia Hurel und Thomas Stofer für ihren unschätzbaren fachlichen Rat. Außerdem möchte ich dem Scottish Book Trust für seine Unterstützung in Form eines New Writers Award danken.

Und schließlich wäre dieses Buch nie entstanden ohne die grenzenlose Geduld, Liebe und Nachsicht meiner Freundin Jen Cunnion. Danke.